修 道 士

[英]马修·刘易斯 著

刘宏照 译

浙江工商大學出版社
ZHEJIANG GONGSHANG UNIVERSITY PRESS

图书在版编目(CIP)数据

修道士 /（英）马修·刘易斯著；刘宏照译. —杭
州：浙江工商大学出版社，2016.10(2017.10重印)
（西方经典哥特式小说译丛 / 蒋承勇主编）
ISBN 978-7-5178-1682-9

Ⅰ.①修… Ⅱ.①马… ②刘… Ⅲ.①长篇小说—英
国—近代 Ⅳ.①I561.44

中国版本图书馆 CIP 数据核字(2016)第 131345 号

修 道 士

［英］马修·刘易斯 著　　　　　　刘宏照 译

出 品 人	鲍观明
丛书策划	赵　丹
责任编辑	田　慧
责任校对	何小玲
封面设计	林朦朦
责任印制	包建辉
出版发行	浙江工商大学出版社
	（杭州市教工路 198 号　邮政编码 310012）
	（E-mail：zjgsupress@163.com）
	（网址：http://www.zjgsupress.com）
	电话：0571-88904980,88831806（传真）
排　　版	杭州朝曦图文设计有限公司
印　　刷	杭州五象印务有限公司
开　　本	880mm×1230mm　1/32
印　　张	12.5
字　　数	302 千
版 印 次	2016 年 10 月第 1 版　2017 年 10 月第 2 次印刷
书　　号	ISBN 978-7-5178-1682-9
定　　价	42.00 元

总　序

蒋承勇

　　哥特式小说，作为一种独特的文学类型，是由 18 世纪的英国小说家贺拉斯·沃波尔首创的。他的小说《奥托兰多城堡》作为黑色浪漫主义的发轫之作，不仅引领了当时的哥特式小说创作风潮，而且也成为随后而起的欧洲浪漫主义文学运动的动因之一。与某些昙花一现或盛极而衰的文学类型和文学流派不同，哥特式文学发展虽然经历了跌宕起伏，但依然顽强地生存了下来，并于 20 世纪 70 年代开始在西方复兴，还由文学扩展到其他文化艺术领域，基于哥特式文学创作的哥特式批评和研究也成为当代西方批评的一个热点。正如琳达·拜耳-伦鲍姆（Linda Bayer-Rerenbaum）在《哥特式想象：哥特式文学和艺术的扩展》（*Gothic Imagination*：*Expansion in Gothic Literature and Art*，*Fairleigh Dickinson University Press*，1982）一书中写道："十年前，当我开始研究哥特式主义时，'哥特式复兴'才刚刚兴起。尽管哥特式文化现象已开始浮现，如电影《罗丝玛丽的婴儿》（*Rosemary's Baby*）已上映，但是'哥特式主义'这个术语及其特定的含义，当时的普通读者甚至学者对其都还很陌生，甚至最好的大学的英语系也很少开设哥特式文学课程。当我告诉朋友，我正在从事哥特式主义的研究时，只有少数人熟悉这种文学类型，或者能够记起一部哥特式小说的名字。大多数人只是想掩饰自己的无知，礼貌性地笑一笑说：'噢，这个太专了吧。'而十年后的今天，'哥特式'这个词已是家喻户晓。最近，我在一家我最经常光顾的百货商场的书店里看到，在'烹调类'和'非小说类'图书旁边整整一个过道上都是'哥特类'图书，超过一百种可供挑选。电影《驱魔人》（*The Exorcist*）——一部哥特式经典之作，比起先前的电影，吸引了更多的人，而小说《驱魔人》也售出七百多万册。过去十年中，我们耳闻目睹了超自然、占星术、哥特式科幻小说甚至经典哥特式文学的复兴。时至今日，人们很难看到在美国有哪所大学不开设哥特式文学课的。哥特式文学由于越来越受欢迎，其地位也已获得学界的首肯。"哥特式小说在18—19世纪的繁荣之中确立了它的美学范式和风格，并由此在西方文学中形成了哥特式文学传统。其后的发展也与时俱进。在19世纪，哥特式文学的新发展就是同现实主义融合，为该时期许多主流作家所用，如简·奥斯汀、狄更斯、勃朗特姐妹等。此外，哥特式也见于其他流派主要作家的创作，如霍桑、爱伦·坡、王尔德、亨利·詹姆斯、梅里美和波德莱尔等。他们要么创作了哥特式小说，要么在自己的创作中运用了哥特式风格和元素。到了20世纪，哥特式元素和风格为许多作家所青睐，哥特式文学再度出现繁荣，如福克纳、理查德·莱特、弗兰纳里·奥康纳、安妮·莱斯、托妮·莫里森等都创作了颇具特色的美国南方哥特式小说，其中不乏获诺贝尔文学奖的作家作品。当代美国作家斯蒂芬妮·梅尔的《暮光之城》小说系列以及由此改编的电影，更是让哥特式文学在全球读者和观众面前绽放异彩。

面对西方哥特式文学传统及其演进和当代复兴，面对西方哥特式文学和艺术研究持续不断的深入和拓展，我国学界对哥特式文学的研究显得相对滞后，理应引起外国文学研究者的足够关注。李伟昉教授认为,英国哥特小说研究是一个新的富于挑战性的课题。之所以这样说,主要原因是:受以往既定的政治标准和阅读思维定式的影响,国内对产生于 18 世纪后期的英国哥特小说这样一个曾经深刻影响过 19 世纪以来西方文学的"黑色小说"流派,在译介和研究上显得非常滞后,国内读者对其还十分陌生。从国外方面看,20 世纪 80 年代前,哥特小说的研究明显不足,且评价不高。80 年代后,西方对哥特小说的研究出现日趋高涨的热潮。因此无论在国内还是国外,英国哥特小说都是一个值得充分重视并大有可为的研究领域。不过,据本人陋见,早在 20 世纪 80 年代,国内就已有学者开始关注哥特式文学了。我在上海师范大学读硕士研究生时,我们的老师朱乃长先生就要我们翻译亨利·詹姆斯的《螺丝在拧紧》作为翻译作业;正是从他那里得知,这是一部哥特式小说。也正是从那时起,才知道西方文坛中还有哥特式文学这样一朵奇葩。2003 年在台湾出版的高万隆教授译作——贺拉斯·沃波尔的哥特式经典之作《奥托兰多城堡》,正是他在朱乃长先生指导下的文学翻译习作。这是我见到的最早的中文译本了。此后,马修·刘易斯的《修道士》、玛丽·雪莱的《弗兰肯斯坦》和布莱姆·斯托克的《德拉库拉伯爵》等经典哥特式小说的中译本在国内不同出版社出版。

国内对哥特式文学的研究始于 20 世纪 90 年代。在其后的 20余年间,哥特式研究形成了一定规模,且呈现多元态势:肖明翰、韩加明、高继海、高万隆等撰文梳理并探讨了英国哥特式小说的发展;黄善禄等从多维度深入解读了哥特式小说文本;李伟昉等对哥特式小说的美学理论及其渊源进行了追溯和探究。此外,李伟昉等还从比较文学的角度研究了英国哥特式小说。近几年还有不少文章从女性哥特文学的理论立场出发,对女性文学的经典之作进行重读和诠释。另外一个值得关注的现象是,近年来,英语语言文学或比较文学与世界文学研究生的论文有许多都涉足哥特式文学研究。由此可见,伴随着国外"哥特式"的复兴,"哥特式"也逐渐成为我国外国文学研究的热点问题之一。

然而,遗憾的是,至今国内尚无西方哥特式文学经典的系统性翻译。有鉴于此,2011 年,浙江工商大学比较文学与世界文学省级重点学科将"西方经典哥特式小说译丛"列为重点项目之一。"西方经典哥特式小说译丛"从起笔到付梓,历时五年多之久。这套译丛在国内首次以系列方式推出,无疑有助于推动国内读者对西方哥特式文学的了解,也有益于推动国内学界对哥特式文学的研究。第一批"西方经典哥特式小说译丛"选译了 18—19 世纪最有代表性的西方哥特式小说经典之作。之后,还将继续选译和出版 20 世纪的哥特式小说经典。我相信,这不仅是我们的期待,也是读者的共同期待。

本译丛的译者多为工作在高校教学和科研第一线的教师和学者,教学科研任务繁重,但他们不辞辛苦,为这套译丛的翻译付出了艰辛的劳动。在此,向他们表示敬意。此外,对于浙江工商大学出版社对这套丛书在编校和出版方面所付出的努力也深表感谢。

译者序

英国小说家、剧作家、诗人马修·刘易斯(Matthew Lewis),生于1775 年 7 月,卒于 1818 年 5 月。父亲是政治家,他的父母长期分居,他与母亲的关系十分密切。刘易斯自幼受到良好的教育。他小时候曾在预备学校学过拉丁语、希腊语、法语、写作、算术、绘画、舞蹈及击剑。后来,他就读于伦敦的西敏寺学校。1790 年,十五岁的刘易斯进入牛津大学基督堂学院深造,1794 年获学士学位,1797 年获硕士学位。

刘易斯打算像父亲一样从事外交工作,他的假期大部分是在国外度过的,以为未来的职业生涯做准备,学习现代语言。他至少两次游历欧洲,1791 年到过法国巴黎,1792 年至 1793 年到过德国魏玛。在此期间,他开始翻译作品、创作剧本。

1794 年 5 月至 12 月,刘易斯担任英国驻荷兰海牙大使馆随员,他的第一部长篇小说《修道士》(1796)就是他在海牙任职时完成的。1796 年至 1802 年,他进入英国国会,担任议会议员。1812 年,刘易斯继承了一笔遗产和牙买加的大批财产,有 500 个奴隶。为了保障奴隶的生活,他曾于 1815 年和 1817 年两次到西印度群岛。1818 年 5 月,他在从牙买加回国途中染上黄热病,病死在海上。

除了长篇小说《修道士》之外，刘易斯的作品还有《古堡幽灵》（1796）、《东印度人》（1800）、《浪漫故事》（1808）、《西印度群岛一个农场主的日记》（1834），等等。刘易斯只用了十个星期就创作完成了《修道士》，当时他只有十九岁。他创作的哥特式小说《修道士》，塑造了典型的恶魔修道士的形象，对十九世纪的文学创作产生了深远的影响。小说出版以后，他一举成名，以"修道士刘易斯"之名为世人所知。小说的主要情节如下：

　　莱欧那娅和外甥女安托尼娅到马德里不久，就到嘉布遣会教堂听修道院院长安布罗西欧讲道，其间，她们遇到了年轻贵族唐·洛伦索和唐·奇里斯托瓦尔。安托尼娅的爷爷是德·拉斯·西斯特纳斯侯爵，由于侯爵对大儿子——安托尼娅之父与埃尔维拉——安托尼娅之母的婚姻不满，安托尼娅的父母只好丢下年幼的儿子——安托尼娅素未谋面的哥哥——离开西班牙去西印度群岛。安托尼娅的父亲客死他乡之后，母亲带她回到了西班牙。洛伦索对安托尼娅一见钟情，而安托尼娅听完布道后，却对学识渊博的神父产生了好感。洛伦索发誓要娶安托尼娅，但他必须先去探望在附近圣克莱尔女修道院当修女的妹妹阿格妮丝。他在教堂里睡着了，醒来时发现雷蒙德——德·拉斯·西斯特纳斯侯爵的次子——给妹妹阿格妮丝送了一封信。在回家的路上，莱欧那娅和安托尼娅见到一个算命的吉卜赛女人，吉卜赛女人向安托尼娅暗示了她的命运。

　　圣克莱尔女修道院与嘉布遣会教堂只有一墙之隔，修女们过来向安布罗西欧忏悔，阿格妮丝就在其中。她不慎把雷蒙德约她逃离修道院的信掉在了地上，被安布罗西欧捡到了。安布罗西欧把信交给了女修道院院长，让其惩罚阿格妮丝。回到修道院，一个名叫罗萨里欧的见习修道士向安布罗西欧坦言自己是个女人，名叫玛蒂尔达，只是为了接近他才女扮男装。她乞求安布罗西欧不要把她赶出修道院,并以自杀威胁他。第二天,在安布罗西欧的力劝下,她决定离开修道院,不过要安布罗西欧给她摘一朵玫瑰,作为纪念。为她摘玫瑰时,安布罗西欧被一条毒蛇咬伤,医生认为其必死无疑。玛蒂尔达要求留在安布罗西欧的房里照料他,第二天,人们发现安布罗西欧的伤口竟奇迹般痊愈了。原来,其他修道士离开时,玛蒂尔达用嘴吸出了安布罗西欧伤口中的蛇毒,结果自己中了蛇毒,将不久于人世。她乞求安布罗西欧与她春风一度,最终他屈服于她的诱惑。

雷蒙德向洛伦索详叙了自己与阿格妮丝的关系与经历,讲述了自己化名阿尔方索·德·阿尔瓦拉达在国外的旅行奇遇。在去斯特拉斯堡的途中,他的马车坏了,他和仆人在林中的一幢房子里投宿,邂逅了由于迷路耽误行程前来投宿的林登堡男爵夫人和她的随从。屋主巴普蒂斯特的妻子玛格丽特用沾血的床单提醒阿尔方索,使他意识到自己落入了一伙杀人越货的强盗手中。在玛格丽特的帮助下,他设法带着男爵夫人逃到斯特拉斯堡。事后,玛格丽特讲述了她与落草为寇的前夫的爱情故事,她同前夫生有两个儿子,前夫死后她被迫嫁给了巴普蒂斯特。雷蒙德在男爵夫人的邀请下来到了林登堡城堡,玛格丽特回到了自己父亲的家中,玛格丽特的长子特奥多尔则成了雷蒙德的侍从。

在林登堡城堡,雷蒙德爱上了男爵夫人的侄女阿格妮丝,并希望男爵夫人能够玉成其事。出乎意料的是,他发现男爵夫人竟然爱上了自己,婉言拒绝男爵夫人后,男爵夫人发誓要报复他。她发现自己的情敌是侄女阿格妮丝,便打算将侄女送到马德里的修道院当修女,雷蒙德和阿格妮丝只好谋划私奔。阿格妮丝打算乔装成在城堡里作祟多年的流血修女出逃。在约定的夜晚,两人乘坐马车出逃,但是后来马翻车毁,雷蒙德醒来后,怎么也找不到阿格妮丝。几个月后,雷蒙德了解到那天晚上上车的人不是阿格妮丝,而是流血修女。原来,流血修女是他的祖姑,他负有安葬其遗骨的使命。回到西班牙后,他发现阿格妮丝在圣克莱尔修道院,于是乔装成修道院的园丁与她见面。在一次约会时,雷蒙德无法控制自己的感情,于是阿格妮丝失去童贞。阿格妮丝无法原谅雷蒙德,拒绝再次与他约会。但当发现自己有身孕后,阿格妮丝写信给雷蒙德,要他设法救自己离开修道院。

洛伦索听完雷蒙德的叙述后,欣然同意帮他将阿格妮丝从修道院解救出来。收到安托尼娅的姨妈的信后,洛伦索拜访了安托尼娅的母亲埃尔维拉,请求允许他追求安托尼娅。埃尔维拉担心洛伦索的家人不会同意这门婚事,因为当年她自己的婚事也遭到了丈夫家庭的反对。尽管洛伦索一再恳求,埃尔维拉还是没有应允。与此同时,洛伦索试图探望在修道院里的妹妹,但是被告知妹妹身染重病,无法与他见面。他通过当枢机主教的伯父莱尔马公爵,为阿格妮丝拿到了罗马教皇的敕令,免去她的入教誓约,这样她就可以与雷蒙德结为夫妇。但是,女修道院院长无视教皇的敕令,谎称阿格妮丝已经因病亡故,并暗地里将其囚禁在地牢。

安布罗西欧与玛蒂尔达初尝禁果后,对此不再怀有罪恶感。第二天晚上,在安布罗西欧的陪同下,玛蒂尔达来到圣克莱尔女修道院的地下墓室。她独自进入墓室深处,施魔法召见魔王。玛蒂尔达重新出现时,已经摆脱了死亡的威胁。可是不久,安布罗西欧开始厌倦他的秘密情人,移情别恋,爱上了前来向他忏悔的美丽少女安托尼娅。安托尼娅恳求安布罗西欧给垂死的母亲埃尔维拉派一个忏悔神父。为了接近安托尼娅,他打破了绝不离开修道院的承诺,一次又一次去安托尼娅的寓所。在安布罗西欧的宽慰下,埃尔维拉的病情开始好转。安布罗西欧一再造访的目的就是与安托尼娅见面并伺机引诱她。埃尔维拉隐隐觉得神父是为她的女儿而来,开始对他警觉起来。

有一次,安布罗西欧在见了埃尔维拉后,来到安托尼娅的闺房,突然抱住安托尼娅，她奋力挣扎，就在这时，埃尔维拉推门而入。安布罗西欧假装什么也没有发生，但是埃尔维拉已经看穿了他的诡计，她不动声色地告诉他，以后不用再到她家里来。安布罗西欧回到修道院后，玛蒂尔达来到安布罗西欧的房间，告诉他，尽管他已经移情别恋，但她仍然愿意用巫术帮助他达到目的。安布罗西欧起初反对使用巫术，但后来同意了。他们回到墓地，玛蒂尔达使用巫术召来魔王，魔王交给她一个宝物——银制的桃金娘枝，能让安布罗西欧打开任何一扇门，让他满足心中的欲望。

雷蒙德听到心上人已死的消息后痛不欲生，大病一场。特奥多尔为主分忧，乔装成乞丐，混入女修道院打听阿格妮丝的消息。在离开修道院前，圣厄秀拉嬷嬷送给特奥多尔一只篮子，让他装上修女们送给他的礼品带回去。回到侯爵家里，洛伦索和雷蒙德发现了藏在篮子里面的纸条，圣厄秀拉嬷嬷在纸上写着要求公爵下令逮捕她和女院长。

与此同时，安布罗西欧开始实施他的计划。安布罗西欧借助桃金娘枝，顺利地进入了安托尼娅的卧房。就在他要下手时，埃尔维拉进入了女儿的房间，看到眼前的情景，她怒不可遏，声称要揭发他。情急之下，安布罗西欧杀死了埃尔维拉，但也无心强暴安托尼娅，慌忙逃回修道院。

埃尔维拉的暴卒使得安托尼娅孤苦无依，悲痛欲绝。姨妈莱欧那娅也已结婚，远在他乡；叔叔雷蒙德重病在床，气息奄奄，对她的困境一无所知；洛伦索又已经赶赴外地索取逮捕令。一天晚上，安托尼娅来到母亲的房间，看到了"母亲的鬼魂"。"鬼魂"告诉安托尼娅，她还能活三天。安托尼娅吓得魂飞魄散，昏死过去。房东大娘哈辛塔发现后，急忙赶到修道院向安布罗西欧求救，要他马上到她家中驱鬼。玛蒂尔达建议安布罗西欧好好利用这个机会。为此，他破天荒地访问了隔壁的女修道院,趁机偷来了催眠药,这种药能够使服用者假死。他趁看望安托尼娅的机会,将催眠药倒入安托尼娅喝的药里面,然后在安托尼娅母亲的卧房里等待安托尼娅的"死亡"。听见房东大娘大声惊呼后,他马上冲到安托尼娅的房间,发现她已经气息奄奄。弥留之际,安托尼娅违背母亲的意愿,承认自己崇拜安布罗西欧,并期望获得他的友谊。她留下遗言,所有的东西留给姨妈莱欧那娅。安布罗西欧将安托尼娅"安葬"在圣克莱尔修道院的墓地里。

　　洛伦索圆满完成了使命,及时回到了马德里。在纪念圣克莱尔的游行大典上,女院长被逮捕了。圣厄秀拉嬷嬷面对民众,讲述了修道院女院长迫害阿格妮丝的经过。在大庭广众之下,圣厄秀拉嬷嬷揭发了女院长的罪行,指出她就是杀死阿格妮丝的凶手。愤怒的民众忍无可忍,当场打死了女院长。然后,他们开始找其他修女泄愤,扬言要杀死所有修女并毁掉女修道院。游行大典酿成了一场骚乱。洛伦索等人在圣克莱尔修道院的地下墓室发现了扮演圣克莱尔的美丽女子维吉尼娅和其他几个修女,她们躲在圣克莱尔雕像附近。雕像里面传来的呻吟声引起了洛伦索的怀疑,他设法移开雕像,发现了下面的地牢,看到了一个被囚禁的女子。洛伦索救出被囚的女子,并委托公爵把躲在墓室里避难的修女送回各自家中。

　　安托尼娅在地下墓室里醒来,安布罗西欧强暴了她。这时,玛蒂尔达跑入墓室,告诉他外面发生的骚乱。安托尼娅企图趁机逃跑,安布罗西欧为了灭口用匕首刺死了她,却被循声而来的洛伦索撞个正着。洛伦索对心上人的死万分悲痛,维吉尼娅一次次探望洛伦索,两人的关系也因此日趋密切。阿格妮丝身体恢复后,讲述了她的悲惨经历。阿格妮丝和雷蒙德历经磨难后终于结为夫妇,他们在洛伦索和维吉尼娅的陪同下,离开马德里前往雷蒙德的城堡。后来,洛伦索终于摆脱了失去安托尼娅的痛苦和阴影,与维吉尼娅喜结百年之好。

安布罗西欧和玛蒂尔达被带到宗教裁判所受审,起初两人均拒不认罪,但随后玛蒂尔达承认自己有罪,被判火刑。安布罗西欧坚称自己清白无辜,受到严刑拷打。他被送回地牢,等候再次提审。玛蒂尔达来到牢房看他,想说服他像她一样把灵魂出卖给魔王撒旦。临走前,她留给了他一本魔书。第二次审问时,安布罗西欧仍然认为自己无罪,但是当他再次面对刑具时,马上承认自己犯了强奸罪、谋杀罪,还有使用巫术罪,被判了火刑。绝望之中,安布罗西欧借助玛蒂尔达留下的魔书,召来魔王,求魔王救他一命。魔王告诉安布罗西欧,他必须以出卖灵魂为代价才能获救。安布罗西欧依然拒绝将灵魂出卖给魔王,希望最终能够得到上帝的宽恕。魔王告诉他,他犯下的罪行不可能得到宽恕。尽管不太情愿,安布罗西欧最后还是在出卖灵魂的契约上签了字。魔王将他从地牢里救出来,带到悬崖边。魔王告诉他,埃尔维拉是他的生母,安托尼娅是他的亲妹妹,给他加上了一条乱伦罪。魔王对安布罗西欧说,自己早就图谋安布罗西欧的灵魂,玛蒂尔达只是自己手下的一个精灵。最后,魔王将安布罗西欧抓到高空,扔到下面的岩石上,安布罗西欧最后掉落在河岸上,被鹰啄虫噬,经过六天的折磨,终于在第七天死去。

小说《修道士》中,雷蒙德的游历路线与作者在欧洲大陆的游历有一定的重合,在雷蒙德身上不难看出一些刘易斯的影子。小说中还能找到诗人刘易斯的影子。小说里出现的诗作,有的是引用他人的,有的译自外文,有的则是他本人的作品,如第三卷第二章的《勇士阿隆索与美丽的伊摩欣》就出自他本人之手。

这部小说在英国的出版富有戏剧性。一般观点认为这部小说第一次出版是在1795—1796年间的某个时间。以前有人倾向于认为第一次出版的时间是在1795年,但是由于找不到在这一年出版的《修道士》版本,于是许多人便认为第一次出版的时间在1796年5

月。小说第一版出版时没有使用刘易斯的全名,只在作者序里用了他的姓名首字母。由于小说的第一版非常畅销,也获得了评论家的好评,于是,刘易斯在 1796 年 10 月出版版了第二版。第二版的扉页上印上了作者的名字"Matthew Lewis",而且还写上了"国会议员"的英文缩写"M. P."。小说越来越受广大读者的欢迎。1797 年 2 月,有人在《欧洲评论》撰文批评《修道士》,由此引发的争论给刘易斯的家人带来了痛苦。因此,他对小说做了修改,新的版本于 1798 年出版。路易斯·佩克(Luis Peck)指出,"刘易斯删掉了他这部小说里的每一个有一点点令人不快的词语"。

虽然《修道士》在 18 世纪末的英国引发了争论,但是从该小说出版之后短短数年间的一版再版可以推知,尽管小说本身存在一些不足,它仍不失为一部优秀的小说。迄今为止,刘易斯的作品中拥有最多读者的恐怕就是他的成名作《修道士》了。遗憾的是,这样一部引人入胜的优秀小说,在很长时间里没有引起中国读者的足够重视。小说首次出版后整整两百年的时间里,国内没有人将它翻译成中文。第一个把这部小说翻译成中文的是赵炎秋教授,但那时已经是 1998 年。此后,陆续有新的译本问世。我细读了图书馆里能够找到的几种译本,这些译本各有千秋,译名也不尽相同。有的偏重直译,有的偏重意译,有的忠实通顺,有的剪裁颇多。

我翻译这部小说的契机,与高万隆教授密切相关。整个翻译工作断断续续,翻译与校译耗费了大量的时间。在此,感谢高教授对我的信任和耐心。小说的第三卷第四章以及第五章的前半部分由我女儿刘一璇完成译文初稿,在此表示感谢。最后,感谢浙江工商大学出版社的编辑赵丹老师,感谢她为这本译作的付梓付出的大量心血。

译文中存在的不足与缺憾,欢迎读者和专家指正。

目　录

第一卷

第一章

——安哲鲁勋爷拘谨刻板，

心怀嫉妒处处设防，

很少承认

他的热血会偾张，

或者他的胃口

喜欢面包胜过石头。

——《一报还一报》

嘉布遣会教堂的钟敲响不到五分钟，听神父布道的人已经集聚一堂。可别以为他们聚集在教堂是出于对宗教的虔诚，或是渴望探听消息。在来听神父布道的人们当中，没有几个是这种人。在马德里这样一个迷信横行的城市，要想寻找真正的虔诚是枉费心机。现在人们聚集在嘉布遣会教堂的原因虽各不相同，但都与表面上的目的无关。女人来这里是为了让人看，男人来这里是为了看女人：他们有的是受好奇心的驱使来听一个名闻遐迩的神父布道，有的是因为在剧院开场前没有更好的方法打发时光，有的是因为担心来晚了找不到空座……一半的马德里人聚集在教堂只是想见到另外一半的马德里人。真正迫切想听神父布道的人只有几个年老的狂热信徒，还有五六个神父演说家，他们是嘉布遣会教堂神父的对手，决意在对方讲道时找茬挑刺，冷嘲热讽。至于其他听众，哪怕神父的布道整个儿省了，他们也肯定不会失望，很可能连神父省了布道这件事，他们也意识不到。

不论在什么时候，至少可以肯定，嘉布遣会教堂从来没有见过这么多听众。角角落落挤满了人，座无虚席。点缀长廊的雕像被拥挤得做了听众的仆人。小天使的翅膀上趴着几个小男孩，圣方济各和圣马克的双肩各扛着一名观众，圣阿加莎则不得不扛上两个。结果，我们新到的两个人，急急忙忙进入教堂后，环顾四周，却发现找不到空位子。

可是，那个年老的妇女继续向前挤去。周边的人对她的行为表示不悦，抗议声此起彼伏，他们对她说道："相信我，夫人，这里没有位子。""求您了，夫人，您挤得我实在受不了了！""夫人，这边您过不去。我的天哪！怎么可以这样挤人！"老妇毫不退让，继续朝前推挤。凭着锲而不舍的精神和强壮有力的臂膀，她硬是在熙熙攘攘的人群中挤出一条道来，挤到了教堂的中殿，站在离讲坛不远的地方。老妇的同伴胆怯而沉默地跟在后面，因为有女向导在前面奋力开路，她倒省了不少力气。

"天哪！"老妇一边用失望的口吻喊道，一边用询问的目光扫视四周，"天哪！太热了！人这么多！我真不知道这有什么意义！我想我必须回去。根本连个座位都找不到，看来也没有什么好心人会把座位让给我们。"

这个明明白白的暗示引起了两名骑士的注意，他俩坐在走道右边的凳子上，背靠着从讲坛数过来的第七根柱子。两人年纪轻轻，衣着华丽。听见有个女人的声音恳求他们让出位子，他们马上停止交谈,看了看说话的人。这时,老妇为了看得清楚一些,撩开了面纱。她一头红发,眯缝着眼睛。两名骑士又转回身来,继续交谈。

"好了,"老妇的同伴回答道,"好了,莱欧娜娅,我们马上回家吧。这里热得让人无法忍受,而且我也害怕看见这么多人。"

她说这几句话的时候,声音无比甜美。两名骑士再次停下话题,可是这一次两人并不满足于只是抬头看看。两人不由自主地从凳子上惊起,转身面向讲话的人。

这声音来自一个女子,她举止优雅,仪态万方,使得两名骑士无比好奇,很想看看她的芳容。可是他们未能如愿,因为她的脸被一层厚厚的面纱遮盖。由于在人群中挣扎前行,她的面纱弄乱了,露出脖颈,其匀称与漂亮,堪比美第奇的维纳斯。她皮肤白皙,令人目眩,金色的卷发垂到腰际,白皙的脖颈被长发遮住了一部分,更增添了几分妩媚。她个头中等偏矮,体态轻盈,如同希腊神话中的林木女神。胸部遮盖得严严实实,身穿一袭白色的礼服,腰系蓝色腰带,裙底下只露出一双比例十分匀称的小脚。手臂上挂着一串大颗粒的念珠,脸上罩着一层厚厚的黑纱。姑娘如此美丽动人,年纪最轻的骑士把座位让给了她。与此同时,另一个骑士也觉得有必要对她的同伴给予同样的关注。

老妇千恩万谢,稍加推辞便接受了骑士的好意,坐了下来。年轻的女郎也学老妇的样子坐下,但只是纯朴而优雅地向年轻骑士行了一个屈膝礼,没有说客套话。唐·洛伦索(这是骑士的名字,年轻姑娘坐了他的位子)站在她身旁,他先同朋友耳语了几句,朋友马上明白了他的用意,便尽力引开老妇对由她看管的可爱小姑娘的注意。

"你肯定是第一次来马德里,"洛伦索对身边的金发女郎说道,"在马德里,像你这样的美人不可能一直没有人注意。如果今天不是你第一次公开露面,那么女人的嫉妒,男人的爱慕,已经使你足够引人注目了。"

他顿了顿,希望对方回答。由于他的话并不是非回答不可,女郎没有开口。过了片刻,他继续说道:

"把你当成马德里的陌生人,我看错了吗?"

女郎犹豫了一下,终于用轻得不能再轻的声音,敷衍着应了一句:"不,先生。"

"打算住一段时间吗?"

"是,先生。"

"我会觉得非常幸运,如果我能够出一分力气,让你在这里愉快生活的话。在马德里,许多人知道我,而且我家在宫里也有一定影响。有用得着我的地方,尽管吩咐,我会深感荣幸,心怀感激。""当然了,"他暗暗想道,"她不可能总用一个字来回答我的话,这下她必须对我说点什么了吧。"

洛伦索失望了,因为女郎回答他的只是一个鞠躬。

这时他才发现身边的女郎不爱说话,然而她的寡言少语是出于傲慢、谨慎、胆怯,还是因为愚笨,他仍然不能确定。

过了几分钟,他说道:"肯定因为你是新来的,不熟悉我们这里的风俗,所以你才继续戴着面纱的吧。允许我帮你取下面纱吧。"

说着,他伸过手去,可是女郎抬起手,不让他取下面纱。

"先生,在公共场合我从来不摘下面纱。"

"这有什么关系呢,我请问你?"她的同伴略带严厉地插了一句,"难道你没有看见其他女士都把面纱放在一边,无疑是为了向我们所在的这个神圣的地方表示敬意吗?我已经摘下面纱,当然了,如果我把脸暴露在大庭广众之下,你就没有理由惊慌!圣母玛利亚啊!这里因为小女子的一张脸弄得大惊小怪!来,来,孩子!拿掉面纱,我保证没人会抢走你的面纱并溜之大吉的——"

"亲爱的姨妈,这可不合穆尔西亚省的风俗。"

"穆尔西亚,没错!天哪!那是什么意思?你总是让我想起那个讨厌的地方。如果这是马德里的风俗,那我们就应该遵守。所以,我要你马上摘下面纱,现在听我的,安托尼娅,你知道我不容许别人顶撞。"

她的外甥女默不作声,不再阻止唐·洛伦索。有了女郎姨妈的首肯,洛伦索赶紧取下她的面纱。多美的一个天使啊!洛伦索倾慕不已。然而,与其说她美丽,不如说她迷人。如果单独看她的五官,每一部分远远谈不上漂亮,但是从整体看,整个脸蛋很漂亮。她皮肤白皙,略带雀斑。眼睛不是很大,睫毛也不是特别长,但是双唇最为红润鲜艳。她波浪般的金发,扎着素雅的缎带,浓密的长卷发直垂到腰下。她的喉咙圆鼓鼓的,美到了极点。她的双手双臂完美匀称得无以复加。她那双温柔的蓝眼睛,像蓝天般温柔,闪动的明眸,发出钻石般的光芒。她看上去年方二八,淘气的微笑挂在嘴边,表明她充满活力,只不过此刻因为羞怯没有流露出来。她羞怯地环顾四周,偶尔与洛伦索的目光相遇时,她便赶忙垂下目光,看向念珠,双颊变得通红,并开始拨弄念珠喃喃祈祷,然而她的举止清楚地表明她并不明白自己在做什么。

洛伦索凝视着她,既吃惊又爱慕,但是姨妈觉得有必要为安托尼娅的羞怯道歉。

"她还小,"她说道,"对这个世界无知透顶。她在穆尔西亚一个古老的城堡里长大,除了她妈妈,没有别的朋友。她妈妈除了能把汤水送到她嘴里,哎呀,我的天哪,其他什么都不知道。可她妈妈是我的亲姐妹,既同父又同母。"

"其他什么都不知道吗?"唐·奇里斯托瓦尔假装吃惊,说道,"真是好奇怪啊!"

"是啊，先生。难道不奇怪吗？可这却是事实，只要看看有些人的命运就知道了！一个年轻的贵族，品德超群脱俗，认为埃尔维拉称得上美丽——至于说'称得上'，的确，她向来有许许多多'称得上'的地方，至于'美丽'么……哪怕我用她一半的努力，像她那样——扯得太远了。正如我刚才说的，先生，一个年轻的贵族爱上了她，然后瞒着自己的父亲与她成了亲。他们的结合保密了将近三年，但是最终还是传到了他父亲老侯爵的耳中。你可以想象，老侯爵听到这个消息可不怎么高兴。他火速赶到科尔多瓦，决定抓住埃尔维拉，然后把她送到一个别人找不到她的地方。神圣的圣保罗啊！老侯爵却发现她已经逃走，并同丈夫会合，一起上船去了西印度群岛。老侯爵大发雷霆，就像魔鬼附身似的诅咒我们全家，他把我父亲投进监狱，我父亲是科尔多瓦一个老实勤恳的鞋匠。老侯爵离开时，竟狠心地从我们手里抢走我姐姐的小男孩，他当时刚满两岁。因为我姐姐在仓促中逃走，只好丢下儿子。我想，这可怜的小东西肯定遭到了老侯爵的摧残虐待，因为几个月之后，我们收到了小孩子死亡的消息。"

"哎，这真是个可怕的老家伙，夫人！"

"是啊！真是骇人听闻！一个完全没有情趣的男人！哎，你会相信吗，先生？我安慰他，他竟骂我是女巫，为了惩罚他的伯爵儿子，他巴不得我姐姐变得像我一样丑！脾气真的坏透了！正因为这一点，我倒是喜欢他。"

"真是滑稽，"唐·奇里斯托瓦尔喊道，"如果伯爵儿子允许将这对姐妹对调的话，他肯定会觉得自己很幸运。"

"噢！天啊！先生，你真是有礼貌。可是，我打心里感到高兴的是，伯爵并不这样想。当然，这是埃尔维拉做的一件很漂亮的事！在西印度群岛奔波折腾了十三年后，她丈夫死了，她回到了西班牙，但连间遮风避雨的房子都没有，也没有钱弄一幢房子！安托尼娅那时还是婴儿，她唯一活着的孩子。姐姐发现她公公非但同她丈夫势不两立，而且已经续弦。她公公的新妻子生了个儿子，据说那是个非常优秀的青年。老侯爵拒绝见我姐姐，也不愿见自己的孙女。但是他给我姐传来话，说只要不再让他听见她的消息，他愿意给她一小笔补助，而且她可以住在侯爵在穆尔西亚的古城堡里。这古堡是她丈夫最喜欢住的地方，但是自从他因为私奔逃离西班牙后，老侯爵无法忍受这个地方，也就不加以维修，任其倒塌——我姐姐接受了这个提议，回到穆尔西亚，住在那儿直到上个月。"

"那现在她是因为什么来到马德里的?"唐·洛伦索问道。他爱慕安托尼娅，对老妇滔滔不绝的叙述自然兴趣很浓。

"唉! 先生，那是因为她公公最近死了，负责管理老侯爵在穆尔西亚的财产的管家拒绝再收容她。怀着恳求老侯爵的小儿子重续协议的目的，她现在来到了马德里。但是依我看，她可能还是省了这份心的好! 你们这样的年轻贵族总有很多地方要花钱，一般不会乐意把钱扔在老女人身上的。我劝我姐姐派安托尼娅替她求情，可她不愿听我的。她太固执! 唉! 她不听我的话，境况会更糟糕;这姑娘长得漂亮，本来也许可以把事情办成的。"

"呀! 夫人，"唐·奇里斯托瓦尔打断她的话，装出一副多情的样子，"如果脸蛋漂亮就能办成事，那么你姐姐为什么不求助于你呢?"

"啊! 天哪! 我的主啊，我发誓你的骑士风度深深打动了我! 我断言，我十分了解此类'冒险'的风险，因此不会把自己托付给年轻贵族! 不，不，迄今为止，我的名声一直很好，没有污点，无可指责，而且我一向知道怎样与男人保持适当的距离。"

"关于这一点，夫人，我没有丝毫的怀疑。可是请允许我问问你:那么你讨厌婚姻吗?"

"你问得好。我必须承认，如果有可爱的骑士主动来……"

说到这里,她本想给唐·奇里斯托瓦尔投以温情而意味深长的一瞥,但不巧的是,她的目光直接落到了他的同伴身上,洛伦索以为是在向他抛媚眼,便深深鞠了一躬。

"我可以问问,"他说道,"老侯爵的小儿子叫什么吗?"

"德·拉斯·西斯特纳斯侯爵。"

"我们之间非常熟悉。他现在不在马德里,但是我每天都盼着他来。他是个出类拔萃的男人;如果安托尼娅允许我做她的辩护人同他辩论,我相信我能够设法让这件事的案情报告对安托尼娅有利。"

安托尼娅抬起蔚蓝的眼睛,露出难以形容的可爱笑容,默默地对他的相助表示谢意。莱欧娜娅心满意足,笑声连连。的确,由于她外甥女同她在一起时多半沉默不语,她便觉得自己应该义不容辞地代表两个人把话说个够。这对她来说不费吹灰之力,因为她很少发现自己有找不到词儿的时候。

"哎!先生!"她大声说道,"我们全家感谢你的大恩大德!我接受你的帮助,真是感激不尽,谢谢你慨然相助。安托尼娅,为什么不说句话,孩子?虽然这位骑士对你说了这么多好话,可你却像一尊雕像似的坐着,连一声感谢都没有,不论是坏是好,还是无所谓!"

"亲爱的姨妈,我非常清楚……"

"呸,外甥女!我告诉过你多少次,绝对不要打断别人讲话!你什么时候见我做过这种事?这难道是你在穆尔西亚学的礼仪吗?哎呀,我的天哪!我永远也无法让这姑娘成为一个有教养的人,但是先生,"她转过身,继续对唐·奇里斯托瓦尔说,"请您告诉我,今天教堂里为什么有这么多人?"

"你可能不知道,安布罗西欧——这座修道院的院长每个星期四都在这个教堂布道吧?整个马德里回荡着对他的赞美之词。到现在为止,他才讲了三次。但是凡是听过他布道的人都非常喜欢他的口才，他布道时教堂里拥挤得连个位子都找不到，就像新戏首演一样。他的名气肯定已经传到了你的耳朵里——"

"哎呀！先生，直到昨天我才有幸来到马德里。在科尔多瓦我几乎不知道世界其他地方正在发生着什么事，在科尔多瓦从来没有人提起过安布罗西欧的名字。"

"在马德里，你会发现每个人的嘴上都挂着他的名字。城里的居民都对他神魂颠倒；因为我没有听过他的布道，我对他激起的狂热着实吃惊。男女老少对他的崇拜可谓空前。高官显贵的馈赠不计其数，贵夫人们除了他不要别的神父来听她们忏悔，他被称为'圣者'，全城有名。"

"先生，他肯定出身高贵——"

"这点现在还不清楚。已故的嘉布遣会修道院院长在门口发现他的时候，他还是个婴儿。他们本来想弄清楚是谁把婴儿丢在修道院门口，但是所有的努力全白费了，孩子当然也说不出父母是谁。他在修道院受教育，从那以后从来没有离开过修道院。他很早就特别喜欢读书和幽静的生活，一旦到了适当的年龄，他就立誓当修士。好像从来没有人来认领他，也没人揭开他身世的秘密；而修士们出于对他的尊敬，也是为了对修道院有利，便毫不犹豫地宣布，说他是圣母玛利亚送给他们的礼物。确实，他生活作风异常严谨，这在某种程度上佐证了上面的传闻。他现在已经三十岁，在修道院的这些年，他时刻都在勤勉学习，远离世俗，禁欲苦修。三个星期前，他当选为所属教会的修道院院长，在此之前，他从来没有跨出过修道院。即使是现在，除了星期四给聚集在教堂听道的所有马德里人布道以外，他也从不离开修道院一步。据说，他学识最渊博，最具雄辩之才。他这一生中，从来没有违反过任何规定。他的品德没有任何污点，据报道，他严守贞操，竟连男女有什么不同都不知道。因此，常人都尊他为'圣者'。"

"那样就可以成为圣者了吗？"安托尼娅问道，"我的天啊！那么我也是圣者了？"

"老天！"莱欧娜娅惊叫道，"你怎么可以这样问？呸！孩子，真不要脸！这可不是适合小女子谈的话题。你似乎不应该记得，世界上有男人这种东西。你应该把每个人想象成像你一样的人，没有性别。我希望人们这么看你，也就是你知道男人没有胸，没有臀，没有……"

幸运的是，姨妈的训斥很快消除了安托尼娅的无知，此时教堂里每个人开始嘀咕起来，神父来了。为了看个清楚，唐娜·莱欧娜娅站了起来，安托尼娅也从座位上站了起来。

只见神父举止高贵，外表庄严，身材高大，仪表堂堂。他的鼻子如鹰钩，双眼又大又黑，目光炯炯有神，两道黑黑的眉毛几乎连在了一起。他肤色很深，没有瑕疵。由于多年的学习和通宵祈祷，他的脸颊已经失去了红润。他光滑的额头没有皱纹，显得十分镇静。那写在脸上的满足，好像在说此人既不知什么是忧愁，也不知什么是罪恶。他谦卑有礼，弯腰向听众鞠躬；他神态严厉，举止严肃，人人敬畏；很少有人能够忍受他那炯炯灼灼、看透人心的目光。这就是安布罗西欧，嘉布遣会的院长，人称"圣者"。

安托尼娅热切地凝视着他，心里扑通直跳，感到一阵从未有过的快意，这种快意她怎么也无法解释。她急切地等待他布道，当修士终于开口说话时，他的讲话声似乎渗透到她的灵魂深处。尽管其他听众的感觉没有小安托尼娅那么强烈，却也听得兴致勃勃，情绪激动。不了解宗教功德的人也为安布罗西欧的雄辩所折服。所有会众发现，他说话时有种不可抗拒的吸引力，拥挤的通道上鸦雀无声。就是洛伦索也无法抵抗神父的魅力，他倾听神父布道，全神贯注，竟忘了安托尼娅就坐在身边。

修士的语言既刚健有力又明白简单,他细细讲述宗教的美好,阐述圣典中一些深奥难懂的部分,风格独特,令人信服。他猛烈抨击人类的罪恶,讲述在来世为人类准备的惩罚。他嗓音清晰深沉,给人以暴风雨般的恐怖。每个听众回顾以往的过错,不禁不寒而栗,仿佛天上有雷霆滚滚而过,他们在劫难逃,霹雳要把他们击成齑粉,万劫不复的深渊仿佛在脚下打开。可是当安布罗西欧话锋一转,论及善良的美德,论及上帝献给无瑕灵魂的美好前景,以及在永久辉煌的天国的美好前景时,所有的听众便觉得他们一度溃散的精神不知不觉地得以恢复。他们重拾信心,相信最高审判者会宽恕自己,便又兴高采烈地倾听神父安慰他们的言语。当修士圆润的声音慢慢变得抑扬顿挫,他们被带入了想象中修士给他们描绘的幸福之乡,那里色彩绚丽,熠熠生辉。

神父的布道时间虽然很长,可是当布道结束时,会众伤心不已,因为他们觉得布道的时间太短。虽然修士已经停止讲话,教堂里仍然一片寂静,听众仍沉浸其中。最后,修士演说的魔力慢慢消失,听众用普遍听得见的言辞表示赞扬和钦佩。安布罗西欧走下讲坛,会众把他围得严严实实,不停地祝福他,跪在他的脚下,轻吻他的长袍褶边。他虔诚地用双手在胸口搭成十字,慢慢地朝着向小教堂打开的门走去,他手下的修士们在那里迎候他。他登上台阶,回头看看自己的信徒,说了几句感谢和规劝的话。他说话的当儿,他那串用大颗琥珀做的念珠从手中掉下,散落到了周围的人群里。众人急切地抢起念珠,转眼工夫分得一粒不剩。任何一个拥有一颗念珠的人都把它当作圣物保存。哪怕是被祝福过三遍的圣方济各本人的念珠,也不能让人们争夺得更加开心。这位修道院院长对热切的会众微微一笑,为他们祝福,然后离开教堂。

安托尼娅充满渴望地目送他远去。当他身后的门关上时,她仿佛失去了某个与她的幸福息息相关的人。一颗泪珠悄悄地、无声无息地从她脸上滚落。

"他与世隔绝!"她自语道,"也许,我再也见不到他了!"

她擦掉眼泪时,洛伦索看到了她的动作。

"你对我们的演说人很满意吧?"他问道,"你是否觉得马德里人高估了他的天才?"

安托尼娅心中对修士无比崇拜,因此她急于利用这个机会谈论他几句。此外,她现在不再把洛伦索当作完全陌生的人,也不再像原先那样因为自己过于羞怯而尴尬。

"哦!他大大出乎我所料,"她回答道,"我现在才知道口才的威力。可是当他讲话的时候,他的声音激起了我强烈的兴趣和崇高的敬意,我差点要把我对他的喜欢说出来,连我自己也对这种激烈的感情感到吃惊。"

听到她措辞如此强烈,洛伦索微微笑了笑。

"你还很年轻,涉世不深,"他说,"你的心充满温情,非常敏感,对世界还不了解。由于你天真无邪,你不会怀疑别人的骗局。你以自己的真挚和诚实为媒介观察世界,认为你周围的每个人都值得信赖和尊敬。可惜呀,这些华丽幻象一定很快会烟消云散!遗憾呀,你一定会很快发现人类的卑鄙下流,你必须像提防仇敌一样提防同类!"

"哎呀!先生,"安托尼娅答道,"我父母的厄运已经让我看到了世上太多背信弃义、令人伤心的例子!但是眼前的例子,神父富于同情的温暖肯定不会欺骗我。"

"在眼前的例子里,我承认没有欺骗你。安布罗西欧的品德完美无瑕,一个在修道院的大墙内过了一生的男人,即使他有这种念头,也没有机会犯罪作恶。可是现在,由于其职责的需要,他必须间或走到大墙外的世界,投身于诱惑之途,现在正是他必须展现道德之光的时候。这种考验是非常危险的,他正处在旺盛、奔放的生命周期,他已成就的名声会使他成为一个被诱惑的典型受害者,新奇将会给快乐的诱惑添加额外的魅力,甚至连大自然赋予他的才能也会通过让他更容易达到目的而加速他的毁灭。没有几个人能够从这么激烈的角逐中奏凯而归。"

"啊!安布罗西欧肯定是那少数几个人中的一个。"

"对这一点我并不怀疑。根据各种流传的说法,他是芸芸众生中的一个例外,嫉妒他的人想在他的品德上找到污点都没有可能。"

"先生,你的话让我感到宽慰,我真高兴!它促使我沉溺于我对他的偏爱中。你不知道,如果我压抑这种看法会多么痛苦!啊!最亲爱的姨妈,你求求我妈妈,选这位神父做我们的忏悔神父。"

"我求她?"莱欧娜娅回答道,"我告诉你,我绝不会做这种事。我一点都不喜欢刚才你提到的这个安布罗西欧。他的神情太严肃,使我浑身发抖;如果让他听我忏悔,我永远也不会有勇气承认自己的过失,我的处境就尴尬了!我从来没有见过表情这样严肃的人,我希望永远不要再见到第二个这样的人。他对魔鬼的描述,天哪,几乎把我吓得魂飞魄散,当他说到罪人的时候,他的样子好像要把他们吃掉似的。"

"你说得对,夫人,"唐·奇里斯托瓦尔应答道,"据说过于严厉是安布罗西欧唯一的缺点。虽然他自己没有常人的弱点,但他对人家的弱点不够宽容;尽管他的决定完全公正无私,他对修士们的管理已经在某种程度上证明他处事呆板,缺乏灵活性。瞧,听众快走光了。请允许我送你们回家好吗?"

"噢!先生!我的天!"莱欧娜娅惊叫道,假装绯红了脸,"这可万万使不得!如果这样一位殷勤的骑士送我回家,我那位严肃认真的姐姐非好好训我一顿不可,而且这事以后还会没完没了。此外,我倒是希望你不要现在就向我求婚。"

"我求婚？我向你保证,夫人……"

"哦!先生!我相信你急切的保证都是真的,可是我确实想缓一缓。第一次见面就答应求婚,我觉得挺难办。"

"答应求婚?只要我还有一口气……"

"哦!亲爱的先生,如果你爱我的话,就不要再催逼我了!我会把你的顺从当作你对我爱意的证明。你明天就会收到我的信,现在再见了。可是,两位骑士,还没有请教尊姓大名呢!"

"我这位朋友,"洛伦索回答说,"是德·奥索里奥伯爵,我是洛伦索·德·梅迪纳。"

"这就够了。嗯,洛伦索,我会告诉我姐姐你的热心帮助,并尽快让你知道事情的结果。我可以派人去哪里找你?"

"人们总能在梅迪纳府找到我。"

"你等我的回音好了。再见,两位骑士。伯爵先生,允许我请求你克制你太过火热的激情。但是,为了向你证明我并不厌烦你,不要绝望,请接受我这份情感的表示,有时候想想没有在你身边的莱欧娜娅。"

她边说边伸过来一只既枯瘦又满是皱纹的手,她想象中的情人亲吻了这只手,流露出一脸的为难与遗憾,大家都看在眼里。洛伦索努力克制,差点没大笑出来。莱欧娜娅匆匆离开教堂,可爱的安托尼娅静悄悄地紧随其后。可是她走到门廊的时候,不由自主地转过头来,回望洛伦索,洛伦索一边向她道别,一边鞠躬。她回礼后,匆匆离去。

"哦,洛伦索!"只剩下他们两人时,唐·奇里斯托瓦尔说,"你可给我招了一件惬意的'勾当'!为了促成你与安托尼娅的好事,我热心地对那个姨妈恭维几句空话,可是到头来我却到了谈婚论嫁的边缘！我为你遭了这么大的罪，你说该怎么报答我？我吻了那该死的老女巫像皮革一样的爪子，你用什么来回报？老天爷！她留在我唇上的'香味'，会让我整个月闻起来都有大蒜味！我走在马德里的普拉多大街，会被当成在行走的煎鸡蛋，或者是花谢结籽的洋葱！"

"我承认，可怜的伯爵，"洛伦索回答道，"你对我的帮助伴随着危险，可是我并不认为这件事已经到了忍无可忍的地步，因为我可能还要求你继续打情卖俏呢。"

"从你主动提出帮她们的忙来看，我推断小安托尼娅已经在你心里留下了一些好印象。"

"我无法告诉你，我对她有多着迷。我父亲去世后，我伯父德·梅迪纳公爵向我表示，他希望看到我早日完婚。我一直在躲避伯父的一再暗示，装作没有听懂他的话。但是我今晚看到的……"

"哦？你今晚看到的是什么？哎呀，当然了，唐·洛伦索，你不可能发疯到要娶这个'科尔多瓦一个既老实又勤恳的鞋匠'的外孙女为妻吧？"

"别忘了，她还是已故的德·拉斯·西斯特纳斯侯爵的孙女。但是且不论她的出身和门第，我敢保证，我从来没有见过像安托尼娅这样有趣的女子。"

"很有可能，可是你不可能想娶她吧？"

"为什么不，我亲爱的伯爵？我的财富足够我们两人开销，你知道我伯父对这一问题想得很开。以我对雷蒙德·德·拉斯·西斯特纳斯侯爵的了解，我肯定他会乐意承认安托尼娅是自己的侄女。因此，她的出身不会成为我求婚的障碍。我是想娶她，而不是为了别的，否则我就是小人。确实，她好像具备一个贤妻良母不可或缺的品质：年轻，可爱，贤淑，聪明……"

"聪明？哎，她可只会说'是'，还有'不'。"

"她话不多，我必须承认——但是她说的'是'或者'不'，总是恰到好处。"

"是这样吗？噢！她真是个最顺从你的人！你那是在用情人的论点说话，我再不敢同一个造诣如此高深的诡辩家争论了。我们暂时不要争论，去看场喜剧怎么样？"

"我不能去。我昨晚才到马德里，到现在还没有机会见我妹妹一面。你知道她的修道院在这条街上，刚才我正要去那儿的时候，涌入教堂的人群引起了我的好奇心，所以想看个究竟。我现在得去做第一件事，今天晚上也有可能在女修道院会客室的格栅门边和我妹妹在一起。"

"你说你妹妹在女修道院？哦！千真万确，我忘了。阿格妮丝小姐情况怎样？我实在吃惊，唐·洛伦索，你怎么可能想到把这么漂亮的姑娘禁闭在修道院的大墙内！"

"唐·奇里斯托瓦尔，我想到的？你怎么可以怀疑我会做出这种伤天害理的事呢？你知道她戴上面纱做修女是她自己的愿望，你也知道是特殊的情况使得她希望过与世隔绝的生活。我曾经竭尽所能劝她改变决定，可是我的一切努力都白费了，从此我失去了妹妹！"

"你真走运。洛伦索，我想，你却因为这个失去的妹妹得到了意外之财。如果我没有记错的话，阿格妮丝有一万皮斯托尔的财产，其中一半归爵爷你。以圣雅各的名义起誓！但愿我有五十个处于这种情况的姐妹。即使失去所有姐妹，我也会同意，心中也不会有多少不满——"

"说什么呀，伯爵？"洛伦索愤怒地说道，"你认为我会卑鄙到让妹妹去过与世隔绝的生活？你认为我占有她的财产这种卑鄙愿望能够……"

"佩服！有勇气，唐·洛伦索！好了，老弟你已经怒不可遏了。

但愿上帝能让安托尼娅软化你那暴躁的脾气,否则还没有到月底我们两个肯定会互相残杀!但是,现在为了避免这种悲剧性的灾难,我退下,留下你做这里的主宰。再见,脾气像埃特纳火山一样的骑士!改改你那火爆的脾气,记住,不论什么时候,当你需要我向远处那个形容枯槁的老巫婆求爱时,我都愿意为你效劳。"

说着,他冲出了教堂。

"多么古怪的头脑!"洛伦索说道,"多好的一个人,判断力却这么弱,多可惜啊!"

暮色降临,教堂还没有点灯。月亮东升,暗淡的月光无法穿透哥特式教堂的昏暗朦胧。洛伦索觉得自己无法离开这个地方。安托尼娅的离去使他心中空空荡荡的,唐·奇里斯托瓦尔使他想起了献身基督的妹妹,这一切使得他心情忧郁,这心情与教堂幽暗的气氛非常协调。他仍然靠在从讲坛数过来的第七根柱子上。柔和的凉气顺着僻静的走道轻轻透进来,月光透过彩绘玻璃窗射入教堂,给有回纹装饰的屋顶和粗大的柱子抹上千百种光芒和色彩。四周寂静无声,只听见隔壁修道院偶尔的关门声。

此时的静谧和此地的幽静,使洛伦索的心情更加忧郁。他倒在身边的凳子上,任凭自己沉浸在幻想之中。他想到了自己与安托尼娅结合的可能,想到了可能影响自己愿望实现的种种障碍。千百种幻觉出现在眼前,真的让人伤心,但没有令人不快。睡意不知不觉地向他袭来,他清醒时平静肃穆的心情在他睡着时仍继续影响着他。

他还在想象自己在嘉布遣会教堂,但是教堂里已经不再昏暗,不再孤身一人。许多盏银灯从教堂的拱顶泻下光芒,远处唱诗班迷人的歌声结束了,管风琴奏出的音乐越来越响亮,飘荡到教堂外面。圣坛已经做了一番点缀,好像要举办一场盛典。圣坛四周围着一群被灯光照得很亮的人。安托尼娅站在圣坛边,身穿白色结婚礼服,满脸绯红,少女的羞涩使她魅力四射。

洛伦索半怀着希望,半怀着恐惧,凝视着眼前的情景。突然,通往修道院的门打开了,他看见神父在一长列修士的随行下走近了安托尼娅。

"新郎在哪里?"幻想中的修士问道。

安托尼娅好像焦急不安地环视了一下教堂,年轻人不自觉地从隐身处向前走了几步。她看见了他,高兴得脸颊绯红。她优雅地打了个手势,示意他往前走。他顺从地向她飞奔过去,跪倒在她的脚下。

她往后退了几步,然后注视着他,心中有说不出的欢喜。"是啊!"她喊道,"我的新郎!我命中注定的新郎!"然后赶紧扑向他的怀里。可是他还没来得及抱住她,一个不认识的人冲到了他们当中。那人体型庞大,皮肤黝黑,眼露凶光,口吐团团火焰,前额写着的字清晰可辨:傲慢、淫欲、残忍!

安托尼娅尖声大叫。这个怪物紧紧抱住她,纵身跳到圣坛上,不停地用令人作呕的吻折磨她。她想从他的怀里挣脱,但不可能。洛伦索正要扑过去救她,但是还没等他靠近,突然打了个响雷。顷刻之间,整个教堂似乎要坍塌下来,修士们只顾逃命,吓得大喊大叫。银灯倏地熄灭,圣坛倒在地上,底下露出一个万丈深渊,吐着团团烈焰。怪物大喊一声,令人毛骨悚然。他朝深渊跳去,边跳边想把安托尼娅拖进去。他奋力拖着,但是怎么也拖不走。像是受到了超自然力量的激励似的,安托尼娅从他的拥抱中挣脱出来,可是她的白色礼服却被怪物抓在了手中。刹那间,安托尼娅的两只胳膊下伸出一双金光四射的翅膀来,她冲天而去,边往上冲边对洛伦索呼喊:"朋友,我们会在天堂见面!"

与此同时,教堂拱顶轰然洞开,悦耳的说话声沿着教堂的拱顶回荡,接纳安托尼娅的光芒明亮耀眼,令人目眩,洛伦索无法长久注视。在强光下,他突然失明,倒在地上。

醒来时,他发现自己张开四肢,平躺在教堂的地面上:教堂里灯火通明,赞美诗的歌声从远处传来。洛伦索一时还不能让自己相信刚才亲眼所见的只是一场梦,只是留在他幻想中的一个深刻印象。稍加回忆,他便确信梦境的悖谬:他睡着的当儿,教堂的灯已经点亮,他听见的圣乐是修士们演奏的,他们正在修道院的小教堂里做晚祷。

洛伦索起身,准备去妹妹的修道院。他满脑子想的都是离奇古怪的梦境。他已经快要走到门廊了,这时突然看见一个人影在对面的墙上移动。他好奇地看了看四周,很快看到一个人,用斗篷裹着,好像在小心翼翼地观察自己的行动是否被人察觉。好奇之心人皆有之,洛伦索也不例外。这个陌生人似乎急于想隐藏自己在教堂里做的事,正是这种情形使得洛伦索想弄清楚他要做什么。

我们的主人公意识到,他没有权利去刺探这个陌生骑士的秘密。

"走开吧。"洛伦索说道。可是他还是待在原地,没有动。

柱子的影子刚好把他隐藏在陌生人的视线之外。陌生人继续小心翼翼地朝前走去。最后,他从斗篷里取出一封信,慌忙把它放在圣方济各巨像下面。接着,陌生人急促地退了回来,躲入离巨像有一段距离的一个角落里。

"啊!"洛伦索心里嘀咕道,"这只是件愚蠢的风流韵事罢了。我想,我还是走开的好,这件事我又帮不上忙。"

的确,在此之前,他从来没有想过在这件事上他能做点什么,然而他觉得有必要为自己对这件事的好奇找个小小的借口。现在他再次想离开教堂,这次他没有任何耽搁,径直走到了门廊。但是那天夜里他注定要再去一次教堂。当他走下通往大街的台阶时,有个骑士猛地撞在他身上,两人差点都被撞倒在地。洛伦索用手按住佩剑。

“先生，这是怎么回事？”他说道，“你为什么这么莽撞？”

“哈！原来是你，梅迪纳！”新来者答道，从讲话声洛伦索辨认出来者是唐·奇里斯托瓦尔。“你是世界上最走运的家伙，我都回来了，你居然还没有离开教堂。进去，进去！我亲爱的小伙子！她们很快就到这里来了！”

“谁要到这里来？”

“老母鸡和她漂亮的小鸡们！进去，待会儿你就会明白事情的前因后果了。”

洛伦索跟他走进教堂，两人躲在圣方济各像的后面。

“现在，”我们的主人公说道，“我可以冒昧地问问吗，你为什么这么匆匆忙忙、喜形于色？”

“噢！洛伦索，我们将看到非常壮观的一幕！圣克莱尔女修道院院长和她那一长队修女就要到这里来了。你该知道，虔诚的安布罗西欧神父无论如何不愿走出修道院（愿主为此奖励他），而任何一家追求时髦的女修道院只想请他做忏悔神父，所以修女们只得来修道院参见他——因为既然山不肯向默罕默德走来，默罕默德只好向山走去。现在圣克莱尔女修道院院长，为了更好地避开像你和你谦恭的仆人——我这样色迷迷的眼睛的注视，认为在黄昏时分把她的那群圣女带来忏悔更加合适。女修道院院长被允许从那边的便门进入修道院小教堂。圣克莱尔女修道院院长是个值得尊敬的老人，也是我的一个特殊朋友，刚才她告诉我，她们很快就要到这里来。这就是给你的消息，你这个调皮鬼！我们会看到马德里最漂亮的美人！”

“真的，奇里斯托瓦尔，我们还是别去看吧，修女们总是蒙着面纱的。”

“不！不！我知道得比你清楚。进入礼拜的地方，修女们总是摘下面纱，以示对供奉的圣徒的尊敬。你听！她们来了！肃静，肃静！”

看了你就会相信的。"

"好!"洛伦索心里暗暗想道,"我可能会发现那个神秘陌生人的信是送给谁的。"

唐·奇里斯托瓦尔刚停止说话,圣克莱尔女修道院的院长就出现了,后面跟着一长队修女。每个人一进教堂就摘下面纱。女修道院院长双手交叉在胸口,走过圣方济各像时深深鞠躬,修女们也都学女院长的样子。好几个修女朝前走过去了,但洛伦索心中的疑团还未解开。他几乎开始绝望,觉得不可能弄清楚这个秘密了。就在这时,有个修女在向圣方济各像表示敬意时,不巧把念珠掉到了地上。她俯身去捡念珠,灯光恰好照在她的脸上。与此同时,她敏捷地从雕像底下取出那封信,藏在胸口,又匆匆回到队列中的位置上去。

"哈!"奇里斯托瓦尔低声说道,"这里有名堂,肯定有。"

"是阿格妮丝,天哪!"洛伦索大声说道。

"什么,你妹妹?天哪!那么,我想,有人得因为我们的偷看付出代价了。"

"而且应该立刻为之付出代价。"这位愤怒的哥哥答道。

这支虔诚的队列此刻已经全部进入嘉布遣会修道院,便门已经关上。那个不知姓名的陌生人马上从隐身处走出来,急忙离开教堂。他没来得及走出教堂,便看到洛伦索挡住了去路。陌生人赶紧后退,拉低帽檐。

"你休想从我身边逃走!"洛伦索喊道,"我要知道你是谁,也要知道那封信的内容。"

"那封信?"不知姓名的人重复道,"你有什么权利问我这个问题?"

"凭我现在为之感到羞耻的权利问你,但是你不该这样问我。要么详尽回答我的盘问,要么用你的剑来回答我。"

"第二种方式最简单，"对方答道，随即拔出长剑。"来啊，勇敢的先生！我已经准备好了！"

洛伦索怒火中烧，急急提剑进攻。奇里斯托瓦尔比他们两个理智，他冲入两人当中，挡开了他们的武器，这时两个对手已经打了几个回合。

"住手！住手！梅迪纳！"他惊叫道，"千万记住在教堂这种神圣的地方流血的后果！"

陌生人马上放下手中的剑。

"梅迪纳？"他大声说，"天哪，真没有想到！洛伦索，难道你一点也不记得雷蒙德·德·拉斯·西斯特纳斯了吗？"

洛伦索越发吃惊了。雷蒙德向前走到他跟前，但是他带着疑惑的神色缩回了对方准备来握的手。

"你怎么会在这里，侯爵？这一切是什么意思？你偷偷送信给我妹妹，她爱慕的……"

"以前是我，现在还是我。但是在这里解释不方便。随我去我的府邸吧，我会把一切都告诉你。和你在一起的是谁？"

"一个我想你以前已经见过的人，"唐·奇里斯托瓦尔回答道，"虽然可能不是在礼拜堂里。"

"德·奥索里奥伯爵？"

"正是，侯爵。"

"我不反对把我的秘密告诉你，我相信你不会乱说的。"

"这么说，你对我的评价比我自己的要好，因此，我必须恳求你允许我谢绝你的信任。你行你的路，我走我的道。侯爵，在哪里可以找到你？"

"同往常一样，在德·拉斯·西斯特纳斯宅邸。可是别忘了，我在这里是隐姓埋名的。如果想见我，必须说寻找一个名叫阿尔方索·德·阿尔瓦拉达的人。"

"好！好！再见,骑士们!"唐·奇里斯托瓦尔说着,马上离开了。

"侯爵,你,"洛伦索以吃惊的口气说道,"你,你叫阿尔方索·德·阿尔瓦拉达?"

"正是如此,洛伦索。如果你没有从你妹妹那里听过我的故事,那么我有许多话要讲给你听,你肯定会吃惊的。所以,跟我走,马上去我的宅邸。"

就在这时,嘉布遣会教堂的门房走进教堂,锁了大门睡觉去了。两个贵族马上离开,飞也似的奔向德·拉斯·西斯特纳斯宅邸。

"哎,安托尼娅!"姨妈一离开教堂就说,"你觉得这两位殷勤的男子怎么样? 看来,唐·洛伦索真是个热心的好小伙,他对你比较注意,不过没人知道结果会怎么样。至于唐·奇里斯托瓦,我断言,他是个儒雅又完美的人。多么殷勤! 多么有教养! 多么明智! 多么让人爱怜! 唉! 要是有男人能够说服我打破终身不嫁的誓言,那就是唐·奇里斯托瓦尔了。你看,外甥女,所有事情都按照我告诉你的发生了:我就知道,我只要在马德里一露脸,就会被求爱者包围。当我摘下面纱,安托尼娅,你看见了,对伯爵产生了怎样的影响。我向他伸出手,你看到他吻我手时激动的样子吗? 如果我见证过真爱,那么我看到真爱就印写在唐·奇里斯托瓦尔的脸上!"

安托尼娅当然看到了唐·奇里斯托瓦尔吻手时的神态,可是她得出的结论同姨妈的有所不同,聪明的她没有把这话说出口。

老妇继续用同样的口气谈话,直至来到她们寓所的街上。许多人聚集在她们寓所的门口,挡住了她们的道。她们退到大街的对面,想看清究竟是什么吸引了这么多人。几分钟后,只见人群围成一个圆圈。这时,安托尼娅发觉在人群当中有一个身材特别高大的女人,只见那女人不停地转啊转,做出各种极为夸张的姿势。她的连衣裙用五颜六色的丝绸和麻布的碎片拼凑而成，虽然排列得奇形怪状，仍然不失一定的风味。她头上罩着一块包头巾一样的东西，头巾上点缀着藤蔓叶子和野花。似乎由于常常被太阳暴晒，她的皮肤呈现深橄榄色。她的眼睛看上去炯炯有神，不同寻常。她手持一根长长的黑棒，不时用它在地上画出种种奇怪的图案，用各种愚蠢、谵妄的古怪姿势绕着地上的图案舞呀舞。突然，她停止舞步，快速连转三圈，过了片刻，唱起了下面的歌谣：

吉卜赛人之歌

来啊，把钱给我！我奇特的法力
超过世上所有的凡品；
来啊，姑娘们！我神奇的镜子
能现出你夫君的真身。

上天赋予我独特的法力，
能看见命运之书打开；
阅读天庭既定的决定，
把未来探究个明明白白。

我驾驶月神的银色篷车，
用魔镣把狂风紧锁；
赤龙守望埋藏的黄金，
我施魔法把它催眠。

符咒护身刀枪不入，

孤胆敢闯魔女的会场；
无畏能入巫师的圆圈，
脚踏睡蛇毫发无伤。

看呀！这里有威力无边的符咒！
能让你的丈夫可靠忠诚。
这在夜半画成的符咒，
会使最冷酷的青年钟情。

如果有小姐给钱过多，
这灵药会弥补她的损失；
让凋谢的朱颜重放光彩，
令黝黑的姑娘白皙美丽！

那就静静听吧，让我来讲讲
命运女神镜中的情景；
多年以后，人人会说
吉卜赛人的预言真灵。

"亲爱的姨妈！"陌生人唱完了歌之后，安托尼娅说道，"她没有发疯吧？"

"发疯？她没有，孩子。她只是邪恶。她是吉卜赛人，漂泊不定，唯一的职业就是走南闯北，撒谎骗人，从老老实实挣钱的人身上骗走钱财。害人虫滚出去！如果我是西班牙国王，我就下令：今后三周在我疆域内找到的任何一个吉卜赛人，都将被活活烧死。"

话说得很响，传到了吉卜赛人的耳朵里。她立刻分开包围的人

群,朝两位女士走来。她以东方人的方式向她们行礼三次,然后对安托尼娅说:

> 小姐! 贤淑的小姐!
> 知道我能告诉你未来的运道;
> 伸出手来,不要担心;
> 小姐! 贤淑的小姐! 你听!

"最亲爱的姨妈!"安托尼娅说,"迁就我一次吧! 让她给我看看命吧!"

"胡扯,孩子! 她除了说谎,什么也说不出。"

"没有关系,至少让我听听她说些什么。千万让她说说,我亲爱的姨妈! 行行好,我求你了!"

"嗯,好吧! 安托尼娅,既然你这样想看命……来,好女人,你看看我们两人的手相。给你钱,先看看我的命。"

姨妈边说边脱掉手套,把手伸了过去,吉普赛人看了看手,然后做了下面的回答:

> 好夫人,你已不再年少,
> 你的命,已经明了:
> 你给的赏钱,我马上
> 用忠告向你偿还。
> 你幼稚的虚荣让人吃惊,
> 朋友说你神经有病,
> 更不愿看见你用花招
> 把年轻小伙的心捕获。

相信我，夫人，

你芳龄已经五十又一，

眯起的灰眼暗送秋波，

男人们很少会欣然捕捉。

从今起听我一声劝告，

要避免涂脂抹粉、贪色骄慢，

省下钱财扶贫济困，

花钱打扮意义无存。

多想想造物主，莫想情人；

多念念昨日过，莫念明天；

岁月的镰刀会很快割掉

你点缀眉头的几根红毛。

　　吉卜赛人说话时众人哈哈大笑，笑声在街头回荡，"五十又一""眯起的灰眼""红毛""涂脂抹粉"等词语口口相传。莱欧娜娅差点被气死，便用最尖刻的话不停地责骂恶毒的忠告人。皮肤黝黑的女预言者带着鄙视的微笑静听她的数落，最后短短地回了一句，然后转身面对安托尼娅：

安静，夫人！我的话句句是真；

可爱的小姐，现在算算你的命运；

伸出你的手，让我看个究竟

你将来的命数，还有上天的裁定。

　　安托尼娅模仿莱欧娜娅，脱掉手套，把白皙的手伸给吉卜赛人，吉普赛人凝视了许久，露出既怜悯又震惊的神情，用下面的话宣布了预言：

天哪！多么漂亮的手心！
纯洁、高贵、美丽又年轻，
无瑕的灵魂，完美的身段，
本该是神赐君子的美眷：
可是哎呀！这纹线透露，
毁灭在你头上重重盘旋；
魔鬼的狡猾，男人的淫荡，
联手带给你无尽的祸殃；
虽然悲痛万分离开人寰，
不久魂魄必升乐土天堂。
为了推迟你的苦难，
我的话儿千万莫忘。
如果你看见有个男人，
道德高尚，超群绝伦，
从来不受罪恶侵袭，
也不怜悯邻居的过失，
要想起吉卜赛老妇的忠言：
虽然他看似心地良善，
英俊的外表常常包藏
祸心、淫欲与骄慢！
可爱的小姐，含泪说声再见！
莫要为我的预言伤感；
不如顺从命运的安排，
静静等待痛苦的到来，

期待永恒无尽的极乐

在那强于人间的天界。

　　说了这些话后,吉卜赛人再次转了三圈,发疯似的打了个手势,便匆匆离开街道,街上的人跟在她后面。埃尔维拉的门口现在已经畅通无阻,莱欧娜娅走进屋内,她对吉卜赛人不满,对外甥女不满,对街上的人也不满。总之,她对每一个人都心怀不满,除了对她自己和那位迷人的骑士。吉卜赛人的预言起初对安托尼娅的触动很大,不过几个小时后,她就已经把这件事忘得一干二净,好像这事根本就没有发生过。

第二章

即使你只品尝到

爱之欢愉的千分之一,

你后悔的言辞与叹息就会证明

没有在爱中消磨的时光尽是虚度。

——塔　索

修士们随侍院长到他的房间门口,院长便打发他们离开。他觉得自己高人一等,表面上虽显谦卑,内心却很骄傲。

一旦独处,他便放纵自己,沉湎于虚荣之中。想起自己刚才的布道激起了听众高昂的热情,不禁欢天喜地,满脑子奇思幻想。他环顾四周,得意扬扬,骄傲地认为自己比同类优越。

"除了我,"他心里想,"有谁经受过了青春的考验,还能在良心上问心无愧?有谁能克服狂暴的激情和冲动,从生命的黎明起就自愿做个隐士?我寻觅了很久,可惜没有。除了我,其他人没有这个决心。就是教团也不敢夸口有与安布罗西欧匹配的人!我的布道在听众心中产生了多大的影响!多少人簇拥在我的身旁!他们给予我多少祝福,称我是唯一不腐的教会柱石!那么,现在我该做的是什么呢？除了像监督自己的品行一样监督教会兄弟的品行，没有什么事可做。但是且打住！迄今为止，虽然没有对自己走的路有过片刻的迷惘，难道我不会受诱惑而偏离正道吗？难道我不是肉胎凡身，性格软弱，容易犯错吗？现在，我必须放弃隐居的孤独，因为马德里美丽又高贵的女士频繁地出现在修道院，而且只愿意对我忏悔。我的眼睛必须习惯于观看这些充满诱惑的对象，抵制奢侈和欲望的诱惑。我是否该在那个我不该进入的世界遇见某个可爱的女性，可爱得……就像圣母玛利亚你一样……"

他一边说，一边目不转睛地看着圣母的画像，画像正好挂在对面。两年来，圣母像成了他惊叹和爱慕的对象，并且这种情愫与日俱增。他停了下来，高兴地凝视着画像。

"多么美丽的容貌啊！"沉默片刻之后，他这样想道，"她转头的姿态多么优雅！她那具有神性的眼睛多么甜美，多么庄严！她的脸颊斜倚在手上是多么温柔！玫瑰怎比得过她脸颊的红润？百合哪比得上她双手的白皙？啊！如果世上真有这样的美人存在，而且只是为我而生，那该多好！如果我的手指能够缠绕在那垂肩的金色卷发中，我的双唇能够亲吻那雪白的酥胸，该有多美啊！仁慈的主啊，我该抵制这种诱惑吗？我该用三十年的磨难换取一次对她的拥抱作为酬劳吗？我该放弃……我真是愚蠢！我承受着爱慕画像带来的痛苦，这会把我推向哪里？走开，邪恶的念头！我必须记住，这辈子女人永远与我无缘。尘世中没有哪个女人能长得像这个画中人一样完美。不过，安布罗西欧是不会为诱惑所动的。诱惑，我说了，对我而言，它又有何用？令我着迷的东西，一旦成为理想中的东西并被当作超级的存在，会让我作呕，会变成女人，沾上人类所有的缺点。让我充满狂热的不是女人的美貌，让我羡慕的是画者的技艺，是画中纯洁的神性！难道我内心的激情之火没有熄灭吗？难道我没有摆脱人性的弱点吗?别怕,安布罗西欧! 相信自己拥有强大的美德力量。勇敢走进这个世界,因为你超越了尘世的弱点,要明白你现在没有人类的缺陷,你要蔑视邪恶鬼怪的所有伎俩! 他们会认识一个真实的你!"

这时,三下轻轻的叩门声打断了他的沉思。修道院院长好不容易才从胡思乱想中醒过来。门又被叩了三下。

"谁呀?"安布罗西欧终于问道。

"是我,罗萨里欧。"一个文静的声音回答道。

"进来,进来,我的儿子!"

房门马上开了,罗萨里欧出现在门口,手里提着个小篮子。

罗萨里欧是修道院里一个年轻的见习修士,打算在三个月后成为正式的修士。他身上笼罩着某种神秘的东西,能马上引起人们的兴趣和好奇。他不愿与人交往,郁郁寡欢,但却严守教规。他年纪轻轻,却甘愿与世隔绝。由于与常人不同,他引起了所有修士的注意。他似乎害怕被人认出,所以没有人看见过他的脸。他的头总是用修士的兜帽遮得严严实实;然而,他的面容也被人偶然窥见过,那是一张无比美丽、最具贵族气质的脸庞。在修道院,人们只知道他叫罗萨里欧。

没人知道他来自哪里,每当有人问起,他总是一味沉默,讳莫如深。不久前,有个陌生人来到修道院,富贵的气派和豪华的马车表明那人出身高贵,地位显赫。陌生人要修士们收留一位见习修士,并留下一笔必要的费用。第二天,陌生人带着罗萨里欧来到修道院,此后就再无音讯。

这名青年刻意回避其他修士,不同他们在一起。对修士们的寒暄,他矜持而明确地表示自己偏好独处。但是他的这种态度,只有对院长是例外。这位年轻人几乎像崇拜偶像一样尊敬院长。为了与院长相处,他孜孜不倦,想方设法讨好院长。与院长在一起时,他显得心情舒畅,言行欢快。安布罗西欧也被这个年轻人深深吸引。只有与罗萨里欧在一起,安布罗西欧才会把平日的严肃放在一边。与罗萨里欧讲话时,院长会不自觉地使用比平时更温和的语气;对院长而言,没有人的声音听起来比罗萨里欧的更甜美了。他向这个年轻人传授各种学问,以答谢年轻人对自己的尊敬。见习修士听院长讲课,毕恭毕敬。罗萨里欧禀性活泼,举止正派,心地正直,安布罗西欧对其的迷恋与日俱增。总之,院长把一个神父全部的爱都给了罗萨里欧。有时,他禁不住产生了偷偷一窥弟子面容的冲动。可是,他自我克制的戒律阻止了他把内心的愿望透露给这个年轻人。

"打扰了,神父,请原谅,"罗萨里欧一边说,一边把篮子搁在桌上,"我是来求你办事的。听说有个好朋友已经病入膏肓,求你为他早日康复而祈祷。如果祈祷能够让他免其一死,那么你的祈祷肯定最灵验。"

"只要用得着我,我的儿子,尽管吩咐。你的朋友叫什么名字?"

"文森蒂奥·德拉·龙达。"

"这就够了。我在祈祷中不会漏掉他的,但愿我们幸福的圣方济各屈尊倾听我为你朋友所做的祈祷!——你篮子装的是什么,罗萨里欧?"

"几枝鲜花,尊敬的神父,据我平时观察,是你最喜欢的那种。请允许我在你的房间里摆放这几枝花,好吗?"

"你的关心让我很开心,我的儿子。"

罗萨里欧把篮中的鲜花插入摆设在房间各处的小花瓶中,院长则继续刚才的谈话。

"罗萨里欧,今天晚上我在教堂里没有看见你。"

"我在的,神父。我实在感激你的保护,不愿失去见证你成功的任何机会。"

"哎呀！罗萨里欧，我可谈不上成功，是上帝通过我的口说话，一切功绩都归于他。看来，你对我的布道还算满意？"

"何止满意！嗬！你超越了自己！我从来没有听见过这样雄辩的口才……除了有一次！"

说到这里，见习修士不由自主地叹了一声。

"是哪一次呢？"院长问道。

"是我们已故的院长突然染病，你为他做祈祷的那一次。"

"我想起来了，那是两年前，你也在场吗？那时我不认识你，罗萨里欧。"

"没错，神父。我要是在见到你之前的那天死去就好了！这样，我可以省了多少痛苦，多少悲伤！"

"痛苦，在你这个年纪，罗萨里欧？"

"是的，神父。痛苦，如果你知道，同样会激起你的愤怒和同情。痛苦，既立刻给我的生命带来了烦恼，也立刻成就了我生命中的喜悦！然而，在这与世隔绝的修道院里，如果不是受到忧虑的折磨，我的内心会十分安宁。啊，上帝！我的上帝！生活在恐惧中是多么残忍！啊，神父！我已经放弃一切，我已经永远抛弃尘世及其一切的欢乐。现在什么都没有了，现在没有什么能让我迷恋，除了你的友谊，除了你的爱。如果我失去这些……神父！啊！如果我失去这些，看见绝望的结果，会不寒而栗的！"

"你担心失去我的友谊？难道我的所作所为让你产生了恐惧？你应该很了解我，罗萨里欧，我值得你的信任。你有什么痛苦，告诉我，相信如果我有能力消除你的痛苦……"

"唉！除了你，没有人能够消除我的痛苦。可是，我不能让你知道我的痛苦。你会因为我的供认而恨我的！你会鄙视我，污辱我，把我从你身边赶走！"

"我的儿子，我请求你！我恳求你！"

"你行行好，不要再求我了！我不能……我不敢……听！晚祷的钟声已经敲响！神父，请为我赐福吧，我要走了。"

罗萨里欧说着，双膝跪在地上，接受了所请求的祝福。然后，他把院长的一只手按在自己的唇上，从地上起来，便匆匆离开。不久，安布罗西欧便去修道院的一个小教堂里参加晚祷，心中对年轻人的异常行为充满诧异。

晚祷结束后，修士们回到了各自的房间。院长独自留在小教堂，准备接待圣克莱尔修道院的修女们。他在忏悔椅上坐下不久，圣克莱尔修道院的女院长就到了。修女们依次向安布罗西欧忏悔，未轮到的人则和女院长一起在隔壁的祈祷室等候。安布罗西欧专注地倾听忏悔，不停地劝诫，责令她们根据过错的大小适当悔罪。很长一段时间里，一切都井然有序，与平常无异，直到最后一个修女出现。那修女气度高贵，风姿优雅，引人注目；突然之间，一不小心，她竟从胸口掉下一封信来。那修女正转身离去，没有意识到丢了书信。安布罗西欧推测，信可能是她的某个亲戚写的，便俯身拾起来，想还给她。

"等一等，女儿，"他说，"你掉了……"

这时，信纸已经展开，他无意中看到了开头的几句话，吃惊地后退了一步！修女听见声音，转过身来，看见信在他手中，惶恐地尖叫了一声，赶忙上前，想把信拿回来。

"且慢！"修士厉声说道，"女儿，我必须看看这封信。"

"那我完了！"她喊道，疯狂地把两只手的十个指头交叉一起，哀求院长。

刹那间，她的脸上血色全无，焦虑得浑身发抖，她只好双手抱住小教堂的一根柱子，以免倒在地板上。与此同时，院长读到了以下几行字：

已经为你逃离修道院做好一切准备,我最亲爱的阿格妮丝。明天晚上十二点,我在花园门口等你。我已经拿到钥匙,再过一些时间就可以把你带到安全的庇护所。你不要有顾虑,如果某个办法可以保护你和你腹中那个无辜的生命,你不要拒绝。别忘了,远在你进修道院以前,你就答应过这辈子非我莫属。你的同伴们窥视的眼睛很快会发现你现在的状况,只有逃离才能躲开她们恶毒的怨恨。再见,我命中注定的爱妻!十二点一定要到花园门口!

看完以上的文字,安布罗西欧对这个轻率的修女投以严厉而愤怒的目光。

"这封信必须交给女修道院院长!"安布罗西欧说完,便从她身边走了过去。

安布罗西欧讲的话犹如五雷轰顶,使阿格妮丝从麻木的状态猛然醒悟过来,意识到自己处境的危险。她紧随其后,拉住了安布罗西欧的长袍。

"不要走啊!不要走!"阿格妮丝一边用绝望的声音叫喊道,一边跪在修士的跟前,泪水溅落在他的脚上,"神父,可怜我青春年少!赦免一个女人的弱点,有劳您屈尊遮掩我的脆弱吧!我将用我的余生来赎罪,你的宽厚仁慈会把一个堕落的灵魂带到天堂!"

"无耻之极!什么!难道圣克莱尔修道院要成为娼妓的藏污之地?难道我能容忍基督堂变成淫荡耻辱的纳垢之所?你这个卑鄙无耻的东西!这样的宽大仁慈只能让我成为你的同谋和共犯!在这件事上面,对你仁慈就是犯罪。你屈从于引诱者的淫欲,你的不贞玷污了圣袍。你居然还以为能获得我的同情和怜悯?现在,不要再拉扯我的衣服！你们的女院长在哪里？"他又抬高了嗓门说道。

"等一等！神父，再等等。请你听我片刻，让我把话说完。不要用不贞两个字来指责我，也不要以为我是因为冲动而犯错。早在我当修女之前，雷蒙德就是我心灵的主宰，他用最纯洁、最无可指责的感情激起我的爱情，眼看就要成为我的丈夫。这时，一次可怕的冒险经历，还有亲戚的背信弃义，把我们彼此拆开。我以为永远失去了他，心灰意冷，投身修道院。但是，一次偶然的机会，我们又再度相逢。我们抱头痛哭，泪湿衣衫，我无法拒绝这种忧伤的欢乐。每到晚上，我们就在圣克莱尔修道院的花园里相见。在一个没有防备的时刻，我违背了守贞的誓言。我很快就要做妈妈了，安布罗西欧神父，可怜可怜我，也可怜可怜我无辜的胎儿吧，他的生命与我密切相关。如果你向院长嬷嬷告发我的轻率，我们母子就没命了。根据圣克莱尔修道院的院规，对我这种不幸的人，惩罚会极其严厉和残酷。尊敬的神父大人！不要因为你自己的良心洁白无瑕，就对那些不太能够抵制得住诱惑的人冷酷无情！可怜可怜我吧，最受人尊敬的神父！把信还给我，别把我推进万劫不复的深渊！"

"你的大胆让我羞愧！你用虚伪的忏悔欺骗我，难道我应该包庇你的罪孽？不，女儿，绝不！我要给你更紧要的帮助。尽管你想毁灭，我却想拯救你，让你免于毁灭；悔过与苦行将弥补你的罪过，严厉会迫使你回归神圣之路。嘀，喂！圣阿加莎院长嬷嬷！"

"神父！以一切神圣东西的名义，以一切你最珍爱的东西的名义，我恳求，我哀求……"

"放手！我不会听你的。院长在哪里？圣阿加莎院长嬷嬷，你在哪里？"

祈祷室的门开了，女修道院院长走进小教堂，后面跟着一群修女。

"残忍啊！残忍！"阿格妮丝惊叫道，松开了手。

她疯狂而又绝望地扑倒在地上，在绝望的狂乱中，她捶打胸膛，扯破面纱。目睹眼前的场景，修女们惊得目瞪口呆。修士把那张要命的纸递给女修道院院长，讲述了信是如何被发现的。他还说，如何惩处犯罪者由女院长来决定。

女修道院院长细读书信，气得怒容满面。什么！这么一宗罪居然发生在她的修道院，而且居然已经被安布罗西欧——这个马德里的偶像，这个她最想给他留下自己管理教堂严厉有方印象的人知道了！语言已经不能表达她的愤怒。她一言不发，对俯卧在地上的修女投去威胁和恶毒的目光。

"把她带回修道院去！"女院长终于对几个随从命令道。

两个年纪最大的修女朝阿格妮丝走去，强行将其从地上拽起来，准备带她离开小教堂。

"什么！"阿格妮丝突然大声一叫，以疯狂的姿势挣脱了两个老修女的手，"那么说一点希望都没有了吗？你们已经要拉我去接受处罚了吗？你在哪里，雷蒙德？啊！救救我！救救我！"

然后，她狠狠地看了修道院院长一眼："听着！你这个冷酷的男人！听着，你骄傲、严酷、残忍！你本来可以拯救我，本来可以让我回归幸福和道德之路，可是你不愿意！你摧毁了我的灵魂！你谋杀我的肉体，我和腹中胎儿的死亡诅咒将会降临你的身上！你因尚未动摇过的道德而傲慢无礼，你鄙视一个忏悔者的祈求。但是，上帝会发慈悲，然而你不会。你平时自吹自擂的功德哪里去了？你战胜过什么诱惑？你这个懦夫！你只是逃避了诱惑，并没有抵抗过诱惑。但是，审判的那一天终会到来！啊！那么，当你屈从于炽热的激情；当你发现人有弱点，天生要犯错；当你颤抖着回顾你的罪行，惶恐地请求上帝的宽恕时，在那可怕的一刻，你想想我！想想你的残忍！想想阿格妮丝,因为没有得到宽恕而绝望的阿格妮丝!"

说完最后的几句话,阿格妮丝已经精疲力竭,瘫倒在身边的修女怀里,像死了一样。她立刻被人从小教堂架走,同伴们跟在后面。

安布罗西欧听着阿格妮丝的责骂,难免有所触动。他心中隐隐作痛,觉得自己对待这名不幸者太过严厉。所以,他拖住女修道院院长,大胆地为犯错的修女说了几句好话。

"她强烈的绝望,"他说道,"证明她起码还没有完全堕落。也许,对她的处罚可以比平时略宽一点,可以比惯常减轻一些苦行……"

"减轻苦行,神父?"女修道院院长没让他把话说完,"我是不会的,相信我。我们的院规十分严厉,只是近来没有执行。但是,阿格妮丝的罪行向我表明,有恢复院规的必要。回到修道院,我要向修女们表明,院规森严,阿格妮丝将是第一个不折不扣地受到院规严惩的人。神父,再见!"

说着,女院长急忙离开小教堂。

"我已经尽职尽力了。"安布罗西欧自言自语道。

他虽这样想,还是觉得不够满意。为了排遣刚才的一幕在心中激起的各种不快念头,他退出小教堂,走下台阶,来到修道院的花园里。

在整个马德里城,没有其他地方比这座花园更漂亮,修整得更好。花园布局合理,品味高雅。奇花异草点缀其间,百花盛开,绚丽迷人。花草虽经人力精心打理,看起来却似出自天工。一股股喷泉,从白色大理石水池喷涌而出,用永恒的阵雨般的水珠湿润了空气。花园四周的墙壁爬满了素馨、青藤,还有忍冬。夜晚的时光又给花园的景色增添了几分妩媚。一轮满月悬挂在蓝色无云的天空,月华如水,树影摇曳。在银色的月光下,喷泉闪闪发光。清风吹来了植于小径两侧的香橙花的芬芳,夜莺躲在人工种植的花树丛中浅吟低唱,鸣声悠扬悦耳。安布罗西欧向花园走去。

这小小的花园中间,在树木的掩映下,有一个乡村风情的洞室,模仿隐士的居室修建。洞室的四壁由树根堆叠而成,缝隙之间长满了苔藓和常春藤,两侧摆放着草皮凳子,一挂天然小瀑布从上面的岩石里倾泻而下。沉思中的修士走近了这个地方,周边万籁俱寂,这宜人的宁静,给他的心头带来了倦意。

他来到这隐士的修行之处,准备进去休息,突然发现洞室已经被人占用,便停住了脚步。在一条长凳上直挺挺地躺着一个男人,从卧姿看显得非常忧郁。

那人的头枕在一只手臂上,看样子正陷于沉思冥想之中。修士向前走了几步,认出是罗萨里欧。他默默地盯着罗萨里欧看,没有走进去。过了几分钟,年轻人抬起眼睛,伤心地凝视着对面的墙壁。

"唉!"罗萨里欧悲伤地长叹一声,说道,"我体会到你处境的所有快乐,我的处境的所有悲伤!如果我能像你那样想,我就幸福了!如果我能像你那样厌恶人类,能永远藏身于一个隐居地,并忘记这世界上有值得你爱恋的人,那该多好啊!啊,上帝!厌恶人类对我来说真是一件幸事!"

"你的想法太古怪了,罗萨里欧。"修道院院长边说边走进洞室。

"你在这里,尊敬的神父?"见习修士高声问道。

见习修士手忙脚乱地从躺着的地方起来,赶紧拉下兜帽,遮住面孔。安布罗西欧坐在长凳上,要年轻人坐在自己身旁。

"你万万不可有抑郁的怪癖,"修士说道,"是什么事情让你如此青睐所有情感中最令人生厌的情感——厌恶人类?"

"是因为细读了这些诗行,神父,我直到现在才看到——是皎洁的月光让我看清了这首诗。啊!我多么羡慕这位诗人啊!"

见习修士说着,用手指了指固定在对面墙上的大理石石碑,上面镌刻着以下诗行：

隐士居室题刻

不论何人阅读以下诗篇，
莫以为，虽然退隐人寰
我喜欢过孤独的日子
在冷清的荒野，
流血的良心带着悔恨
引我来此间。

我的心中不会播种罪念，
自愿逃离了豪华的卧房；
因我曾在府邸华堂遇见
欲望与傲慢，
那最凶狠的恶魔，
称霸又称王。

我曾见世人被邪恶包裹，
也曾见荣誉剑生出锈斑，
少数人追逐的只有蠢行，
难免被骗，因为太相信
爱情或朋友，
在此随同讨厌的人到了
我生命的尽头。

在孤寂的岩洞,穿着粗袍,
对喧嚷的蠢行如同仇雠,
还有愁眉苦脸、忧郁悲伤
日消月耗着
我的生命,我在我的圣堂
度过我余生。

这个洞室给我的满足与慰藉
比以往宫里给我的更多,
我的思绪依然高高飞向
天堂里的上帝,
日日夜夜,声声哀求圆我
悲叹的愿望。

主啊!让我,从生命退隐,
不闻那有罪的人间烟火,
悔恨的剧痛与放荡的欲望;
离开尘世时,
让我怀着如下信念断气:
"我要飞向上帝!"

陌生人,如正青春年华
且忧伤未毁掉你的安宁,
你也许用鄙视的眼光看
我这修士的祈祷。
但是如果你有理由哀叹

过错或忧愁。

如果你已知假爱的烦恼，
或曾经被流放远离祖国，
或罪行惊破了沉思冥想，
且让你憔悴，
啊！你必哀叹你的处境，
嫉妒我的幸运。

"如果有可能，"修士说道，"让人完全倾注于自我，彻底与世隔绝，并能够感觉到这些诗行所表达的满足的宁静，我承认，比起生活在一个包藏邪恶、充斥蠢行的世界里，这种处境的确令人向往。但是，事实绝非如此。这块碑铭立于此处只是为了点缀而已，诗行的伤感，诗中的隐士，都是想象的产物。人为社会而生，即使与世界的联系很少，他也不可能完全忘记世界，或者受得了被世界完全忘却。由于厌恶人类的罪行或荒谬，厌恶人类的人便逃离这个世界，决定做隐士，隐身于幽暗的岩洞。尽管仇恨激起其内心的愤怒，他仍然可能对自己的处境感到满足。然而，当激情开始冷却，当岁月抚平悲伤，治愈了他来到隐居地时的创伤，你认为满足还会与他相伴吗？不会的，罗萨里欧。如果强烈的激情不再给他以支持，他就会感到生活无比单调，他的心灵就会被倦怠与消沉所俘虏。他环顾四周，发现自己在宇宙中孑然一身，孤独无依，对社会的爱在他心中复活，他就会渴望回到被他抛弃的世界的怀抱。大自然在他眼中失去了所有魅力，这时没有人在他身边为他指点大自然的美丽，也没人与他分享他对大自然的卓尔不凡与千姿百态的崇拜。背靠岩石的断块，他茫然凝视翻滚的瀑布，看见红日西沉的壮观景象却无动于衷；夜晚，他慢慢回到洞室，没人因为他没有回来而焦急，他一个人吃着粗糙无味的晚饭，得不到一点点慰藉，只好一头倒在长满苔藓的卧榻上面，心灰意冷，闷闷不乐。次日早上一觉醒来，却只能重复前一天的日子，郁郁寡欢，单调无聊。"

"你的这番话让我吃惊，神父！假如环境迫使你必须独自隐居，难道宗教的职责以及舒适的生活意识不会给予你内心的安宁吗？这种安宁……"

"如果我那样想的话，那就是在骗我自己。我想的正好相反，虽然我意志坚强，但无法避免抑郁和厌恶的影响。学习了一整天后，你不知道，晚上见到教友们我是多么开心！你不明白，在一连几个小时的独处以后，再次见到一个人时我是多么愉快！我觉得，修道院的主要优点就在于：它让人免受罪恶的诱惑，它让人获得必要的闲暇，以便为上帝提供适当的服务，它还使人避免了见证世人罪行的屈辱，此外还给人享受人际交往的幸福。而你，罗萨里欧，你嫉妒隐士的生活吗？你能对你所处的幸福如此视而不见吗？好好反思这个问题。这个修道院是你的避难所，你遵纪守规，温文尔雅，才华横溢，这使你成为大家尊敬的对象。你已经与你声称痛恨的世界隔开，但是你仍然享有与人交往的恩惠，而这些人都是最受人尊敬的人。"

"神父啊！神父！这正是让我痛苦的原因！如果我的生命是在罪恶的、被上帝遗弃的人当中度过，那我该有多幸福啊！如果我从来没有听见别人讲起'道德'这个词，那该有多好啊！是我对宗教无限的崇拜，是我的灵魂对公正之美与善良之美的敏锐感知，让我羞愧难当！催我走向毁灭！啊！要是我从来没有见过这个修道院的围墙该有多好！"

"怎么啦，罗萨里欧？我们上次谈话时，你可不是这样说的。这样说来，是否我的友谊变得无关紧要了呢？要是你从未见过这个修道院的围墙,你也就见不到我了。你的愿望真是这样吗?"

"见不到你?"见习修士从长凳上惊起,发疯似的抓住修士的手,"你?你?真希望在我见到你之前,让闪电弄瞎我的眼睛!但愿我再也见不到你,并且忘记我曾经见过你!"

说完,他便急忙跑出洞室。安布罗西欧保持原先的姿态,一动不动,思索年轻人莫名其妙的行为。修士倾向于怀疑见习修士神智有点失常,可是离开洞室前,罗萨里欧的行为的一般趋势、连贯的思想,以及平静的态度,似乎都不能证实这种猜测。过了几分钟,罗萨里欧又回来了。他再次坐在长凳上,一只手托着脸颊,另一只手抹去不时从眼睛流出来的泪水。

修士同情地看着他,忍住不去打断他的沉思。两个人深深地沉默了一段时间。这时,夜莺已经飞到面向石洞的橙树上,它倾吐的曲调,最为悲伤,也最为悦耳。罗萨里欧抬起头,专心倾听夜莺的吟唱。

"是这样,"见习修士说道,深深地叹了口气,"是这样,在我姐姐不幸的人生的最后一个月,她常常坐听夜莺的吟唱。可怜的玛蒂尔达!她如今长眠于地下,她破碎的心再也不会因为激情而悸动。"

"你有过一个姐姐?"

"你说得对,我有过。唉!可我再也没有了。正当青春年华的她,在悲伤的重压下倒下了。"

"让她悲伤的是什么?"

"她的悲伤不会引起你的怜悯。你不了解这些无法抵抗的、难以逃避的情感的力量,她的心被这些情感所俘,成了牺牲品。神父,她的爱情非常不幸,因为她爱上了一个具有各种美德的人。她爱上了一个男人,啊!说得更恰当一点,她爱上了一个圣人,爱毁了她的生命。他容貌高贵、品格无瑕、才能出众、智慧超凡,哪怕是最冷酷无情的人,也会为之心动。姐姐遇见了他,勇敢地爱上了他,虽然她从来没敢抱有任何希望。"

"如果她的爱是这样的,那又是什么使她不能如愿以偿呢?"

"神父!因为在认识姐姐之前,朱利安——也就是那个男人已经与一个最美丽又最神圣的姑娘订了婚约!尽管如此,姐姐还是爱上了他。为了他,她也十分喜欢他的妻子。一天早上,姐姐设法从家里逃了出来,穿着粗劣的衣装,找上门去要求做他们的女仆,侍候她倾慕的那个男人的妻子。这样,姐姐可以随时待在朱利安的身边,想方设法博得他的欢心,后来她成功了。姐姐的殷勤引起了朱利安的注意,因为有德行的人总是心存感激。朱利安对玛蒂尔达很感激。"

"那么,你父母没有寻找过她吗?他们顺其自然,听任女儿走失,没有想过要找回在外面流浪的女儿吗?"

"在我父母寻找她之前,她早已表明了自己的心事。她的爱非常强烈,无法掩饰。不过,她并不希望得到朱利安这个人,只是渴望得到他的一份情。一不留神,她吐露了心迹。她得到了什么回报呢?朱利安深爱着自己的妻子,认为向另一个女人投以爱怜的目光就是不忠,所以他要赶走玛蒂尔达,不让她再在眼前出现。朱利安的冷酷无情伤透了玛蒂尔达的心,她又回到了家里,没过几个月,就魂归黄泉。"

"不幸的姑娘!她的命真惨啊,朱利安太狠心了。"

"你是这样想的吗,神父?"见习修士轻快地说道,"你也认为他狠心?"

"千真万确,我是这样想的,而且非常真诚地同情她。"

"你同情她?你真的同情她?啊!神父啊!神父!那就同情同情我吧!"

修士愣了一下。停顿片刻之后,罗萨里欧结结巴巴地接着说道:"因为我承受的痛苦更多。我姐姐有一个朋友,一个真正的朋友,他同情她那强烈的感情，也没有因为她为爱情难以自已而责备她。可是我……我！我连个朋友都没有！在这个广袤的世界里找不到一个愿意分担我心中忧伤的人！"

罗萨里欧一边说话，一边抽泣得呼呼有声。修士深受感动，抓住罗萨里欧的一只手，温情地握着。

"你说没有朋友？那我是谁？你为什么不同我说心里话？你又怕什么呢？怕我太严厉？我对你严厉过吗？是怕我修士服的尊严吗？罗萨里欧，我现在搁下修士的身份，请你只把我当朋友，当你的父亲。我完全当得起这个称号，从来没有一个父亲会像我保护你那样保护孩子。自我见到你的那一刻起，我发觉心中萌生了以前从未有过的感情。与你在一起，我发现了其他人所不能给我的欢乐。看到你多才多艺，学识丰富，我感到非常快乐，就像一个父亲对儿子的才艺感到快乐一样。现在，把你的恐惧搁到一边，坦率地对我说说。罗萨里欧，对我说，你愿意同我说心里话。如果我的帮助或者我的同情能够减轻你的烦恼与痛苦……"

"能！只有你能够！啊！神父，我多想向你倾诉我的心事啊！我多想对你诉说那沉重得把我压弯的秘密啊！可是，啊！我害怕！我害怕！"

"你怕什么，我的儿子？"

"怕只怕你会因为我的弱点嫌弃我，怕只怕我会因为我的告白失去你的尊重。"

"我怎样做才能让你消除顾虑呢？想想我过去所有的行为，想想我一直给你的父亲般的慈爱。我会嫌弃你，罗萨里欧？这已经超出了我的能力。如果放弃与你交往，就意味着剥夺了我人生中最大的快乐。现在，告诉我你的苦恼吧，相信我，我郑重发誓……"

"且慢！"见习修士打断了他的话，"你要发誓，不管我的秘密是什么,在我见习期满前,你不会强迫我离开修道院。"

"我保证信守诺言,我遵守对你的誓言,如同基督信守他对人类的誓言。那么,现在就把秘密告诉我吧,信赖我的赦免吧。"

"我听你的。那么你知道……啊! 要说出这个秘密,我浑身颤抖得多厉害啊! 带着怜悯听我说吧,尊敬的安布罗西欧! 唤起人性弱点的每一星火花吧,你会同情我的弱点! 神父!"罗萨里欧继续说道,并跪倒在修士的脚下,殷切地把修士的手压在自己的唇上,以示爱慕。他心情激动,一时说不出话来。

"神父!"随后,罗萨里欧用颤抖的声音接着说道,"我是个女人!"

修道院院长大吃一惊,没想到他竟说出这样的话。"罗萨里欧"俯伏在地上,好像在默默地等待着法官的审判。他们两人,一个震惊,一个恐惧,好久都缓不过神来,仿佛被某个魔术师的魔棒点到一般。最后,修士从迷茫中清醒过来,离开洞室,匆匆地向修道院飞奔而去。修士的举动被"罗萨里欧"看在眼里,她从地上一跃而起,急忙追过去,跑到神父的前面,匍匐在地,抱住他的双膝。安布罗西欧拼命想挣脱,但是怎么也挣脱不开。

"不要从我身边逃走!"她大声说道,"不要抛弃我,别让我绝望! 原谅我的轻率鲁莽,我承认我姐姐的故事就是我的故事,你听我说! 我是玛蒂尔达,你就是她的心上人!"

如果说安布罗西欧对她的第一个供认大为吃惊,那么,听到第二个供认时,他已经吃惊到了极点。他震惊、尴尬、犹豫,说不出一句话来,只是无言地凝视着玛蒂尔达。这倒给了玛蒂尔达机会,她又说了如下一番话。

"不要以为,安布罗西欧,我是来夺走你对宗教的爱的。不,相信我。只有宗教生活配得上你,玛蒂尔达的愿望绝不是要把你从美德之路上拉走,我对你怀有的是爱情,不是淫荡之情。我渴望拥有的是你的心，不是想占有你这个人。屈尊听听我的辩白吧，你很快就会相信，你这圣洁的隐居之地并没有因为我的存在而玷污，你依然可以给我同情而不必违背誓约。"她坐了下来，安布罗西欧几乎下意识地跟着坐下，她又接着往下说：

"我出身名门望族，父亲是高贵的维拉尼加斯家族的族长。他去世时，我还在襁褓之中。他给我这个唯一的女继承人留下了巨额的财产。由于我年轻富有，马德里城内出身最高贵的青年都想与我结亲，但是没有人能够获得我的芳心。把我抚养成人的是我的叔叔，他见多识广，学问渊博，乐于把他掌握的一部分知识传授给我。在他的教导下，我的领悟力日益增强，注定要超过其他女性。导师的才能，外加我天生的好奇心，使我不仅在大家都学习的知识上大有长进，而且在其他知识方面也大有进步，而这些知识很少有人知道，而且还受到蒙昧迷信的批评。但是，我的监护人在努力扩大我的知识面的同时，又细心地向我灌输种种道德戒律，使我摆脱世俗偏见的枷锁，让我领会宗教之美，教我以崇拜之心看待纯洁与善良。可是，我真伤心啊！我过于听他的话了。

"请你判断，以这样的性情，我是否能够以除了厌恶之外的其他态度看待邪恶、放荡，以及无知，因为正是这些恶心使西班牙青年蒙受耻辱。因此，对每一次求爱，我都嗤之以鼻，断然拒绝。在机缘引导我来到嘉布遣会修士教堂之前，我的心灵没有找到它的主宰。啊！那天肯定是我的守护天使打了盹，疏忽了职守！我就这样第一次见到了你。由于修道院院长因病缺席，你站在了他的位置上。你不会不记得你那次布道引起的强烈反响吧。啊！我是多么渴望倾听你讲的每一个字！我被你的雄辩所深深征服！我几乎不敢呼吸，生怕漏掉一个字！你演讲时，我觉得你的头上环绕着一圈灿烂的光环，你的脸上显现出神的威严。我离开了教堂，因为爱慕而容光焕发。从那以后,你就成了我心中的偶像——我日思夜想的对象。我打听你的情况,传到我耳朵里的话都与你的生活方式、学问、虔诚、克己有关,这些话加固了因你的滔滔雄辩而拴在我身上的锁链。我意识到,我的内心不再空虚,我找到了此前一直在寻找却没有找到的那个男子。为了再听到你的声音,我每天都来你的修道院。可是你仍然待在与世隔绝的院墙之中,我每次回家,总是可怜兮兮,沮丧失望。对我来说,夜晚倒是很眷顾我,每到晚上,你就进入我的梦中。你发誓永远与我做朋友,带领我走过美德之路,帮助我忍受人生的烦恼。可是,一到早晨,这些愉快的幻境便烟消云散。梦中醒来,我发现,你我之间隔着不可逾越的樊篱。随着时间的流逝,我对你的爱慕与日俱增。因此,我逐渐变得抑郁、失望,我不再与他人交往,身体一天不如一天。最后,我再也无法生活在这种备受折磨的状态之中,决定女扮男装,成了你今天看到的这个样子。幸运的是,我的小小计谋成功了,我被修道院收纳,并且获得了你的尊重。

"那么现在,如果不是时刻担心被人看破,我本应感到无比幸福。想到与你交往的快乐可能不久就会失去,这让我更加痛苦。获得你的友谊,让我惊喜万分,我相信,如果失去你的友谊,我就无法活下去。所以,我决定,不能让别人发现我的身份,而是应该向你彻底坦白,让我的一切取决于你的仁慈和宽容。啊!安布罗西欧,难道我被人蒙骗了吗?难道你没有我想象的那么宽宏大量吗?你不会把一个可怜的人推向绝望的。你会允许我与你见面,与你谈话,与你相恋!你的美德是我终身的楷模,我们停止呼吸之后,要安息在同一个墓穴里面。"

她停了下来。她说话时,安布罗西欧心中有千百种对立的情感在斗争。他对她奇特的冒险经历大吃一惊,为她突如其来的表白困惑迷茫,对她贸然进入修道院心生怨恨。意识到问题的严峻,他觉得有必要做出回答。上述情感是他意识到的,但还有一些情感他还没有意识到。他没有察觉到,玛蒂尔达对他口才和美德的赞扬满足了他的虚荣心。想到一个年轻而又外表可爱的女子为了他抛弃尘世,为了对他的爱牺牲了其他,他心中不免感到一阵窃喜。他更没有察觉到,当他的手被玛蒂尔达白皙的手按住时,他的心脏因为渴望而悸动不已。

慢慢地,他从困惑迷茫中恢复,思路渐渐变得清晰起来。他马上意识到,如果在玛蒂尔达承认自己是女儿身之后允许她继续待在修道院,那显然是极不合适的。他摆出一副严肃的面孔,把手缩了回来。

"小姐!你,"他说道,"你怎么能够真的希望我允许你继续留在我们当中呢?即使我同意你的请求,你又能从中得到什么好处呢?你以为我能够对这种感情做出回应……"

"不,神父,不!我不指望让你像我爱你一样爱我,我只是希望能够自由地接近你,每天与你一起度过几个小时的时光,博得你的同情、友谊和尊重。无疑,我的要求并不过分。"

"可是请你想一想,小姐!稍稍想一想,你知道我把一个女子——一个声称爱我的女子藏在修道院是多么不合适。这肯定不行。你被发现的可能性太大了,而且我也不会让自己处在危险的诱惑之中。"

"你说诱惑?忘了我是个女人,这个女人已经不再存在。仅仅把我当作一个朋友,当作一个不幸的人——一个幸福和生命有赖你的保护的人。不要担心我会让你想起,是我那最为冲动的爱情诱使我隐瞒了性别;也不要担心我会在欲望的怂恿下,试图诱惑你离开正途,使你违背誓言。不会的,安布罗西欧,学会更好地了解我吧。我爱你是因为你的美德,如果你失去了美德,你也就失去了我的爱情。

我把你看作圣人，而不是一个普通的男人，否则我就会因为厌恶离你而去。那么，你怕的是来自我的诱惑吗？放心吧，我对世上令人目眩的快乐只有鄙视，而不会有任何其他情感！打消这种有害的恐惧吧！把我想得高尚一点，也把你想得高尚一点。我不会引诱你犯罪，更何况你的美德必定是坚如磐石，不会被任何不正当的欲望所撼动。安布罗西欧，最亲爱的安布罗西欧！不要把我从你跟前赶走，别忘了你的诺言，让我留下吧！"

"这不可能，玛蒂尔达。为了你考虑，我必须拒绝你的要求，因为我担心的是你，不是我自己。我征服了青春岁月强烈的感情冲动，经历了三十年的禁欲与苦修，把你留下我也不会有什么危险，也不用害怕你会激起我除了怜悯之外的任何炽热的情感。可是对于你本人，继续留在修道院除了会导致严重的后果之外，不会给你带来任何好处。你会误解我的一言一行，你还会贪婪地抓住任何一个机会，让你的爱得到回报。不知不觉之中，你的激情会压倒理智，绝对不会因为我在场而被抑制，我们在一起的每时每刻只会激发你的激情。相信我吧，不幸的女人！我真诚地同情你，我确信你迄今为止所做事情的动机都是最纯洁的。尽管你对自己鲁莽的行为视而不见，但是，如果不让你看清楚这点，我就有罪。我觉得我有责任严厉地对待你，我必须断然拒绝你的请求，让你抛弃任何幻想，以免催生对你的安宁有害的各种情感。玛蒂尔达，你必须明天离开这里。"

"明天，安布罗西欧？你说明天？啊！你肯定不是这个意思！你不会决定迫使我走向绝望！你不会忍心……"

"你已经听见我的决定，而且必须执行。我们的教规严禁你留下，因为隐瞒女人留在院墙内的事就是违背誓言，我以前发过的誓言迫使我必须向修道院公开你的事情。你必须离开此地！——我同情你，但是，别的我无能为力！"

他用微弱而颤抖的声音说出这些话,然后从坐的地方站起来,急急忙忙朝修道院走去。玛蒂尔达尖叫一声,跟了上去,不让他走。

"再待一会儿,安布罗西欧! 再听我说一句!"

"我不敢听! 放开我! 你知道我的决定!"

"就一句话! 最后一句,我就说完了!"

"离开我! 求我也没用! 你明天必须离开!"

"那么走吧,你这个残暴的人! 但是这仍然得由我自己决定。"

说着,她突然抽出一把匕首,扯开长袍,刀尖对准自己的胸膛。

"神父,我绝不会活着离开院墙!"

"住手! 住手,玛蒂尔达! 你想干什么?"

"既然你已经决定,我也一样。只要你离开我,我马上把这钢刀刺入我的胸膛。"

"神圣的圣方济各呀! 玛蒂尔达,你没有失去理智吧? 你知道这样做的后果吗? 自杀可是最大的罪孽呀! 你要毁灭自己的灵魂吗? 你想放弃灵魂获得拯救的权利吗? 你要让自己永远痛苦吗?"

"我无所谓,无所谓!"她愤怒地回答道,"不是你的手引导我进天堂,就是我的手送我下地狱! 你对我说,安布罗西欧! 告诉我,你不会把我的事公之于众,我还会做你的朋友和伙伴。否则,这把匕首就会饮下我的鲜血!"

说完这些话,她抬起手臂,做了个好像要刺死自己的动作。修士大惊失色,双眼注视着匕首的走向。这时,她已经扯开了里边的衣服,露出半个胸脯,匕首尖对准左乳。啊! 那是怎样的一只乳房呀! 月光正好投射其上,让修士得以看到乳房耀眼的白皙。他的眼睛贪婪地打量那美丽的半球,一种此前不为他所知的情感使他忧喜交加,一团欲火燃遍全身,他的热血在沸腾,无数疯狂的愿望迷乱了他的妄想。

"住手!"他用急促而颤抖的声音喊道,"我再也受不了! 那么,留下吧,你这个狐狸精。留下来等待我的毁灭吧!"

他说完,冲出洞室,急急朝修道院飞奔而去。回到居室,他一头倒在床上,心烦意乱,犹豫不决,不知如何是好。

一时之间,他心乱如麻。刚才的一幕在他胸中激起各种情感,他无法确定哪一种能占上风。该如何对待这个打扰自己内心安宁的人,他举棋不定。他意识到,出于谨慎、院规、得体等因素的考虑,他必须强迫她离开修道院。但是,从另一方面讲,他有同样充足的理由允许她留下,所以他又很想同意她留下。想到玛蒂尔达真诚的告白,想到自己不知不觉中征服了一颗曾抵御住西班牙最高贵的骑士们的进攻的女儿心,他不免受宠若惊,志得意满。这种获得姑娘芳心的方式也最大限度地满足了他的虚荣心。他记起与"罗萨里欧"一起度过的许多幸福时光,他觉得与她分离会使他心中空虚寂寞。此外,他还想到,玛蒂尔达家产殷实,这对修道院也会大有益处。

"我又会有什么风险呢?"他暗自思量道,"如果允许她留下呢?我可以完全相信她说的话吗? 忘记她的性别,仍然把她当作朋友和门徒,这很容易吗? 她的爱情一定是如她所述的那样纯洁。如果她的爱情仅仅出自淫荡,那她能够隐藏那么久吗? 难道她不会设法让自己的情欲获得满足吗? 她做的一切正好相反。她竭力不让我知道她的性别,如果不是由于害怕被人察觉和我的一次次恳求,她是不会说出这个秘密的。她遵守宗教职责之严格不在我之下。她不曾企图唤醒我那沉睡已久的激情,直至今晚之前她也没有与我谈论过爱情的话题。如果她一直渴望获得我的爱情而不是我的尊重,她就不会如此小心谨慎地向我隐藏她的妩媚。直到现在,我也没有看见过她的面容。但可以肯定的是,她的面容一定楚楚动人,身材一定仪态万方,从她的……我已经看到的那部分来判断。"

最后的念头在心中闪过时,他的脸颊泛起红晕。对自己沉溺于这种情感,他感到心慌,想通过祈祷驱逐恐慌。于是,他从床上起来,跪在美丽的圣母玛利亚像前,恳求她帮助扑灭这种有罪孽的情愫。然后,他回到床上,酣然入睡。

　　他醒了过来,浑身发热,萎靡不振。睡眠之中,他那已被激发的幻想在他眼前呈现出最为香艳的场面。睡梦中,玛蒂尔达站在他面前,他双眼直溜溜地盯着她裸露的胸脯,她重申着海誓山盟,两只胳膊挽住他的脖子,献上无数的香吻。他也报以无数的吻,充满激情地把她搂在胸口,然后……幻境渐渐消失了。有时候,他的梦中出现了他最心仪的圣母形象,在幻觉中他跪在圣母的跟前,献上誓言,画中圣母的眼睛似乎以一种难以言表的温柔冲他微笑。他的嘴唇压在她的唇上面,发觉她的双唇温温的……圣母栩栩如生地从墙上的画布里走了下来,深情地拥抱他,他的理智无法承受如此强烈的喜悦。这就是他睡眠时出现的梦境,他那没有得到满足的欲望把最淫荡、最刺激的幻象呈现在他面前,使他沉湎于此前尚不知晓的欢愉之中。

　　安布罗西欧从床上惊起,对梦中的记忆困惑重重。念及昨天晚上诱使他允许玛蒂尔达留下的理由,他同样感到羞耻。那片蒙蔽了他的判断力的乌云此刻已经消散,当他注意到自己陈述的理由以其本来面目出现时,他不免不寒而栗。他还发现,自己已经成为奉承、贪婪和自恋的奴隶。如果玛蒂尔达一个小时的谈话会使他的情感产生如此显著的变化,那么她留在修道院会产生多么可怕的后果? 意识到自己所处的危险,安布罗西欧从自信的梦想中清醒过来,决意要她立刻离开。安布罗西欧开始觉得自己无法抵制诱惑,无论玛蒂尔达如何把自己约束在稳重的范围之内,他也无法与激情抗争,而原先他误以为自己对激情是免疫的。

　　“阿格妮丝! 阿格妮丝!”安布罗西欧大声喊道,想到了自己的窘境，"我已经感觉到了你的诅咒！"

他离开房间，决心打发走乔装的玛蒂尔达。他参加了晨祷，但心思却不在那儿，晨祷时漫不经心。他的头脑中装的全是世俗的东西，他祈祷着，一点也不专心。晨祷结束，他走下台阶，来到花园。他移步来到老地方，昨天晚上就是在这里有了令人尴尬的发现。他相信，玛蒂尔达会来这儿找他。果不其然，不一会儿，玛蒂尔达走进了隐士居室，羞怯地靠近了他。有几分钟的时间两人都没有说话，她正要说话时，那位一直在鼓起决心的修道院院长急忙抢先打断她。他害怕受她悦耳的声音的诱惑，虽然他并没有意识到她的声音对他的影响力有多大。

"坐到我边上来，玛蒂尔达！"他说道，装出一副坚定的表情，但是刻意避免有丝毫的严厉，"耐心听我说，相信我要说的话，我更多的是为你考虑，而不是为我考虑。请相信，我对你怀有最亲密的友谊、最真诚的同情，当我向你宣布我们绝不再见时，我比你还要伤心。"

"安布罗西欧！"她喊道，声音里立刻流露出惊讶和悲伤。

"不要激动，我的朋友！我的罗萨里欧！还是让我用这个名字叫你吧，这个名字在我看来是如此亲切！我们俩的分离不可避免——但是，又不得不如此。我羞愧地承认，这件事情对我的震动很大。我觉得我无法做到对你冷漠，因此我必须让你离开。玛蒂尔达，你不能再待在这里了。"

"啊！我去哪里寻找真诚呢？真诚憎恶这个背信弃义的世界，它隐身于哪片乐土呢？神父，我本来希望它就住在这里。原以为你的胸膛就是它最喜欢的圣地。可是事实证明你也是虚伪的吗？啊，上帝！你也要背叛我吗？"

"玛蒂尔达！"

"是的，神父，是的！我责备你合情合理。啊！你曾经的承诺在哪里？我的见习期还没有结束，可是你要逼我离开修道院？难道你就忍心把我从你身边赶走？难道你忘了你的誓言吗？"

"我不会逼你离开修道院。我也曾经对你起誓。可是，当我求助于你的宽宏大量，当我告诉你，你的出现让我陷入了窘境，难道你就不愿让我摆脱誓言的约束吗？想一想一旦被人发现的危险，想一想这个事件给我带来的耻辱，想一想我的荣誉与名声将会因你毁于一旦，想一想我心灵的安宁有赖于你的顺从吧。到现在为止，我的心还是自由的，与你分开虽然令人遗憾，但还不至于令人绝望。如果你留在这里，要不了几个星期，我的幸福就会牺牲在你富于魅力的祭坛上。你真是太有趣，太和蔼可亲了！我会爱上你，会宠你！我的内心会成为欲望的牺牲品，而荣誉与我的职业禁止我满足这些欲望。如果我抗拒欲望，没有得到满足的欲望就会把我逼疯；如果我屈服于诱惑，我就会为了片刻有罪的欢愉牺牲我在这个世界上的名誉，以及在另外一个世界的拯救。我离开你是为了防备我自己。别让我失去三十年苦难得到的回报！别让我成为懊悔的牺牲品！你的内心已经感到无望的爱情的痛苦。啊！那么如果你真的看重我，就免去我的那种痛苦吧！我收回承诺，请你离开这里吧。如果你走了，带走我为你的幸福、为我的友谊、为我的尊重和爱慕所做的最真诚的祈祷。如果你留下，你会成为我的危险之源、苦难之源、绝望之源！回答我，玛蒂尔达。你的决定是什么？"她默无一语。"你不愿说吗，玛蒂尔达？你不愿说出你的选择吗？"

"残忍啊！残忍！"她大声喊道，痛苦地绞扭着双手，"你完全明白你根本就没有让我选择！你完全明白的，只有你的意志，没有我的意志！"

"那么说你没有骗我！玛蒂尔达胸怀宽广，与我的期望完全一致。"

"是的。我会服从你的命令，证明我对你的爱是真诚的，虽然这使我痛彻肺腑。收回你的诺言吧，我今天就离开修道院。我有个亲戚，在埃斯特雷马杜拉的一所女修道院当院长，我会到她那儿去，从此永远与世隔绝。但是请告诉我，我可以带着你的美好祝愿去我的幽居之所吗？你愿意偶尔把注意力从神圣的事情上移开，来想想我吗？"

"啊！玛蒂尔达，我担心会因过于频繁地想你而无法安宁。"

"那么我就没有别的要求了，除了希望我们能在天国相逢。再见，我的朋友！我的安布罗西欧！——可是我想，如果能带走一样表示你爱意的东西，我会很高兴！"

"你想要什么呢？"

"要一样东西——什么都行——那边的花给我摘一朵就够了。"这时，她用手指了指种在洞室门口的一丛玫瑰，"我会把它藏在胸口，我死之后，修女们就会在我的心头发现一支枯萎的玫瑰。"

修士无言以对。他步履缓慢，心情因苦恼而沉重。他离开了隐士居室，走到花丛边，弯腰摘了一朵玫瑰。突然，他发出一声尖叫，惊得急忙后退，那朵已经拿在手上的玫瑰掉到了地上。玛蒂尔达听见尖叫声，焦急地向他飞奔过去。

"出什么事了？"她喊道，"回答我，看在上帝的分上！怎么回事？"

"我已经死到临头了！"他用微弱的声音答道，"有一条毒蛇……藏在玫瑰丛中……"

这时，被蛇咬的伤口剧痛难忍，他失去了知觉，倒在玛蒂尔达的怀里，像死了一样。

玛蒂尔达悲痛欲绝，她扯乱头发，捶胸顿足。因为不敢离开安布罗西欧，她便大声叫喊，召唤修士们过来帮忙。她终于达到了目的，有几个修士被她的尖叫声惊动，赶到现场，把院长送到了修道院。他立刻被抬到床上，担任修道院外科医生的修士准备检查伤口。这时，安布罗西欧的手已经肿得像馒头一样大。没错，给他服下的药物暂时救回了他的命，但是没有恢复他的知觉。在谵妄中，他胡言乱语，口吐白沫，四个身强力壮的修士都无法把他按倒在床上。

帕布洛斯神父是修道院的外科医生，他赶忙检查院长手上的伤口。一群修士围在床边，焦急地等待医生的结论。"罗萨里欧"站在这些人当中，以难以言表的痛苦表情盯着受难者。

帕布洛斯神父在探查伤口，他从院长的伤口抽出柳叶刀，刀尖带有淡绿色。他悲哀地摇摇头，从床边走开。

"正如我担心的一样！"他说道，"没有希望了。"

"没有希望？"修士们异口同声地问道，"你是说，没有希望？"

"从这么快速生效的毒性来看，我怀疑院长是被剧毒的古巴百足蛇咬伤的。你们看到的刀尖上的毒液证实了我的推测：他活不过三天。"

"无药可医了吗？""罗萨里欧"问道。

"如果不抽出蛇毒，他就不可能康复。至于如何抽出蛇毒，对我而言仍然是个未解之谜。我能做的只是把草药敷在伤口上，减轻痛苦而已。病人会恢复知觉，但是蛇毒会败坏他的全部血液，他最多只能再活三天。"

听见这个结论，所有人都极度悲伤。帕布洛斯包扎好伤口后离开了，后面跟着一起来的修士。在"罗萨里欧"急切的恳求下，大家把照顾院长的任务交给了她，房间里只留下她一个人。由于刚才强烈的抽搐，安布罗西欧已经精疲力竭，这时早已沉沉睡去。这位院长已完全被困倦击倒，几乎昏死过去。

修士们回来询问病情有无变化时，院长的情况还是同原先一样。帕布洛斯解开包扎伤口的绷带，更多的是出于好奇的天性，而不是对伤情好转抱有任何希望。令他大为吃惊的是,他发现伤口的症状已经完全消失!他用柳叶刀检查伤口,抽出刀子时,刀子上面干干净净,看不到蛇毒的痕迹,如果不是伤口上的小口子还依稀可见,帕布洛斯甚至怀疑他的手不曾被蛇咬伤过。

医生把这个情况告诉在场的修士们,他们听后,半是欣喜半是吃惊。不过,他们很快就不再吃惊,因为他们是这样来解释这种情形的:他们确信,院长是圣人,圣方济各因眷顾他而创造奇迹是最自然不过的事。大家一致认同这种看法,他们大声说出这想法,并热情地喊道:"奇迹啊!真是奇迹!"结果,不一会儿就把安布罗西欧从沉睡中吵醒了。

修士们立刻簇拥到床的周围,对安布罗西欧的神奇康复表示欣慰。他已经完全恢复知觉,除了虚弱无力,没有任何不适。帕布洛斯给他服下强身的药品,嘱咐他连续卧床两天静静休养,不要说话,以免耗尽体力。说完这些话,帕布洛斯就退了下去,其他修士也跟着走了,只剩下"罗萨里欧"和院长,再没有别的人。

有好几分钟的时间,安布罗西欧注视着侍候他的人,眼神中流露出一半欣喜,一半忧惧。她坐在床边,低垂着头,像平日一样,用修士服的兜帽遮住头部。

"你还在这里吗,玛蒂尔达?"修士终于开口说道,"难道你还不满足?你差点要了我的命,除了奇迹,还有什么能把我从死亡线上拽回来?啊!毫无疑问,那条蛇是上天派来惩罚……"

玛蒂尔达兴高采烈地用一只手按住他的嘴,不让他说话。

"嘘!神父,别作声!你不准说话!"

"下这道命令的人,不知道我想讲的这些话题是多么有趣。"

"但是,我知道,而且我还要向你提出同样明确的要求。他们指派我当你的护理,所以你必须听从我的命令。"

"你现在很有兴致,玛蒂尔达!"

"我应该有兴致,因为我刚刚领受了从未有过的快乐。"

"是什么快乐?"

"不能让任何人知道,尤其是你。"

"尤其是我?不,那么我求求你,玛蒂尔达……"

"嘘,神父!别说话!你不能说话。不过,既然你没有睡意,我用竖琴给你试弹一曲,让你开心开心好吗?"

"怎么?我不知道你还懂音乐。"

"啊!我弹奏得很一般!不过,既然医生嘱咐你在四十八小时内不要说话,也许我可以在你倦于思考时为你解闷。我去把琴取来。"

过了一会儿,她就带着竖琴回来了。

"神父,我唱点什么好呢?想听勇士杜兰达特的民谣吗?他是在著名的龙塞瓦列斯战役中捐躯的。"

"你唱什么都行,玛蒂尔达。"

"噢!别叫我玛蒂尔达!叫我罗萨里欧,叫我朋友!我喜欢你这样叫我。请听!"

于是,她给竖琴校好音准。然后,为了证明自己是竖琴高手,她弹奏了一段时间的序曲,趣味高雅,曲调轻柔哀婉。安布罗西欧听着琴声,不再觉得心神不宁,一种令人欣慰的忧思沁入心田。突然,玛蒂尔达改变了旋律,狂放而迅速地用一只手拨出响亮的军队和弦,用既简单又悠扬的曲调唱起了以下民谣。

杜兰达特和贝拉玛

我吟唱的故事凄惨可怕,

唱的是龙塞瓦列斯战役。

在决定命运的壮丽平原,

牺牲了许多英勇的骑士。

在那儿倒下了杜兰达特，
诗文里面最高贵的首领。
在永远闭上了双唇之前，
他曾经倾诉过他的衷情。

"啊！贝拉玛！我的爱人！
我的苦我的乐因你而生！
侍奉你整整七年，美人，
七年里回报的只是看轻。

"你的心同我的心一样燃烧着，
当你的心回应我的愿望，
剥夺我幸福的残酷命运，
要我放弃我所有的希望。

"我倒下虽年轻，请相信，
死神也难索取我的叹息；
只是失去你还有离开你，
使我觉得死去实在不易！

"蒙提西诺斯，我的表弟！
凭着那牢固珍贵的友情
小时候已存于你我之间，
现在倾听我最后的恳求！

"当灵魂离开了我的躯体，
把更加纯净的空气追赶，
请你取走我冰冷的心脏，
交给亲爱的贝拉玛照管。

"就说，土地的所有者——我，
用垂死前的气息提名她。
就说，在我长眠地下前，
我张开双唇祝福贝拉玛。

"你表哥一周两次敬慕她，
表弟，看我是多么率真；
你告诉她一周两次祈祷，
表弟，为了那爱她的人。

"蒙提西诺斯，我的大限，
命中注定已经临近身边：
看！我的臂膀不再有力，
看！掉下了忠实的宝剑！

"目送我奔赴疆场的眼睛，
再也看不到我回归故园！
表弟，你不要泪水汪洋，
让我靠在你的胸膛安眠！

"你的手闭合了我的双眼，
可是我还要你再次帮衬：
当我的心脏停止了跳动，
请你祈祷我的灵魂安宁。

"这样基督就会满怀仁慈
倾听一个基督徒的言誓，
乐意接受我的灵魂升天，
在天堂里给我安排位置。"

勇士杜兰达特把话说完，
他勇敢的心就碎成两半，
摩尔人的军队欣喜若狂，
因为英勇的骑士已长眠。

号啕痛哭的蒙提西诺斯
取下了他的头盔与利刃，
号啕痛哭的蒙提西诺斯
为英勇的表兄挖好坟墓。

为了践行他许下的诺言，
他用刀挖出表兄的赤心，
贝拉玛，那可怜的姑娘！
将收到勇士最后的礼品。

蒙提西诺斯呀哀哀切切，

他感到的悲伤痛彻肺腑：
"啊！我的表兄杜兰达特，
见你命丧我是多么痛楚！

"仪态可亲啊又相貌堂堂，
性情温厚啊临阵多凶猛，
高贵文雅勇敢的战士啊，
再也看不见尘世的光明！

"表兄啊，我已泪沾衣襟！
你既逝去我又何能独活！
杜兰达特啊，你的敌人
为何不让你我一起殉国！"

    她一边弹唱，安布罗西欧一边欣然倾听。他从来没有听过如此美妙悦耳的歌声，心想如果不是天使下凡，谁能唱出这样的天籁之音？但是，尽管他沉浸于听觉之中，但短暂的一瞥使他觉得绝不能信赖视觉。女歌手坐在离他的床不远的地方，她俯身抚琴的姿势从容优雅，蒙在头上的兜帽比平时靠后了许多，珊瑚色的双唇清晰可见，红润丰满，鲜艳动人，唇边的一对酒窝里似乎隐藏着上千个爱神丘比特。为了不让修士服的长袖挡住琴弦，影响弹奏，她把一只衣袖卷到胳膊肘上面，这样，一只手臂便裸露出来。她的手臂匀称完美，皮肤细嫩，白如冰雪。安布罗西欧只敢看她一眼，这一眼就足以让他意识到，把这个尤物留在身边是多么危险。他闭上眼睛，竭力想把她驱逐出脑海，但怎么也做不到。她的身影依然在他眼前晃动，风情万种，在他翻江倒海的脑海中挥之不去。他曾经见到过的她的每一种美都显得更加妩媚,那些迄今仍然藏而不露的美,在他的想象中呈现:色彩纷呈,绚丽耀眼。但是,他的誓约言犹在耳,他也记得必须信守誓约。他同自己的欲望搏斗,发现前面横着万丈悬崖,不禁不寒而栗。

玛蒂尔达一曲终了。由于惧怕无法抵御她迷人的魅力,安布罗西欧依然双目紧闭,心中向圣方济各默默祈祷,求他帮助自己度过这场危险的考验!玛蒂尔达以为他睡着了,便站起身,轻轻地走到床边,目不转睛地注视他好一会儿。

"他睡着了!"她终于轻轻地说了一句,但是安布罗西欧却听得清清楚楚。"那么,我现在就是细细看他,也不会惹他生气了!我可以把我的气息与他的交融在一起,我可以尽情地欣赏他的容貌,而且他还不会发觉我的亵渎和欺骗!——他怕我诱使他违背誓约!啊,不公正的人哪!如果我想撩起他的欲望,我会这样小心翼翼地遮住我的容颜不让他看见吗?每天听见他对我的容貌……"

她停止了说话,陷入沉思之中。

"就在昨天!"她继续说道,"就在几个小时之前,我还是他最爱的人。他尊重我,我也非常满足!可是现在!……啊!我的处境变得多么可怜!他对我有了疑心!要我离开他,永远离开他!啊!你,我的圣人!我的偶像!你在我心中的地位仅仅次于上帝!——你可知道,当我看见你痛苦时我内心的感受!你可知道,你的痛楚加深了我对你的爱慕!但是,这一刻必将到来,那时,你会相信,我的感情是纯洁无私的。那时,你会怜悯我,体会到我的悲伤有多么沉重!"

她一边叙说,一边泣不成声。她俯过身去看安布罗西欧,一颗泪珠掉落在他的脸颊上。

"啊!我惊动他了!"玛蒂尔达大声说道,赶紧退了回去。

她其实没有必要如此惊慌,因为没有人会睡得比装睡不醒的人更加深沉。这位修士就处在这种窘境:他看上去仍在沉睡,只是每过去一分钟,他就觉得越发难受。玛蒂尔亚刚才那颗滚烫的泪珠把温暖传送到了他的心里。

"多么温柔!多么纯洁!"他心中暗暗想道,"啊!既然我的心是这么怜悯她,那么,如果受到爱情的激荡会怎么样呢?"

玛蒂尔达又退到离床稍远的地方。安布罗西欧大胆睁开眼睛,胆怯地把目光向她投去。她的脸背着他,头忧郁地靠在竖琴上,双眼凝视着悬挂在窗对面的那幅画像。

"多么幸福的画像啊!"她对美丽的圣母像说道,"他每天向你祷告!他每天凝视的也是你!我原以为,你会减轻我的痛苦,没想到你反而增加了我的忧伤。你让我感到,如果我在他宣誓献身圣职之前认识他,那么我就拥有了安布罗西欧和幸福。他看到这幅画像时是多么愉悦!他向这幅无知无觉的画像祷告时又是多么热情!啊!他的感情会不会混有世俗的欲望?会不会是男人的自然本能告诉他……别说了,尽是些空想!别鼓动我产生这样的念头,因为它会夺走安布罗西欧的美德光辉。他倾慕的是宗教,不是美貌;他跪拜的是神性,而不是女人!如果他能把对圣母的柔情分我一点,哪怕是一点点,该有多好啊!如果他能说,要不是与教会有誓约在先,他是不会看不上玛蒂尔达的,该有多好啊!啊!让我抱有这个难以实现的希望吧!或许,他可能还会承认,他对我的感情不仅仅是怜悯,而且,像我这样的一份感情不应该没有回报。或许,在我弥留之际,他会承认这些的!那么,他就没有必要担心违背誓约,而且他吐露的爱意会减轻死亡的痛苦。要是这一点我能肯定,该有多好啊!啊!我多真诚地渴望死亡那一刻的到来!"

她说的这番话,院长没有漏听一个字。她说这些临终遗言的语调刺痛了他的心,他不由自主地从枕上抬起头来。

"玛蒂尔达!"他用不安的声音说道,"啊!我的玛蒂尔达!"

听见说话声，玛蒂尔达吓了一跳，迅速转过身来。由于动作太突然，兜帽掉落到脑后，她的面容完全暴露在修士探询的目光之下。看到玛蒂尔达简直是他崇拜的圣母的翻版，他惊讶无比。玛蒂尔达有同圣母一样高雅匀称的容貌、一样浓密的金发、一样玫瑰般的红唇、一样迷人的眼睛！安布罗西欧惊得大叫一声，已经抬起的脑袋又倒在了枕头上，弄不明白站在眼前的究竟是人还是神。

　　玛蒂尔达似乎慌张失措，待在原地一动不动，斜靠在竖琴上。她的眼睛看着地面，美丽的脸庞涨得通红。她缓过神后，第一反应就是遮住面容，然后用颤抖不安的声音大胆地对修士说出如下一番话：

　　"你知道了我的秘密，这完全出于偶然。本来这个秘密我只会在临终的时候才会告诉你。是的，安布罗西欧，在玛蒂尔达·德·维拉尼加斯身上，你看到了你挚爱的圣母的原型。在我对你产生不幸的感情之后不久，我有了一个计划，就是把我的画像送给你。许多青年向我求过爱，他们让我相信，我颇有几分姿色。于是，我很想知道我的容貌会对你产生什么影响。我请当时住在马德里的著名威尼斯画家马丁·加卢比给我画了幅肖像，画中人与我酷似。我派人到嘉布遣会修士教堂假装卖画，把画卖给你的那个犹太人是我派出的使者之一。后来，当我听到你怀着欣喜之情，或者确切地说，是怀着崇敬之情凝视画像时，听说你把画像悬挂在你的居室，只对画中人而不对其他圣者祷告时，猜猜看我是多么狂喜！向你透露这个秘密，我会不会更加被你怀疑？我应该让你相信，我的感情是多么纯洁；还应该让你允许我与你在一起，得到你的尊重。我听说，你天天赞美我的画像；我亲眼见证了画像的美丽在你身上激起的欣喜。但是，我并不准备用你提供给我的这些武器来挑战你的美德，我遮掩住你不知不觉中爱上的容貌，不让你看见。我竭力掩饰自己的魅力，以免刺激你的欲望；我还竭力避免通过你的感官的媒介使我成为你心灵的主宰。

我通过勤勉于宗教职责来引起你的注意,通过让你相信我心灵的纯洁和感情的真诚,来引起你对我的喜爱,这就是我唯一的目的。我达到了目的,成了你的伙伴和朋友。我藏起我女性的身份,不让你知道,如果不是你逼迫我透露秘密,如果我不是受到有朝一日被人发现的风险的折磨,那么你永远只会知道我是罗萨里欧,而不是别的什么人。现在,你还要铁了心把我从你身边赶走吗?我的生命中最后的几个小时,不可以与你一起度过吗?啊!说话呀,安布罗西欧,告诉我,我可以留下来!"

这一番话让院长再次镇静下来。他意识到,以他此刻的心境,避免与她在一起,是避免被这个迷人女子影响的上策。

"你的表白实在让我吃惊,"他说道,"所以我现在无法回答你。不要逼我,玛蒂尔达。你去吧,我需要一个人静静待着。"

"我听你的——不过,我走前,请答应我,不要逼我马上离开修道院。"

"玛蒂尔达,想想你的处境,想想你留下来的后果。我们的分离是不可避免的,我们必须分开。"

"但是,不是今天,神父!可怜可怜我,不是今天!"

"不要把我逼得太紧,不过,我无法抵御你恳求的口气。既然你坚持,那我就退一步,答应你的请求吧。我同意让你在这里待上一段时间,让修道院的兄弟们为你的离开做一些准备。再待上两天,但是第三天,"他不由自主地长叹一声,"记住,第三天我们必须永远分离!"

她热切地握住他的手,压在自己的嘴上。

"第三天,"她大声说道,神情很严肃,"你说得没错,神父!你说得对!第三天我们必须永远分离!"

她说话时,眼神令人生畏,使修士心中充满恐惧。她又吻了吻修士的手,飞快地离开了房间。

安布罗西欧虽然渴望把这个危险的客人留在身边,但又意识到留下她会违反教规,他的内心成了无数情感相互斗争的战场。最后,他对乔装的罗萨里欧的依恋和他天生的热情,似乎占了上风。她的胜利已经毫无悬念。修士心想,征服诱惑是比回避诱惑更大的德行,他应该为自己有这样一次机会感到高兴,因为这可以证明自己坚定的美德。圣安东尼经受住了肉欲的各种诱惑,那么为什么自己就不能?此外,诱惑圣安东尼的是魔鬼撒旦,撒旦使尽所有诡计撩拨他的情欲。而安布罗西欧的危险仅仅来自一个胆怯又端庄的凡间女子,她同样害怕修士屈从于欲望的诱惑。

"是的,"他说道,"这个不幸的人应该留下,让她在身边没有什么可怕的。即使我本人不够坚定,无法抵制诱惑,纯真无邪的玛蒂尔达也会让我远离危险。"

安布罗西欧以后会知道,当邪恶隐藏在美德这张面具的背后时,那才是最危险的。

他发现自己已经完全康复,所以当帕布洛斯神父在晚上又来看望时,他请求允许自己明天到室外走动,帕布洛斯神父同意了。除了与修士们结队前来探病之外,玛蒂尔达当晚没有再来。她好像害怕与他私下谈话,只在他的房间里待了几分钟就离开了。修士酣然入睡,做了一个与头天夜里同样的梦,只是在今夜的梦中肉体的欲望更加强烈,同样撩人的幻觉出现在眼前:玛蒂尔达魅力四射,热情温柔,放荡不羁,一把将他抱入怀中,把最热烈的爱抚倾泻在他身上。他也同样急切地爱抚玛蒂尔达,然而就在欲望将要满足的关键时刻,那个幻影突然消失得无影无踪,将他留在羞耻与失望交加的恐惧之中。

天亮了。昨晚恼人的春梦使他精疲力竭,心烦意乱。他没有起床的意思,并为自己没有参加晨祷寻找借口,这是他平生第一次缺席晨祷仪式。他很迟才起来。整整一天,他没有机会与玛蒂尔达单独说话。他的房间挤满了修士,他们急切地表明自己对院长的病情的关心。当钟声响起,召唤人们去食堂吃饭的时候,他还在忙于接受修士们对他康复的祝贺。

吃过饭后,修士们四散而去,消失在花园的各个地方:树荫下,或某个石室的僻静处,这正是修士们享受午休的地方。院长移动脚步,朝院中的隐士居室走去。他向玛蒂尔达使了个眼色,要她紧随其后。

玛蒂尔达心领神会,静静地随他前行。他们走进洞室,坐了下来。两人谁也不愿意先开口,彼此都因为尴尬而苦恼。最后还是修士先发话,但他只是谈了些无关紧要的话题,玛蒂尔达也是如此。她好像急于让他忘记,坐在他身边的这个人不是"罗萨里欧",而是其他人。两人谁也不敢也不愿意提及各自心中想得最多的话题。

玛蒂尔达竭力假装很开心,这点显而易见。她的情绪受到忧虑的重压,讲话的时候,声音低沉无力。她似乎很想早点结束令她窘迫的谈话,便抱怨说自己身体不舒服,请求安布罗西欧允许她回到修道院里去。他陪同她来到她的居室,走到门口时,拦住玛蒂尔达说,他同意她继续做他独居生活的伙伴,只要喜欢,住多久都可以。

听见这番话,玛蒂尔达并没有流露出高兴的神色,尽管在前一天她是那么渴望得到听到这番话。

"唉,神父,"她说道,悲伤地摇摇头,"你的好意来得太迟了!我的命运已经注定,我们必须永远分离。不过,请相信,我非常感激你的宽宏大量,感激你对一个根本不值得同情的不幸者的同情!"

玛蒂尔达拿出手绢,抹了抹眼泪。她的兜帽只遮住了半张脸,安布罗西欧发现,她脸色苍白,眼睛凹陷,疲乏无神。

"天哪!"安布罗西欧叫道,"你病得不轻,玛蒂尔达!我马上派帕布洛斯神父给你看病。"

"别，不要。我病了，这是真的。可他治不好我的病。再见了，神父！你明天祷告时求神保佑我，我在天堂里也会求神保佑你的！"

她走进房间，随手关上了房门。

院长立刻派医生去给她看病，自己则焦急地等候医生的回音。可是，帕布洛斯神父不久就回来了，说差使没有完成，"罗萨里欧"拒绝让他进门看病。医生的话使安布罗西欧如坐针毡，不过他还是认为晚上不要打扰玛蒂尔达为妥。但是，如果次日早上她病情不见好转，他就一定让其接受帕布洛斯神父的诊断。

他发现自己没有睡意，便打开窗扉，凝视着洒泻在窗外小溪上的闪闪月光，溪水沿着修道院的围墙流过。习习的凉风，静静的夜色，激起修士心中无限的忧伤。他想到了玛蒂尔达的美丽和对自己的爱意，想到了他本来可以与她分享的愉悦，可是修道院的枷锁阻止了他。他心想，如果没有希望的支持，她对他的爱恋不会持久；毫无疑问，她也会熄灭爱情的火焰，而且还会投到另外一个更加幸运的男人的怀抱中寻求幸福。玛蒂尔达的离开会使他的心中空虚，想到这点，安布罗西欧不禁浑身发抖。他厌恶地看待修道院的单调生活，对那个使他永远与世隔绝的世界长叹了一声。突然，一阵重重的敲门声打断了他的沉思。修道院的钟声响了两下。院长赶紧询问为何半夜三更来敲门，便马上打开房门，只见修道院的平信徒修士走了进来，看脸色就知道那人是多么仓促与慌乱。

"快，尊敬的神父！"杂役工说道，"赶快去看看年轻的罗萨里欧。他很想见你一面，他就要死了。"

"天哪！帕布洛斯神父在哪里呀？为什么没有在陪他？啊！我害怕！我害怕！"

"帕布洛斯神父去看过他，可是神父的医术已经无力回天。神父猜测，这个年轻人中了毒。"

"中毒？啊！不幸的人！那么，与我的猜测一样！不要浪费任何时间，也许还有时间救她！"

说完，安布罗西欧就朝见习修士的居室飞奔而去。有几个修士已经在室内，其中就有帕布洛斯神父，只见他手拿药品，竭力劝说"罗萨里欧"服药。另外几个修士忙于欣赏病人非凡的容貌，他们以前从来没有见过"他"的容貌。"他"看上去比以往任何时候都要秀美动人，脸色不再苍白，倦容也不见了，面色红润亮丽，目光闪闪，带着安详的喜悦，"他"的表情透露出自信和认命。

"啊！不要再折磨我了！"当惊慌失措的院长急如星火般冲入房间时，她正在同帕布洛斯说话，"我的病你医治不了，我也不希望治好病。"——这时，她看见安布罗西欧来了——"啊！是他！"她大声说道，"在我们永远分离前，让我再见他一次吧！兄弟们，你们先离开吧，我有许多话要同这位圣人单独聊聊。"

修士们立刻退下，只留下玛蒂尔达和院长在一起。

"你做了些什么，你这个鲁莽的女人？"只剩下他们两个人的时候，他大声问道，"告诉我，我的猜测正确吗？我真的要失去你了吗？你是用自己的手毁掉了自己吗？"

她莞尔一笑，拉住了神父的手。

"我哪里鲁莽了，神父？我只是牺牲了一块鹅卵石，却拯救了一块钻石。我的死亡为这个世界换取一个珍贵的生命，这个生命对我而言远比我自己的生命宝贵。是的，神父，我中毒了。但是，要知道这毒液曾经在你的血管里循环。"

"玛蒂尔达！"

"我曾经下定决心，除非我躺在临终的床上，否则绝不会向你泄露秘密。现在这个时刻已经来临。你不可能已经忘记你被毒蛇咬伤，生命垂危的那一天了吧？医生说你已无药可救，因为不知道怎样才能抽出蛇毒。我知道只有一种办法，而且毫不犹豫地用了这种办法。当时，只有我一个人在你身边，你睡着了，我解开你手上的绷带，用嘴唇吸出了毒液。效果比我预期的快多了。我感到死亡已经到了胸口，再过一个小时，我就要到一个更加美好的世界去了。"

"万能的主啊！"修道院院长大叫一声，一头栽在床上，像死了一样。

过了几分钟，院长突然从床上起来，凝视着玛蒂尔亚，绝望无比。

"你为我献出了自己的性命！你的死，是为了换取安布罗西欧的生！你真的就没救了吗，玛蒂尔达？真的就没有希望了吗？告诉我，啊！告诉我，你还有救命的办法的！"

"放心吧，我唯一的朋友！是的，我还有救命的办法，但那是我不敢使用的办法。这个办法很危险！也很可怕！赎回生命要付出过于高昂的代价……除非你允许我为你而活。"

"那你就为我而活吧，玛蒂尔达，为了我，也为了感激！"他握住她的手，按在嘴边，热烈地吻着，"还记得我们最近的那次谈话吗？现在，我答应你提出的任何事情。还记得你用华丽的语言描述的心灵结合吗？让我们的心灵实现这些想法吧。让我们忘记性别的差异，鄙视尘世的偏见，只把对方当作兄弟和朋友。那么，活着吧，玛蒂尔达！啊！为了我而活着！"

"安布罗西欧，那绝对不可以。如果我也这样想，那就是自欺欺人。我要么现在就死，要么由于欲望无法满足而长期受到折磨而死。啊！自从我们上次谈话以后，一幅可怕的面纱就在我眼前撕裂开了。我不再像敬爱圣人那样爱你了，我也不再因为你心灵的美德而珍视你。我渴望享受你的肉体，我成了最为狂野的激情的俘虏。走开吧，友谊！这是个冷酷无情的字眼。我胸中燃烧的是爱情，难以用言词形容的爱情，爱情必须得到回报。那么，发抖吧，安布罗西欧，在祈祷中发抖吧。如果我活着,那么你的忠诚,你的名誉,你过去的苦难生活换来的回报,你珍视的一切将会丧失殆尽,而且无法挽回。我将无法再与我的激情搏斗,我会抓住一切机会激发你的欲望,努力败坏你与我的名声。不,不,安布罗西欧,我不能活着!我时刻相信,我只有一种选择。我的每一次心跳都使我觉得,我要么享用你,要么死去。"

"真是令人惊诧!——玛蒂尔达!同我说话的人真的是你吗?"

他欠了欠身,好像要离开座位,玛蒂尔达发出一声尖叫,半个身子探出床外,伸出双臂,抱住修士,不让他走。

"啊!别离开我!听听我的罪过,带点同情心!再过几个小时,我将离开尘世。"

"可怜的女人,我还能对你说些什么呢!我不能……我绝对不可以……但是,要活着,玛蒂尔达!啊!活着!"

"你没有想过你要的是什么。活着使我自己名誉扫地,成为地狱的代理人?还是造成你我二人的毁灭?摸摸这颗心吧,神父!"

她拉过他的手放在胸口,他感到困惑、尴尬又神魂颠倒,没有把手抽回。他感到她的心在手下跳动。

"摸摸我的心,神父!它现在仍是名誉、忠诚、贞洁的圣殿。如果明天它还在跳动,一定会成为最为邪恶的罪行的牺牲品。啊!让我今天就死去吧!趁我还能博得有德之人的眼泪,让我死吧!就这样咽了气吧。"她把头斜靠在他的肩上,一头金发倾泻在他的胸膛上,"倒在你的怀里,我会沉沉睡去。你的手会将我的眼睛永远闭上,你的嘴唇会接受我垂死的气息。你会偶尔想起我吗?你会偶尔在我的坟前抛洒泪水吗?啊!是的!是的!是的!这个吻就是证明!"

深夜,万籁俱寂。一盏昏暗的孤灯映照出玛蒂尔达的轮廓,并给整个居室洒满暗淡而神秘的灯光。此时,在这对情侣的附近,没有窥视的眼睛,没有好奇的耳朵,除了玛蒂尔达悠扬悦耳的说话声,没有任何别的动静。作为男人,安布罗西欧青春正盛,充满活力。他看到在自己前面的,是个青春美貌的女子,是他生命的守护者,是他才貌的崇拜者,因为爱他太深,才到了死亡的边缘。他坐在她的床上,一只手停留在她的胸脯;她的头靠着他的胸膛,春情激荡。那么在这种情况下,谁会相信他不会屈从于诱惑?欲望让他陶醉,他把自己的嘴唇紧贴在迎面而来的嘴唇上,在激动与激情之中,两个人竞相狂吻对方,他把她抱在怀中,如痴如狂。他忘记了自己的誓约,忘记了自己的圣洁,忘记了自己的名誉。他记得的只有愉悦。

"安布罗西欧!啊!我的安布罗西欧啊!"玛蒂尔达叹息道。

"你的,永远是你的!"修士喃喃而语,瘫倒在她的怀中。

第三章

这些是流氓，

让所有的行人害怕无比。

他们中也有良家子弟，

如任性青年中的复仇者

被威风凛凛的一群摈斥。

——《维洛那二绅士》

    侯爵与洛伦索向府邸走去，谁也没有说话。前者一心回忆每个细节，这些细节叙说之后可能会使洛伦索看好侯爵与阿格妮丝的关系。而后者正为家庭的荣誉忧心忡忡，觉得有侯爵在身边很不自在，而且他刚刚目睹的冒险行为使他无法把侯爵当作朋友；但是，由于安托尼娅的利益有赖于他居中调解，因此把侯爵当作敌人又有失明智。他思前想后，最终决定，上上之策就是一言不发。他焦急地等待雷蒙德来做出解释。

    他们来到德·拉斯·西斯特纳斯的府邸。侯爵马上带洛伦索到自己的房间，说在马德里找到他非常高兴。洛伦索打断了侯爵的话。

    "请原谅，爵爷，"他冷冷地说道，"如果我对你显得态度冷淡。这件事关系到一个修女的声誉,在查实这件事之前,在弄清你与阿格妮丝通信的目的之前,我不能把你当朋友。我很想听听你这样做的意思,希望你不要迟迟不解释,你答应过要解释的。"

"首先,你要保证,你会听我解释,要耐心一点,宽容一点。"

"我太爱我的妹妹了,不会对她苛刻的。直到现在,我还没有过像你这样亲密的朋友。我也会承认,有一件我非常上心的事情,你有能力帮助我,所以我非常急切地希望,你仍然值得我尊敬。"

"洛伦索,你让我高兴死了!对我而言,没有什么比有机会为阿格妮丝的兄弟效劳更快乐的事情了。"

"请让我相信,我可以接受你的恩惠,但不能损害我的荣誉。世界上我最愿感谢的人就是你了。"

"或许,你曾经听你妹妹提到过阿尔方索·德·阿尔瓦拉达这个名字?"

"从来没有听说过。尽管我对阿格妮丝怀有真正的兄妹之情,但客观环境并不允许我们经常在一起。她还很小的时候,就被托付给一个嫁给德国贵族的姑妈照料。妹妹一直住在德国贵族的城堡里,两年前才回到西班牙,决定过与世隔绝的生活。"

"天哪!洛伦索,你早知道她的打算,可为什么不设法改变她的主意?"

"爵爷,你错怪我了。我在那不勒斯得到的消息使我极为震惊,于是我急忙回到马德里,唯一的目的就是阻止这种牺牲。一到马德里,我就直奔圣克莱尔修道院而去,阿格妮丝就在那儿当见习修女。我要求见见妹妹,可妹妹居然拒绝见我,你想想我有多吃惊。她明确地说,担心我影响她的思想,因此在成为正式修女的那天之前不会见我。我恳求修道院里的修女,坚持要见上阿格妮丝一面,并毫不犹豫地宣称,我怀疑,她不见我并不是她的本意。女修道院院长把我妹妹亲笔写的几行字带给我，重申了她原先的想法。后来所有希望同她短暂叙谈的努力，如同第一次一样，统统毫无结果。妹妹极其固执，直到正式入院并发誓永不离院的前一天，才允许我见她。我们见面时，主要的亲戚都在场。这是我与她小时候分别后第一次见她，场面极其感人。她扑到我的怀里，吻我，痛哭失声，泪流满面。我用尽一切可能的理由，用泪水，用祈求，甚至下跪，竭力劝她放弃做修女的打算。我向她陈述了修道生活的种种艰辛，给她描绘了她将放弃的所有乐趣，还求她告诉我，究竟是什么使她如此厌恶尘世。听见我的问题，她脸色突然发白，潸然泪下。她央求我不要逼她谈论这件事。这时我完全明白，她决心已定，修道院是她能够求得心境宁静的唯一去处。她坚持不改初衷，立誓入教。我常去看她，隔着修道院门口的格栅探望她。与她在一起的每时每刻使我觉得更加苦恼，因为我失去了妹妹。不久前，我不得不离开马德里，到昨天才回来，而且直到现在，我一直没有时间造访圣克莱尔修道院。"

"那么说来，直到我提及之前，你还从来没有听说过阿尔方索·德·阿尔瓦拉达这个名字？"

"对不起，我姑妈给我写信，说有一个叫这个名字的冒险者曾设法被引荐到林登堡城堡，渐渐博得我妹妹的好感，她甚至同意跟此人私奔。但是，就在实施私奔计划前，这名骑士了解到，原以为阿格妮丝拥有的位于伊斯帕尼奥拉岛的地产，其实是属于我的。这个消息使那人改变了原来的打算，在他们要私奔的那天他失踪了。阿格妮丝对他的背信弃义与卑鄙行径感到绝望，决定离群索居，到修道院当修女。我姑妈在信中还说，这个冒险者曾经自称是我的朋友，她想知道我是否了解此人的底细。我回信说不知道。当时，我并不知道阿尔方索·德·阿尔瓦拉达与德·拉斯·西斯特纳斯侯爵是同一个人。人们对前者的描述和我知道的后者的情况一点也不相符。"

"在这件事上,我很容易看出唐娜·罗道尔法的背信弃义。她叙述的每一个字都烙上了她的印记:恶毒、虚伪,以及她对要伤害的人进行歪曲诽谤的天分。梅迪纳,原谅我这样毫无顾忌地谈论你的亲戚。她伤害了我,我有理由恨她。等你听完我的故事,你就会相信,我的措辞并不过分苛刻。"

说完,侯爵便开始了叙述。

唐·雷蒙德·德·拉斯·西斯特纳斯侯爵的故事

我亲爱的洛伦索,长期的相处使我相信,你的天性是多么宽宏大量。我不想对你说,你对你妹妹的各种奇遇一无所知,因为有人刻意向你隐瞒了这些事。如果你已经了解,阿格妮丝和我逃离了什么样的不幸,那我们的命运就要改写了。我初次认识你妹妹时,你正在外地游历。由于我们的敌人们竭力不让她知道你的行踪,所以她不能写信寻求你的保护,也无法征求你的意见。

离开萨拉曼卡大学后,我立刻外出旅行。后来,我听说在我离开之后,你在萨拉曼卡大学待过一年。我的父亲给了我充足的盘缠,但他一定要我隐瞒真实身份,只以一个普通绅士的身份出行。这道父命是我父亲咨询了他的朋友维拉·赫尔莫萨公爵后下的,公爵是一名德高望重的贵族,对他的才能及学识,我一直怀有最高的敬意。

"相信我,"他说,"亲爱的雷蒙德,你暂时放下身段,以后会受益无穷。没错,以德·拉斯·西斯特纳斯伯爵的身份,人们会展开双臂接待你,来自四面八方的关注可能会满足年轻人的虚荣心。现在,许多事情都得靠你自己。你有许多过人之处,但是如何利用你的长处,那只能是你自己的事。你必须尽力取悦他人,必须努力赢得别人的赞同。那些本来会巴结德·拉斯·西斯特纳斯伯爵的人,既不会有兴趣来发现阿尔方索·德·阿尔瓦拉达的优点,也不会有兴趣耐心地宽恕阿尔方索·德·阿尔瓦拉达的缺点。因此,当你发现人们真的喜欢你,你完全可以把它归功于你的优良品质,而不是你的高贵出身,他们给你的礼遇也就更加令人赞赏。此外,由于你出身高贵,社会传统不会允许你同下层社会的人们交往,而现在你可以决定是否同他们交往。在我看来,与他们交往,你会受益匪浅。不要只看所到国家光鲜辉煌的一面,还要看看所到国家的风土人情。走进村舍,看看外国佃农的生活,学会减轻你的佃农的负担,增加他们的舒适度。我认为,一个注定要拥有权力和财富的青年,可以通过游历收获种种好处,他不应该把与底层社会的交往和见证民众苦难的机会视为无足轻重。"

原谅我,洛伦索,如果你觉得我的叙述过于冗长。但我们之间现在的密切关系,使我急于让你知道我的每一件事。我担心会漏掉让你了解我与你妹妹的感情的任何事情——哪怕是一点点细节,所以我可能会说许多你会觉得无趣乏味的事情。

我接受了公爵的建议,不久我就对他的智慧心服口服。

我离开了西班牙,假称自己是唐·阿尔方索·德·阿尔瓦拉达,只带了一名忠诚可靠的仆人。巴黎是我的第一站,它一度让我着迷,每一个年轻富有、喜欢享乐的男子都会这样。然而,尽管快活无边,我内心深处总觉得还缺点什么。我渐渐厌倦放荡的生活。我发现,和我一起的人尽管外表温文尔雅、漂亮迷人,其灵魂深处却轻浮虚伪、冷漠无情。我非常厌恶地离开了巴黎,离开了这座奢侈的大剧院,没有一丝后悔。

于是,我启程前往德国,打算造访德国最重要的宫廷。在这次远行之前,我准备在法国的斯特拉斯堡小住几天。我在吕纳维尔小镇下了马车,想吃点东西。这时,我看到了一辆豪华马车等在银狮客栈的门口,旁边有四个身着华丽制服的仆人在等候。不久,我朝窗外望去,只见一位仪态高贵的夫人,身后跟着两名侍女,登上车子,马车立刻疾驶而去。

我问店主,刚刚离开的夫人是谁。

"一位德国男爵夫人,先生。地位很高,非常有钱。她的仆人对我说,她是来访问隆格维尔公爵夫人的。她去斯特拉斯堡,在那里会见到她丈夫,然后两人一起回到在德国的城堡。"

我又继续前行,打算在当天夜里赶到斯特拉斯堡。但是,我的希望落空了,因为我的马车坏了。事故发生时,我正在一片茂密的树林当中。失去了继续前行的工具,我极其为难。

时值严冬,暮色四合,最近的城市斯特拉斯堡离我们还有几十里的路程。看来,如果不在林中过夜,我唯一的选择就是骑仆人的马去斯特拉斯堡,在那个季节骑马绝对不是一件愉快的事情。但是,由于没有别的办法,我只好决定这样做了。所以,我向车夫说了我的意图,告诉他我一到斯特拉斯堡,就会派人来帮忙。对于车夫是否诚实,我并没有多少信心。好在斯特法诺全副武装,车夫看起来也已上了年纪,我相信,行李不至于会有丢失的危险。

幸运的是,我这样考虑的时候,一个机会来了,可以让我比预期更惬意地度过夜晚。我刚提到要去斯特拉斯堡,车夫便摇了摇头,反对我的想法。

"路很远啊,"他说道,"没人带路,走到那儿不是一件容易的事情,先生您好像不习惯冬天的严寒,很有可能无法抵御这种极度的寒冷……"

"单单反对有什么用呢?"我问道,不耐烦地打断了他的话,"我没有别的办法,不这样做的话,就必须在林中过夜,很可能会被冻死。"

"在林中过夜?"他回答道,"啊!以圣丹尼斯的名义起誓!我们的处境还不至于如此糟糕。如果我没有弄错,我们离我的老朋友巴普蒂斯特的家还有不到五分钟的路程。他是个樵夫，为人诚实。我毫不怀疑他会很高兴地让你投宿。与此同时，我骑这匹驯马到斯特拉斯堡，天亮前带几个合适的人回来，修理你的马车。"

"以上帝的名义，"我说，"你怎么可以让我焦虑这么长时间？为什么不早点说树林中有房舍？真是笨到了极点！"

"我原以为，也许先生不愿意屈尊接受……"

"荒唐！嗨，得了！别再说了，马上带我们去樵夫家的小屋。"

车夫遵命，于是我们一路前行，马匹艰难地拉着损坏的马车跟在后面。我的仆人几乎不说一句话，我也开始感到严寒的厉害。就这样，我们来到那个小屋。那是一幢不大但整洁的建筑。我们走近房子，透过窗户，我看见令人欣慰的炉火在闪动，非常高兴。我们的带路人敲了敲门，过了些时候才有人应门。屋内的人似乎拿不定主意是否让我们进去。

"喂！嗨，巴普蒂斯特老友！"车夫不耐烦地大声喊道，"你在忙什么呢？是睡着了吗？要么，是你不愿意让一个绅士留宿一晚？他的马车刚刚在林子里出了故障。"

"啊！是你呀，老实人克劳德?"屋内一个男人的声音回答道，"稍等一下，就来开门。"

不久，门闩被拉了下来。门开了，一个手里拿着灯的男人出现在门口，衷心欢迎向导的到来，然后过来向我打招呼。

"进屋，先生。进屋，欢迎啊！原谅我起初没让你进去。附近坏人太多，恕我冒昧，刚才我把你当坏人了。"

说着，他把我带进屋内，就是我刚才看见有炉火的地方。屋主马上安排我坐在安乐椅上，离壁炉很近。有一名女子，我猜是屋主的妻子，看见我进门，从座位上起身迎接我，虽然面容略带敬意，但有些冷淡。对我的问候，她没有作答，而是马上坐回原处，继续忙手中的活计。她丈夫热情友善，而她的态度却生硬冷漠。

"我真想让你住得更加舒适一些，先生，"他说，"但是我们不能自夸说这简陋的房子里有很多空闲的地方。不管怎样，我想，我们还是尽量安排一个房间给你，一个房间给你的仆人。条件比较差，你只好将就将就。不过，相信我，凡是我们的东西，都真心欢迎你取用。"然后，他转身面对妻子，"哎呀，你怎么还坐在那儿，玛格丽特，安静得好像没有更要紧的事情要做似的！起来干活，夫人！起来干活！弄点晚饭，找些被褥来。喂，喂，炉火上扔几块木头，因为这位绅士好像冻坏了。"

屋主的妻子赶紧把手头的活计扔在桌子上，去做丈夫吩咐的事情，带着一脸的不情愿。第一次看见她的脸色时，我已经觉得不痛快。不过，整体上看，毫无疑问，她长得很漂亮，只是她的皮肤灰黄，身子瘦弱，脸色阴沉抑郁，她的怨恨与敌意都写在脸上，哪怕是最粗心的人也看得出来。她的每个眼神、每个举动，都传达着不满与烦躁，巴普蒂斯特打趣地责怪她不满的神态，她的回答既尖刻又简短。总之，我第一次看见她就厌恶她，而对她的丈夫，初次见面便怀有好感，他的长相容易让人尊敬和信任。他的态度坦率真诚、热情友善，他的举止具有农民的诚实，但没有农民的粗鲁，他的脸庞宽厚丰满，脸色红润。从眉头上的皱纹来看，他已年过六旬。但是他保养得好，不显老态，仍然精神饱满，身强力壮。他的妻子不会超过三十，但在精神和活力方面，比起他不知要差多少。

但是，尽管很不情愿，玛格丽特还是开始准备晚餐，而这时樵夫开心地与来客聊这聊那。车夫已经备了一瓶烈酒，准备动身前往斯特拉斯堡，走之前问我还有什么吩咐。

"去斯特拉斯堡？"巴普蒂斯特插话问道，"你今晚不打算去那儿吧？"

"对不起,我必须去。如果我不去叫人来修车,明天先生怎么赶路呢?"

"你说得在理,我竟忘了马车的事。好吧,克劳德,可是你总可以在这里吃了晚饭再走吧?吃饭不会耽误多少时间,而且先生长得慈眉善目,不会让你在这样寒冷的夜晚空着肚子出门的。"

这一点我欣然同意,于是告诉车夫明天我迟一两个小时到斯特拉斯堡根本无关紧要。车夫向我道谢,然后同斯特法诺一起离开了屋子,把拉车的马匹安顿在樵夫的马厩里。巴布蒂斯特随他们来到门口,焦虑地朝外看了看。

"刺骨的寒风啊!"他说,"不知什么事情把我的儿子们耽搁了这么长时间!先生,我真想让你看看两个最棒的小伙子:我的大儿子二十三岁,小儿子要小一岁。他俩有胆有识,身手敏捷,斯特拉斯堡方圆百里以内找不到与他们同样优秀的人。要是他们回来就好了!我开始为他们担心了。"

玛格丽特这时正忙着铺桌布摆餐具。

"你也同样为你儿子还没回家担忧吗?"我问她道。

"我才不!"她怒气冲冲地回答说,"他们又不是我的孩子。"

"得了!得了,玛格丽特!"她丈夫说道,"不要因为这位绅士问了你一个简单的问题就生气。如果你不是那么容易生气,他就不会以为你有一个二十三岁的儿子。可是你看看,坏脾气给你增加了多少年龄!——请原谅我太太的粗鲁,先生。一点小事就会惹她生气,她有点不开心,因为你没有把她看作不到三十的人。我说得没错,是吧,玛格丽特?你知道,先生,年龄对女人总是个敏感的事情。唉!好了!玛格丽特,开心一点。如果你现在没有那么大的儿子,再过二十年你会有的。而且,我希望我们能活着看到他们长成像雅克和罗伯特一样的小伙子。"

玛格丽特愤怒地交错十指。

"但愿上帝不要让这样的事情发生！"她说，"但愿不会发生这样的事情，如果我这样想的话，我宁可亲手勒死他们！"

她匆匆离开房间，上楼去了。

我禁不住向樵夫深表同情，因为他同脾气这么差的伴侣终生捆绑在了一起。

"啊！天哪！每家都有一本难念的经，玛格丽特成了我难念的经。再说，她毕竟只是脾气不好，并没有恶意。最糟糕的是，她深爱着与前夫生的两个孩子，又要做我的两个儿子的后妈。她不愿看到我的儿子们。依照她的美好意愿，他们最好永远不要踏进家门口。不过，在这方面我一直立场坚定，绝对不会同意抛弃两个可怜的小伙子，让他们流落在外，尽管她隔三岔五地要我这样做。其他事情，我都让她做主，而且她确实很会管家，我必须为她说句公道话。"

我们正这样聊着，突然，林子里传来"嘿"的一声，声音很响，打断了我们的谈话。

"希望是我的儿子们回来了！"樵夫大声说道，跑过去开门。

又传来"嘿"的一声。这时我们听出了马蹄的声音，不久一辆四轮马车在几名骑士的护送下，停在小屋门前。其中一名骑手询问到斯特拉斯堡还有多少路程。由于他是向我问话，我就把克劳德说的里程告诉他，听完我的话，几个车夫被臭骂了一顿，因为车夫走错了路。马车里面的人这时也知道了到斯特拉斯堡的距离，而且马匹已疲乏不堪，无法继续赶路。有一名夫人，好像是领头的，听到这个消息后懊恼不已。但是，由于没有别的办法，其中一名侍者问樵夫，能否让他们留宿一晚。

樵夫看上去十分为难，回答说不能，还补充说一位西班牙绅士和仆人已经占用了他家空余的房间。西班牙民族的骑士精神不允许我占用一名女性需要的房间。因此,听见樵夫的话后,我马上向樵夫表示,把我的房间转让给这名夫人。虽然他一再反对,但都被我驳了回去。我快步走到马车边,打开车门,扶夫人下车。我立刻认出她就是我在吕纳维尔客栈见到过的那位夫人。我趁机问她的一名仆人这位夫人尊姓大名。

"林登堡男爵夫人。"仆人答道。

我无法不注意到屋主给我的接待与给新来者的接待竟然如此不同。他很不情愿让他们入住,这一点明显地表现在他的脸上。他心里好不容易才说服自己,对夫人说欢迎光临。我把夫人带到屋内,让她坐在我刚才离开的安乐椅上。她优雅地向我道谢,并再三为给我带来的不便道歉。突然,樵夫的脸色由阴转晴。

"我终于安排好了!"他说道,打断了那位夫人的反复道歉,"我可以给您和随从安排住宿,夫人,您不会因为这位先生的客气而让他遭罪。我们还有两个空房间,一间给夫人,另一间给您,先生。我太太腾出房间,给这两名侍女住。至于男仆人嘛,只好将就着在大仓库里过夜了,离这里只有几码远。那里会生起一堆大火,还会尽量让他们好好吃上一顿晚餐。"

夫人一再表示谢意,我也多次反对玛格丽特让出房间,大家这才接受了屋主的安排。由于房间不大,男爵夫人立刻就把几名男仆打发走。巴普蒂斯特正要带他们去他提到过的那个仓库,突然两个年轻小伙子出现在门口。

"见鬼!"走在前面的那个大喊一声,后退了一步,"罗伯特,家里挤满了陌生人!"

"哈!我的两个儿子回来了!"屋主大叫道,"哎呀,雅克!罗伯特!你们跑到哪儿去了,孩子们?家里还有你们住的地方。"

听到这句话,两个年轻人走了回来。父亲把他们介绍给男爵夫人和我，然后自己同男仆们走了。这时，在两名女侍的请求下，玛格丽特领她们到安排给她们女主人住的房间去了。

刚来的两个年轻人身材高大、体格健壮、体形匀称、相貌粗陋，脸被太阳晒得红红的。他们简短地向我们问候，并向这时已进入房间的老相识克劳德打招呼。然后，他们把裹在身上的斗篷解下扔在一边，摘下挂着弯刀的皮带，每人从腰带上取下一个手枪套子，搁在一个架子上。

"你们出行全副武装呀。"我说道。

"对，先生，"罗伯特回答道，"今天晚上我们很晚才离开斯特拉斯堡，天黑之后穿越林子有必要做一些防备。我可以肯定，这片林子名声不太好。"

"怎么？"男爵夫人问道，"这儿附近有强盗吗？"

"是有人这样说，夫人。就我而言，任何时间我在林子里行走，都没有碰到过一个强盗。"

这时，玛格丽特回来了。她的两个继子把她拉到房间的另一边，低声同她说了几分钟。从他们不时投向我们的目光看，我猜测他俩在询问我们在这里做什么。

与此同时，男爵夫人表达了她的忧虑，她丈夫会为她忧心如焚。她本想派一名仆人去通知男爵，说她延误了路程，可是两个年轻人关于林子的叙述使她的计划无法实施。克劳德帮她解决了难题，他告诉她，自己晚上必须赶到斯特拉斯堡，如果托他带一封信，保证安全送到她丈夫手里。

"那么，"我问道，"难道你不担心碰到强盗吗？"

"唉！先生，一个要养活一个大家庭的穷人不会因为有一点小危险就放弃一定的利益，说不定男爵大人会给我点小钱，犒劳我的辛苦。而且，除了这条命，我一无所有，我的命不值得强盗来取。"

我觉得他的理由不对，建议他等到明天早上再去。但是由于男爵夫人反对，我只得不再坚持己见。林登堡男爵夫人——我后来发现——一向习惯为了一己之私牺牲他人利益，由于她一心要克劳德送信到斯特拉斯堡，所以她对这件事的危险视而不见。因此，我们做出决定，要克劳德马上动身。男爵夫人给丈夫写了信，我写了几句话给我的银行经纪人，告知他我第二天早上才会赶到斯特拉斯堡。克劳德拿走信件，离开了屋子。

夫人说自己旅途劳顿，除了走了不少路，车夫们甚至还在树林里迷了路。于是她对玛格丽特说，希望有人领她去她的房间，允许她休息半个小时。一个侍女马上被叫了过来，手里拿着一盏灯，男爵夫人跟她上楼去了。我所在的房间里正在铺桌布，玛格丽特很快让我意识到我妨碍她干活了。她的暗示太明显不过，不可能轻易误解。因此，我要两个年轻人中的一个带我去我睡的房间，待在那儿直到开饭再下楼。

"是哪一个房间，母亲？"罗伯特问道。

"有绿色帘子的那间，"她回答道，"我刚才特地把房间收拾好了，铺上了新床单。如果这位绅士想懒散地躺在床上休息，他可以自己再替我整理一下。"

"你心情不好，妈妈，不过这也没有什么新奇。请跟我来，先生。"

他打开门，朝一条狭窄的楼梯走去。

"你没有带上灯！"玛格丽特说，"你是想摔断自己的脖子还是这位绅士的脖子？"

她从我身边走过，塞给罗伯特一支蜡烛。罗伯特拿了蜡烛，登上楼梯。雅克忙着摆放餐具，背对着我。

趁着没有人注意，玛格丽特抓住机会，拉住我的手，使劲捏了一下。

"看看床单!"她从我身边走过时说了一句,便马上去做原先在做的事情。

她突如其来的行为使我大吃一惊,仿佛僵住了一般。罗伯特唤我跟上的声音才让我缓过神来。他领我进入一个房间,壁炉里的柴火烧得正旺。他把蜡烛放在桌上,问我有没有别的吩咐,我说没有,他便离开了,留下我一个人。你可以肯定的是,一旦发现只有我一个人,我马上照玛格丽特讲的去做。我拿起蜡烛,急忙走到床边,掀开被子,发现床单被血迹染成红色,我是多么惊讶、多么恐惧啊!

那一刻,无数纷乱的思绪在我脑海掠过:出没林子的强盗,玛格丽特谈及自己孩子时的惊叫,这两个青年的武器与外表,还有我曾经听人讲过的有关匪徒与车夫之间常常存在秘密联系的种种奇闻轶事。所有这一切情形都在我脑中闪现,引起了我的疑惑与忧虑。我反复思考最有可能证实我的猜疑的方法。突然,我意识到有人在下面急切地走来走去。这个时候,所有的事情对我来说都成了怀疑的对象。我小心翼翼地靠近窗户,由于房门长期关闭,所以尽管天气严寒这扇窗户却仍然敞开着。我冒险朝窗外张望,月光让我看清了一个男子,我毫不费力地认出那个男子就是屋主。我仔细观察他的一举一动。

他行走敏捷,然后又停止脚步,似乎在谛听什么。他重重地踩在地上,双臂捶打腹部,好像在抵御这个季节的严寒。哪怕是听见最细微的声音,不论是楼下的说话声,还是蝙蝠从他身边振翅飞过,或是寒风掠过落光树叶的枝条的声音,都会使他一惊,并焦虑地环顾四周。

"这个该死的家伙!"他终于忍不住骂了一句,"到底在干什么!"

他说得很轻,但由于他就在我的窗下,我毫不费力就听得清清楚楚。

这时,我听见一个人的脚步声越来越近。巴普蒂斯特循声走过去,与一个男子会合,这个男子身材矮小,脖子上挂着一只号角,我认出他不是别人,正是那位"忠心耿耿"的克劳德,我原以为他已经在去斯特拉斯堡的路上了。为了从他们的谈话中大致了解我的处境,我赶紧设法既让自己听清楚谈话的内容,又做到不被人发现。为此,我熄灭了床前桌子上的蜡烛,壁炉的火光还不至于明亮到暴露我的身影。然后,我马上回到窗前。

令我好奇的对象就站在窗户下面。我推测,在我离开的片刻工夫,樵夫一直在责备克劳德姗姗来迟,因为我回到窗口时,后者正在竭力寻找理由为自己的过失开脱。

"无论如何,"克劳德接着说道,"我现在的努力会弥补我刚才的延误。"

"这样说来,"巴普蒂斯特回答道,"我应该毫不犹豫地原谅你。可是实际上,由于你和我们是平分战利品,你自己的利益会使你竭尽全力的。如果让这样贵重的战利品从我们手中溜走,那简直是耻辱!你说这个西班牙人很有钱?"

"他的仆人曾在客栈里夸口说,他马车上的财物价值超过两千皮斯托尔。"

啊!我真想诅咒斯特法诺鲁莽的虚荣心!

"有人告诉我,"车夫继续说道,"男爵夫人随身带着一盒珠宝,价值连城。"

"也许是这样,但是我倒宁愿她没有来到这里。那西班牙人本来是十拿九稳的猎物,我的两个儿子和我原可以轻轻松松地制服他和他的仆人,那样的话,两千皮斯托尔就可以由我们四人平分。现在,我们只得让其他人来分享钱财,而且说不定整群人会从我们手中逃走。如果你赶到山洞之前,我们的朋友就已经分头忙各自的事情去了，那我们就会一无所获。那位夫人的随从太多，我们无法控制他们。除非我们的帮手及时赶到，否则我们明天必须毫发无损地放走这些旅客。"

"真是太不幸了，我们这些赶四轮马车的人竟不认识我们的同伙！不过不要怕，巴普蒂斯特老友，只要一个小时，我就能到达山洞。现在是十点钟，到十二点，他们就能赶到。再见，留心你的太太。你知道，她是多么厌恶我们的生活方式，她可能会设法向夫人的仆人透露我们的计划。"

"哦！我保证她不会作声。她对我怕得要死，又宠爱她的孩子，所以不敢泄露我的秘密。更何况，雅克和罗伯特在严密监视她，不允许她走出房子一步。仆人们已经安全地住在仓库里，在我们的朋友到来之前，我会让这里的一切保持安静。如果你确信你能找到他们，我现在就可以把屋内的人都杀死。不过，你也有可能找不到那帮人，我担心明天一早他们的仆人会向我要人。"

"设想万一旅客中有人发现了你的计划该怎么办？"

"那我们就先杀死被我们控制的那些人，然后再冒险制服其他人。不过，为了避免这种冒险，你快赶到山洞去。这帮人十一点以前绝不会离开山洞，如果你尽力，就可以及时赶到，截住他们。"

"告诉罗伯特，我把他的马骑走了。我的马挣断了缰绳，逃到林子里去了。口令是什么？"

"勇气的奖赏。"

"好了，我要赶紧到山洞去了。"

"我也要赶紧回到客人中间去，以免我不在场让他们起疑心。再见，要尽心尽力。"

两个同伙分手了，一个朝马厩走去，另一个回到了屋内。

他们交谈的时候，我连一个字都没有漏掉，你可以猜想我当时是什么心情。我不敢沉浸在自己的深思之中,也没有找到任何办法可以摆脱危险。我知道抵抗没有用,因为我手无寸铁,而且是一对三。不过,我决定要尽量使对方付出最高的代价,才能拿走我的性命。由于担心巴普蒂斯特会察觉到我不在楼下,怀疑我偷听到他打发克劳德出去的谈话,我赶快重新点燃蜡烛,离开了房间。下楼时,我发现桌上已经摆上供六个人吃的晚餐。男爵夫人坐在炉火边,玛格丽特在拌沙拉,她的两个继子在房间的另一头窃窃私语。巴普蒂斯特在走到门口之前要绕过花园,因此还没有进门。我静静地坐下,面对男爵夫人。

我给玛格丽特使了个眼色,让她知道她的暗示没有白费。这时的她在我眼中是多么不同啊!这时我才发现,她原先的抑郁与赌气,原来是对同伙的厌恶和对我的危险的同情。我对她肃然起敬,把她当作我唯一的依靠。但是,我知道她多疑的丈夫盯着她,我不能过分依赖她的善意举动。

虽然我竭力掩饰我的焦虑,但焦虑还是明显地表现在脸上。我脸色发白、语无伦次、举止尴尬。两个年轻人注意到了,问我是什么原因。我说是过于疲乏和冬季严寒的缘故。不管他们是否相信,我就这么一口咬定,他们至少不再向我提一些令我窘迫的问题了。我竭力把注意力从所处的危险中转移开来,与男爵夫人谈论各种话题。我谈到德国,说想马上访问德国。只有上帝知道,那一刻我根本没有想到我还会看到德国!她回答时,显得大方自在、彬彬有礼,她说认识我的快乐足以补偿路途的耽搁,还恳切地邀请我去林登堡城堡小住。她这样说的时候,两个青年人交换了邪恶的微笑,意思是说如果她还能回到她的城堡,那真是她的造化了。他们的这一举动没能逃过我的眼睛,但是我把它在我心中激起的情感遮掩起来。我继续同夫人聊天,但是我说话时常常前言不搭后语,她后来对我说,她甚至开始怀疑我是否神志正常。实际情况是,当我谈这个话题时,我的脑子考虑的却全是另外一件事。我在思考离开那幢房屋的方法,然后找到通向仓库的小路,把屋主的计划告诉仆人们。我很快就确信,这个想法行不通,因为雅克和罗伯特注视着我的一举一动,我只得放弃这个念头。此刻,我所有的希望都寄托在克劳德找不到匪帮一事上。那样的话,根据我偷听到的谈话内容,我们就可以安然离开,不会受到伤害。

巴普蒂斯特走进房间,我不由自主地颤抖了一下。他为自己离开那么长时间反复道歉,不过"他是因为一些无法推迟的事情脱不开身"。接着,他恳求允许他的家人与我们同桌吃晚饭,如果没有我们的允许,出于对我们的尊敬,他不敢如此冒昧。我在心里诅咒这个伪君子,我是多么讨厌他的存在!他就要剥夺我的生命,而那时,生命对我是那么宝贵。我对生活很满意,因为我拥有青春、财富、地位,还受过良好的教育,最美好的前程就展现在我的眼前。我看见我的美好前程即将以最为可怕的方式结束。可是我不得不掩饰自己,不得不假装感激不尽,并接受他的虚情假意,而他却手持匕首对着我的胸膛。

屋主的要求不费吹灰之力就得到了满足。我们坐在餐桌边,男爵夫人和我坐在桌子的一边,雅克和罗伯特坐在我们对面,背对房门。巴普蒂斯特在靠近男爵夫人的一头坐下,紧靠他的位置则留给他的太太。她很快就进来了,在我们面前摆上一桌粗陋但可口的农家饭菜。屋主觉得有必要为晚餐的粗劣表示歉意,他说,事先不知道我们要来,只能给我们烧一顿平时为家里人做的饭菜。

"但是,"他说道,"如果我们尊贵的客人因故推迟行程的话,我希望能好好地招待他们。"

这个恶棍!我很清楚他说的"因故"暗指什么,我因他所说的"招待"而颤抖。

我那处于险境的同伴似乎完全消除了因耽误行程而带来的懊恼。她笑声朗朗,同这家人谈得开心极了。我努力想学她的样子,只是怎么也做不到。我的喜悦很明显是硬装出来的,我那不够自然的态度没有逃过巴普蒂斯特的注意。

"喂,喂,先生,开心一点!"他说道,"你一路辛苦,好像还没有恢复体力。喝一杯我父亲留下的陈年佳酿,提提精神,你看好吗?愿上帝让他的灵魂安息,他已经在一个更加美好的世界里了!我很少用这种好酒待客,不过,我不是每天都有贵客临门的荣幸,这个时候应该喝上一瓶。"

说罢,他把钥匙交给妻子,告诉她到哪儿去取他说的那种酒。她手拿钥匙,神情窘迫,迟疑了一下,不愿离开餐桌。

"你听见没有?"巴普蒂斯特问道,声音中带着怒气。

玛格丽特扫了他一眼,目光怒惧交加,离开了房间。他狐疑的目光跟着她,直到她关上门。

她很快就回来了,拿了一瓶用黄蜂蜡密封的酒。她把酒放在桌上,把钥匙交还给丈夫。我怀疑,这瓶放在我们面前的酒很有问题。我不安地观察玛格丽特的举动,她在冲洗几只小的角质酒杯。她把酒杯放在巴普蒂斯特面前,看见我的眼睛盯着她,便趁这帮匪徒没有留意的一刹那,摇头示意我不要喝这种酒,然后她回到原来的座位上。

这时,我们的屋主已经拔出木塞,倒满了其中的两只酒杯,递给夫人和我。她起初推辞了一番,但是巴普蒂斯特一再劝酒,坚持要她喝了,她只好从命。由于害怕引起怀疑,我毫不迟疑地拿起递过来的酒杯。从酒的气味和颜色来看,我猜测是香槟酒,不过,酒上面漂浮着几粒粉末,这使我坚信,香槟并不纯正。但是,我不敢说我讨厌喝这种酒。我把酒杯端到嘴唇边，装出正在吞饮的样子。然后，我突然从椅子上站起身，尽快走到不远处的水瓮边上，玛格丽特曾在水瓮里洗过酒杯。我假装由于恶心把酒吐了出来，趁没人注意的当儿将酒倒入水瓮。

匪徒们似乎被我的举动吓了一跳。雅克从椅子上半站起来，把手伸进胸口，我看到了匕首柄。我镇静地回到座位，假装没有看见他们的慌乱。

"你的酒不合我的口味，诚实的朋友，"我对巴普蒂斯特说道，"我每次喝香槟都会造成剧烈的不适，刚才我吞咽了满满几口之后才意识到是香槟，所以担心会因为自己的粗心大意吃苦头。"

巴普蒂斯特和雅克交换了怀疑的眼神。

"也许，"罗伯特说道，"这酒的气味不适合你。"

他离开座椅，拿走酒杯。我注意到，他检查了酒杯，看看是否差不多空了。

"他喝的量肯定足够了。"他低声地同他的兄弟说道，一边重新就座。

玛格丽特显得忧心忡忡，怕我已经喝了那酒。我看了她一眼，让她放心。

我焦虑地等待酒力在夫人身上发作。我相信我观察到的那些颗粒物有毒，可惜无法提醒她。过了几分钟，我发觉她的眼皮开始发沉，头垂在肩上，渐渐睡着了。我假装没有看到这种情况，继续与巴普蒂斯特闲聊，并尽量装得很开心。但是，他答话时不再表情自然，看我时眼神中带着疑惑和惊讶，我看到匪徒们屡次三番在私下嘀嘀咕咕。我的处境变得愈发危险，我十分勉强地保持着自信。我既害怕他们的同伙到来，又担心他们怀疑我知道他们的图谋，不知该如何打消匪徒们对我明显的不信任。我再次陷入左右两难的境地，友善的玛格丽特又帮了我。她走过两个继子坐的椅子背后时,在我对面停留了一下,闭上眼睛,然后把头斜靠在肩上。她的暗示立刻消除了我的犹豫,我应该模仿男爵夫人,假装酒力已经完全发作。我照做了,没有几分钟似乎便已沉沉入睡。

"好!"见我倒在了椅子上,巴普蒂斯特便大声说道,"他终于睡着了! 我刚才还以为他已经发现了我们的计划,如果是那样,我们无论如何都得把他干掉。"

"为什么不把他干掉?"凶狠的雅克问道,"为什么留给他泄露我们秘密的可能? 玛格丽特,给我一支手枪。只消扣下扳机就能马上把他结果了。"

"不行,"父亲回答道,"万一我们的朋友今晚到不了,明天一早仆人们要见他,我们该怎么办啊! 不,不行,雅克。我们必须等帮手到来。如果他们与我们联手,我们的力量就足以除掉仆人们及他们的主人,这样,财物就全归我们了。如果克劳德找不到队伍,我们就只能忍耐,听任猎物从我们的掌心溜走。唉! 儿子呀儿子,要是你俩早五分钟回家,这个西班牙人早就被做掉了,两千皮斯托尔就是我们的了。可是,在最需要你们的时候,你们却总是不在。你们是最不幸运的强盗!"

"好了,好了,父亲!"雅克答道,"如果你和我想到一块去的话,现在一切都已结束。你、罗伯特、克劳德,还有我,唔,这些陌生人不过是我们的两倍。我向你们保证,我们本来可能已经把他们控制住。但是,克劳德已经走了,现在想做为时已晚。我们只好耐心地等待这帮人到来。如果这些旅客躲过今夜,明天我们必须设法在路上抢劫他们。"

"对! 对!"巴普蒂斯特说道,"玛格丽特,你把安眠药给那几个侍女吃了吗?"

她做了肯定的回答。

"那就万无一失了。嗨,好啦,孩子们,不论发生什么,我们没有理由抱怨这次冒险行动。我们没有危险,可能得到很多,而且没有损失。"

这时,我听见了马蹄声。啊!这声音在我听来是多么可怕呀。冷汗从我额头冒出,我感觉到了死亡临近前的所有恐怖。我心里的疑虑一点儿也没有消除,虽然听见慈悲的玛格丽特用绝望的声音大声说道:"万能的上帝啊!他们完蛋了!"

幸运的是,樵夫与他的儿子一门心思地等待帮手的到来,所以没有注意我,否则我的不安会让他们意识到我是在装睡。

"开门!开门!"几个声音在屋子外面大声叫道。

"来了!来了!"巴普蒂斯特兴奋地叫道,"他们是我们的朋友,不会有错。那么现在,我们已经胜券在握了。走吧!小伙子们,走!带他们去仓库,你们知道在那里该做什么。"

罗伯特赶紧去开屋子的大门。

"不过,"雅克边说边拿起武器,"首先让我了结这几个睡着的人。"

"不,不,不!"他父亲回答道,"到仓库去,那里需要你。让我来负责这两个,还有上面的女人。"

雅克答应了,跟着他弟弟出去了。他俩好像同新来的人交谈了几分钟,接着,我听见强盗们下了马,不出我所料,他们直奔仓库去了。

"对!真是明智之举!"巴普蒂斯特喃喃低语,"他们已经下马,可以对那些人发起突袭。好!好!现在开始行动吧。"

我听见他靠近放在房间远处的小食柜,打开了柜子的锁。这时,我感觉到自己被人轻轻地摇动了一下。

"喂！喂！"玛格丽特低声说道。

我睁开眼睛，看见巴普蒂斯特后背朝我站着。房间里除了玛格丽特和睡着的夫人，没有其他人。恶棍巴普蒂斯特已经从食柜里取了一把匕首，像是在检查刀刃是否足够锋利。我没有配备武器，但是我发现这是我能逃跑的唯一机会，决定不能错过良机。我从座位上一跃而起，突然向巴普蒂斯特猛扑过去，双手紧紧卡住他的喉咙，使劲握住不放，不让他出声。你可能记得，我在萨拉曼卡大学以膂力过人出名，现在可派上用场了。这恶棍既吃惊又恐惧，加上喘不过气，根本不是我的对手。我把他摔倒在地，双手卡得更紧。在我把他一动不动地按倒在地的当儿，玛格丽特从他手中夺过匕首，反复刺入他的心脏，直到他咽气为止。

刚做完这桩可怕但又非做不可的事，玛格丽特就叫我跟她走。

"我们要活命，只有逃跑！"她说道，"快！快！走！"

我毫不犹豫地照她说的去做，只是不愿丢下男爵夫人成为强盗们报复的牺牲品，我抱起还在昏睡中的男爵夫人，紧紧跟在玛格丽特后面。匪徒们的马就拴在大门附近，我的女向导飞身跃上一匹马，我跟着跳上另一匹马，让男爵夫人坐在我前面，然后催马前行。我们唯一的希望就是逃到斯特拉斯堡，到那的路程比背信弃义的克劳德说的要近许多。玛格丽特熟悉道路，在我前面策马飞奔而去。仓库是我们的必经之地，强盗们正在里面屠杀我们的仆人。仓库大门洞开，我们听见垂死者们的呻吟声，还有凶手们的诅咒声！我当时的感觉简直无法用言语形容。

在我们冲过仓库时，雅克听见了马蹄声，便手举火把飞也似的来到门口，一眼便认出了逃跑的人是谁。

"被出卖了！我们被出卖了！"他对同伙喊道。

他们立刻停止血腥的屠杀，急忙骑马来追。我把马刺深深刺入坐骑的腹部两侧,玛格丽特用那把曾经帮了我们大忙的匕首刺激胯下的坐骑前行。我们犹如闪电般疾驰而去,终于到了开阔的平原。斯特拉斯堡的尖塔已经隐隐在望,就在这时,我们听见强盗们追上来的声音。玛格丽特回头看了看,看见追我们的人从一座小山上冲下来,离我们已经不远。我们再催马快跑也无济于事,追赶的声音越来越近。

"我们完了!"她大叫道,"那些恶棍就要追上我们了!"

"快跑!快跑!"我回答道,"我听见有马蹄声从城里传来。"

我们加倍用力,驱马前行,不久就发觉有一队人数众多的骑兵向我们飞驰而来,就要从我们身边经过。

"停下!停下!"玛格丽特尖声叫道,"救救我们!看在上帝的分上,救救我们!"

跑在最前面的那一个,像是充当向导的,立刻勒马放慢了步子。

"是她!是她!"他大声喊道,飞身跳到地上,"停下,爵爷,停下!他们平安无事!那是我妈妈!"

与此同时,玛格丽特从马背上跳下,把他紧紧抱在怀里,吻个不停。其他骑兵听到喊声都停了下来。

"林登堡男爵夫人呢?"另外一个陌生人急切地大声喊道,"她在哪里?和你们在一起吗?"

看到男爵夫人躺在我的怀里失去了知觉,那人停了下来,慌忙把她从我手上接过去,抱在怀里。她的沉睡起初让他担忧她的生命,但是她的心跳很快消除了他的不安。

"感谢上帝!"那人说道,"她安然无恙地逃出来了。"

我打断了他的话语,指出继续向我们靠近的匪徒。我一提到匪徒,这群绝大部分好像主要由士兵组成的骑兵便急忙上前迎敌。这些恶棍没有停下来迎接进攻,一察觉到有危险,便调转马头,逃到林子里去了，我们的保护者们追入树林中。与此同时，我猜测，这个陌生人就是林登堡男爵。在谢过我对男爵夫人的照顾之后，他便建议我们全速回城。男爵夫人还没醒过来，被放在了他的前面。玛格丽特和她儿子重新登上马，男爵的仆人们紧随其后，我们很快就到了客栈，男爵租住了那儿的套房。

这家客栈名叫奥地利之鹰，在离开巴黎之前，我已经通知我的银行经纪人我要访问斯特拉斯堡，因此他已经事先给我在客栈安排好房间。对此我非常高兴，因为它给了我结识男爵的机会，我预见这会在德国派上用场。我们一到客栈，夫人马上被抱到床上，请来的医生开了一种能解除催眠作用的药物，医生把药灌进她的喉咙，交给客栈老板娘照料。然后，男爵同我说话，恳求我叙述这次历险的细节。我马上照做了，由于牵挂斯特法诺的命运，我坐立不安。我很快就有了他的消息：这位忠诚的仆人已经死了。在我给男爵叙述我的历险的当儿，追赶强盗的士兵回来了。从他们的叙述中，我知道他们追上了强盗，因为罪恶与勇气犹如水火互不相容。匪徒们跪倒在追赶者的脚下，没有抵抗就投降了，还泄露了他们的秘密窝点，说出了可以抓住其他匪徒的暗号。总之，这帮匪徒充分暴露出他们的懦弱与卑鄙。这样，这群大约由六十个人组成的匪帮全部被俘，被捆着双手押送到了斯特拉斯堡。一批士兵由一个匪徒担任向导，赶到林中的屋子里。他们先去了那个仓房，所幸男爵夫人的仆人中还有两名没有死，但已受重伤。其他人都已成了强盗们的刀下之鬼，其中就有我那不幸的斯特法诺。

当时，由于我们的逃跑，强盗们惊慌失色，急忙过来追赶，没顾得上回到屋内。结果，士兵们发现那两名侍女没有受到伤害，而是和她们的女主人一样昏迷不醒。屋里没有找到其他人，只有一个不到四岁的孩子。我们正在猜测这个不幸的孩子的身世时，玛格丽特冲进室内,抱住孩子,跪倒在向我们报告的军官的脚下,为他救了她的孩子千恩万谢。

当首次迸发的母性的柔情过去后,我请她说说为什么她会同一个为人处世与她完全不同的男人结合。她垂下眼睛,擦掉脸颊上的几颗泪珠。

"先生们,"她沉默了几分钟后说道,"我请求你们行个好,你们有权知道向你们施过恩的人是谁。所以,我不会隐瞒令我羞愧满面的身世。但是,允许我尽量说得简短一些。

"我生于斯特拉斯堡,父母都是正派人。他们的名字我现在不能说,父亲仍然在世,不应卷入我的丑行之中。如果你们答应我的请求,我会告诉你们我家的姓氏。有个恶棍引诱了我,为了跟随他,我离开了父亲的家。虽然我的感情战胜了我的美德,但是我并没有堕落,而那些走错了第一步的妇女,她们的命运十有八九都是这样。我爱那个引诱我的人,非常爱他!我对他忠贞不渝,这个孩子,还有那个向您报告尊夫人身处险境的年轻人,男爵老爷,就是我们爱情的证明。即使在此刻,我依然为失去他而悲伤,尽管我这一生的苦难都是他造成的。

"他出身高贵,但是因为把父亲的遗产挥霍得一干二净,亲属们都把他看作家族的耻辱,不再认他。他的过分行为激起了警察的愤怒,只得逃离斯特拉斯堡。他发现要不沦为乞丐,除了落草为寇,没有其他办法。于是,他加入出没于附近林子的那一伙强盗,他们主要由那些家庭处境与他相同的年轻人组成。我决定与他生死相依,跟他到了匪徒们居住的山洞,为他分担与绿林生涯无法分离的痛苦。但是,虽然我意识到我们是靠劫掠而生,我并不知道与我情人的职业相关的所有可怕情况。这些情况他小心地瞒着我,他知道我的情操还没有堕落到看到谋杀而不惊恐的程度。他曾合情合理地推想,我会因为憎恶离开他的怀抱。八年的共同生活并没有减弱他对我的爱意。他行事谨慎，不让我知道任何情况，因为任何情况都可能让我怀疑他的罪行，他参与的次数太多了。这一切都被他巧妙地遮掩过去了，直到他死去，我才知道他的双手沾满了无辜者的鲜血。

"在一个不祥的夜晚，他被抬回山洞，浑身是伤。他是在抢劫一个英国旅客时受的伤，他的同伴愤怒之下立刻杀死了那个英国人。他只来得及请求我宽恕他给我造成的所有不幸，他把我的手放在他的唇上，就咽气了。我的悲痛无以言表。一旦强烈的悲痛稍稍平息，我决定回到斯特拉斯堡，带上两个孩子跪倒在我父亲的脚下，哀求他的宽恕，尽管我几乎不指望能获得他的宽恕。有人告诉我，凡是知道土匪窝点秘密的人都不得离开队伍，我必须放弃回归社会的所有希望，并立刻同意接受匪帮中的一员作为丈夫。这时，我是多么惊慌失措啊！我百般恳求，千般抗争，都无济于事。他们通过抓阄决定我的归属，我成了无耻之徒巴普蒂斯特的财产。有个强盗曾经当过修士，他为我们导演了一场根本算不上是宗教仪式的滑稽剧，把我与我的两个孩子交给了我的新丈夫，那混蛋马上把我们送到他的家中。

"他要我相信，他早就深深地爱上我，只是出于对我已故情人的友谊，才不得不压抑住欲望。他努力让我接受命运的安排，在一段时间里曾对我既尊敬又温柔。后来，他终于发现我对他的反感有增无减，就用暴力占有了我。除了默默忍受痛苦，我没有别的办法。我知道，我是罪有应得，咎由自取。我无法逃走，因为我的孩子们在巴普蒂斯特的手中，他曾发誓说，如果我企图逃走，他们要为此付出生命的代价。我无数次见证过他残暴的本性，毫不怀疑他会不折不扣地践行誓言。凄惨的经历使我相信我的处境的恐怖。我的第一个情人小心地把恐怖隐藏起来，不让我知道，而巴普蒂斯特却乐于让我看到他这一行的残忍，竭力让我对鲜血与杀戮习以为常。

"我虽然生性放纵热情,但并不残忍;我的行为虽然轻率,但我的心中并非没有原则。那么,请你看看,当我不断看到最令人恐惧、最让人反感的罪行,我的内心是什么感受! 请你看看,当我与这样的一个男人结合,他一面以'率真'与'好客'的姿态接待毫不设防的客人,一面却在算计如何谋财害命,我的内心是多么悲伤! 懊恼与不满损害了我的体质,天性赋予我的些许美貌日渐凋零,沮丧的面容折射出我内心的痛苦。我曾经无数次想结束自己的生命,但是每当想到孩子,我就止住了手。想到我的宝贝孩子会落在暴君的手里,我就吓得发抖,但是更使我担忧的是他们的品德,而不是他们的生命。第二个孩子还太小,无法受益于我的教诲,但是我努力在我长子的心中不停地灌输那些行为准则,这些准则会让他避免重犯父母的罪行。他天性善良,早在他小的时候,就表现出他不适合生活在坏人社会的品质。在种种痛苦之中,我唯一拥有的安慰就是,看到我的德奥多尔是多么正直。

　　"这就是唐·阿尔方索被那背信弃义的车夫带到屋里的时候我的情况。他的青春、神态,还有礼貌,极大地引起了我对他的兴趣。我丈夫的两个儿子不在家,给了我一个已经期待了好久的机会,我决定冒一切危险保护这个陌生人。巴普蒂斯特警惕性很高,我无法提醒唐·阿尔方索他所处的危险。我明白,如果透露秘密,我就会立刻被处死。不论灾难使我的生活多么痛苦、难受,我仍然有为了救另一个人的生命而牺牲自己的勇气。我唯一的希望寄托在来自斯特拉斯堡的援兵上。在这点上我决定试一试,如果天赐良机,让我可以提醒唐·阿尔方索他所处的危险而不引起注意,那么我一定会紧紧地抓住时机。按照巴普蒂斯特的命令,我上楼给陌生人整理床铺,我铺上一张几个晚上之前一个被谋杀的旅客用过的床单,上面还沾有斑斑血迹。我希望这些血迹会引起客人的警惕,还希望他会因此察觉到我那背信弃义的丈夫的意图。德奥多尔抱病在床，于是，我趁我那专横的丈夫不注意的当儿，溜进儿子的房间，向他说了我的计划，他便热切地参与进来。虽然有病在身，他仍然从床上起来，迅速穿好衣服。我用一张床单缠绕在他的双臂上，把他从窗口放下。他飞速跑到马厩，骑了克劳德的马，向斯特拉斯堡疾驰而去。万一匪徒上来搭话，他就说是巴普蒂斯特派他送信的，幸运的是，他非常顺利地到了城里。一到斯特拉斯堡，他马上向地方长官求助。他的消息传到男爵大人耳中，男爵大人为夫人的安全焦急万分，因为那天晚上男爵夫人走的正是那条路。男爵突然想到，夫人可能已经落入强盗的魔掌。于是，男爵大人陪同为士兵带路的德奥多尔朝林中的屋子赶来，他们来得正是时候，才使我们免于再次落入敌人手中。"

玛格丽特说到这里，我插了一句话，问她为什么要把安眠药端给我。她说，巴普蒂斯特原以为我身上带有武器，希望我失去抵抗的能力。这是他一贯采用的预防措施，因为旅客们在失去逃生的希望时，在绝望之中会做困兽斗，让对方付出更大的代价。

然后，男爵问玛格丽特现在有什么打算。我也接着表示，乐于报答她的救命之恩。

"我厌恶这个世界，"玛格丽特回答道，"因为在这个世界上，我遇到的只有灾难，没有别的。我唯一的愿望就是隐居修道院。可是，我得先为孩子们做好安排。我知道我母亲已经去世，也许是因为我离家出走而过早地把她推入坟墓！我父亲仍然健在，他不是一个冷酷的人。先生们，尽管我忘恩负义、轻率鲁莽，但如果你们为我说说情，也许他会原谅我的过失，照料两个不幸的外孙。如果你们能为我说情，你们就是千百倍地报答了我所做的一切。"

男爵和我向玛格丽特保证，我们会竭尽全力为她取得她父亲的原谅，而且，如果她父亲固执己见，不知变通，她也无须为孩子的命运担心。我答应抚养德奥多尔，男爵答应收养她的幼子。

这位母亲非常感激，眼中噙着泪水感谢我们的慷慨相助，但其实这不过是我们对她的一种适当的回报。然后，她离开房间，把小儿子抱到床上，由于疲劳，小儿子早就睡着了。

男爵夫人苏醒过来后，知道了我是如何把她从重重危险中救出的，便一再向我表示谢意。她与丈夫一起无比热情地劝我陪伴他们夫妇到其在巴伐利亚的城堡去做客，因此，我无法拒绝他们的请求。在斯特拉斯堡度过的一周时间里，我们并没有忘记玛格丽特的事情。我们为她向她父亲请求，也如愿以偿地让对方答应了请求。这位善良的老人已经死了妻子，除了这个不幸的女儿，没有别的子女，他已经差不多有十四年没有收到女儿的音讯了。有一些远亲围在他身边，极不耐烦地等着他死去，以便分掉他的钱财。所以，当玛格丽特出乎意料地重新出现时，他把她看作上天赐予的礼物。他张开双臂迎接她和孩子们，坚持要他们马上住到家里。失望的堂表亲们只好让位。老人不同意女儿隐居修道院，说他的幸福不能没有女儿，并很快说服她放弃了原来的打算。但是，谁也无法劝说德奥多尔放弃我原先为他制订的计划。在斯特拉斯堡逗留期间，他对我的依恋出自肺腑。当我就要离开的时候，他含着眼泪恳求我收他当仆人。他以最讨人喜欢的性情展示出他的小聪明，并且试图让我相信他在旅途中能派上大用场。我不愿意为一个刚满十三岁的小家伙承担责任，知道他对我而言只能是一个负担。然而，我不能拒绝这个少年再三的恳求，因为他确实具有无数值得称道的品质。他费了不少劲才说服亲人同意他跟我走，一获得家人应允，他就成了我的侍童。在斯特拉斯堡过了一个星期之后，德奥多尔、我、男爵及其夫人一道动身前往巴伐利亚。临走前，男爵夫妇和我一定要让玛格丽特收下几件值钱的礼物，既为她自己，也为她的幼子。临行时，我诚心诚意地向玛格丽特保证,我会在一年之内把德奥多尔送回她的身边。

　　洛伦索,我已经把我的历险故事细细说给你听,现在你应该明白了"冒险家阿尔方索·德·阿尔瓦拉达被引荐到林登堡城堡"的原委。从这个例子来看,你姑妈的话又有多少可信!

第二卷

第一章

走开！离开我的视线！让泥土把你掩藏起来！

你的骨髓已经枯竭，你的血液已经冰冷！

你瞪人的眼睛

已经不会思考！走开，吓人的幽灵！

虚幻的嘲讽走开！

——《麦克白》

唐·雷蒙德·拉斯·西斯特纳斯侯爵的故事（续）

我的旅途非常惬意。我发现男爵是一个有一定见识的人，但是对世界却知之不多。他一生中的大部分时间都是在自己的领地内度过的，因而他的举止远非绝对完美，但是他为人热诚，待人友善，脾气也好。他对我十分关心，所以我没有理由对他的招待不满意。他最大的爱好就是打猎，并认为打猎是一件严肃的事情。当他谈到某次不同寻常的狩猎时，他的神情、态度就会特别严肃，好像是在谈论两个王国之间一场命运攸关的战斗。凑巧的是，我也喜欢打猎，水平也还凑合。到林登堡不久，我也露了几手，展示了自己敏捷的身手。男爵马上把我当作天才,发誓永远与我做朋友。

这种友谊对我来说绝不是无关紧要的。在林登堡城堡,我第一次看见你的妹妹,可爱的阿格妮丝。我当时心无归属,空虚寂寞,对她一见钟情。我在阿格妮丝身上找到了我喜爱的一切品质。当时,她还不到十六岁,已经出落得轻盈优雅,有好几种才艺已臻完美,尤其是在音乐、绘画方面。她性格开朗、坦诚,穿着优雅简朴,举止优美、自然,与我刚刚远离的巴黎贵妇们的做作和刻意的媚态形成了鲜明对比。从我看到她的那一刻起,我对她的命运就产生了极大的兴趣。我向男爵夫人打听她的许多情况。

"她是我的侄女,"夫人回答道,"你还不知道,唐·阿尔方索,我是你的同胞,也是西班牙人,是梅迪纳·塞利公爵的妹妹。阿格妮丝是我二哥唐·加斯通的女儿,一生下来就注定要去修道院当修女,不久要在马德里宣誓入教。"

说到这里,洛伦索惊叫了一声,打断了侯爵的话。

"一生下来就注定要当修女?"他说道,"天哪,我第一次听到这样的安排。"

"我相信你,亲爱的洛伦索,"唐·雷蒙德回答道,"但是你必须耐心地听我说。我等会儿说到阿格妮丝亲口告诉我的一些你迄今还不知道的细节时,你会更加吃惊的。"

雷蒙德接着做了如下叙述。

你不会不知道,你的父母不幸成了最极端的迷信的奴隶。这种怪癖一旦起作用,他们所有的感情与热情都受制于无法抗拒的力量。你母亲怀着阿格妮丝的时候,就得了一种险症,医生也宣布无可救药。在这种情况下,唐娜·伊内西娅许下愿,如果病好了,如果腹中的胎儿是女孩就献给圣克莱尔修道院，如果是男孩就献给圣本笃修道院。她的祈祷很灵验，大病竟然好了。阿格妮丝一降临人间，就注定要去圣克莱尔修道院侍奉上帝。

唐·加斯通欣然赞同夫人许下的心愿。但是，他知道当公爵的哥哥对修道生涯的看法，决定不让其知道你妹妹的人生归宿。为了更好地守住秘密，他们决定让阿格妮丝陪同姑妈唐娜·罗道尔法去德国，因为她姑妈就要跟随新婚丈夫林登堡男爵回国。一到男爵在德国的领地，小阿格妮丝就被送到修道院，那里离城堡有十来里路程。负责教育她的几位修女严格履行职责，把她培养成一名完美而又多才多艺的小姐，并努力向她的内心灌输对遁世隐居与宁静乐趣的修道生活的喜爱。但是，某种神秘的本能使这位年轻的隐居者意识到，她不是为了过与世隔绝的生活而生的。出于青春的直率和无拘无束的欢乐天性，她甚至毫无顾忌地把修女们敬畏的许多宗教仪式视为荒唐可笑的事情；她最开心的事，莫过于在她活泼的想象中，利用某个计策，惹恼顽固不化的院长嬷嬷，或其貌不扬而又脾气暴躁的老看门妇。她对自己的未来深感厌恶，但是她没有别的选择，只能顺从父母之命，然而心里却暗暗抱怨。

她没能将这种抵触情绪隐藏多久，有人把这事告知了唐·加斯通。他非常惊慌，担心洛伦索你出于对妹妹的爱会反对他的安排，担心你会明确反让妹妹过痛苦的修女生活，他决定不让你和公爵知道这件事，直至完成献祭。他决定在你外出旅行那天，就让你妹妹戴上面纱，成为修女，与此同时，他们对唐娜·伊内西娅铸成大错的许愿也不透露一点风声。他们一直不让你妹妹知道你的行踪。你写给妹妹的所有书信在她收到之前都被拆看过，信内那些有可能让你妹妹萌生对俗世的向往的文字全部被涂掉。她的回信都是由她姑妈或者她的女教师库内贡达女士口授的。这些细节有的是我从阿格妮丝口中听来的,有的则出自男爵夫人之口。

我马上决定救出这位可爱的姑娘,让她摆脱与她的意向完全相反、与她的价值完全不符的命运。我努力取得她对我的好感,并吹嘘我与你的友谊和密切关系。她热切地听我说话,在我夸你的时候她仔细倾听,似乎要把我的每句话记在心上,由于我对你的感情,她的眼睛里流露出感激之情。我不断的关心最终赢得了她的芳心,好不容易才让她承认她爱我。但是,当我建议离开林登堡城堡时,她明确反对了这个想法。

"气量大一点,阿尔方索,"她说道,"你得到了我的心,可是,不要用卑劣的手段利用这个礼物。不要利用我的爱劝我走这一步,这件事以后肯定会让我脸红。我年纪小,又被遗弃,我的哥哥,我唯一的朋友,与我天各一方,我其他的亲属对我如同敌人。可怜可怜我现在无人保护的处境,不要诱导我做那件会让我蒙羞的事情,你要做的,是要努力去打动那些控制我的人的感情。男爵对你很尊重,我的姑妈虽然对他人严厉、傲慢,又瞧不起人,但从没有忘记是你把她从凶犯手中救下,因此只会对你一人表示善意和仁慈。那么,试试你对我的监护人有多大的影响力。如果他们同意我俩结合,那我就是你的。从你对我哥哥的叙述来看,我不怀疑你会获得他们的认可。而且,一旦我的父母发现无法实现他们的意图,我相信,他们会原谅我的忤逆,并会通过其他方式为母亲还愿。"

从第一次看到阿格妮丝的那一刻起,我就努力去赢得她的亲戚的好感。她的表白给了我充足的理由,于是我加倍努力。我的主攻目标是男爵夫人,不难发现,她的话在城堡里就是法律。她丈夫对她百依百顺,把她当作城堡的主人。她大约四十岁,年轻时是个大美人。她的美丽大都没能经受住岁月的侵蚀,但是依然风韵犹存。只要不是受偏见所蒙蔽,她的理解力就很强,不同寻常;然而,不幸的是,这种情况很少出现。她的感情十分强烈,为了得到满足会不遗余力地对违背她意愿的人穷追不舍,报复不止。她会是最热情的朋友,也会是最顽固的敌人,这就是林登堡男爵夫人。

我不断努力取悦于她,不幸的是,我做得太过成功了。她似乎对我献的殷勤很满足,并以高于其他人的礼遇对待我。我的日常事务之一就是读几个小时的书给她听,而这些时间本来应该是同阿格妮丝一起度过的。但是,因为意识到讨好她的姑妈会促进我们的结合,我便欣然忍受这种强加于我的苦差。唐娜·罗道尔法的藏书主要是一些古老的西班牙传奇故事,她最喜欢看这些故事,每天都会把其中的一本递到我的手中,让我读给她听。我读了《佩塞福雷传奇》《骑士蒂朗》《英格兰的帕尔梅林》《太阳骑士》等乏味的历险故事,直到厌倦不已。但是,和我在一起,男爵夫人好像越来越开心,这鼓励着我不懈地坚持下去。后来,她明显向我表示出她的偏爱,所以阿格妮丝建议我不要错过向姑妈挑明我们彼此感情的时机。

一天晚上,我独自与唐娜·罗道尔法待在她的房间里。由于我们的阅读大多为爱情题材,她从不允许阿格妮丝在场。我正要读完《特里斯丹与绮瑟女王的爱情》,并为之暗喜时——

"啊!不幸的人儿!"男爵夫人大声说道,"你怎么看,先生?你觉得真有如此无私而又真诚的爱情吗?"

"对此我毫不怀疑,"我回答道,"我自己的心使我觉得这是肯定无疑的。啊!唐娜·罗道尔法,要是你能够认可我的爱情就好了!要是我能够说出我心上人的名字而不惹你生气就好了!"

她打断了我的话。

"如果我宽恕你的表白呢?如果我承认我并非不知道你的心中人呢?如果我说她会回应你的感情,哀叹把她与你分开的不幸誓约,而且她的真诚并不亚于你的呢?"

"啊！唐娜·罗道尔法！"我惊叫道，双膝跪倒在她面前，把她的一只手按在我的唇上，"你已经知道了我的秘密！你决定怎么办呢？我是注定会绝望呢，还是可以得到你的同意？"

她没有缩回我握着的那只手，但是把头转过去，用另外一只手挡住了脸。

"我怎么可以拒绝你呢？"她回答道，"啊！唐·阿尔方索，我早就觉察到你在向我献殷勤，不过直到现在，我才意识到你的殷勤在我心中留下的印象。我终于无法再向我自己——也无法向你掩饰我的软弱。我向强烈的情感屈服，并承认我爱你！整整三个月来，我一直压抑自己的欲望；但是，欲望却因为被抑制而变得日趋强烈，我向冲动的欲望投降。骄傲、恐惧、荣誉、自尊，还有我与男爵的婚约，所有这一切都被征服了。为了我对你的爱，我愿意牺牲所有这一切，而且在我看来，为了拥有你，我付出的代价还是太小了。"

她停了下来，等我答话。——洛伦索，想想对这个发现我该是多么困惑。我立刻意识到这是一个影响我幸福的巨大障碍，而且正是我自己造成的。男爵夫人把我献的殷勤当作是为了她本人的缘故，其实我只是为了阿格妮丝才这样做的。她言辞的力度、讲话的脸色，以及我对她的报复性格的了解，使我为自己和心爱的人而担忧。一时间我无言以对，不知该如何回答她的表白。我只能决定马上澄清误会，而且目前必须向她隐瞒我心上人的名字。她一旦承认了她对我的感情，洋溢在我脸上的狂喜马上被惊愕与局促所取代。我放下她的手，站了起来。我的表情变化没能躲过她的注意。

"为什么沉默不语？"她用颤抖的声音说道，"你让我期待的快乐在哪里？"

"原谅我，夫人，"我答道，"如果迫于情势，我显得冷酷无情、忘恩负义的话，那么鼓励你继续误会我——虽然对我而言可以满足虚荣，但对你必定会成为失望的渊源——我就会成为每一个人眼中的罪人。荣誉使我必须告诉你,你把出于友谊的关心误以为是对爱情的渴望。我希望在你心中激起的是友情。我对你的尊敬,以及对公爵好客的感激,都不允许我对你有别的企图。如果不是因为我的感情已有所属,也许这些理由都不足以让我抗拒你的吸引力。夫人,你很有魅力,就算铁石心肠的人也会着迷。心无所属的人根本无法抗拒你的魅力。所幸我的心已经不再属于我,否则我就得因为违背道德而永远自责。平静下来,尊贵的夫人,想想你的荣誉和我对男爵应负的责任,用尊敬与友谊取代我永远无法回报的感情吧。"

听到这意外又明确的表白,男爵夫人的脸色变得苍白,弄不明白自己是睡是醒。最后,她从惊讶中回过神来,盛怒取代了惊愕,脸涨得通红。

"混蛋!"她高声说道,"你这骗人的恶魔!我的爱情表白得到的回报就是这个?这是不是那……可是不,不!这不可能,这不应该。阿尔方索,看看跪在你脚下的我!看看我的绝望吧!以怜悯之心看看一个真心爱你的女人吧!占据你心灵的那个女人,凭什么获得你珍贵的爱情?她为你做出了什么牺牲?她有什么比我罗道尔法强?"

我竭力扶她起来。

"看在上帝的分上,夫人,不要这样激动,激动只会让你我蒙羞。你这样大呼大叫会被人听见,你的秘密会传到仆人的耳朵里。我看我在这儿只会让你不快,允许我告退吧。"

我准备离开房间,男爵夫人突然抓住我的手臂。

"那么谁是这个幸福的情敌?"她以威胁的口吻说道,"我会知道她的名字的,而且一旦我知道是谁……她是我手下的人,你恳求过我的赞同、我的保护!只要我查出她,只要我知道是谁从我手上夺走你的心,她就要忍受嫉妒与失望给予她的各种折磨!她是谁?马上回答我。别指望让她躲开我的复仇！我会派密探监视你。你的每一步、每一个眼色,都会被监视,你的眼睛会泄露我的情敌是谁。我会知道她是谁,一旦我知道她是谁,阿尔方索,你就发抖吧,为她也为你自己!"

说最后几句话的时候,她已怒不可遏,甚至连呼吸都发生了困难。她喘息着,呻吟着,最后晕厥过去。她晕倒时,我抱住了她,把她放到沙发上。然后,我赶快走到门边,叫侍女来帮忙照料她,我就趁机溜走了。

我的焦虑和迷茫无法用言语表达。我朝花园走去。男爵夫人听我讲话时的宽厚,起初使我的希望到达了极点。我猜想她已经觉察到我对她侄女的情愫,而且会表示赞同。当我明白她谈话的真实意图后,我的失望也到了极点。我不知道下一步该怎么办,阿格妮丝父母的迷信,加上她姑妈不幸的感情,看来对我们的结合造成了极大的阻碍,大得几乎无法逾越。

我经过一个小客厅,客厅的窗户面向花园,透过半掩的门,我看到阿格妮丝坐在桌子旁。她在绘画,几幅未完的画稿散放在身边。我走了进去,还是决定不了是否应该让她知道男爵夫人的表白。

"噢!是你呀?"她说道,抬起头来,"你不是外人,我就不拘礼节,继续画画了。拿把椅子,坐在我边上吧。"

我照她说的做了。我不知道自己在做什么,脑子里想的全是刚才的那一幕。我拿起几张画稿,快速扫了一眼。其中有一幅画的主题非常奇特,引起了我的注意,它描绘的是林登堡城堡的大厅,一扇通向狭窄楼梯的门半开着,这幅画的前景里有一群人,姿态怪异,脸上显出恐怖的神态。

其中有个人跪在地上,眼睛仰视天空,在十分虔诚地祈祷;另外一个人四肢着地,在爬行。有些人用自己的兜帽或者同伴的衣服下摆遮住脸庞,有些人则躲在餐桌底下,而餐桌上的酒菜还没有吃完。还有些人张开嘴巴,睁大眼睛,指着一个人,正是这个人引起了这场骚动。画中的这个人是个女性,身材高于常人,穿着某个宗教教派的服装。她戴着面纱,手臂上挂着一串念珠,连衣裙上有好几处沾满了从胸部的伤口上流淌出的鲜血。她一手拿灯,一手握刀,好像正朝着大厅的铁门走去。

"这是什么意思,阿格妮丝?"我问道,"这是你想出来的吗?"

她把目光投向那幅画。

"不,不,"她回答道,"那是比我聪明许多的人想出来的。可是,你已在林登堡住了整整三个月,怎么可能没有听说过流血修女的故事呢?"

"你是第一个跟我提起这个名字的人,请问,这位女士是谁?"

"这个我可编不出来。据我所知,她的来历与这户人家的一个古老传说有关。这个传说代代相传,如今,男爵领地里的每一个人都相信确有其事。不仅如此,男爵自己也相信。至于我那天性好奇的姑妈,她宁可质疑《圣经》的真实性,也要相信流血修女的存在。要我讲讲这个故事的来历吗?"

我回答说,如果对我讲,那就是有恩于我了。她继续画画,然后以嘲弄而严肃的口气讲了下面的故事。

"奇怪的是,在以往所有的史志中,这位引人注意的人物一次也没有被人提到过。我很乐意向你叙述她的生平,但不幸的是,她死去之前没有人知道她的存在,而在她死后,她首先觉得有必要引起点轰动。怀着这样的目的,她擅自抢占了林登堡城堡。她的趣味很高雅,因此占据了城堡里最好的房间。一旦住下来,她便开始在半夜三更敲打桌椅自娱自乐。这也许是因为她睡眠不好,但是这一点我从来没能确定。根据传说,她的这种娱乐一百年前就开始了,伴随着尖叫、嚎叫、呻吟、咒骂，以及其他诸如此类的'悦耳'的声音。但是，尽管她尤其喜欢光临某个特别的房间，她也不是完全把自己局限在这个房间里。有时她会走进古老的画廊，在一个宽敞的大厅里走来走去，有时她会在卧室的门口停下，不停地哭叫，使得住在里面的每一个人都惊恐不已。她一次次在夜间出行，被不同的人看见过，目击者描述的模样就像你在画里看到的一样，这是根据某个目击者的叙述描摹而成的。"

这个故事十分奇特，不知不觉便吸引了我的注意。

"她从来没有同遇到过她的人说话吗？"我问道。

"没有。说实在的，她每天晚上的那些表演一点也不吸引人。有时城堡内回荡着她的咒骂声，过了一会儿她又重念主祷文，她一会儿吼出最可怕的咒骂上帝的话，再过一会儿她又唱起《圣经·诗篇》中的第一百三十篇，好像她还在唱诗班里一般。总之，她好像极其任性。不过，不论她是在祈祷还是在咒骂，不论她是渎神还是虔诚敬神，她总是想方设法把听者吓得失去知觉。城堡变得几乎无法居住，城堡里的爵爷一次次受到这夜半狂欢的惊吓，在一个晴朗的早晨，人们发现他竟死在了床上。吓死爵爷似乎让修女得意扬扬，因为这时她更是变本加厉。但是，继位的男爵远比她狡猾。他出现的时候，带着一个有名的驱魔师，他还勇敢地把自己关在闹鬼的房间里过夜，在那儿他似乎与鬼魂苦苦争斗，直到修女答应不再闹事。修女很固执，但是他比修女还要固执，所以最后她同意让城堡里的居民晚上好好休息。过了一段时间，就再也没有她的消息。但是，过了五年，驱魔的法师死了，于是，修女又大着胆子出来了。不过，这时的她已经变得更加温顺可控，不惹是生非了。她静静地四处走动，而且至少五年才出现一次。如果你相信男爵说的话，她至今还保持着这个习惯。他确信，在每隔五年的五月五号那一天，每当时钟敲响午夜一点，闹鬼的房间的门就开了——注意，那个房间已经关闭了将近一百年——然后，幽灵般的修女拿着灯和刀走了出来。她从东塔楼的楼梯上走下来，接着穿过大厅！那个晚上，看门人出于对幽灵的尊重，总会打开城堡的大门，这样做其实根本没有必要，因为如果她乐意，她可以轻而易举地穿越锁孔。看门人这样做仅仅是出于礼貌，免得她以这样一种有失尊严的方法出去。"

"她离开城堡后去哪里呢？"

"去天堂，我希望。但是如果她真的去了天堂，那地方肯定不合她的胃口，因为她总是离开一个小时后就回来了。然后，这位女士回到她的房间，于是又安静五年。"

"那么你相信吗，阿格妮丝？"

"你怎么可以问这样的问题？不，不，阿尔方索！我有充足的理由痛恨迷信的影响，因为我就是迷信的牺牲品。但是，对男爵夫人，我绝对不能说自己不相信，因为她对这段历史的真实性深信不疑。至于我的家庭教师库内贡达女士，她断言十五年前曾亲眼看见过这个鬼魂。她对我说，有天晚上她和其他几个仆人在吃晚饭，流血修女的鬼魂就出现了，把他们吓得魂飞魄散。我就是根据她的叙述，作了这幅画，你可以肯定库内贡达也在画中。这位就是她！我永远也不会忘记，她责备我把她画得如此逼真的时候，是多么愤怒，面容变得多么难看！"

说到这里，她指了指一个做恐怖状的老妇人的滑稽形象。

尽管我当时忧思满怀，但对阿格妮丝幽默的想象力还是忍俊不禁。她把库内贡达女士画得惟妙惟肖，但是极大地夸大了她的每一个缺陷，把她的每一个特征画得让人忍俊不禁，我不难想象这位家庭教师的愤怒。

"这个人物画得不错，亲爱的阿格妮丝！我以前不知道你在画滑稽人物画上竟有如此非凡的才能。"

"等一下，"她回答说，"我要让你看看比库内贡达女士更加滑稽的一个人物。如果喜欢，你可以随意处置。"

她站起身，走到不远处的一个橱柜边，打开一个抽屉，拿出一个小匣子，打开后便递给了我。

"你知道像谁吗？"她笑着说道。

那是她本人。

看到这件礼物，我欣喜若狂，满怀激情地吻了吻这幅肖像。我跪在她的面前，用最热烈、最深情的言辞表达了我的感激。她亲切地听我说话，向我表明她也爱我。突然，她高声尖叫了一下，挣脱我握着的那只手，从那扇正对花园开着的房门逃了出去。她突然离开房间，吓了我一跳，我连忙站了起来。在慌乱之中我看到男爵夫人站在我身边，她妒火中烧，气得几乎喘不过气来。原来，男爵夫人从昏厥中清醒过来之后，便冥思苦想，要找出谁是隐藏的情敌。看来，没有人比阿格妮丝更加值得她的怀疑。于是，男爵夫人立刻急急忙忙去找侄女，责备侄女怂恿我献殷勤，以证实她的猜测是否站得住脚。不幸的是，她看到的已经足够，无须再证实了。她来到房门边的时候，阿格妮丝正好把肖像递给我。她听见我向她的情敌表示爱意，看见我跪在阿格妮丝脚下。她走进来想分开我们，我们此时沉浸在二人世界里，没有注意到她的到来，直到阿格妮丝看见她站在我的身边。

唐娜·罗道尔法怒不可遏，而我尴尬窘迫，两人一时都说不出话来。夫人先平静了下来。

"那么，我的猜测没有错，"她说道，"我侄女会卖弄风骚，她赢了，我成了她的手下败将。但是，有一点我很幸运，因为我不会是唯一一个为受挫的激情而痛苦的人。你也知道，爱一个人又没有希望是什么滋味！我天天在等候送阿格妮丝回到她父母那儿去的指令。一到西班牙,她就会去当修女,这会给你们的结合设置无法克服的障碍。你也不必求我。"看到我正要开口,她又说道,"我的决心已下,而且不可更改。你的情人会在房间里被严加看管,直到她离开城堡前往女修道院。独处也许会唤醒她的责任感,但是为了防止你从中作梗,我必须通知你,唐·阿尔方索,你待在这里对男爵和我已经不再适宜。你的家人送你来德国不是让你和我侄女胡闹的,你的任务是游历,耽误你这么美好的计划,我会非常愧疚。再见了,先生。记住,明天早上将是我们最后一次见面。"

说完,男爵夫人扫了我一眼,眼神中带有骄傲、鄙视,还有怨恨,然后离开了房间。我也回到自己的房间,通宵都在思索把阿格妮丝从她专横的姑妈的管制中救出来的办法。

在女主人明确表态之后,我已经无法继续待在林登堡城堡。所以,第二天我宣布会马上离开。男爵表示我的离开让他很痛苦,并以极大的热情向我表达了对我的好感,所以我努力想让他帮我。我一提到阿格妮丝的名字,他就马上打断我说,他根本没有权力干预这件事。我知道再争辩也于事无补,因为男爵夫人专横霸道,其丈夫受制于她;而且我也不难看出,她已经让丈夫产生偏见,反对我们结婚。阿格妮丝没有出现,我请求允许向她辞行,但是没有获得同意。我只得与她不辞而别。

离开男爵时,他深情地同我握了握手,向我保证,只要他侄女一离开,我就可以把他的家当作自己的家。

"再见,唐·阿尔方索!"男爵夫人说道,朝我伸出了她的手。

我拉住她的手,打算放到嘴唇边吻一下,却被她阻止了。

此时,她丈夫在房间的另一头,听不见我们说的话。

"你多保重,"她继续说道,"我的爱已经变成了仇恨,我受伤的自尊心不应该白白受伤。你去哪里,我的报复就会跟到哪里!"

说这几句话时,她的脸色足以让我不寒而栗。我没有回答,而是赶紧离开了城堡。

马车驶出院子时,我抬头看了看你妹妹房间的窗户,却没有看到人影。我沮丧地倒在车座的靠背上。我身边没有别的仆人侍候,只有我在斯特拉斯堡雇来替代斯特法诺的一个法国人,还有我在前面跟你提到过的小侍从。特奥多尔忠诚、聪明,脾气又好,已经博得我的喜爱,但是这时他打算施惠于我,使我把他当作守护神。我们离开城堡才几里路程,他已经骑马赶到马车的门边。

"不要泄气,先生!"他用西班牙语说道,他已经学会西班牙语,说得流利又准确,"你和男爵在一起的当儿,我瞅准库内贡达女士在楼下的机会,跑到唐娜·阿格妮丝房间正上方的房间里,尽力大声唱起一支她熟知的德国歌曲,希望她能够听出是我的声音。我没有失望,因为不久我听到她房间的窗户打开了。我连忙放下一根我早已准备好的绳子,然后听到窗户又关上了,我拉上绳子,发现上面系着这张纸条。"

说着,特奥尔多递给我一张小纸条,我迫不及待地打开了,上面用铅笔写着如下文字:

> 在附近的某个村子躲藏两个星期。我姑妈会以为你已经离开林登堡,我就会恢复自由。三十日夜里十二点,我会在西阁等你。务必赶到那儿,我们会有机会一起安排今后的计划。再见。

> 阿格妮丝

读着这寥寥几行文字,我内心的狂喜无法用语言形容。我对特奥多尔千恩万谢,我从未向其他人说过这么多表示感激的话。说真的,他的殷勤与关照值得我给予最热情的称赞。你应该相信,我并没有把我爱上阿格妮丝的事情告诉他,但是这个机灵的少年具有不一般的洞察力,竟发现了我的秘密,而且还十分谨慎,向我隐瞒了他知道这件事。他默默地观察事情的进展,没想参与其中,直到我的利益需要他的介入。我同样欣赏他的判断力、他的洞察力、他的殷勤,以及他的忠诚。这可不是我第一次发现他能派这么大的用场,我越来越相信他的敏捷与能力。我在斯特拉斯堡短暂逗留期间,他孜孜不倦地学习西班牙语的基础知识,现在竟能说得像母语一样流利。他的大部分时间是在阅读中度过的,就他这个年龄段的人来说,他获得的知识已经非常丰富。他外表俊朗、活泼可爱、聪明伶俐,而且性格很好。他现在十五岁,仍在为我服务,如果你见到他,我保证你会喜欢他。不过,请原谅我说了这么多题外话,现在言归正传。

我听从了阿格妮丝的吩咐。我前往慕尼黑,在那儿我留下马车交给我的法国仆人吕卡照管,然后骑马回到一个离林登堡城堡十余里路的小村庄。到那以后,我编了个故事讲给我借宿的那个客栈的老板听,让他打消了对我在他家住这么长时间的疑惑。很幸运,老头子轻信别人,也缺乏好奇心,相信了我说的每一句话,除了我觉得应该告诉他的事情之外,他不想知道别的。只有特奥多尔和我在一起。我们两个乔装打扮,不与他人往来,没人怀疑我们的身份。就这样,两个星期过去了。这期间,我曾看到阿格妮丝重获自由,心中很高兴。那天,她同库内贡达女士穿过村庄,看起来身体健康、情绪高涨,与同伴畅谈时无拘无束。

"那两位女士是谁啊?"马车经过时,我问客栈老板。

"林登堡男爵夫人的侄女和她的家庭老师,"老板回答道,"她每个星期五要去圣凯瑟琳修道院,她在那儿长大。修道院离这儿大概有一英里路。"

你可以肯定的是，我急切地等待着下一个星期五的到来。我又看到了我可爱的心上人。经过客栈门口时，她看了我一眼。她脸颊上腾起的红晕说明，尽管我已经化了装，还是被她认了出来。我深深地弯腰行礼，她微微点了点头，似乎是在对下人还礼，然后眼睛转向另一个方向，直到马车在我视野中消失。

期待已久、盼望已久的夜晚终于来了。万籁俱寂，满月高悬。当时钟敲响十一下，我赶紧去约会地点，唯恐迟到。特奥多尔已经准备了梯子，我毫不费力地爬上了花园的围墙，小侍童跟在我后面，他爬上来后就抽掉梯子。我快步走到西阁，焦急地等待阿格妮丝的到来。每一阵清风吹过，每一篇树叶掉落，我都以为是她的足音，赶紧去迎接她。我就这样度过了整整一个小时，对我而言，每一分钟都像是一生一世。城堡里的钟声终于响了十二下，我几乎无法相信，夜已深了。又过了一刻钟，我听见我的心上人轻轻的脚步声小心翼翼地接近了西阁。我飞奔过去接阿格妮丝，把她带到一个座位边坐下。我跪在她的脚下，表达了我见到她的快乐，这时她打断了我，说了下面这番话：

"我们没有时间可以浪费了，阿尔方索。每分每秒都很宝贵，因为尽管我不再是个囚徒，但是我每走一步都会受到库内贡达的监视。我父亲派专差送来了急件，我必须马上动身去马德里，我费了好大的劲儿才获准推迟一周出发。我父母的迷信，加上我那冷酷的姑妈的诉说，让我无法指望他们会同情我。我现在左右为难，决定把自己托付给你。上帝保佑，你永远不会给我理由，让我后悔我的决定！逃跑是我脱离恐怖的修道院的唯一办法，我的轻率一定会因为眼前迫近的危险而被宽恕。现在听听我希望借以实施逃跑的计划。

"现在是在四月三十日，五天后就是那个传说中的修女出现的日子。我上一次来修道院时，为自己准备了一件适合这个角色穿的衣裙。有个朋友,我直接向她透露了我的秘密,她欣然同意给我弄一件教会服装。你准备一辆马车,拉到离城堡大门不远的地方等我。时钟敲响一点时,我便离开房间,穿上被认为是那修女穿的那身衣服。不论谁碰到我,都会惊恐万状,不敢阻止我逃走。我会很容易地走到门口,置身于你的保护之下。这样,我们就会万无一失。可是啊!阿尔方索,要是你欺骗我,要是你鄙视我的轻率,对我忘恩负义,这世界上就不会有比我更可怜的人了!我感觉我会处于各种危险之中,感觉我正在给你可以轻浮地对待我的权力。但是,我信赖你的爱情,信赖你的荣誉!我即将迈出的一步,会点燃我的亲人对我的怒火。如果你抛弃我,如果你背叛我对你的信任,我甚至没有朋友可以替我惩罚你的背叛,或者支持我。我的所有希望全部寄托在你一个人身上,如果你的内心并不支持我的做法,那我就彻底完了!"

她讲话的口气令人动容,虽然我因为得到她愿意跟随我的承诺而高兴,但我无法不为之感动。我也不禁暗暗埋怨自己,没有预先安排一辆马车停在村里,那样的话,当天晚上就可以把阿格妮丝带走了。现在已经来不及了,因为只有在慕尼黑附近才能弄到马车或者马匹,而慕尼黑离林登堡有两整天的路程。所以,我只好同意她的计划,这个计划看起来真的安排得很周密。她化装后离开城堡,就不会有人阻拦,还能够很容易地、不失时机地登上停在大门口的马车。

阿格妮丝忧伤地将头斜靠在我的肩上,在月光下我看见眼泪从她脸上流下来。我竭力消除她的忧愁,鼓励她憧憬幸福的前景。我用最为庄严的誓言向她保证,她的美德与纯洁在我的保护下不会受到损害,在神父宣布她成为我的合法妻子之前,我会视她的荣誉如同我姐妹的一样神圣。我告诉她,我要先找到你,洛伦索,让你同意我们的结合。我继续以同样的口气说话,这时门外的声音惊动了我。突然,楼阁的门被推开了,库内贡达站在了我们面前。原来,库内贡达听见阿格妮丝偷偷溜出房间的声音，便尾随其到了花园，结果看见阿格妮丝进入楼阁。凭借树木的掩护，在附近等候的特奥多尔没有察觉，她悄悄地靠近，偷听了我们谈话的全部内容。

"好啊！"库内贡达激动地尖声叫道，与此同时，阿格妮丝也发出一声响亮的尖叫。"以圣芭芭拉的名义，年轻的小姐，你的想法真了不起！你一定要假扮流血修女，真的吗？多么不敬鬼神！多么不可思议啊！哎呀，我很想让你实施你的计划。如果真正的鬼魂遇到你，你的处境就太妙了！唐·阿尔方索，你应该感到羞耻，因为你引诱年少无知的人离开家庭和朋友。不过，起码这一次我要挫败你那邪恶的计划。我会告知高贵的男爵夫人事情的来龙去脉，阿格妮丝恐怕得再等几年才能扮演鬼魂的角色。再见，先生。唐娜·阿格妮丝，让我荣幸地陪同你这鬼魂回房间去吧。"

库内贡达走近瑟瑟发抖的阿格妮丝坐着的沙发，握住她的手，打算带她离开楼阁。

我拦住库内贡达，尽力想通过恳求、安慰、许诺，甚至奉承，把这位老妇人争取到我这边来。但是，我发现我说的一切都是白费唇舌，就放弃了这种徒劳无益的努力。

"你冥顽不化，必须受到惩罚，"我说道，"不过，还有个办法可以救阿格妮丝和我自己，我会毫不犹豫地采用这个办法。"

由于被我的威胁吓着了，库内贡达试图再次离开楼阁，但我抓住她的手腕，强行拦住了她。与此同时，尾随她进入房间的特奥多尔关上了房门，不让她逃走。我取下阿格妮丝的面纱，匆匆绑在家庭教师的头上。库内贡达发出阵阵尖叫，尽管离城堡有一段距离，我还是担心被人听见。最后，我终于把她的嘴巴紧紧塞住，使她发不出一点儿声音。接着，特奥多尔和我费了好些劲，才用我们的手帕把她的手脚捆起来。我要阿格妮丝尽快回到房间，并承诺不会伤害库内贡达。

我请阿格妮丝记住五月五日我会在城堡的大门口等她,然后深情地向她道别。阿格妮丝浑身颤抖,心神不安,几乎没有力气表示同意我的计划,在慌乱和困惑中逃回房间。

与此同时,特奥多尔帮我抬走这个年老的"战利品"。我们扛着库内贡达,翻过围墙,把她像个旅行箱似的放在我的坐骑前面,然后我带着她策马离开林登堡城堡。这名不幸的家庭教师有生以来从来没有经历过比这更难受的旅行,路上她被颠来倒去,成了一具活的木乃伊;在我们蹚水过小河时她更是恐怖万分,因为我们回到村里必须经过这条河。我们到达客栈之前,我已经想好了该如何处置棘手的库内贡达。我们来到客栈所在的街上,小侍童敲门时,我在近处等候。客栈老板提着一盏灯,把门打开了。

"把灯给我!"特奥多尔说道,"我的主人就要来了。"

特奥尔多赶紧拿过灯,故意把灯掉落在地上。客栈老板回到厨房重新点灯,没有关上店门。借着夜色,我抱着库内贡达跃下马,冲上楼梯,到了房间,没被人发现。我打开一个宽敞的壁橱,把她塞到里面,再把橱门锁上。不久,老板和特奥多尔各自拿着灯来了,前者对我的晚归有点吃惊,但是没有问不该问的问题。老板很快就离开了房间,我沉浸在成功的喜悦之中。

我立刻去看望我的囚徒,试图说服她耐心地接受这临时的禁闭,但是没有成功。由于既不能说话又不能动弹,她用脸色表示她的愤怒。除了吃饭时间,我绝对不敢给她松绑,也不敢把塞在她嘴里的东西拿掉。她吃饭时,我站在一旁监视,手提已经拔出鞘的剑,威胁她说,如果她敢叫喊一声,就把剑刺进她的胸膛。她一吃完饭,嘴巴又被重新塞上。我知道这样做很残忍,但迫于情势,别无他法。至于特奥多尔,他对这个女人毫不心软。库内贡达的被囚使他无比开心。住在城堡期间,特奥多尔与家庭教师之间就已经开始了一场旷日持久的冲突,现在他发现敌人完全落在自己手里,不免得意扬扬,毫无怜悯可言。他心里想的似乎只是如何用新的法子折磨她,假装同情她的不幸,然后嘲笑、辱骂、模仿她,同她开了无数个玩笑,一个比一个令她生气。为了逗乐,他告诉库内贡达,她的私奔肯定在男爵家引起人们的惊诧。实际情况也是如此。除了阿格妮丝,谁也无法想象库内贡达女士到底出了什么事。每个洞穴、每个角落都被搜索过,每个水池都用网拖过,林子里也进行了彻底的搜查,还是没有库内贡达女士的踪影。阿格妮丝守住了秘密,而我守住了家庭教师。因此,男爵夫人对于这个老妇人的命运毫不知情,甚至怀疑她自杀身亡了。这样,五天的时间过去了,我为这件艰难而又冒险的事情做好了一切必要的准备。离开阿格妮丝之后,我做的第一件事就是派一个农民送信给在慕尼黑的吕卡,吩咐他安排一辆四驾马车,务必在五月五日的十点钟到达罗森瓦尔德村。吕卡不折不扣地执行了我的指示,马车如期到达村里。随着库内贡达的学生私奔的日期越来越近,她的情绪也变得越来越激动。我确信,要不是我幸运地发现她特别喜欢喝樱桃白兰地酒的话,她的怨恨和盛怒就会要了她的老命。她爱喝的酒,要多少我就给多少。特奥多尔寸步不离地看着她,有时也会把塞在她嘴里的东西拔出来。这种酒好像对软化她刻薄的天性有神奇的功效,由于在囚禁她的地方不允许有其他消遣,她照例每天喝醉一次,权当消磨时光。

五月五日到了,这是一个我永远不会忘记的日子!时钟还没有敲响十二下,我就前往行动地点,特奥多尔骑马跟在我后面。我把马车藏在一个宽敞的山洞里,城堡就位于山脊之上。山洞很深,当地农民称之为"林登堡洞"。夜晚宁静而美丽,月光洒在城堡古老的塔楼上,塔顶银光闪烁。四周万籁俱寂,除了夜风在树叶中的悲泣声。远处村狗的吠叫,以及栖息在已经废弃的东塔楼角落里的猫头鹰的叫声,什么都听不见。我听见猫头鹰忧郁的叫声,抬头朝上面看去,只见它蹲在窗上,我一眼就认出是那个闹鬼的房间的窗户。这让我回想起流血修女的故事,想到迷信及人类理性的脆弱,我长叹了一声。突然,我听见一阵隐隐约约的合唱声,打破了深夜的寂静。

"这声音是哪来的,特奥多尔?"

"一个很有身份的陌生人,"特奥多尔回答道,"今天经过村子去城堡,据说是唐娜·阿格妮丝的父亲,男爵设宴为他接风洗尘呢。"

城堡的钟声表明已到半夜时分,这通常是这家人就寝的信号。不久,我观察到城堡内的灯光朝不同的方向移动,我推测是参加晚宴的人们正四散回房。我可以听到沉重的门扇被费劲地打开时的吱嘎声;也可以听到门扇被重新关上时,窗框上朽烂的窗扇被震得咯咯作响。我浑身发抖,唯恐阿格妮丝没能搞到那间鬼屋的钥匙。她必须经过这个房间,才能走到那条人们认为鬼魂到大厅之前必经的狭窄楼梯。这事令我不安,我眼睛一直盯着那个窗户,希望看到阿格妮丝提在手上的那盏灯发出的亲切的亮光。这时,我听见厚重的大门的门闩被人拔出。借着那人手里的烛光,我认出是老康拉德,城堡的守门人。他打开大门,就回屋休息了。城堡里的灯一盏盏慢慢地熄灭了,最后整个城堡笼罩在黑暗之中。

我坐在高低不平的山脊上,周遭的寂静激起了我忧郁的思绪,但也并非完全令人不快。视野中一览无余的城堡,看上去既令人敬畏又如画般美丽。城堡厚重的围墙被月亮染上了庄严的光亮,它古老且已局部损毁的塔楼高入云端,仿佛对周边的平原皱起眉头表示不满,高耸的城垛爬满青藤,折叠门开得很大,向人们想象中的幽灵表示着敬意,这使我感到一种悲伤与敬畏交加的恐怖。但是,这些感觉并没有完全占据我的大脑,也不至于妨碍我焦躁地见证时间的缓慢流逝。我靠近城堡,冒险绕行了一圈,有几缕灯光还在阿格妮丝的房间闪烁。我欣喜地看着灯光,突然我看到一个人影靠近窗户,窗帘被小心翼翼地拉上,以便把里面的灯光遮住。观察到这事之后,我相信阿格妮丝没有放弃我们的计划,我以轻松的心情回到原来的位置。

十二点半的钟声响了!十二点三刻的钟声响了!我的心因为希望和期待怦怦直跳。最后,我终于听到了期盼已久的声音。午夜一点的钟声敲响了,整幢宅邸回荡着响亮而庄严的钟声。我抬头望向闹鬼的房间的窗扉,差不多过了五分钟,突然,我期待的灯光出现了。这时我离塔楼已经很近,那扇窗户离地面也不那么远,我在幻想中看到一个女子的身影,拿着一盏灯,沿着房间慢慢移动。灯光很快暗淡下去,一切又归于黑暗。

当可爱的"鬼魂"经过楼梯时,有几缕亮光从窗户射出。我的目光随着灯光穿过大厅,灯光照到了门口,最后我看见阿格妮丝从折叠门中走出来。她穿着同她描述过的鬼魂一样的衣服,手臂上挂着一串念珠,头上罩着长长的白色面纱,修女袍上沾满了鲜血,她甚至还为自己准备了灯和刀。阿格妮丝朝我站的地方走来,我飞速上去迎接,把她抱在怀里。

"阿格妮丝!"我一边抱着她一边说:

> 阿格妮丝!阿格妮丝!你是我的!
> 阿格妮丝!阿格妮丝!我是你的!
> 只要我的热血还流淌在血管里,
> 你是我的!
> 我是你的!
> 我的身体属于你!我的灵魂属于你!

由于惊慌失措,加上气喘吁吁,阿格妮丝已经说不出话来,她扔下手中的灯和刀，无声无息地倒在我的怀里。我抱起她，送到马车上。特奥多尔留了下来，他要释放库内贡达女士。此外，我还要他把一封书信交给男爵夫人，信里说明了整个事情的经过，恳求她帮个大忙，说服唐·加斯通同意我和她女儿的婚事。我向她透露了我的真名真姓，向她证明我的出身和前途使我完全有理由追求她的侄女，我还向她保证，尽管我没有能力回报她的爱，但我会继续努力，去赢得她的尊重和友谊。

我登上马车时，阿格妮丝已经坐好。特奥多尔关上车门，车夫们就赶着马车走了。开始，我对马车飞快的速度感到高兴，但是一旦我们摆脱了被追上的危险，我便对车夫们大声喊话，吩咐他们放慢速度。他们努力照我说的做了，但是车速慢不下来。马匹拒不听从缰绳的控制，继续往前冲去，速度快得惊人。车夫们奋力让马车停下来，但是，这些畜生又踢又蹿，很快摆脱了车夫们的控制。车夫们发出一声尖叫，重重摔倒在地上。刹那间，天空浓云密布，四周狂风怒号，电光闪闪，雷声隆隆。我哪里见过这么可怕的暴风雨啊！马匹受到惊吓，奔跑的速度似乎越来越快。没有什么能够阻碍马匹向前猛冲，它们拉着马车穿过树林，越过水沟，冲下最危险的悬崖，好像要同疾速的狂风一决雌雄。

这段时间，我的同伴一直一动不动地躺在我的怀里。我真的被这巨大的危险吓着了，我想唤醒她，但是不起作用。这时，一个巨大的撞击声宣布我们的马车以最可怕的方式停了下来：马车被撞成了碎片。掉下来时，我的太阳穴撞在了一个坚硬的东西上。伤口的疼痛、强烈的震惊，以及对阿格妮丝安危的担忧，一起把我完全压倒，我失去了知觉，毫无生气地躺在了地上。

在这种状况下我也许躺了一段时间，因为我睁开眼睛时，已经是大白天。有几个农民站在我的周围，好像在争论我能否苏醒过来。

我的德语讲得还可以，一旦我能发出清晰的声音，我就询问阿格妮丝的情况。使我吃惊和痛苦的是，农民们让我相信，他们没有看到任何像是阿格妮丝的人！他们说，下地劳作时，看到了我的马车的碎片，还听到一匹马的呻吟，那是四匹马中唯一还活着的一匹，马儿十分惊慌。他们还发现有另外三匹马躺在我的身边死了。他们到来时，我的身边没有人，很长时间过去了，他们才使我苏醒过来。对同伴的命运，我无比担忧，便恳求农民们分头搜寻。我描述了阿格妮丝的衣着，答应重谢给我带来线索的任何人。至于我本人，不可能同他们一起去搜寻。跌下马车时，我摔断了两根肋骨，一只手臂脱臼，毫无用处地垂挂在身体的一侧。我的左腿摔得很严重，再也不指望还能恢复。

农民们同意了我的请求，其他人都去了，只留下了四个人，他们用树枝给我做了个担架，打算把我送到附近的镇子。我问了镇子的名称，原来是雷根斯堡，我几乎无法相信，一夜之间竟跑了这么远的路。我同这些乡下人说，我在子夜一点钟路过罗森瓦尔德。他们愁眉苦脸地摇摇头，互相示意，意思是说我肯定神志不清了。我被送到了一个不错的客栈，并立刻被抬上了床。他们请来了一个医生，医生成功地接好了我脱臼的手臂，然后，检查了我其他受伤的地方，叫我不用担心，但是要我静静养病，准备接受令人生厌而又痛苦的治疗。我回答说，如果要我静静养病，他得先帮我打听到一些与一名女士有关的音讯，这位女士昨天晚上同我一起离开罗森瓦尔德，马车出事前还同我在一起。他微微笑了笑，劝我放心，说所有这一切会有人替我做的。他离开时，遇到了客栈老板娘。

"这位绅士神志有点失常。"我听见医生低声对老板娘说道，"这是他跌倒之后的自然结果，不过，很快就会好的。"

农民们一个个相继回到客栈，告诉我没有发现我那位不幸的小姐的任何踪迹。

我的不安这时变成了绝望。我用最迫切的言辞央求他们重新搜寻一次，把已经答应给他们的报酬提高了一倍。我疯狂的做法使旁观者真的以为我神志不清。他们没有找到一点有关这位小姐的线索，于是认为她是我过热的大脑里杜撰的一个人，便不再理睬我的一再恳求。但是，老板娘向我保证，他们会重新查问，不过后来我发现她的保证只是为了安慰我而已，在这件事上他们没有采取进一步的行动。

虽然我的行李留在慕尼黑由我的法国仆人照管，但由于已经为长途旅行做好准备，我的钱包还是鼓鼓的。此外，我的马车也证明了我的身份不同一般，因此我在客栈里受到了礼遇。一天过去了，还是没有阿格妮丝的任何音讯。恐惧的忧虑此刻让位给了心灰意冷，我不再热情地谈到她，而是陷入深深的忧思之中。侍候我的人察觉到我变得沉默安静，还以为我的精神错乱已经减轻，病情有了起色。我遵从医嘱，服了一种镇静药，天一擦黑，侍候我的人就走了，留下我一个人安心休息。

我想休息，但是无法做到，心中的烦乱驱走了睡意。由于心里焦躁不安，尽管身体疲乏，我还是不停地辗转反侧，难以入眠，一直到午夜一点的钟声敲响。我听着这悲伤而空洞的声音，听见它在寒风中渐渐消失，感到一阵突如其来的寒意向我全身袭来。不知什么原因，我浑身颤抖起来，冷汗从额头淌下，头发也因为惊恐而直立起来。突然，我听见缓慢而沉重的脚步声登上楼梯。我不由自主地从床上惊起，拉开了帷幔。壁炉里闪烁的一丝亮光把微弱的光线照在悬挂着绣帷的房间，房门被猛力地推开，一个身影走了进来，迈着庄严而从容的脚步走近我的床。我打量着这位夜半来客，吓得瑟瑟发抖。万能的上帝啊！原来是流血修女！是我丢失的那位同伴！她的脸仍然蒙着面纱，但是手里不再拿着灯和刀。她慢慢地揭起面纱，呈现在我惊恐的眼睛前面的是一幅多么可怕的景象啊！我看到的是一具会动的尸体。她的面孔又长又憔悴，面颊和嘴唇毫无血色，满脸死一样的苍白，两只眼珠空洞无光，一动不动地盯着我。

我凝视着鬼魂，吓得无法形容。我血管里的血都凝固了。我本来应该呼救，可是声音没有发出来就消失了。我吓得一动不动地坐着，犹如一尊雕像。

虚幻的修女静静地看了我几分钟，她的注视令人害怕。最后她用低沉而阴森的声音说了以下的话：

> 雷蒙德！雷蒙德！你是我的！
> 雷蒙德！雷蒙德！我是你的！
> 只要你的热血还流淌在血管里，
> 我是你的！
> 你是我的！
> 你的身体属于我！你的灵魂属于我！……

我吓得喘不过气来，听她重复我说过的话。鬼魂坐在我对面的床的床脚，没有说话。她的眼睛热切地盯着我的眼睛，好像响尾蛇般，尽管我竭力想不看她，可就是做不到。我的眼睛像中了魔咒似的盯着她，目光无法从鬼魂的眼睛移开。

她以这个姿态坐了整整一个小时，没有说话，也没有挪动。最后两点的钟声敲响。鬼魂从座位上起来，靠近了床边。她用冰冷的手指抓住我那只垂挂在被子上的没有知觉的手，把冷冰的嘴唇压在我的嘴唇上面，反复说道：

雷蒙德！雷蒙德！你是我的！

雷蒙德！雷蒙德！我是你的！……

　　然后，鬼魂放下我的手，迈着缓慢的步子离开了房间，身后的门关上了。在她离开之前，我身体的各种官能全都暂时不起作用了，只有头脑仍然保持清醒。此时魔力已经不再起作用，我血管里已被凝固的鲜血猛烈地回流到心脏。我低沉地呻吟了一声，死气沉沉地倒在枕头上。

　　相邻的房间与我的房间只隔着一堵薄薄的墙，住着老板和他妻子。老板被我的呻吟惊醒，马上赶到我的房间，老板娘也随后而来。他们费了好些劲才让我恢复知觉，然后马上派人叫来了医生，医生很快就到了。医生说我发烧得更厉害了，如果我还是这样烦躁不安，他就不能保证我生命无忧。他给我服的一些药在一定程度上镇静了我的情绪。天亮前，我慢慢进入了一种沉睡状态，但是接连而来的噩梦没让我从这种睡眠中得到任何益处。阿格妮丝和流血修女轮番在梦中出现，联合起来骚扰和折磨我，我醒来时已经精疲力竭、萎靡不振。我的热度非但没有降低反而升高了，心境的烦躁也影响了断骨的愈合。我常常昏厥过去，医生认定，整整一天，他离开我的时间不能超过两个小时。

　　奇特的冒险经历使我决定不再同任何人提这件事，因为我难以指望能够让人们相信这样离奇的遭遇。我为阿格妮丝忧心忡忡，不知道她在约定的地点找不到我会怎么想，害怕她会怀疑我的忠诚。不过，我信赖特奥多尔的谨慎周到，我也相信我写给男爵夫人的书信会使她相信我真诚的意图。这些想法稍稍减轻了因阿格妮丝而产生的焦虑，但是夜间访客留在我心中的印象随着时间的推移变得越来越强烈。夜晚就要降临，我怕流血修女会再来。不过，我竭力说服自己,鬼魂不会再出现,而且无论如何,我希望有个仆人在我的房间里守夜。

由于前一天晚上没有睡着,外加服用了医生开给我的大量药性强烈的催眠药,我疲乏的身体终于得到了休息。我睡得深沉安宁,已经睡着了好几个小时,这时附近响起了午夜一点的钟声,把我惊醒了。钟声把昨天夜里所有的恐怖带回到我的记忆里。同样的冷噤攫住了我,我从床上惊起,看到仆人坐在我附近的扶手椅上睡得很香。我叫他的名字,他没有回答。我抓住他的手臂用力摇晃,想竭力把他摇醒,但是没有用。他对我的摇晃毫无感觉。这时,我听见沉重的脚步登上楼梯,流血修女又一次站在了我的眼前。我的手脚再次像婴儿一样软弱无力,动弹不得。我又听到她重复那可怕的话:

雷蒙德!雷蒙德!你是我的!
雷蒙德!雷蒙德!我是你的!……

头天夜里让我受惊不小的场景又出现了。鬼魂再次把嘴唇压在我的嘴上,再次用她腐烂的指头抚摸我。就像第一次一样,当两点的钟声敲响时,她就离开了房间。

每天晚上都是这样。她每来访一次,就在我心里激起更大的恐惧。脑海中她的形象不停地追逐着我,我成了习惯性抑郁的牺牲品。经常烦躁不安的心情自然影响了我身体的恢复。几个月过去了,我才能够下床。当我终于被挪到沙发上的时候,我已经体弱无力、无精打采、瘦骨嶙峋,如果没有人搀扶,我无法走过房间。侍候我的人对我的康复几乎不抱什么希望,这一点从他们的表情就可以看出。深深的悲伤压在我的心头,得不到任何缓解,这使得医生认为我患有疑病症。我把悲痛的原因小心地深藏心底,因为我知道没有人可以给我安慰。除了我,没有人能够看见鬼魂。我经常让侍候我的人在房间里坐个通宵,但是,只要一点的时钟敲响,无法抵御的睡眠就会控制他们,直到鬼魂离开他们才会醒来。

你也许会感到奇怪,这段时间我为何没有打听你妹妹的下落。特奥多尔好不容易才找到我的住处,是他平息了我对阿格妮丝的担忧。他还使我相信,在我能回到西班牙之前,把她从囚禁状态解救出来的一切努力都会无济于事。她的历险细节,我现在就要向你叙述,部分是特奥多尔讲给我听的,部分是阿格妮丝后来告诉我的。

在准备私奔的那个晚上,由于意外,阿格妮丝无法在约定的时间离开房间。最后,她冒险来到闹鬼的房间,走下通往大厅的楼梯,发现大门正如她所期望的那样敞开着,便离开了城堡,没有被人注意到。令她大吃一惊的是,我竟没有在门口接她!她搜寻了山洞,找遍了附近林子里的每一条小径,整整找了两个小时,没有任何结果。她既找不到我的踪迹,也找不到马车的踪影。她既惊慌又失望,唯一的办法就是在男爵夫人发现之前返回。可是,这时她发现自己又一次陷于进退两难的境地。时钟已经敲过两点,闹鬼的这个小时已经过去了,细心的守门人康拉德已经闩上了折叠门。犹豫了好久之后,她鼓起勇气轻轻地敲门。幸运的是,康拉德还没有入睡,听见敲门声便起床,嘴里咕咕哝哝,对再一次起床很是不满。他打开一扇门,看到人们传说的那个鬼魂在门口等着进门,立刻大叫一声,双膝软瘫在地上。他的恐惧帮了阿格妮丝的忙。她从康拉德身边悄悄溜过,飞奔到自己的房间,脱掉鬼魂的服装,然后上床,竭力想弄明白我为什么没有出现,但是怎么也想不明白。

与此同时,特奥多尔看见我的马车载着假阿格妮丝走了,便满心欢喜地回到村子。第二天早上,他释放了库内贡达,并陪同她来到城堡。在那儿,他发现男爵、他的夫人,还有唐·加斯通正为对守门人的叙述争论不休。他们都相信鬼魂的存在,但是唐·加斯通坚持认为,鬼魂敲门要求进来,这事此前从来没有人见证过,而且完全不符合鬼魂非物质的特征。就在他们还在讨论这个话题时,小侍童带着库内贡达出现了,解开了他们的谜团。

听了特奥多尔的陈述,大家一致认定,特奥多尔看见的那个登上我的马车的阿格妮丝肯定是流血修女,而那个吓倒了康拉德的鬼魂不是别人,正是唐·加斯通的女儿。

这一发现引起的最初的惊奇结束后,男爵夫人决定利用它说服侄女去当修女。由于担心这么美满的一桩婚姻会诱使唐·加斯通改变主意,男爵夫人压下了我的信,并继续把我描述成一个穷困潦倒、默默无闻的冒险者。幼稚的虚荣心使我甚至向我的情人隐瞒了真实姓名,因为我希望对方爱的是我这个人,而不是德·拉斯·西斯特纳斯侯爵的儿子和继承人。结果,在城堡里除了男爵夫人,谁也不知道我的身份,而且她还刻意不让他人知道这件事。唐·加斯通赞成妹妹的计划,把阿格妮丝叫到面前,责备她企图私奔,要她忏悔。令阿格妮丝吃惊的是父亲和姑妈接受这件事的温和态度;然而,使她痛苦的是,有人告诉她,令她的计划功败垂成的原因在于我!在男爵夫人的教唆下,库内贡达对阿格妮丝说,我放走她的时候,曾经要她告知夫人,我与阿格妮丝的关系结束了,说整个事情起于一个虚假的传闻,还说娶一个既没有钱财又没有前途的女人根本不适合我。

我的突然消失使得这种说法极度可信。特奥多尔本来可以反驳这种说法,但是在唐娜·罗道尔法的干预下,他见不到阿格妮丝。这时,你的一封书信到了,说你根本不认识阿尔方索·德·阿尔瓦拉达,这又进一步证明了我是个骗子。这些关于我背信弃义的表面证据,加上她姑妈巧妙的含沙射影、库内贡达的阿谀奉承,还有她父亲的威胁和愤怒,彻底征服了你妹妹对修道院的厌恶。对我的行为的愤怒，以及对整个世界的憎恶，使她同意戴上面纱。她在林登堡城堡又过了一个月，而我又一直没有出现，这更加坚定了她的决心，于是她随唐·加斯通回到了西班牙。这时，特奥多尔已经获得自由，匆匆赶到慕尼黑，我答应过在那儿会得到我的消息。但是，他从吕卡那儿得知我根本没有到慕尼黑，便不知疲倦、坚持不懈地四处寻找，终于在雷根斯堡找到我。

我的变化太大了，他差点都认不出我了。他脸上流露出的苦恼足以证明，他对我是多么关心。我一直把这个和蔼可亲的男孩当作伙伴而不是仆人，这时他的陪伴是我唯一的安慰。他的谈话快乐又明智，他的观察敏锐而有趣。他获得的知识比同龄人多了许多，但是最令我愉快的是，他的声音十分悦耳，而且他在音乐上有些才能。他对诗歌也有一些兴趣，有时甚至敢动手写诗。他偶尔用西班牙文写一些简短的歌谣，我必须承认他的诗作平平，但是令人耳目一新。听他弹着吉他吟唱是我当时能够得到的唯一的娱乐。特奥多尔明显觉察到，有什么事情搅得我心神不宁，但是，我对他也没有透露令我忧伤的原因，出于对我的尊重，他并没有打探我的秘密。

一天晚上，我躺在沙发上，心里想着一些很不愉快的事。特奥多尔在窗边开心地看两个车夫在客栈的院子里争吵。

"哈！哈！"他突然大声叫道，"那边那个是莫卧儿大帝。"

"谁？"我问道。

"只是一个在慕尼黑对我讲过奇怪的话的人。"

"讲了什么？"

"你倒让我想起来了，先生，好像是说给你听的一些话，其实并不值得向你转达。我相信那个家伙肯定是疯了。我到慕尼黑找你，发现他住在一个叫'罗马王'的客栈里，客栈老板对我说了一些有关他的古怪事情。从口音判断，他应该是外国人，但是没有人知道是哪一国人。他好像不认识城里的任何人,很少说话,也从来没有人看见他笑过。他没有仆人,也没有行李,但钱包似乎总是鼓鼓的,而且在城里做了不少善事。有人认为他是阿拉伯占星师,还有人认为他是游走江湖的郎中,许多人则称他是浮士德博士,是魔鬼派他回到德国的。但是,老板告诉我说,有充分的理由相信他是微服私巡的莫卧儿大帝。"

"可是他说过哪些奇怪的话呢,特奥多尔?"

"说真的,我差不多忘了他说的话。不过即使我忘得干干净净,也没有什么大不了的。你该知道,先生,我当时向客栈老板打听你的下落,这个陌生人正好经过。他停下脚步,热切地看着我。'年轻人!'他郑重其事地说道,'你找的那个人,惹上了什么摆脱不掉的东西。只有我的手能够把鲜血弄干。一点的时钟敲响时,吩咐你的主人默默为我祈祷。'"

"怎么祈祷?"我大声说道,从沙发上惊起——特奥多尔复述的话,好像表明陌生人知道我的秘密——"赶快去找他,孩子!央求他来同我聊一会儿!"

特奥多尔对我高兴的样子非常吃惊,但是,他没有问我缘由,而是赶紧照办。我焦急地等他回来,但是,过了一段时间,他才再次出现,并把我期待的客人带到我的房间。他是一个仪表威严的人,面容的特征鲜明,眼睛又大又黑,目光闪闪。但是,他的眼神里有某种东西,我看见他的时候,在我身上激起虽然说不上是恐惧,至少是某种神秘的敬畏。他衣着朴素,头发没有搽过粉,缠绕在前额的黑色天鹅绒带子,给他的容貌添加了额外的幽暗之色。他的面容带有深度抑郁的痕迹,他步履缓慢,举止严肃、高贵、庄重。

他彬彬有礼地向我致意,在初次见面的礼节性寒暄过后,他示意特奥多尔离开房间,侍童马上退下了。

"我知道你的事，"他说道，没有给我说话的时间，"我有能力让你摆脱你的夜间访客，但是这事在星期日之前做不了。在星期天破晓时的那个小时，黑夜里的鬼魂对凡人的影响力最小。这个星期六之后，修女不会再来拜访你。"

"我能否问问，"我说道，"你是怎么掌握我对任何人都小心隐瞒的秘密的？"

"令你苦恼的原因此刻就站在你的身边，我怎么可能不知道呢？"

我大吃一惊，陌生人继续说道："虽然一天二十四个小时，只有一个小时她能够被你看见，但是不论白天黑夜，她从来没有离开过你，在你答应她的要求之前，她绝不会离开你。"

"她有什么要求？"

"那必须由她自己来解释，我也不知道。耐心等到星期六晚上，那时一切都会弄清楚的。"

我不敢继续问他，不久他换了个话题，谈了各种各样的事情。他提到了一些死去已经几百年的人的名字，他似乎同他们都有私交。我提到的国家，不论多远，他都到过；他的见识之广，见识之多，令我羡慕不已。我对他说，走过这么多路，见过这么多人，知道这么多事，肯定给了他无穷的乐趣。他悲伤地摇了摇头。

"没有人，"他答道，"能够理解我的悲惨命运！命运迫使我不停地更换地方，不允许我待在同一个地方超过两个星期。我在世界上没有朋友，由于动荡不安的命运，我从来就没有找到过一个朋友。我会欣然献出这条悲惨的生命，因为我羡慕那些在坟墓里享有安宁的死者。但是，死神会躲避我，逃离我的拥抱。我将自己投入险境，却无法如愿死去。我跳入海洋，海浪痛恨地把我扔回到岸上；我冲进火海，烈火见我而退；我对抗狂暴的匪徒，他们的刀剑变钝，一触及我的胸膛就断成数截；饿虎见到我靠近就浑身发抖；鳄鱼会逃离我这个比它们还要可怕的怪物。上帝已经在我身上封了印,他创造的所有生灵都敬畏这个可怕的印记!"

陌生人用手按住绕在额头的天鹅绒带子,眼中露出愤怒、绝望,以及痛苦,令人毛骨悚然。一阵不由自主的抽搐使我颤抖起来,陌生人也注意到了。

"这就是老天强加于我的惩罚,"他继续说道,"我注定要使看见我的人恐惧与憎恶我。你已经受到魔力的影响,而且随着时间的推移,你的感受会越来越强。我不想因为我的出现而增加你的苦难。咱们星期六见。十二点的钟声一敲响,就在房门口等我。"

说完,他就离开了,留下我对他神秘的举止、言谈惊奇不已。

他保证,我不久就会摆脱鬼魂的纠缠,这对我的身体产生了很好的影响。特奥多尔——这个我宁可把他当作养子而不是仆人的孩子——回来时发现我的脸色变好了,感到很吃惊。看到我的身体有了逐渐康复的征兆,他向我表示祝贺,还说对我从与"莫卧儿大帝"的谈话中受益很多表示欣喜。通过调查,我发现陌生人已经在雷根斯堡待了八天,所以,根据他的陈述,他只能再待六天时间。到星期六还有三天时间。啊!我是多么急切地期待他的到来!这期间,流血修女继续在夜间来访。但是,由于有望不久就能完全摆脱她的纠缠,她的夜间来访在我身上产生的影响已经不如原先强烈。

盼望多日的星期六夜晚终于来了。为了避免招致猜疑,我按照往常的时间就寝。可是,侍候我的人一离开,我就重新穿好衣服,为接待陌生人做好准备。到了半夜,那人进入我的房间,手里拿着一个小盒子,放在了火炉边。他向我致意,没有说话;我向他致意回礼,也没有说话。然后,他打开了小盒子,拿出的第一样东西是个木制的小十字架。他双膝跪地,悲哀地凝视着它,然后抬头看着天空,好像在虔诚地祈祷。最后,他恭敬地低下头,吻了十字架三次,然后站了起来。接着,他从盒子里取出一只加盖的高脚杯,把杯中的液体(看上去像血液)洒在地板上,然后把十字架的一端浸入杯中,在房间的中央画了一个圆圈。在圆圈的周围,他摆放了各种遗物、头盖骨、股骨,等等。我注意到,他把所有东西都摆成一个个十字形状。最后,他拿出一本很大的《圣经》,示意我跟他走到圆圈里面,我照他的意思做了。

"小心,别出声!"陌生人低声说道,"不要走到圈外。还有,如果你爱你自己,千万不要看我的脸!"

陌生人一手拿十字架,一手拿《圣经》,好像全神贯注地在看书。一点的时钟敲响了。同往常一样,我听到了楼梯上的脚步声。但是,我不再像往常那样发抖,而是充满自信地等候流血修女靠近。她进了屋,走近那个圆圈,然后停了下来。陌生人口中喃喃低语,我听不懂。然后,他从书本中抬起头,把十字架向鬼魂伸过去,用清晰而庄严的声音说道:

"比阿特丽斯! 比阿特丽斯! 比阿特丽斯!"

"你想干什么?"鬼魂以沉闷而颤抖的语调问道。

"什么东西打扰了你的睡眠? 你为什么折磨这个青年? 怎样才能让你受到烦扰的灵魂恢复安宁?"

"我不敢说! ——我不能说! ——我宁愿在坟墓里安息,但是严苛的命令强迫我延长对自己的惩罚!"

"你知道这些血吗? 你知道这血曾在谁的血管里流淌吗? 比阿特丽斯! 比阿特丽斯! 以他的名义,我要你回答我!"

"我不敢违背给我派任务的人的命令。"

"你敢违背我的命令吗?"

陌生人以命令的口吻说道,从额头上扯下黑色的带子。尽管他有禁令在先,好奇心却驱使我看他的那张脸。我抬起眼睛,看到他的额头上印有一个燃烧的十字架，我无法解释这个东西带给我的恐惧，但是我从来没有感受过同样的恐惧！我暂时失去了知觉，神秘的恐惧战胜了我的勇气，要不是驱魔师抓住我的手，我已经跌到圆圈外面去了。

神志清醒后，我观察到，燃烧的十字架对鬼魂产生的强烈影响并不亚于对我的影响。她的脸上表现出崇敬和恐惧之色，虚幻的四肢吓得瑟瑟发抖。

"是的！"她终于说道，"这个印记让我发抖！——崇敬它！——服从你！那么你知道，我的尸骨仍未安葬，仍在昏暗的林登堡洞里朽烂。除了这个青年，没有人有权把尸骨葬在坟墓里。他说过把身体和灵魂交给了我，我绝不会放弃他的承诺，他也绝不会再过上一个没有恐怖的夜晚，除非他保证收集我腐朽的尸骨，并安葬在安达卢西亚城堡地下他家族的墓穴里，然后，为我做三十次弥撒，让我的灵魂安息。做到后，我就不再来骚扰这个世界。现在让我走吧！火焰会把我烧焦的！"

他慢慢放下那只拿着十字架的手，在此之前十字架一直指向她。鬼魂低下了头，形体逐渐化为空气。驱魔师带我走出圆圈，把《圣经》等东西放进盒子里，然后对站在旁边惊得说不出话来的我说：

"唐·雷蒙德，你听到了答应让你安眠的条件，你要做的就是不折不扣地满足这些条件。对我而言，除了澄清仍然蒙在鬼魂身世上的隐秘，告诉你比阿特丽斯生前姓拉斯·西斯特纳斯之外，无法做别的事了。她是你祖父的姑婆，作为你的亲戚，她的遗骨需要得到你的尊重，尽管她犯下的滔天大罪会引起你的痛恨。这些罪行的性质，除了我，没有人能够向你说得更加清楚。我与那个禁止她在夜间骚扰林登堡城堡的法师有私交，这个故事就是从他嘴里听来的。

"比阿特丽斯·德·拉斯·西斯特纳斯很早就当了修女，不是由于她自己的选择,而是由于明确的父母之命。当时,她太年轻,不会因修道誓言剥夺了她的欢乐而后悔。可是,她热烈而淫荡的性格一旦形成,就会毫无节制地放纵于激情的冲动,抓住每一个机会使情欲获得满足。这样的机会终于来了,虽然遇到很多障碍,但是结果却使得她的欲望更加强烈。她设法从修道院私奔,同林登堡男爵逃到德国。在他的城堡里她以公开承认的情妇身份住了几个月。整个巴伐利亚都被她那厚颜无耻、恣意放荡的行为激怒了。她的盛宴之奢侈堪与埃及艳后克利奥帕特拉的相比,林登堡成了她最恣意妄为的放荡场所。她并不满足于展示娼妓般的荒淫无度,还自诩为无神论者,利用每一个机会嘲讽她的修行誓言,讥笑最为神圣的宗教仪式。

"由于她极其堕落的品质,不可能长期将感情专注于一个人,她到城堡不久,男爵的弟弟就引起了她的注意。男爵的弟弟外表英俊,身材高大,四肢强壮。她不是那种能够长期把欲望藏在心中的人,不过她发现奥托·冯·林登堡与她同样堕落。他回报了她的激情,把握得恰到好处,并使之日趋强烈;当他将其激发到他想达到的高度时,他给自己的爱情定下了"价格":谋杀他的兄长。卑鄙的女人同意了这个可怕的协议。他们选定了一个夜晚来实施谋杀行动。奥托住在离城堡有十多里路的一个小庄园里,他答应子夜一点在林登堡洞里等她,并带一帮精心挑选的朋友过来。他相信在他们的帮助下,他能够成为城堡的主人,此外,奥托还答应他的下一步计划就是与她结为夫妇。最后的这个承诺打消了比阿特丽斯所有的顾虑,因为尽管男爵爱她,却曾经明确地说过,永远不会娶她为妻。

"决定命运的夜晚来到了。男爵睡在他那不忠的情人怀里,当城堡里一点的钟声敲响时,比阿特丽斯马上从枕头底下抽出短剑,刺入情人的心脏。男爵只发出了一声恐怖的呻吟就咽了气。女凶手赶忙下床,一只手拿着灯,另一只手握着血淋淋的匕首,朝山洞走去。守门人不敢不开门，因为她比城堡的主人要可怕得多。比阿特丽斯到了林登堡洞，一路上没有遇到任何阻碍，奥托如约在洞里等她。他迎接她的到来，听她讲述事情的经过，喜不自胜。她还来不及问他为什么一个人来，他已让她相信，他不希望有人看见他们的会面。由于急于隐瞒自己参与谋杀的事实，急于摆脱一个性情暴烈、凶残的女人，而这个女人又使他有理由为自己的安全担忧，奥托决定除掉这个可怜的女人。他突然猛冲过去，夺过那把仍然沾满他兄长鲜血的匕首，插入女人的胸腔，反复连刺数下，结束了她的生命。

"奥托继承了林登堡男爵爵位，并将这场谋杀全部归罪于逃亡的修女，没有人怀疑是他劝说她采取行动的。不过，虽然他的罪行逃脱了人类的惩罚，公正的上帝不允许他平静地享受沾满鲜血的荣耀。她的尸骨还在山洞里，没有入土，比阿特丽斯不安的灵魂依旧住在城堡里。她身上穿着教服，以纪念被她违背的誓约，手上拿着喝饮过她情人鲜血的匕首和曾经引导她逃亡的灯烛，每天晚上站在奥托的床前。最恐怖的混乱笼罩着城堡，有拱顶的房间回荡着尖叫与呻吟，鬼魂在古老的画廊里徘徊，发出不连贯的混杂着祈祷与咒骂的声音。看到可怕的幻象时，奥托恐惧不已，幻象随着每一次的出现变得越来越恐怖，最终奥托难以承受惊慌，心脏爆裂而死。一天早上，人们发现他躺在床上，身体没有一丝暖气，也没有一点生气。他的死亡并没有结束夜晚的骚乱。比阿特丽斯的尸骨仍然没有被安葬，她的鬼魂继续在城堡里作祟。

"后来，林登堡的领地落入一个远亲之手。新男爵被流血修女（大多数人是这样称这个鬼魂的）的故事吓得魂飞魄散，请来一个有名的驱魔师帮忙。这个法师成功地迫使她安静下来，可是，虽然她向驱魔师披露了身世，却不许他透露给其他人，也不许将她的遗骨迁到墓地。这件事是注定留给你做的，在你到来之前，她的鬼魂注定要在城堡游荡,为她在那儿犯下的罪行而忏悔。但是,驱魔师迫使她在他的有生之年保持安静。只要他还活着,闹鬼的房间就会房门紧闭,人们看不到鬼魂。驱魔师是五年之后死的,这时鬼魂又出现了,不过每五年只出现一次,就在她把刀子刺入睡眠中的情人的心脏那一天、那一个时辰。然后,她会去那个保留着她正在腐烂的尸骨的山洞,两点的时钟敲响便回到城堡,此后,别人再也看不到她,直到下一个五年的到来。

"她命中注定要忍受百年痛苦。一百年过去了。现在,只需要把比阿特丽斯的遗骸安葬在墓地里,就安宁了。我已经把你从虚幻的折磨者手中解救出来,尽管我备受折磨,但想到我曾经帮助过你,也是一定的安慰。年轻人,再见了!但愿你亲戚的鬼魂在坟墓里享受安宁,那正是万能的上帝为了报复我而永远拒绝给我的!"

说到这里,陌生人准备离开房间。

"再待一会儿!"我说道,"你满足了我对这个鬼魂的好奇心,但是,你却让我对你产生了更大的好奇心。请屈尊告诉我,我到底欠什么人这样大的人情债。你提到很久以前的事,提到死去很久以前的人。你与驱魔师有私交,根据你的叙说,他死去已经快一百年了。这事如何解释?你额头上燃烧的十字架是什么意思,为什么看见它会使我的内心产生这么大的恐惧?"

最后,他拗不过我的一再恳求,同意把这些事说清楚,条件是我必须等到明天。我只好答应了这个要求,于是他离开了。第二天早上,我做的第一件事就是打听那个神秘的陌生人。可有人告诉我,他已经离开雷根斯堡,想一想我是多么失望。我马上派信使追寻他,但是没有任何结果,没人能发现这个人的任何线索。自那以后,我再也没有听到他的音讯,很有可能永远也不会听到他的音讯了!

这时洛伦索打断了朋友的叙述。

"怎么？"洛伦索问道，"难道你从来没有发现他是谁，甚至连猜测也没有过吗？"

"请原谅，"侯爵答道，"我把这次历险讲给我的伯父——枢机主教兼公爵听过。他对我说，他确信这个奇特的男子就是那个广为人知的被称为'流浪犹太人'的名人。他不能在同一地方停留超过十四天。印在他额头上的燃烧的十字架、十字架对看见者所产生的影响，以及其他许多事情，都给这种猜测赋予了一些真实的色彩。枢机主教对此深信不疑，就我而言，我倾向于接受这唯一能够揭开这个谜的答案。现在我回到原来的话题上来。"

从那以后，我的身体恢复之快令医生惊奇。流血修女再也没有出现，不久后，我能够动身去林登堡了。男爵展开双臂欢迎我，我向他吐露了我历险经历的后半部分，当他得知宅邸再也不会受到鬼魂五年一次的骚扰，不禁眉开眼笑。我遗憾地觉察到，我离开城堡后，唐娜·罗道尔法对我轻率的激情并没有减弱。我在城堡小住期间，与罗道尔法私下聊过一次，她又想劝我回报她的感情。考虑到她是造成我所有苦难的主要原因，我对她没有别的感情，有的只是厌恶。比阿特丽斯的尸骨在之前提到的山洞里找到了。这就是我在林登堡寻找的唯一的东西，找到后我赶紧离开男爵的领地，一则是急于为被谋杀的修女举办葬礼，再则是急于逃离一个令我讨厌的女人的纠缠。我离开时，身后传来唐娜·罗道尔法的威胁，说很快我就会因对她的鄙视受到惩罚的。

我以最快的速度赶回西班牙。在我住在林登堡期间吕卡已经带着行李与我会合了。我平安地回到祖国后，立刻赶往我父亲在安达卢西亚的城堡里。比阿特丽斯的遗骸被安葬在家族墓地，所有适当的仪式都举行了,她要求的弥撒也如数做了。现在,什么也阻止不了我全力以赴寻找阿格妮丝的隐居之处。男爵夫人曾经明确告诉我,她的侄女已经当了修女。我怀疑这个消息是她出于嫉妒编造出来的,我希望我的心上人还是自由之身,可以接受我的求婚。我询问她家的消息,打听到在阿格妮丝到达马德里之前,她母亲唐娜·伊内西娅就已经去世了。我亲爱的洛伦索,据说你当时在国外,但是我不知道在哪里。你父亲在一个遥远的省份拜访德·梅迪纳公爵,至于阿格妮丝,没有人能够或者愿意告诉我她发生了什么。根据约定,特奥多尔已经回到斯特拉斯堡。特奥多尔发现外公已经去世,玛格丽特继承了家庭的财产。玛格丽特力劝儿子留下来,与她一起,但是无济于事。特奥多尔再次离开了玛格丽特,跟我来到马德里。他竭尽全力帮我寻找阿格妮丝,但是我们共同的努力没有得到成功之神的眷顾。阿格妮丝的隐居之处仍然是一个无法解开的谜,我开始放弃找到她的一切希望。

　　大约八个月前,在戏院度过一个夜晚之后,我正在返回宅邸的路上,心情十分忧郁。夜里很黑,而且只有我一个人,由于沉浸在毫无快意的思绪之中,我没有觉察到有三个人从戏院尾随而来,在我转入一条人迹罕至的街道时,他们同时向我发起了最猛烈的攻击。我后退了几步,拔出剑,把斗篷搭在左臂上。朦胧的夜色对我有利。刺客对我乱刺一通,大部分都没有刺中我。我终于幸运地把一个敌人刺倒在我的脚下,但是在这之前我已经多次被刺伤,而且被他们穷追不舍,要不是刀剑的相击声招来一名骑士助我一臂之力,我本来是必死无疑的。他拔剑朝我跑过来,后面跟着几个手拿火炬的仆人。他的到来使得这场决斗变得旗鼓相当,但是,这帮亡命之徒并不愿意放弃企图,直到骑士的仆人准备出手相助。最后,匪徒逃之夭夭,消失在夜色之中。

陌生人彬彬有礼地同我说话，问我有没有受伤。我由于失血过多感到头晕，几乎无法对他的及时帮助表示感谢，只是恳求他让仆人送我到德·拉斯·西斯特纳斯宅邸。我刚刚提到这个名字，他就说他是我父亲的熟人，还说在检查我的伤口之前，不能把我送到这么远的地方去。那位陌生人又说，他家的房子就在附近，请我陪他一起去那里。他的态度极其诚恳，我无法拒绝他的帮助，只能靠在他的一只手臂上，几分钟后我们就到了一座宏伟的宅邸门口。

一走进房子，一个头发灰白的仆人就迎上来欢迎那个陌生人，并询问公爵——他的主人——打算什么时候回家，陌生人回答说还要几个月。接着，救我的人要求马上把家庭医生叫来。仆人便去叫医生。我被安放在一个豪华房间的沙发上，医生检查了我的伤口，认为只是些轻伤。但是，医生建议我不要让夜风吹着，陌生人还极其诚恳地逼我躺在他家的床上，我只好同意暂时留在那儿。

现在，我单独与救命恩人待在一起，趁此机会我用更加明确的话感谢他，但是他请求我不要再说这件事。

"能够给你这点小小的帮助，"他说道，"我认为自己很高兴，我要永远感激我的女儿，因为是她把我在圣克莱尔修道院留得那么晚。我一向高度尊重德·拉斯·西斯特纳斯侯爵，然而机缘还不允许我们的关系像我希望的那样亲密，因此有机会结识他的儿子使我非常高兴。我可以肯定我的兄长——这里的主人——会后悔没有亲自在马德里迎接你。不过，公爵不在家时，我就是这个家庭的主人，我以他的名义向你保证，德·梅迪纳宅邸的任何东西你都可以完全随意使用。"

洛伦索，你想想，当我发现救我命的人就是唐·加斯通·德·梅迪纳时，我是何等吃惊，这种吃惊只有我确信阿格妮丝住在圣克莱尔修道院时感到的满足可以相比。当他回答我那些表面看起来无关紧要的问题时,他告诉我,他的女儿真的已经当了修女,我内心感到的满足大打折扣。我不容许我对这件事的悲伤在心里扎根,我自以为,我伯父在罗马教廷的声望会搬掉这个障碍,而且我能轻而易举地为我的心上人取得对修道誓言的豁免。受到这一希望的鼓舞,我平息了胸中的不安,竭力对唐·加斯通的关照表示感激,对同他的相处感到满意。

这时,有个仆人进了房间,告诉我,说被我刺伤的那个亡命之徒已显示出一些生命迹象。我请求将其送到我父亲的宅邸去,一旦他会说话,我就要审问他,为什么要谋我的命。仆人回答我说,那刺客已经会说话,尽管说话有些困难。唐·加斯通的好奇心使他催着我当着他的面审问刺客,不过我绝对不想满足他的好奇心。一个原因就是,我能猜到这次行刺来自何方,不愿意把他妹妹的罪行置于唐·加斯通的眼皮底下。另一个原因是,我害怕被人认出我就是阿尔方索·德·阿尔瓦拉达,以免他们采取防范措施,不让我见到阿格妮丝。对唐·加斯通性格的了解使我相信,如果公开承认我对他女儿的感情,尽力使他参与我的计划,将会是非常鲁莽的一步,我觉得有必要只让他知道我是德·拉斯·西斯特纳斯伯爵,而不是别的什么人,我决定不让他旁听那个亡命之徒的招供。我向加斯通暗示,由于我怀疑某位夫人与此事有牵连,她的名字可能会从此人口中泄露出来,因此我有必要秘密审问这个人。唐·加斯通善解人意,不再坚持己见,因此,这个亡命之徒被送到了我家的宅邸。

第二天早上,我向主人辞行,他也打算在同一天回到公爵身边。我的伤势很轻微,除了不得不用吊带把手臂悬吊一段时间之外,这次夜晚的历险没有让我感到其他不便。检查刺客伤口的外科医生说,刺客受的伤是致命的,他只来得及供认,他是受报复心切的唐娜·罗道尔法的指使来刺杀我的,几分钟后就一命呜呼了。

现在,我所有的心思都在思考如何同我那可爱的修女见面。特奥多尔开始行动,这一次他做得更加成功。他用贿赂和承诺对圣克莱尔修道院的园丁发起强力进攻,老园丁被完全拉拢了过来,为我所用,老园丁决定把我以园丁助手的身份引荐到修道院。这个计划马上实施了。我穿上普通人的衣服,一只眼睛蒙上黑眼罩,乔装打扮后,被带到女修道院院长那儿,她屈尊批准了园丁选中的人。我马上开始工作。植物学向来是我最喜欢研读的,所以我对新工作胸有成竹。我在修道院连续工作了好几天,都没有碰到我为之乔装的对象。第四天早上,我比较成功。我听见了阿格妮丝的声音,正要快速朝她走去,这时我看到了女院长,便停止了脚步。我小心地往后退,躲到了一丛茂密的树木后面。

女院长走过来,与阿格妮丝坐在离我不远的一条长凳上。我听见她用愤怒的口气责备同伴持久的忧郁。女院长告诉阿格妮丝,因为失去情人而哭泣就是犯罪,但是因为失去不忠的情人而哭泣就是愚蠢之极,荒唐之极。阿格妮丝回答的声音很低,我听不清她说了什么,但是我察觉到她使用了温和顺从的语句。这场谈话被一个侍从的到来打断了,侍从告诉院长有人在客厅等她。老太太起身,吻了吻阿格妮丝的脸颊后走了。新来者留了下来。阿格妮丝同此人说了许多称赞某个人的话,我没有听出来她提到的那个人是谁,但是这名听者好像非常高兴,对这场谈话很有兴致。阿格妮丝把好几封信给侍从看,后者仔细地阅读书信,显然很高兴,得到阿格妮丝重抄书信的许可后,便退下抄信去了,这真让我高兴。

那侍从一走出我的视野,我便从隐匿处走了出来。由于担心惊吓到我可爱的心上人,我轻轻地靠近她,想慢慢地现身。但是,有谁能骗过爱人的眼睛,哪怕是瞬间?我走近时,她抬起了眼睛,一眼就认出了我,尽管我已经乔装。她吃惊地喊了一声,赶紧从座位上起来,想离开那儿。可是,我跟上她,把她拉住,求她听我说。由于坚信我骗了她,她拒绝听我说,断然命令我离开花园。现在该轮到我拒绝她的命令了。我对她说,不管结果有多危险,在她听完我辩解之前,我不会离开她。我向她保证,她中了亲戚的诡计。我让她确信,我的感情是纯洁无私的。我问她,如果像我的敌人所坚称的那样,是出于自私的动机,那么促使我在修道院找她的动机又是什么呢?

我的恳求、我的辩解,加上她对被其他修女看见与我在一起的恐惧和她天生的好奇心,以及她尽管认为我抛弃了她却仍然对我怀有的感情,最终占了上风。她说当时就同意我的请求没有可能,但是她答应当天晚上十一点来同一地点,同我最后交谈一次。得到她的应允,我放开了她的手,她飞也似的朝修道院跑去。

我把我的成功告诉了我的同盟者——老园丁。他告诉了我一个藏身之地,在那儿我可以一直躲到夜里,也不会被人发现。我趁休息的时候到了那个地点,焦急地等待约定的时间。夜间的寒冷帮了我的忙,其他修女因为怕冷,只好待在小间里。只有阿格妮丝意识不到天气的严寒,不到十一点就到我们前一次会面的地方与我会合。由于没有旁人打扰,我同她讲了那晚我失踪的真正原因。我的叙述显然打动了她,我讲完的时候,她承认自己的猜疑不公正,责备自己因为对我的忘恩负义感到绝望而当了修女。

"但是,现在抱怨也没用!"她又说道,"木已成舟,我已经宣誓当修女,把自己奉献给上帝。我意识到,我很不适合修道院,我对修道生活的厌恶与日俱增。怠倦与不满始终伴随着我,我也不愿向你隐瞒,原先那种对一个差点就成为我丈夫的人的感情在我的心中至今尚存。可是,我们必须分离!不可逾越的鸿沟把我们分开,今生今世我们绝对不能再见面了!"

我尽力向她证明,我们的结合并非像她所想的那样没有可能。

我向她吹嘘枢机主教莱尔马公爵在罗马教廷的影响力,向她保证我会轻而易举地使她的誓约得到豁免,我并不怀疑唐·加斯通会同意我的看法,如果我告诉他我的真名实姓,以及对他女儿长期的敬仰之情的话。阿格妮丝回答说,我抱有这样的希望,是因为不了解她的父亲。在其他方面,他慷慨仁慈,但迷信是他性格中唯一的污点。在这一点上,他不容变通。为了他的顾虑,他宁可牺牲最珍贵的利益,他会将放任女儿违背对上帝的誓言这种事情视为对他的侮辱。

"但是假定,"我打断了她的话说道,"假设他反对我们结合,我们可以不让他知道我们的行动,直到我将你从幽禁你的牢笼里救出。一旦成为我的妻子,你就摆脱了他的制约。我不需要他的资助,当他发现他的愤恨徒劳无益,你无疑会重新得到他的欢心。不过,假如发生最坏的事情——万一唐·加斯通拒绝和解,我的家人会用温情让你忘记你失去的父亲,你还会发现我的父亲能够把你失去的父爱给你。"

"唐·雷蒙德,"阿格妮丝以坚定果断的声音回答道,"我爱我的父亲,在这件事上他待我很苛刻,但是,在其他所有方面我坚信他很爱我,他的爱对我的生存已不可或缺。如果我离开修道院,他永远也不会原谅我。我想他在临终时会诅咒我,想到这里,我就不寒而栗。此外,我意识到,我必须遵守誓约,我既然已经执意与上帝立约,违约就是犯罪。这样的话,就请打消我们结合的念头吧。我已经献身给宗教,不论我对我们的分离多么悲伤,我也不会去做我认为有罪的事情。"

我努力推翻这些毫无根据的顾虑。我们还在这个话题上争论不休,突然修道院的钟敲响了,召唤修女们去做晨祷。阿格妮丝只得去参加祷告,不过我要她答应第二天晚上在同一地点、同一时间见面,才让她离开。这种约会持续了几个星期,没有中断。说到这里,洛伦索,我必须恳求你的宽恕。想想我们的处境,我们正值青春,而且长期相恋;想想我们约会的环境,你就会承认,那种诱惑让人无法抵挡。你会原谅我的,如果我承认,在一个不设防的时刻,阿格妮丝为我的激情献出了童贞。

洛伦索的眼睛闪烁着怒火,脸颊涨得通红。他从座位上突然起身,企图拔出剑来。侯爵意识到他的举动,抓住了他的手,深情地按了按。

"我的朋友!我的兄弟!听我把话说完!说完之前,先按捺住你的怒火,起码要相信,如果我讲的是罪恶的事情,那么责任全在我身上,与你妹妹无关。"

在唐·雷蒙德的恳求下,洛伦索平息了怒火,他在原位坐下,脸色阴郁焦躁,听侯爵讲述其余的故事。侯爵继续叙述。

第一阵爆发的激情刚刚过去,阿格妮丝就恢复了常态,她惊恐地从我怀里起来。她骂我是无耻的诱骗者,并把最尖刻的责骂倾泻在我身上,像精神错乱一样疯狂地捶打自己的胸膛。我为自己的轻率感到惭愧,很难找到话来为自己辩解。我竭力安慰她,跪倒在她的脚下,恳求她原谅。我握住她的手,想拉过来吻一吻,却被她用力挣脱了。

"不要再碰我!"她大声喊道,其程度之激烈吓了我一跳,"你这个背信弃义、忘恩负义的魔鬼,我被你骗得好惨!我把你当作朋友,当作保护人,我信任你,把自己托付给你,信赖你的荣誉,以为不会有危险。可是你,这个我崇拜的人,让我蒙羞!就是你,引诱我违背对上帝的誓言,使我成为最堕落的女人!你该觉得害臊,混蛋,你再也别想见我!"

阿格妮丝从坐着的凳子上站起来，我尽力想拉住她，但是她奋力挣脱，躲回修道院里去了。

我回去休息，心里充满困惑与不安。第二天早上，我同平时一样出现在花园，但是没有看见阿格妮丝。夜里，我在我们经常见面的地方等她，但是也不见她人影。几个日夜过去了，情况依然如此。后来，我终于看见被我惹怒的心上人走过一条小路，而我当时就在小路边干活。陪同她的还是那个侍从，她似乎由于身体虚弱不得不靠在侍从的手臂上来支撑自己。她看了我一眼，但是马上就转过头去。我等她过来，但是她从我身边走过，径直到修道院去了，根本没有留意看我，也没有注意到我脸上请求她宽恕的悔过的表情。

修女们刚刚退下，老园丁带着伤心的神色来找我。

"先生，"老园丁说道，"我很遗憾地告诉你，我再也帮不上你的忙了。你原先经常约会的那位小姐刚才对我说，如果我再让你进入花园，她就要向院长嬷嬷揭露整件事情。她还要我告诉你，你在这里对她而言是一种侮辱，还说如果你对她还有一点点的尊重，你就永远不要企图再见到她。请原谅，我要告知你，我不能帮你伪装下去了。万一女院长知道了我的行为，她不仅仅会开除我，为了报复，她可能会控告我亵渎女修道院，把我投入宗教法庭的监狱。"

我多次企图改变老园丁的决定都没有结果。他后来再也不让我进入花园，阿格妮丝坚持不让我看到她，也不让我收到她的消息。大约十四天之后，我父亲得了重病，这迫使我动身回到安达卢西亚。我赶到那儿，正如我所料，父亲已在弥留之际。尽管他第一次病倒时，医生就宣布他得的是不治之症，他还是撑了几个月。在这期间，我侍候病中的父亲，处理他病后的事务，无法离开安达卢西亚。四天前我回到马德里，到达我的旅店时，我发现有封书信在等我拆封。

这时,侯爵打开橱柜的抽屉,取出一张折叠好的纸,递给洛伦索。洛伦索打开信纸,认出是妹妹的字迹。信中的内容如下:

你已经把我推进了苦难的无底深渊!雷蒙德,你强迫我变得像你一样有罪。我原决定永远不再见你,如果可能,就彻底忘掉你;如果不可能,就带着仇恨记住你。一个生命——他让我感受到做母亲的温柔,正是这个生命要求我原谅我的诱惑者,要我向他寻求保护。雷蒙德,我的腹中怀着你的孩子。我担心院长嬷嬷的报复,我为自己担心,更为我无辜的胎儿担心——他的命运完全取决于我的命运。如果我的情况被人发现,我们两个就全完了。那么,告诉我下面几步该怎么走,但是不要来见我。那个承诺送这封信的园丁已经被解雇,接替他工作的那个人忠心耿耿,无法收买。你把信件送回给我的最好途径,就是把它藏在圣方济各雕像的下面,雕像屹立在嘉布遣会修士教堂里面。我每个星期四都去那儿忏悔,很容易有机会取走你的信。听说你现在不在马德里,你可否一回来就给我回信?啊!雷蒙德!我的处境极其痛苦!先是被我最亲的亲人欺骗,被迫接受并不适合我的职业,然后被一个我最不可能怀疑会背信弃义的人诱惑而违反了我的职责,现在我受情势所迫,必须在死亡与伪誓之间做出选择。女性的胆怯和母性的感情,不允许我在这两者之间犹豫不决。如果我屈从于你以前向我提出的计划,我就会充满了罪恶感。在我们不再见面后,我可怜的父亲撒手人寰,搬掉了横在我们面前的一个障碍。他长眠在他的墓穴,我再也不害怕他的愤怒。啊!雷蒙德!可是谁来保护我免受神的愤怒谴责?谁能保护我免受良心的谴责，免受自己的谴责？我不敢细想这些事，因为细想下去会让我发疯。我已经下定决心：背弃我的誓约，我准备与你一起逃走。给我信心，我的丈夫！告诉我，虽然再也没有见面，但你对我的爱并没有减弱；告诉我，你会从死亡线上救出你还没有出生的孩子，还有其不幸的母亲！我生活在恐怖的痛苦之中，每一双盯着我的眼睛，似乎会读出我的秘密和耻辱。而你就是这些痛苦的原因！啊！当我最初爱上你的时候，哪里想得到你会让我的心如此剧痛！

阿格妮丝

仔细读完这封信，洛伦索默默地把信折叠成原来的样子。侯爵把信放回到橱柜里，然后继续叙述。

读到这封要求如此真诚的信件时，我心里大喜过望。我的计划不久就安排妥当。唐·加斯通当初向我透露女儿的隐居之处时，我毫不怀疑她会愿意离开修道院。所以，我已经把整件事委托给枢机主教莱尔马公爵，他马上为取得必需的教皇诏书而奔走。幸运的是，后来我忘了让他停止这项行动。不久以前，我收到他的来信，他天天期待收到来自罗马教廷的训令。我本该欣然指望这件事，但是，枢机主教写信给我说，我必须设法把阿格妮丝弄出修道院，不能让女院长知道。主教相信后者会对她的群体中失去这样一位身份高贵的人而愤怒，会把阿格妮丝的离开看作对修道院的侮辱。他说女院长是一个具有暴力倾向和报复心的人，做事会走极端。所以，该担心的是，她会挫败我的希望，认为教皇的敕令无效，把阿格妮丝幽禁起来。考虑到这点，我决定抢走我的心上人，藏在枢机主教公爵的庄园里，直到期待中的教皇训令到来。主教赞成我的计划，表示愿意为阿格妮丝提供避难的地方。接着,我派人把圣克莱尔新来的园丁悄悄地抓来,关在我的宅邸。这样,我就掌握了花园大门的钥匙,现在除了让阿格妮丝为潜逃做好准备,就万事俱备。于是,我送出了那封信——就是今晚你看到我送的那封信。我在信内告诉她,我会做好准备,在明天夜里十二点去接她,我已经拿到花园的钥匙,她将很快获得解脱。

洛伦索,你现在听完了我的漫长经历。我没有什么要为自己辩护的,要说的只是我对你妹妹的动机是最为真诚的。我的打算就是要娶她为妻,以前一直如此,现在依然如此。而且,我相信,如果你考虑到这些情况——我们正值青春,我们相互爱慕,你不仅会宽恕我们暂时的道德堕落,还会帮助我补救我对阿格妮丝造成的伤害,帮助我为她和她的心获得一个合法的名分。

第二章

啊！虚荣的帆船把你送上
赞美之风吹拂的疯狂逐名旅程，
你往返的航程风向多变啊，
永远沉浮在波谷浪尖！
渴望荣华的人只得到片刻的安宁，
一阵微风让他振奋，一阵微风让他灭顶。

——蒲　柏

　　侯爵讲完了他的历险故事。在决定回答之前，洛伦索思考了一段时间。最后，洛伦索打破了沉默。

　　"雷蒙德，"洛伦索握着侯爵的手说道，"荣誉会迫使我用你的鲜血来洗刷你给我家带来的污点，但是你这件事的情况不允许我把你当作敌人。诱惑实在太大，谁也无法抵制。是我的亲人的迷信造成了这些不幸，他们所犯的过失超过了你和阿格妮丝的过错。你们两人铸成的大错已经无法挽回，但通过你与我妹妹的结合，这个错误还可以得到弥补。你以前是我最亲密的和唯一的朋友，现在仍然是。我对阿格妮丝怀有最真诚的感情，这个世界上除了你，没有别的人可以让我心甘情愿地把妹妹托付给他。那么，实施你的计划吧。明天晚上我会陪你，亲自把她带到枢机主教的府邸。我在场就是认可她的行为，让她避免因为逃离修道院而蒙受的指责。"

侯爵对洛伦索表示感谢，言辞中充满了感激之情。接着，洛伦索又对侯爵说，他不必再为唐娜·罗道尔法的敌意而忧虑，因为五个月前她由于怒气过盛而爆了一根血管，几个小时之后就断气了。然后，洛伦索又提到了安托尼娅的事情。听到有这样一门亲戚，侯爵着实大吃一惊。他父亲至死也没有放下对埃尔维拉的仇恨，对于长子遗孀的情况，没有对他透露过一点线索。唐·雷蒙德向朋友保证，洛伦索的猜想没有错，自己准备承认嫂子以及她可爱的女儿。由于要为阿格妮丝的出逃做准备，他明天不能去看她们，但是与此同时，他希望洛伦索让她们相信自己的友谊，他愿意向埃尔维拉提供她所需要的任何数目的资金。洛伦索答应，一旦知道安托尼娅的住所，马上去做这件事。然后，洛伦索向未来的妹夫道别，回到了德·梅迪纳宅邸。

侯爵回房休息时，天色就要破晓了。他知道自己和洛伦索的会谈要花费好几个小时，并希望自己回到宅邸时能避免他人打扰，因此出门前吩咐仆人们不要熬夜等他。他走进前厅时，发现特奥多尔还待在那儿，不免有点吃惊。侍童坐在桌子边，手上拿着笔，全神贯注于手头的事情，没有察觉到主人走近了。侯爵停止脚步，在旁边观看。特奥多尔写了几行字，然后停了下来，画掉一些写好的内容，又继续写，脸上带着微笑，好像对自己写的东西非常满意。最后，他扔下笔，从椅子上跳起来，兴奋得把两只手拍到了一起。

"这下好了！"他大声说道，"现在就漂亮了！"

侯爵猜到了他写的是什么，于是大笑一声，打断了他的狂喜。

"什么东西这么漂亮啊，特奥多尔？"

特奥多尔吃了一惊,朝四周看了看,涨红了脸,跑到桌子边,一把抓住那张一直在写的纸,慌乱地把它藏了起来。

"哦!我的侯爷,我不知道你就在身边。要我为你做什么吗?吕卡已经睡了。"

"等我给你写的诗歌提完建议后,我也会去睡的。"

"我写的诗歌,我的侯爷?"

"是的,我肯定你已经写了一些,因为没有别的事能让你熬到凌晨还不睡。你写的诗在哪里?我很想看看你的诗作。"

特奥多尔的脸颊涨得更红了。他很想把自己写的诗拿给侯爵看,不过他又有些犹豫不决。

"说实在的,侯爷,我的诗不值得你看。"

"你刚才不是说这诗写得很漂亮吗?哎,让我看看,我们的看法是不是相同。我保证,你会发现我是一个宽容的评论者。"

男孩似乎有点不太情愿地拿出了那张纸,但是那双黑色而富于表情的眼睛闪现出来的满足感,暴露了小伙子内心的虚荣。侯爵一边微笑,一边观察这个充满感情但还不善于掩饰其感情的男孩。他坐在沙发上读起来,特奥多尔不安地等着主人的评论,焦急的脸上交替流露出希望与担心。侯爵诵读了下面的诗:

爱情与年岁

夜色黑,冷风吹,

阿那克利翁,孤僻又年老,

坐在炉火边,添柴火焰欢。

突然房舍门推开,

看呀!眼前站着丘比特,

投来友善的目光,叫声阿那克利翁。

"你来干什么？"受惊的尊长
以愠怒的口气大喊，
气得他涨红了苍白而又皱巴的脸。
"你还会用多情的狂热
激起我心中的火焰？经历年岁的磨砺，
自负的男孩，你软弱的神箭已穿不透我的胸膛。

"你在这可怕的沙漠里寻找什么？
微笑和欢乐不会在这里栖息，
从没有在山谷见过温柔的调情。
永恒的冬天冰封了这片平原，
年岁是我屋里无上的霸主，
我的园里没有鲜花，我的心中没有激情。

"走开，去寻找鲜花盛开的闺房，
那儿有妙龄处子追逐你的力量，
或者让恼人的春梦从她的床头掠过。
在达蒙多情的怀里休息，
在克洛怡玫瑰般的红唇上嬉戏，
或者把你的头枕上她涨红的脸颊。

"这些冰封之地，那才是你该去的地方，
避开吧！别以为长了见识与年龄
这皓首还会忍受你的枷锁。
别忘了我最美的年华

被你烙上了叹息与泪水，
你的友谊太虚假，我避开你那狡猾的陷阱。

"我还没有忘记当我被朱莉娅的铁链捆锁
所受到的痛苦。
我心中燃烧的炽热火焰，
我度过的多少个无眠之夜，
嫉妒的痛苦折磨我的内心，
我受挫的希望，还有那没有得到回报的激情。

"那么走吧，别再亵渎我的眼睛！
离开我安静的房门！
你一天、一时、一刻也不要停留。
我知道你的虚伪，蔑视你的诡计，
怀疑你的微笑，害怕你的箭矢。
叛徒，走吧，寻找他人去背叛！"

"老年人，难道年龄糊涂了你的心智？"
被惹怒的爱神回答并皱起了眉头。
他的皱眉甜美如圣母的微笑！
"难道这是你对我说的话语？
对我，这个仍然没有少爱你的人，
虽然你鄙视我的友谊，辱骂曾经的欢乐！

"如果你碰巧找到了一个骄傲的美人，
却有一百个美女亲切温柔，

她们的微笑可以弥补朱莉娅的皱眉。
但男人就是如此！他那偏爱的手
将数不清的好处写在了沙滩，
却把一个小小的过失刻上了不朽的硬石。

"忘恩负义的人！
是谁带你来到海边——
莱斯比娅中午喜欢沐浴的地方？
是谁告诉你达芙妮独处的闺房？
又是谁，在凯莉娅尖声呼救时，
吩咐你用热吻安静这名姑娘？
这不是爱又是什么？啊！虚伪的人，你说！

"那么你可以叫我——'宽容的男孩！'
'我唯一的至福！我快乐的源泉！'——
那么你可以珍视我胜过你的灵魂！
可以在你的膝上亲吻我，舞动我。
并发誓，不是葡萄酒本身能使人陶醉，
如果不是爱神的唇先碰这满溢的酒杯！

"难道昔日甜蜜的日子不再回还？
难道我要永远哀叹失去了你？
从你的心中逐出，不再讨你喜欢？
啊！不。那微笑否认我的担心，
那起伏的胸脯，那闪亮的眼睛，
表明你永远爱我，我所有的过失会被你宽恕。

"再次受到爱戴，受人尊敬，被人喜欢，
丘比特将被紧紧抱在你的怀中，
在你膝上嬉戏，在你怀中安眠。
我的火把会温暖你饱经风霜的心房，
我无力的手会解除冬天的狂暴，
你的青春和春天会再次继续你的狂欢。"

这时男孩笑着从他的翅膀上拔下
一根金色的羽毛，
把它交到诗人的手中。
就在阿那克利翁的眼前，
最美的幻梦升起，
他非凡的头脑掠过狂野的灵感。

他心中燃烧起热情的火焰，
他热切地抓起神奇的竖琴，
他的手指敏捷地拨动悦耳的琴弦。
丘比特翅膀上拔下的羽毛，
轻拂着久未抚弄的琴弦，
温柔的阿那克利翁歌颂爱神的力量和礼赞。

一旦听到那个名字，
树林抖掉了身上的积雪，
融雪的洪水冲破了寒冷的锁链，冬天逃之夭夭。
大地重新铺满了鲜花，

温和的西风吹过了鲜花盛开的闺房，
骄阳高照，洒下了阳光。

被悦耳的声音吸引，
林中精灵和农牧之神围住了小屋，
一群好奇的吟游诗人纷纷来看，
林中的仙子赶紧展示魔力。
她们热切地奔跑，她们倾听，她们爱慕，
听见这曲调，她们忘了这男人已经年老。

丘比特，
或蹲在竖琴上倾听这歌曲，
或用吻止住那美妙的音符。
一会儿在诗人的怀里安眠，
一会儿把玫瑰插入他灰白的头发，
震动金色的翅膀绕圈飞翔。

阿那克利翁这样唱道：
"我不再在别的神殿倾吐我的誓言，
只因为丘比特屈尊激发我诗歌的灵感。
不论是福玻斯还是那蓝眼睛的姑娘，
我的诗不再要她们的帮忙，
只因为爱神是我竖琴的恩主。

"往昔的日子，我曾经用高傲的曲调，
传播过对国君或英雄的赞颂，

用史诗的激情拨动了军乐的琴弦。
但是再见了,英雄! 再见了,国君!
我的嘴不再歌颂你们的功勋,
因为只有爱神才是我竖琴的主题。"

侯爵面带鼓励的微笑把那张纸递了回去。

"对你的这首小诗我很满意,"侯爵说道,"不过,你绝对不可以把我的话当真。诗歌的优劣我说不来,就我本人而言,我这辈子写过的诗没有超过六行。那六行诗的效果令人遗憾,所以我决定不再写诗。我的话说远了。我想说的是,把时间用来作诗是最糟糕的了。一个作者,不论好差,还是不好不差,都是个人人都有权攻击的对象。因为,虽然并不是所有的人都能写诗,但是大家都认为自己有能力判断其优劣。不好的诗作招来的是对它的批评、鄙视与嘲讽。好的诗作则会引来嫉妒,给作者带来许多屈辱。作者会发现自己受到偏见与恶劣情绪的批评,一个人会对作品的布局吹毛求疵,另一个会对其风格说三道四,还有一个则会对它竭力反复灌输的思想评头论足,而那些挑不出书中毛病的人则会竭力玷污作者。他们会恶毒地从不引人注意的地方找出可以嘲笑作者个性或行为的任何小事,目的在于伤害作者。总之,想要名列文学巨匠的行列,就等于心甘情愿地把自己暴露在怠慢、讥讽、嫉妒与失望的箭矢之下。不论你写得是好是坏,要相信你逃脱不了指责。要记得,西班牙著名剧作家洛佩·德·维加与卡尔德隆都受到过人们有失公正和心怀嫉妒的批评,所以你可以认为自己的窘况与他俩完全一样。但是我知道,所有这些明智的言论对你都是白费唇舌。写作是一种狂热,要战胜它,什么理由都不够强大;你多半不能说服我放弃爱情,就像我不能说服你放弃写作一样。但是,如果你偶尔诗意突发,无法控制,至少要谨慎,只把你的诗作拿给那些喜爱你的人看,因为你能获得他们的赞扬。"

"那么,侯爷,你觉得这些诗句写得不好吗?"特奥多尔以又谦卑又沮丧的神色问道。

"你误解我的意思了。正如我刚才所说,我对你的诗句很满意,不过,那是因为我对你的好感让我对你产生偏爱,其他人的评价也许没有这么好。不过,我必须要说,即使我对你有偏爱,也还不至于使我对诗中的几处瑕疵视而不见。比如说,诗中的隐喻用得十分混乱,你太过倾向于使诗歌的力度更多地体现在词语上,而不是体现在意义上。有的诗行好像只是用来与其他诗行押韵而已,而且大多数最好的想法都是借自其他诗人,尽管你本人可能没有意识到这种抄袭。在长诗里偶尔出现这种瑕疵还情有可原,但是一首短诗必须正确并且完美。"

"说得对,先生。但是,你应该考虑到我写作只是为了娱乐。"

"那你的缺点就更加不可原谅了。那些为了金钱而创作的人,他们诗作中的错误可以原谅,因为他们不得不在一定的时间内完成既定的任务,根据诗歌产品的数量而不是质量获取报酬。但是,对那些客观情况没有迫使他们非当作者不可的人来说,他们写诗只是为了成名,而且还有足够的闲暇打磨他们的作品,那么他们的缺点就不可原谅,就该受到最严厉的批评。"

侯爵从沙发上起身,小侍童显得既灰心又忧郁,这一切并没有逃脱主人的眼睛。

"但是,"侯爵微笑着又说道,"这些诗句并没有让你丢脸。你的诗作相当流畅,而且你的节奏感好像很准确。总的说来,细读你的小诗给了我不少快乐。如果不是让你太费心的话,给我抄写一份,我会非常感激。"

年轻人的脸色马上雨过天晴。他没有看到,侯爵提出要求的同时莞尔一笑,半是赞许,半是嘲讽。小侍童满口答应誊写一份。侯爵回到卧房,想到自己最后的几句评论对特奥多尔的虚荣心的影响,不免觉得好笑。他一头倒在床上,不久睡意慢慢袭来,梦中呈现的是他与阿格妮丝在一起时那最令人愉悦的幸福情景。

回到德·梅迪纳宅邸,洛伦索首先询问有没有信件。有好几封信在等待他拆阅,但是他要的那封信却不在其中。莱欧娜娅也觉得那天晚上不能写信。但是,她急于俘获唐·奇里斯托瓦尔的心,自以为在他心中留下了极深的印象,这使她觉得,必须马上让他知道在哪里能找她。从嘉布遣会修士教堂回来后,她就得意地同姐姐说,有个英俊的骑士如何向自己大献殷勤,还说骑士的同伴答应为安托尼娅的事向德·拉斯·西斯特纳斯侯爵求情。埃尔维拉听到这个消息的心情与传递这个消息的人的心情很不相同。她责备妹妹的鲁莽,不该向一个素昧平生的人透露她的身世,担心这轻率的一步会让德·拉斯·西斯特纳斯侯爵对她产生偏见。她把最大的担忧藏在心底。她不安地观察到,每当提到洛伦索的名字,女儿的脸颊上就会泛起红晕。胆小的安托尼娅不敢说他的名字,不知什么原因,当他成为谈论的主题时,女孩就感到紧张,竭力把话题转到安布罗西欧身上。埃尔维拉看出了年轻的女儿心中的情愫,因此执意要莱欧娜娅不要信守对骑士的承诺。听到母亲的吩咐时,一声轻叹从安托尼娅的嘴里发出来,这更加坚定了这位机警的母亲的决心。

莱欧娜娅决心违背这个决定,并认为这是嫉妒在作怪,是因为姐姐担心自己会超过她。因此,她没有把自己的打算跟任何人说,便抓住机会给洛伦索送去了下面的短笺。洛伦索早上一觉醒来,就收到了。

毫无疑问,唐·洛伦索先生,你肯定多次指责我的忘恩

负义与健忘吧。但是,用一个处子的话来说,昨天我实在无法兑现自己的承诺。我不知道怎样告诉你,当得知你好心好意希望拜访她时,我姐姐对此事的反应有多奇怪。她是个古怪的女人,身上有很多优点,但是,她出于对我的嫉妒,常常生出一些很难解释的想法。听到你的朋友对我献了点殷勤,她就马上惊慌起来。她指责我的行为,绝对禁止我让你知道我们的住所。我万分感激你好心提供的帮助,而且……我该说出来吗?我希望再见一次和蔼可亲的唐·奇里斯托瓦尔。因此,我悄悄地写信告诉你,我们住在圣伊阿戈街,从德·阿尔博诺斯府邸过来数第四扇门,几乎就在米盖尔·科埃约理发店的对面,找唐娜·埃尔维拉·达尔法,因为按照她公公的意思,我姐姐一直用娘家的姓。今天晚上八点,你肯定能找到我们,但是不要透露一点口风,否则姐姐会怀疑是我写了信。如果你看到德·奥索里奥伯爵的话,请告诉他……我脸都红了……告诉他,他的来临会大受莱欧娜娅的欢迎。

莱欧娜娅

后面的几个句子是用红墨水写的,表示她脸颊泛红,因为她违背了作为处女的稳重。

一看完这封信,洛伦索马上出去找唐·奇里斯托瓦尔。由于没有找着,他就独自到了唐娜·埃尔维拉家里,这让莱欧娜娅大失所望。通报姓名的仆人已经说了女主人在家里,埃尔维拉没有借口可以拒绝洛伦索的来访,只好极不情愿地出来迎接。因为他的到来,安托尼娅的表情有了变化,埃尔维拉就更加不情愿见他。年轻人出现在面前的时候,她的不情愿更加强烈。见到他身材匀称,生机勃发,言谈举止自然优雅，埃尔维拉深信，这样的一名来客对她的女儿一定非常危险。她决定待之以礼，但保持距离，谢绝他的热情帮助，感谢他对她们的关心，在不得罪他的情况下让他知道，绝对不欢迎他再来家里。

洛伦索一进来就发现埃尔维拉身体不舒服，斜靠在沙发上。安托尼娅坐在她的绣花架旁边，而莱欧娜娅身穿牧羊女的服装，摆出"蒙特马约的狄安娜"的姿势。虽然埃尔维拉是安托尼娅的母亲，洛伦索不禁希望在她身上看到莱欧娜娅的亲姐姐的影子——"像科尔多瓦任何一个勤勉又诚实的鞋匠"的女儿。可他看到的这名女子，她虽然饱经岁月与悲伤的摧残，但依然还有几分绝色美女的风姿。她的面容流露出庄重、高贵的气质，但又被一种使她真正令人着迷的优雅和甜美所调和。洛伦索想象，她年轻时肯定与女儿很相像，因此他已经轻易地原谅了已故的德·拉斯·西斯特纳斯伯爵的轻率。埃尔维拉起身请他就座，然后马上坐回沙发上原来的位置。

安托尼娅向他简单地行了个礼，便继续忙她的活。她双颊绯红，身子俯在绣花架上，竭力掩饰内心的情感。她的姨妈以为唐·奇里斯托瓦尔要来，也装出羞怯的样子，满脸通红，浑身颤抖，目光落在地上。过了一会儿，发现没有他到来的迹象，她鼓起勇气，环顾四周，却看到只有洛伦索一个人，不禁十分恼怒，变得极不耐烦，连个解释都不想听。莱欧娜娅打断了正在传递雷蒙德口信的洛伦索，急于想知道他的朋友究竟怎么了。

洛伦索觉得有必要讨得她的欢心，便竭力想给失望中的她一些安慰，讲了一个小小的谎言。

"啊！小姐，"他以忧郁的声音回答道，"失去向你表示敬意的机会，他是多么伤心啊！他的一个亲戚病了，只好匆匆离开马德里。但是，只要他一回来，毫无疑问，他会在第一时间欣喜地跪在你的脚下！"

他这样说的时候，目光与埃尔维拉的相遇了，她投过来不悦与责备的眼神，像是看穿了他的谎言。莱欧娜娅既恼怒又失望，从座位上站起来，愤怒地回到自己的房里去了。

洛伦索赶紧弥补自己的过失，因为这已经影响了埃尔维拉对他的看法。他叙述了自己与侯爵关于她的谈话，向她保证，雷蒙德打算承认她是自己兄长的遗孀，并且在能够亲自向她表示敬意之前，委托洛伦索代理。这个消息使埃尔维拉卸下了心中沉重的担忧，她现在为没有父亲的安托尼娅找到了保护人，一直以来，她最忧虑的就是女儿未来的命运。对这个为了她的利益慷慨相助的年轻人，她并不吝惜对他的感谢。不过，她还是没有邀请他再来家里。

然而，当起身要离开时，洛伦索请求允许偶尔来探望问安。他文雅诚挚的举止，他的帮助，还有他对其朋友侯爵的尊重，不容埃尔维拉拒绝他的来访。埃尔维拉不情愿地答应接待他，他承诺不会辜负她的好意，便离开了她家。

安托尼娅现在和母亲单独待在一起，陷入暂时的沉默。两人都想聊聊洛伦索，但是谁也不知道该如何开口。一个因感到无法解释的羞怯而双唇紧闭，另一个则担心自己的忧虑是真的，害怕激起对女儿来说可能仍然还陌生的一些观念。最后，还是埃尔维拉打破了沉默。

"这是个迷人的年轻人，安托尼娅。我对他很满意。昨天在教堂时他在你身边的时间长吗？"

"我在教堂时，他一刻都没有离开过我，给我让了座，非常体贴、殷勤。"

"真的吗？那么你为什么从来没有对我提起过他的名字？你姨妈极力称赞他的朋友，而你却夸耀安布罗西欧的口才，你们两个对唐·洛伦索这个人和他的才艺都只字未提。如果不是莱欧娜娅说到他愿意帮我们的忙,我不会知道有他这个人存在。"

母亲停了下来。安托尼娅脸都红了,但还是没有说话。

"也许你对他的看法没有我对他的好。依我看,他这个人很讨人喜欢,说话通情达理,举止也十分迷人。不过,他留给你的印象可能与我的不同,你可能以为他令人讨厌,而且……"

"令人讨厌?噢!亲爱的妈妈,我怎么可能会认为他令人讨厌呢?如果我意识不到他的善意,那我就是忘恩负义;如果我对他的美德视而不见,那我就是有眼无珠。他是那么优雅,那么高贵!他的举止是那么温柔,而且那么有阳刚之气!我从来没有看到过这么多的才能集中在一个人身上,我怀疑马德里是否还有与他一样好的人。"

"那么你为什么一句也不赞美这只马德里的雏凤呢?为什么不告诉我与他相处带给你的快乐呢?"

"说真的,我不知道。你问了我一个连我自己也无法解释的问题。我有千百次差点就要提到他的名字了,他的名字常常出现在我的口中,但是当我要说出来的时候,我又缺乏说出来的勇气。不过,即使我没有说到他,这也并不能说明我想他想得少。"

"这个我相信。但是,要我告诉你为什么你缺乏勇气吗?这是因为,你已经习惯了向我透露你最隐秘的思想,不知道如何隐瞒,而且你害怕承认,你的心中孕育了一种你觉得我会不赞成的情感。到我这里来吧,我的孩子。"

安托尼娅放下手中的绣花架,跪倒在沙发边,把脸伏在母亲的膝上。

"别怕,我亲爱的女儿!既把我当作你的母亲,也当作你的朋友吧,不要担心我会斥责你。我已看出你心中的感情,你还不擅于掩饰,所以无法逃脱我关注的眼睛。这个洛伦索对你非常危险,他已经在你的心中留下了印象。没错,我一眼就看出你的感情得到了他的回应。但是这种爱恋的结果会是什么呢?你现在很穷,又没有朋友,我的安托尼娅。洛伦索是梅迪纳·塞利公爵的继承人。即便他是出于真心实意,他的伯父也绝对不会同意你俩的结合。他伯父不赞成,我也不会同意。痛苦的经历让我明白,如果一个女人嫁到一个不愿意接受她的家庭,她必须忍受什么样的痛苦。那么,同你的感情抗争吧!不论你可能做出多大的努力,都要竭尽全力去征服这种感情。你的心很脆弱,容易受到影响。它已经受到了强烈的影响,但是,一旦你认定不应该鼓励这样的情感,我相信,你就会有足够的刚毅将其从心中驱除出去。"

安托尼娅吻了她的手,答应绝对服从。然后,埃尔维拉继续说下去。

"为了防止你的感情变得越来越强烈,有必要阻止洛伦索的来访。他给我们的帮助不允许我断然禁止他来我们家,但是——除非我看错了他——如果我向他说明理由,他就会停止来访,而且不会生气。下次我看到他,我会诚实地向他公开承认,他的在场给我们带来了尴尬。你看怎么样,我的孩子?这个措施没有必要吗?"

安托尼娅对任何事情都是毫不犹豫地同意,虽然心里不是没有遗憾。她母亲深情地吻了她,便去上床睡了。安托尼娅也上了床,一次次发誓再也不去想洛伦索,在睡意闭上她的双眼之前,她没有想别的事。

在埃尔维拉家里这对母女谈心的同时,洛伦索匆匆赶去与侯爵会合。为了帮助阿格妮丝出逃,一切都已准备停当。深夜十二点,两个朋友赶着四驾马车来到修道院花园的围墙下。唐·雷蒙德取出钥匙,打开了园门。他们走进去,等了一些时候,希望阿格妮丝过来会合。最后,侯爵变得焦躁起来,开始担心他的第二次尝试不见得会比第一次成功,他提出侦察一下修道院。这两个朋友朝修道院走去,万籁俱寂,夜色昏黑。

女修道院院长很想将此事秘而不宣,唯恐一个成员的罪行会让整个群体蒙羞,唯恐有权势的亲戚的干预会剥夺她对阿洛妮丝的报复。所以,她小心翼翼,没有给阿格妮丝的情人任何依据,不让他知道他的计划已经被发现,不让他知道心上人即将因为自己的过错而受到惩罚。出于同样的理由,女院长也不想在花园里抓捕这位不知名的引诱者,因为这样的做法会引起极大的骚动,修道院会丢人现眼,并在马德里弄得沸沸扬扬。只要把阿格妮丝管得紧紧的,女院长就满足了,至于她的情人,女院长让他自由自在地实施计划。侯爵和洛伦索白白等到天亮,最后只好无声无息地退了出去,他们对计划的失败大为吃惊,但不知道失败的真正原因。

第二天早上,洛伦索来到修道院,要求见妹妹。女院长带着阴郁的神色出现在格栅门口,告诉他这么多天来阿格妮丝显得狂躁不安,修女们劝她说出原因,好心地劝她听听大家的建议和安慰,结果是白费唇舌。女院长还告诉他,阿格妮丝执意隐瞒痛苦的原因,但是在星期四晚上,这件事对她的身体产生了强烈的影响,她竟然病倒了,而且已经不能起床。洛伦索根本不相信这种说法,坚持要见妹妹,如果妹妹不能到门口来,就要求去她的单人小室看看。女院长竟在自己的身上比画起了十字!一个男人鄙俗的眼睛竟然要探视她神圣的修道院的内部,这种想法使她十分震惊。女院长声称,没想到洛伦索竟会想出这样的事情,这使自己感到非常惊讶。她告诉洛伦索,不能同意他的要求,但是如果他明天再来,她希望她亲爱的女儿那时已经康复,可以在会客室的门口见他。

有了这个答复,洛伦索只好回去,心中非常不满,同时为妹妹的安全感到担忧。

第二天一早，洛伦索回到了修道院，女院长却说："阿格妮丝的病情更重了，医生说她已经病入膏肓，吩咐她静静卧床，因此她根本不可能与兄长见面。"对这个答复，洛伦索虽然怒不可遏，但是也没有办法。他痛骂、恳求、威胁，为了见上阿格妮丝一面，所有的手段都使上了。他见一切努力就像昨天一样毫无结果，只好失望地回到侯爵那里。侯爵则已经为查明计划失败的原因竭尽全力。现在，这件事全部交给了唐·奇里斯托瓦尔，奇里斯托瓦尔想从认识的圣克莱尔修道院的看门老妇那儿套出秘密，但是老妇警惕性很高，没泄露任何口风。侯爵几乎要精神错乱了，洛伦索也不见得比他能安宁多少。两人坚信，他们谋划的出逃肯定被人发现了，他们认为阿格妮丝生病只是一个借口，但是如何才能从女院长手中把她救出，对此他们两人都束手无策。

洛伦索每天照例来到修道院，照例被告知妹妹的病情在恶化。他肯定妹妹生病是谎言，这些说法并没有使他惊慌。但是，由于既不知道她现在的命运，也不知道院长把他们兄妹隔开的动机，洛伦索十分忧虑。他仍然不知道下一步应该做什么，就在这时，侯爵收到了枢机主教莱尔马公爵的信函，里面有他期待的教皇敕令，即解除阿格妮丝的入教誓约，让她回到亲人身边。收到这份至关重要的文书，他们马上决定，由洛伦索立刻把敕令送到女修道院院长那里，要求对方马上把妹妹交给他。生病不能成为反驳敕令的理由，他决定明天使用这项权力。

洛伦索心中对妹妹的焦虑消除了，不久就能让妹妹恢复自由的希望使得他的精神为之一振，现在他可以分心去找安托尼娅了。他又去了唐娜·埃尔维拉的家，仆人一通报他的名字，安托尼娅就同莱欧娜娅退了出去。洛伦索走进房间，发现只有女主人一个人。女主人接待了他，但已经不像前一次那样疏远，而是要他坐在沙发上离她比较近的地方。然后,她按照与女儿事先谈好的开口了。

"你千万不要以为我忘恩负义,唐·洛伦索,也不要以为我忘记了你在侯爵那里为我争取到的帮助是多么重要。我感觉自己责任重大。如果不是为了我孩子的利益,不是为了我的安托尼娅的利益,太阳底下无论什么也不可能劝使我采取这不得不走的一步。我的身体一天不如一天,只有上帝知道还要再过多久我要被召回到他的御座前面,届时我的女儿就会成为无父无母的孤儿,万一她失去西斯特纳斯家族的保护,她就连朋友都没有了。

"她年轻天真,不了解尘世的背信弃义,而且她的美貌足以使她成为被人诱惑的对象。那么,想一想,对她的前景我是多么焦虑!想一想,我是多么急切地想让她远离那些可能会引发她心中还处于休眠状态的激情的人。唐·洛伦索,你和蔼可亲,而安托尼娅有一颗可爱的心,容易受人影响,对你通过在侯爵那儿的斡旋给我们带来的恩惠,她心存感激。你在这里让我担心,唯恐会在她身上激发可能会使她以后生活在痛苦里的感情,唯恐会鼓励她抱有与她的境况不适合的无益希望。当我坦率承认我的恐惧,并让我的坦率为我辩护时,请原谅我。我不能禁止你来我家,我对你的感激不允许我这样做,我只能求助于你的宽宏大量,恳求你宽容一个焦虑不安、溺爱女儿的母亲的感情。当我告诉你,我痛惜不得不拒绝与你结识时,请你相信我。但是,没有别的办法,而且安托尼娅的利益迫使我恳求你不要再来我家。如果你答应我的请求,我会更加尊敬你,所有一切使我相信,你是真的值得这种尊敬的。"

"你的坦率使我很高兴,"洛伦索回答道,"你会发现你对我的好评并没有错。但是我希望,我现在提出的理由,能说服你收回这个我极不情愿听从的请求。我爱你的女儿,真心实意地爱她,我最大的幸福,莫过于激起她同样的感情,在婚礼的圣坛上接受她的爱,做她的丈夫。说真的，我并不富裕，我父亲死后留给我的财产很少，但是我有望得到的财产证明，我有资格追求德·拉斯·西斯特纳斯伯爵的女儿。"

他还要往下说，但是埃尔维拉打断了他。

"啊！唐·洛伦索，你忽略了在这个浮华的头衔背后我的卑微出身。你忽略了我已经在西班牙度过了十四年，没有被夫家承认，靠只够开支我女儿的抚养与教育的津贴生存下来这个事实。此外，我还被大多数的亲属所忽视，他们出于嫉妒假装怀疑我的婚姻是否真的存在。我公公死后，我的津贴就被停止了，我们被逼到入不敷出的边缘。在这样的情况下，我妹妹找到了我，尽管她有一些小毛病，却拥有一颗热情、慷慨、仁爱的心。她用父亲留给她的那点有限的财产资助我，劝我来到马德里，自从我们离开穆尔西亚以后，她一直在担负我和我女儿的生活。你就不要把安托尼娅当作德·拉斯·西斯特纳斯伯爵的后代，把她当作一个贫穷、没有人保护的孤儿，当作手艺人托里比欧·达尔法的外孙女，当作手艺人女儿的贫困的仆人吧。想一想这样一个女孩与有钱有势的梅迪纳公爵的侄儿和继承人之间的天壤之别吧。我相信你的动机是高尚的，但是，由于你的伯父根本不会赞成这门婚事，我可以预见你这场爱恋的结果对我孩子的安宁肯定是灾难性的。"

"原谅我，夫人。如果你认为梅迪纳公爵与一般的男人一样，那你就错了。他为人开明，公正无私，非常爱我。如果他知道我的幸福与否全在于安托尼娅，我想我没有理由担心他会反对这门婚事。但是，倘若他不同意，我又有什么可以担心的呢？我父母已经故去，我的财产不多，但由我自己做主，已经足够维持安托尼娅的生活，我会宁愿要安托尼娅的爱情，也不要梅迪纳公爵的爵位，失去爵位，我毫不后悔。"

"你年纪轻,又很急切,有这样的想法很自然。但是,使我吃了苦头的经验告诉我,婚姻不门当户对,灾难就形影相随。我违背德·拉斯·西斯特纳斯伯爵家人的意愿嫁给了他,为这轻率的一步,我遭受过许多次痛苦的惩罚。不论我们去哪里,他父亲的诅咒就跟贡萨尔沃到哪里。我们被贫困压倒,没有朋友救济我们。我们彼此之间的感情依然存在,可是,唉!也不是始终如此。

"我丈夫过惯了富裕安逸的生活,几乎没法忍受从富贵到贫穷与困窘的转变。回顾曾经享受的舒适他会有抱怨,后悔为了我而放弃优裕境遇,有时候当绝望占据了心灵,他就会责备我,是我使他与匮乏为伴,与悲惨为伍!他曾经说我是他的灾星,是他的忧伤之源,是毁灭他的祸水!上帝啊!他哪里知道我内心的自责比他的责怪要强烈多少!他不知道我忍受着三重的痛苦,为了我自己,为了我的孩子们,还为了他!的确,他的愤怒很少持续很久,对我的真挚感情很快就在他的心中复活,然后他会后悔让我流了这么多眼泪,可这比他对我的责备更加使我痛苦。他会跪在地上,用最疯狂的语言恳求我的宽恕,因为破坏了我的安宁不停地咒骂自己。经验告诉我,违反了任何一方家庭意愿而结合的婚姻一定不会幸福,我要拯救我的女儿,让她免受我曾经遭受的苦难。没有你伯父的同意,只要我活着,她就永远不会属于你。毫无疑问的是,他会反对这场婚姻,他大权在握,安托尼娅不该受他的气,也不能受他的迫害。"

"受他的迫害?要躲开它何其容易!就算发生最坏的事情,也不过是离开西班牙而已。我的财产很容易变卖,西印度群岛会给我们提供安全的避难所,我在伊斯帕尼奥拉岛有一个庄园,尽管不值多少钱。我们可以逃到那儿去,我会把它当作我的祖国,如果那儿能给我一个让安托尼娅安宁的领地。"

"啊!年轻人,这是一个不大可能实现的浪漫幻想而已,贡萨尔沃曾经也是这样想的。他曾经自负地以为离开西班牙不会后悔,但是离开的那一刻他醒悟了。你还不知道离开祖国是什么滋味!

"你不知道,离开你度过幼年的地方,到一个未知的国度和原始的环境是什么滋味!你会被你年轻时的同伴遗忘,完全地、永远地遗忘!看到你最亲密的朋友、你最喜欢的温情的人,由于染上在西印度的环境下无法避免的疾病而死去,而你却不能为他们取得必要的帮助!所有这一切我都经历过!我丈夫和两个可爱的婴儿葬身古巴,如果我不是迅速回到西班牙,那什么也救不了我年轻的安托尼娅。啊!唐·洛伦索,如果你能设想我不在西班牙时所受的痛苦就好了!如果你能知道我对留在身后的一切是多么痛惜,西班牙这个名字对我是多么亲切就好了!我嫉妒吹向西班牙的风,当西班牙水手唱起某支有名的曲子,经过我的窗口时,我一面思念祖国,一面热泪满眶。贡萨尔沃也……我的丈夫……"

埃尔维拉说不下去了。她声音颤抖,用手绢捂住脸。沉默了一会儿之后,她从沙发上站起身,又继续叙说。

"原谅我要离开你一些时候,回想起我遭受的痛苦,使我非常不安,我需要一个人待一会儿。在我回来之前,仔细读读这首诗吧。这是我丈夫去世后,我在他的文件中找到的。如果我早一点知道他有这样的情感,忧伤就会要了我的命。这些诗句是他在去古巴的航程中写的,当时他因为悲伤而心情黯然,竟忘了自己已有妻儿。

"我们正在失去的,对我们似乎永远是最珍贵的。贡萨尔沃将永远离开西班牙,因此在他眼中,西班牙比世界上任何其他东西都要珍贵。读读这首诗歌吧,洛伦索,它会让你稍稍了解一个被放逐的男人的感受!"

埃尔维拉把一张纸放在洛伦索的手里,离开了房间。年轻人看了看纸上的内容,发现写着以下的诗歌。

流放

再见，啊！生我育我的西班牙！永别了！
这双被放逐的眼睛再也看不见你的海岸。
悲哀的预感让我心里明白，
不会再有贡萨尔沃的脚步印在你美丽的海滩。

海风无声，船帆平稳地起航，
温柔地犁开平静的海疆，
我感到胸中自夸的勇气在消退，
诅咒载我远离西班牙的波浪。

我还能看见她！远处清澈的蓝天下
高高的尖塔，依然让人心动；
远处陡峭的岬角吹来的晚风
仍然把乡音向我的耳中吹送。

在长满苔藓的岩石上，
有个渔人在阳光下晒网，尽情地歌唱；
时常听见这哀怨的谣曲，
把过去快乐的情景呈现在眼前。

啊！幸福的情郎！等到一定的时刻，
当黄昏阴暗了四合的天际；
高兴地走到父母的住所，
分享家乡的土地提供的筵席。

友谊与爱情,他村舍的客人,
用真诚的欢迎和诚挚的微笑迎接他;
没有危险的灾祸剥夺他现在的快乐,
他的心中没有叹息,他的脸颊没有泪花。

啊! 幸福的情郎! 这样的福气与我无缘,
命运女神要我带着羡慕看你的运气;
我,一个逃离家园和西班牙的流放者,
与我珍视的一切,我爱的一切,别离。

我的耳朵再也听不见那熟悉的小调,
从牧羊的村姑嘴里唱出,
乡村小伙哀求爱的怜悯,
牧羊人高唱乡间的小曲。

我的双臂不再与父母温柔地拥抱,
我的心不再知道家的安宁,
远离的这些快乐,记忆会带着叹息追溯,
我向闷热的天气、遥远的地方航行。

那里西印度的风土滋生新的疾病,
那里有蛇蝎虎狼繁衍生息,
我去勇敢面对无法平息的发烧引起的干渴,
还有黄热病与白昼的灼灼烈日。

但是感觉不到的缓慢剧痛损害我的肝脏，
在人生的盛年渐渐死亡，
我沸腾的热血被不知足的热病吮饮，
大脑因为太阳的怒火而神志失常。

这使我体验了这样的忧伤，
以至于带着一声声叹息离开你，亲爱的祖国；
感到这颗心一定永远深深爱你，
感到你所有的快乐已从我身上被剥夺。

哎哟！要隔多久睡梦中幻想的魔力
不会把故国唤回我的心头！
隔多久悔恨会让我伤心地掐算
每一个失去的快乐和留下来的好友！

荒凉的穆尔西亚溪谷，可爱而浪漫的树荫，
儿时在岸边嬉戏过的河溪，
城堡里的古厅，陡峭的塔楼，
每一片我深深思念的树林与熟悉的林中空地。

梦见我亲爱的祖国，
你的美景我注定不再知道，
记忆会常常追寻什么在折磨我的心灵，
把过去的每件乐事变成现在的苦恼。

可是看啊！红日沉到海浪底下，

黑夜飞速恢复其统治的国境：
我看见暮云模糊了乡村的尖塔，
一会儿隐约可见，一会儿不见踪影。

啊！别吹了，大风！海水不要流动！
睡吧，睡吧，我的船儿，静静地在海面！
当明天的曙光给大海镀上金色，
我的眼睛会重见西班牙的海岸。

我的愿望徒劳无益！最后的恳求受到嘲笑，
狂风又起，巨浪滔天：
天未破晓我们会在遥远的天涯，
啊！永别了，生我育我的故园！

洛伦索刚刚读完这些诗句，埃尔维拉就已经回来了。无拘无束地流了一通眼泪之后，她现在已经释然，又恢复了平常的镇定。

"我没有什么要说的了，爵爷，"她说道，"你已经听我述说了我的忧虑，以及请你不要再来的理由。我完全信赖你的信誉，我肯定你会证明我没看错人。"

"但是还有个问题，夫人，说完我就离开。如果梅迪纳公爵同意，我的求婚对你和美丽的安托尼娅还是不可接受的吗？"

"坦率地讲，唐·洛伦索，几乎不存在这样一种结合的可能性。我担心的是我女儿对这事的希望过分热切。你已经在她年轻的心中留下了印象，这使我极其恐慌。为了防止这种印象变得更加强烈，我只得婉拒你的来访。就我而言，你可以相信，我为孩子不至于处于被动的不利地位而高兴。你知道，由于悲伤与疾病，我的身体已经受到损害,我不指望在人世活得很长。想到要把她留给一个完全陌生的人来保护,我是不寒而栗。我与德·拉斯·西斯特纳斯侯爵可是素昧平生啊。

"他会结婚,他的夫人可能会以不悦的眼光看安托尼娅,从而夺走她唯一的朋友。如果公爵,你的伯父,同意这桩婚事,你肯定会获得我的同意,还有安托尼娅的。但是,如果没有他的同意,就不要指望我们同意。不管怎样,不论你采取什么步骤,也不论公爵做出什么决定,在你知道公爵的决定之前,我求你不要来。如果你的家人同意你娶她为妻,我家的大门会马上向你敞开。如果不同意,那你就满足于拥有我的尊重和感激吧,不过记住,我们不能再见面了。"

洛伦索不情愿地答应听从她的吩咐,但是他又说,希望很快获得公爵的同意,让自己能重新拜访她们。然后,洛伦索向她解释了侯爵没有亲自登门拜访的原因,并毫不顾忌地透露了自己妹妹的身世。最后他说,希望明天能够让阿格妮丝恢复自由,还说一旦唐·雷蒙德消除了对这件事的担忧,就会立刻向唐娜·埃尔维拉宣布他的友谊和保护。

夫人摇了摇头。

"我真替你的妹妹担忧,"埃尔维拉说道,"我听说了关于圣克莱尔修道院女院长性格方面的不少缺点,我的一个朋友同她在同一个修道院修习,是那朋友对我说的。那朋友说女院长这个人傲慢、顽固、迷信,且报复心强,此后我还听说,她一心想把她的修道院变为马德里最有规矩的地方,因此绝不宽恕那些哪怕是给修道院带来一点点污点的人。虽然天性刚烈严苛,但是一旦出于利益的需要,她又很懂得如何装出一副慈眉善目的模样。她会使尽一切手段,劝说有地位的青年女子成为其团体的一员。她一旦被人激怒,便没有缓和的余地。她无畏无惧,为了惩罚冒犯者,不惜使用最严酷的措施。毫无疑问,她会把你妹妹退出修道院这件事视为奇耻大辱。她会千方百计地避免听从教皇陛下的敕令,我不敢想象阿格妮丝落在这个危险的女人手中会怎样。"

洛伦索起身告辞。临别时,埃尔维拉向他伸过手去,他充满尊敬地吻了一下,并表示希望不久就能得到许可向安托尼娅吻手致意。洛伦索回到宅邸去了,夫人对两人之间的谈话完全满意。她兴奋地期待着他能成为她的女婿,但是由于行事谨慎,她没有让女儿知道心中的希望。

天还没有全亮,洛伦索已经来到圣克莱尔修道院,随身带着那张要紧的敕令。修女们在做晨祷,洛伦索只好急切地等候仪式的结束,女修道院院长终于来到客厅的格栅门口。洛伦索要求见阿格妮丝,女院长却带着忧郁的神色说,这个孩子的病情已经变得越来越凶险,医生已经对她的康复表示绝望。但是,他们说她康复的唯一希望就在于静养,不要允许那些可能会惊动她的人靠近。女院长的这番话,洛伦索一个字也不信,也不相信这番话中表现出来的对阿格妮丝的悲伤与关爱。为了早点完事,他把教皇的敕令交到女院长的手里,坚决要求马上把妹妹交给自己,不论身体好与不好。

女院长带着谦恭的神色接过敕令,只是匆匆看了一下内容,她的怨恨便流露出来。她的脸涨得通红,她向洛伦索投去愤怒与威胁的目光。

"敕令写得很明确,"她以愤怒的声音说道,虽然她想竭力掩饰她的愤怒,但是没有成功,"我很愿意照办,但不幸的是,这超出了我的能力。"

洛伦索吃惊地叫了一声,打断了她的话。

"我再说一遍,先生。执行这份命令完全超出了我的能力,为了不伤害一个兄弟的感情,我本应该慢慢地把这件悲哀的事情传达给你,让你做好心理准备,使你听到这件事会坚强一些。由于这道命令要我立刻把你妹妹阿格妮丝交给你,所以我不得不直截了当地通知你,在上个星期五,她已经去世。"

洛伦索被吓得后退了一步,脸色变得苍白。略加思索之后,他相信这其中肯定有诈,于是恢复了常态。

"你骗我!"他激动地说道,"五分钟前你告诉我,她虽然病了,但是还活着。马上让她出来!我必须见到她,我要见她,任何想阻止我们见面的企图都是徒劳的。"

"你不要忘乎所以,先生!你应该尊重我的年龄和职业。你的妹妹已经去世。我起初隐瞒她的死亡,是担心这样出乎意外的一件事会在你身上产生过于强烈的反应。说句真话,我的好意没有得到好报。而且,请问,我扣留她又有什么好处?她想离开我们这个团体,仅这一点就有足够的理由让我希望她离开,让我把她当作对圣克莱尔宗教团体的侮辱。但是,她以一种更加值得谴责的方式失去了我对她的喜爱。她罪孽深重!如果你知道她死亡的原因,唐·洛伦索,你必定会庆幸,一个如此卑鄙的人已经不在人世。她上周四从嘉布遣会小教堂忏悔回来后就发病了,她的病好像伴有奇怪的情况,但是她执意隐瞒病因。多亏了圣母玛丽亚,我们实在太无知,竟没有猜出这种情况!那么,请你想一想,当她在第二天产下一个死婴,她本人也马上跟着进了坟墓,我们是多么惊讶,多么恐惧!怎么样,先生?你的表情没有表现出吃惊和愤怒,这可能吗?你知道了你妹妹的丑行,还仍然对她抱有感情,这可能吗?如果是这样的话,你不配得到我的同情。我再也没有话可说了,只有再重复一次,我没有能力执行教皇陛下的命令。阿格妮丝已经死了,为了证明我讲的话没有虚言,我以神圣的救世主的名义发誓,她已经下葬三天了。"

说到这里,女院长吻了吻悬挂在腰带上的一个小十字架。然后,她从椅子上起来，离开了客厅。离开的时候，她向洛伦索投去蔑视的微笑。

"再见了，先生，"女院长说道，"对这件意外的事情，我知道没有补救的办法。我担心，即便是再来一道教皇的敕令，也不会让你的妹妹复活。"

洛伦索也走了，心中充满苦恼。唐·雷蒙德听到这个噩耗时，差点都要疯了。他不愿相信阿格妮丝已经死了，他仍然认定她被关在圣克莱尔的围墙之内。没有任何理由能够使他放弃找回心上人的希望，他每天都会想出某个获取她的音讯的计策，但是都失败了。

就洛伦索而言，他放弃了再次见妹妹的想法。但是，他相信妹妹是被人以某种不正当的手段杀死了。在这样的一种信念下，他鼓励唐·雷蒙德继续搜寻，并决定要狠狠报复那个冷酷无情的女院长，如果能发现哪怕是一点点让人怀疑的根据的话。失去妹妹让他十分伤心，这也迫使他推迟一段时间向公爵提起安托尼娅的事情。与此同时，他的密使经常在埃尔维拉的家门口转悠，他掌握了心上人的一举一动。安托尼娅每周四必去嘉布遣会修士教堂听布道，他确保每周能见到她一次，但是他遵守承诺，小心翼翼地避免被她看到。这样，又过去了漫长的两个月。他们还是没有获得阿格妮丝的消息，除了侯爵，所有的人都相信她已经死去。现在，洛伦索决定向伯父透露自己的感情。他已经给了家人一些自己打算结婚的暗示，这些暗示正如他所期望的那样被顺利地接受了，他认为自己的请求会成功。

第三章

他们躺在彼此的怀中欢天喜地，

赞美漫漫长夜，诅咒将临的白日。

——李

爆发的狂喜过去了，安布罗西欧的欲望得到了满足，愉悦迅速消逝，羞愧占据了他的心胸。他对自己的弱点既困惑又畏惧，便从玛蒂尔达的怀中挣脱出来。他违背誓约的事呈现在眼前，回顾刚才上演的一幕，他对可能被人发现的后果胆战心惊。他恐惧地向前看，非常沮丧，他犹豫着避开同伴的目光。一阵忧郁的沉默占了上风，两人似乎都沉浸于不快的思绪之中。

玛蒂尔达首先打破了沉默。她温柔地握住安布罗西欧的手，将其按在她那滚烫的唇边。

"安布罗西欧！"她用温和而又颤抖的声音轻轻地说道。

院长听见这声音吃了一惊，转过眼睛看玛蒂尔达，只见她双眼噙着泪珠，脸颊涨得红红的，恳求的目光好似在乞求他的怜悯。

"危险的女人！"他说道，"你把我推进了多么痛苦的无底深渊！如果你的女儿身被人发现，那么我的荣誉，甚至我的性命，都要为这片刻的欢愉付出代价。我真愚蠢，竟然任凭自己屈服于你的诱惑！现在该怎么办？怎样才能补偿我的罪过？怎样赎罪才能宽恕我的罪行？可怜的玛蒂尔达，你已经永远毁了我的安宁！"

"这都怪我吗，安布罗西欧？怪我，这个为了你牺牲人世的欢乐、可享受的财富、女性的优美、朋友、名誉的人？你失去的东西，我仍然保有吗？我没有分担你的罪过吗？你没有分享我的快乐吗？罪过，我说过吗？除了这个判断有误的世界这么看，我们的罪过有什么？让世人对这些一无所知吧，我们的欢乐是神圣的，并且无可指责！你独身的誓约不近人情，上帝造人不是为了这种状况。如果说爱情有罪，上帝就永远不会让爱情如此甜蜜，如此不可抗拒！那么，就从你的眉头驱散这些乌云吧，我的安布罗西欧！尽情地沉浸在欢愉之中，如果没有它，生命就是毫无价值的馈赠。我教给了你什么才是极乐，不要指责我，快与这个爱慕你的女人感受同等的狂喜吧！"

玛蒂尔达说着，眼中流露出无限柔情。她的胸脯急剧起伏，双臂勾人般缠在安布罗西欧身上，把他拉向自己，嘴唇贴在他的唇上。安布罗西欧再度燃起欲火。生米已经煮成熟饭，誓约已经违背，他已经犯下罪行，为什么他要克制自己不去享受罪行的奖赏？他以加倍的激情把她紧紧抱在怀里。由于不再受羞耻感的约束，他彻底地放纵强烈的情欲。美丽的荡妇使出了各种床笫技巧，把欢爱的艺术用到了极致，把对他的占有推向极乐的巅峰，使她的情人喜不自胜。安布罗西欧沉湎于此前并不知道的欢愉之中，黑夜飞逝。直到清晨，他还躺在玛蒂尔达的怀中。

陶醉在欢愉中的修士从妖女放纵的卧榻上起来。他已不再为无法自持感到羞愧，也不再害怕被惹怒的上天报复。他唯一担心的是死神会夺走他的享乐，长期的禁欲使他的欲望更加强烈。玛蒂尔达还没有摆脱蛇毒的影响，沉溺于色欲的修士担忧情妇的生命。如果她死了，他就不能轻易地找到另外一个能够让他如此尽兴、如此安全地放纵自己欲望的情人。所以，他恳切地劝她使用她声称已掌握的保命的方法。

"好!"玛蒂尔达答道，"既然你已经使我觉得我的生命如此宝贵，我就会想尽一切办法拯救自己。没有任何危险会吓倒我，我会勇敢地看待我的行为的后果，不会因面临的恐怖而退却。我会认为我的牺牲根本不配获得对你的拥有，会记得今生在你怀中的片刻抵得上来世终生的惩罚。但是，在我走这一步之前，安布罗西欧，你要庄严发誓，永远不要问我用什么手段来救我的命。"

他以最有约束力的方式发了誓。

"我谢谢你，亲爱的。这个预防措施必不可少，因为尽管你不知道，但是你还是受世俗偏见的摆布。我今晚非做不可的事，可能会因为它的奇特让你受惊，从而让你把我看轻。请问你有花园西边那扇矮门的钥匙吗?"

"那扇通往我们与圣克莱尔女修道院公用的墓地的门吗? 我没有钥匙，但是我很容易就能拿到。"

"你要做的就是拿到钥匙。你在半夜把我放进墓地，我下到圣克莱尔的地下墓室时，你在上面看守，以防有人偷窥我的行动。只要让我一人在那儿待上一个小时，我为你的愉悦而奉献的生命就能安然无恙了。白天不要来看我，以免别人起疑心。别忘了钥匙，十二点前我等你。听! 有人来了! 马上离开，我会假装睡觉的。"

修士听从她的话，离开了单人小间。他打开房门出去的当儿，帕布洛斯神父到了。

"我来，"来者说道，"是要问问年轻人的病情。"

"别作声!"安布罗西欧答道，把一根手指按在医生的唇上，"说轻点，我刚看过他。他已经睡得很沉，这无疑对他有好处。现在不要打扰他,因为他希望安静地休息。"

帕布洛斯神父听从了。这时钟声响了,安布罗西欧便同修士去做晨祷。进入小教堂时他觉得有点尴尬,因为他对负罪还不习惯,以为每一双眼睛都能在他的脸上读出昨晚的事情。他竭力祈祷,内心却不再虔诚。他的思绪不知不觉地游走到了玛蒂尔达隐秘的魅力之处。但是,他竭力用外在的圣洁来弥补内心的不虔诚。为了更好地掩饰自己的过失,他加倍地装出道德高尚的样子,自他违背了誓约之后,对上天从来没有这样虔诚过。这样,他不知不觉中在背约与失节之外又增加了虚伪,由于屈服于无法抵制的诱惑,他已经犯下了前两个过错,可是现在由于想遮掩这些因另外一个人把他引入歧途而犯下的过错,又故意犯下了一个新的过错。

晨祷结束了,安布罗西欧回到自己的房间,他刚刚第一次品尝到的愉悦仍然深深地印在他心里。他很困惑,懊悔、淫乐、焦虑、恐惧乱糟糟地搅在一起。他不无遗憾地回顾过去心灵的安宁和对品德的自信。他已经沉湎于罪行,在二十四小时之前他对这种想法还是避之不及。想到他或者玛蒂尔达稍有不慎,就会倾覆他花费了三十年的时间才建立起来的荣誉殿堂,使他成为那些曾把他当作偶像的人们的憎恶对象,安布罗西欧不禁瑟瑟发抖。良知以耀眼的色彩向他描绘他的背约与软弱,焦虑放大了他对惩罚的恐惧,他甚至已经想象自己被囚禁在宗教法庭的监狱里面。紧随这些令人苦恼的想法之后的,是玛蒂尔达的美丽,还有那些一朝学会永生难忘的怡人的功课。一想到这里,他就同自己言归于好了。他把昨天晚上的愉悦当作是以牺牲清白和荣誉作为代价取得的。想起这些,他就神魂颠倒,诅咒自己愚蠢的虚荣心,因为它诱惑自己在默默无闻中浪费了美好的青春,对爱情和女人的好处一无所知。他决定无论如何都要继续与玛蒂尔达的私情,并找到一切理由来助阵,以坚定自己的决心。他问自己,如果他的罪行没人知道,那么他的过错在哪里,他必须为什么后果担忧呢?他毫不怀疑,通过严格遵守除了贞节之外的每一条教规,他还能得到人们对他的尊敬,甚至是上天的庇护。他相信,对誓言的背离既微不足道又自然而然,可以轻易地得到宽恕。但是,他忘了,既然已经发誓,那么失节这在俗人是最容易被宽恕的过错,在他却成了最可憎的罪行。

一旦决定了今后的行动,他的内心就变得更加从容。他倒在床上,努力通过睡觉来恢复昨晚由于劳累过度而消耗的体力。他醒来时已经精神焕发,并渴望重享昨晚的快乐。他听从玛蒂尔达的吩咐,白天没有到她的房间里去。就餐时,帕布洛斯神父提到,"罗萨里欧"终于被他说服,愿意按照他的处方服药了;但是,他开的药没有起一点点作用,他认为人的医术不可能把"罗萨里欧"从坟墓边缘救回来。院长认同这个看法,并假装痛惜这名青年早逝的命运,说从他的才能来看,其前途本来不可限量。

夜晚降临,安布罗西欧设法从看门人那儿拿到了通往墓地的那扇矮门的钥匙。当教堂里的一切都悄然无声的时候,他拿着钥匙,离开房间,急急忙忙来到玛蒂尔达住的地方。玛蒂尔达已经起床,在他到来之前就已经穿好了衣服。

"我一直在急切地等你,"她说道,"我的生命取决于你到来的这一刻。拿到钥匙了吗?"

"拿到了。"

"那么去花园吧。我们没有时间可以浪费。跟我来!"

她从桌子上拿了一只盖着盖子的小篮子,另一只手拿起那盏放在壁炉上的灯,匆匆离开了房间。安布罗西欧跟在她的后面,两人一声不吭。玛蒂尔达踩着快速而小心的步子往前行走,穿过回廊,来到花园的西边。她的眼睛闪动着光和野性,给修士留下了敬畏与恐怖的印象。她的眉宇之间有一种坚定不移、不顾一切的勇气。到达矮门后，她把灯递给安布罗西欧，从他手里拿走钥匙，打开矮门的门锁，进入墓地。那是一块巨大而宽敞的四方地，上面种着紫杉树，这地方一半属于嘉布遣会修士教堂，另一半属于圣克莱尔女修道院。墓地以铁栅栏为界，栅栏上的边门常常不上锁。

玛蒂尔达朝那儿走去，打开边门，寻找通往地下墓室的门，地下安放着圣克莱尔修道院信徒们正在腐烂的尸体。深夜一团漆黑，看不见月亮和星辰。所幸没有一丝风，修士可以安安心心地拿着灯，他们借助灯光，找到了墓室的门。门陷在一堵墙的凹陷处，几乎被悬挂在上面的茂密如花彩似的常春藤遮住了。用粗凿的石头砌成的三个台阶直通门口，玛蒂尔达正要往下走，突然退了回来。

"墓室里有人！"她轻声对修士说道，"躲起来，等他们过去。"

她躲到了一个高大宏伟的墓碑后面，那是为纪念修道院的女创始人而建的，安布罗西欧也跟着躲到了墓碑后面，小心地藏好灯，以免灯光暴露了他们。但是，过了一些时刻，通往地下墓室的门才被人从里面推开。灯光沿着楼梯上来，让躲着的旁观者看见了两个身穿教服的女性，好像在非常诚恳地交谈。院长很快认出走在前面的那个是圣克莱尔的女院长，陪同她的则是一个年长的修女。

"一切都准备好了，"女院长说道，"她的命运明天就会被决定。她所有的泪水和哀叹都将无济于事。在我担任这个修道院院长的二十五年里，我从来没有见过比这更加无耻的事情！"

"肯定会有不少人反对你的决定，"另一个人以更加温和的声音回答道，"阿格妮丝在修道院里有不少朋友，尤其是圣厄秀拉会更加热心地支持她的事情。说真的，她值得有这么多朋友，但愿我能说服你，毕竟她年纪还轻，情况也特殊。她好像意识到了自己的过错。她过度的悲伤证明她悔罪了，我相信她的眼泪更多的是因为痛悔而流，不是因为害怕惩罚而流。尊敬的嬷嬷,我想劝劝你从轻判决,请你屈尊忽略她的初犯,我愿意为她今后的行为作保。"

"你说忽略这件事?卡米娅嬷嬷,你太让我吃惊了!什么?在她当着马德里的偶像的面,当着那个我最想给他留下我治院纪律严明印象的男人的面让我丢尽脸面之后,还让我原谅她?那么在尊敬的院长看来,我显得多么可鄙啊!不,嬷嬷,决不!我永远不能原谅这种侮辱。除了给阿格妮丝以我们的教规所允许的最严厉的惩罚外,我还怎么让他相信我是多么憎恶这种罪恶。你就不要再恳求我了,求了也没用。我已经下定决心,明天阿格妮丝将会作为反面例子受到严惩。"

卡米娅嬷嬷好像并不想放弃自己的看法,可是这时已经听不见两个修女的谈话。女院长打开了通往圣克莱尔小教堂的门,与同伴进去后,就把门锁上了。

这时玛蒂尔达问,谁是这个让女院长如此生气的阿格妮丝,她与安布罗西欧有什么关系。安布罗西欧叙述了阿格妮丝的经历,随后又说,从那以后他的看法发生了彻底的变化,这时他觉得对这个不幸的修女非常同情。

"我计划明天请求拜见女院长,设法让她赦免这位修女。"

"当心你做的事!"玛蒂尔达打断了他,"你突然改变看法,自然会使别人吃惊,甚至可能会产生怀疑,那是为了我们的利益最需要避免的。相反,你表面上要装得加倍严厉,对其他人的过错要大声恐吓,这样就能更好地隐藏你的过失。让那个修女听从命运的安排吧,你多管闲事可能会很危险,她做事轻率应该受到惩罚。她不配享受爱情的欢乐,谁叫她那么傻,没有隐藏好呢。不过,讨论这种小事实在浪费我们宝贵的时刻。夜晚在飞逝,天亮前还有许多事要做。修女们已经休息,一切都很安全。把灯给我,安布罗西欧,我必须一个人到洞穴里去。在这等着，如果有人靠近，你就提醒我。不过，如果你珍惜生命，那就不要擅自跟我去。否则，你会因为你轻率的好奇心而丢掉性命。"

说着，玛蒂尔达朝墓室前行，仍然一手拿灯，一手提着小篮子。她轻轻地推了推门，门慢慢地转动，铰链发出嘎吱嘎吱的声音，接着一条狭窄而曲折的黑色大理石楼梯出现在她的眼前。她沿着楼梯往下走，安布罗西欧仍然待在上面，他只看到微弱的灯光照到楼梯上。灯光不见了，他发现周边一团漆黑。

孤身一人时，他想到玛蒂尔达性格和观点的改变不免大吃一惊。几天前，她看上去还是个性情最温和、最具柔情的女人，对他言听计从，把他看作自己的神明。现在，她的举止言行表现出一种使他不悦的勇气和男子气概。她说话不再转弯抹角，而是直来直去。他发现在争论时自己无法说服她，虽然极不情愿，他仍不得不承认她的判断力超过了自己，这使他相信她心智的惊人能力。但是，她越有见地，安布罗西欧对她的柔情就越少。他痛惜失去多情、温柔、顺从的罗萨里欧，他为玛蒂尔达拥有男人的优点而非女人的优点而痛惜。想到她对那名修女的言论，安布罗西欧不禁觉得她冷酷无情，不像个女人。同情对于女性而言，是最自然、最合适不过的情感，因此女人具有同情心几乎不再是一种优点，但是如果没有同情心，却是罪大恶极。安布罗西欧不能轻易宽恕他的情人缺乏这种友善的品质。不过，尽管责备她冷漠无情，但他觉得她的话没有说错，而且虽然他由衷地同情不幸的阿格妮丝，还是决定放弃为了她而介入的念头。

玛蒂尔达走下洞穴后，差不多过去了一个小时，仍然没有回来。这引起了安布罗西欧的好奇心，他走近楼梯，侧耳倾听，除了不时传来的玛蒂尔达的说话声，没有任何别的声音。她的声音沿着地下的通道蜿蜒而来，碰到墓室的拱顶发出回声。她离得太远，她说的话还没有传到他的耳朵，就被减弱为低沉的咕哝声。他渴望探知秘密，决定违反她下的禁令。他往前走到楼梯边，向下走了几个台阶，就再也没有了勇气。他想起了玛蒂尔达说过的违反命令会遇到的危险，心中充满了隐秘又莫名其妙的敬畏。他走上楼梯，回到原来的位置，焦急地等待着结束这次历险。

突然，他感到强烈的震动，一次地震摇动了地面。支撑他头上石头屋顶的一根根柱子摇动得很厉害，屋顶随时都有压在他身上的危险。就在这时，他听到了一声响亮又巨大的炸雷声。地震停止了，他的眼睛盯着楼梯，看见一束光柱沿着地下的洞穴闪烁，一下子就不见了。光柱一消失，一切又复归安静与昏暗。黑暗再度笼罩在他的周围，只有从他身边缓缓飞过的蝙蝠的呼呼振翅声打破夜间的寂静。

随着时间一点点地消逝，安布罗西欧变得越来越惊愕。又过了一个小时，同样的光柱再次出现，然后又突然消失，伴随着一曲甜美而庄严的音乐。音乐声渐渐变得清晰，通过墓室传上来，使得修士喜惧交加。音乐声不久就停止了，这时他听见玛蒂尔达走上楼梯的脚步声。她从洞穴里上来了，美丽的脸庞因极度的喜悦显得生气勃勃。

"你看见什么了吗？"玛蒂尔达问道。

"两次看见光柱在楼梯间闪烁。"

"没看见别的吗？"

"没有。"

"天快要破晓了。我们回修道院去吧，免得日光把我们暴露了。"

玛蒂尔达迈着轻快的脚步匆匆离开了墓地。回到房间，好奇的院长仍然陪着她。她把门关上，放下灯和篮子。

"我成功了！"她大声说道，扑倒在他的怀里，"真是难以置信的成功！我会活着，安布罗西欧，会为你活着！我原来不敢走出的一步向我证明，那其实是难以言表的快乐之源！哦！我多么希望我敢把我的快乐告诉给你！哦！我多么希望我能与你分享我的力量，让你处于你的同性之上，正如一个大胆的行为让我处于我的同性之上！"

"那么是什么阻止了你呢，玛蒂尔达？"修士打断了她，"你在洞穴里做的事情为什么要保密呢？你认为我不值得信任吗？玛蒂尔达，我不得不怀疑你的爱是不是真的，你有快乐的事情，却不能与我分享。"

"你责备我并不公正。我真的很悲伤，我不得不向你隐瞒我的幸福。但是，你不该责怪我，因为过错在你身上，不在我，我的安布罗西欧！你还是太像个修士，你的心灵受教育偏见的奴役，迷信会使你在真相面前发抖。现在，还不适合把这样重要的秘密告诉你，但是你的判断力，还有我高兴地看到在你眼中闪现的好奇心，使我希望你有一天会赢得我的信任。在那个时刻到来之前，你要有耐心。不要忘记你曾向我郑重地发誓，永远不探问今天晚上的历险。我要你遵守诺言，因为，"她一边用一个淫荡的吻封住了他的嘴唇，一边笑了笑，接着说道，"虽然我宽恕你违背了对上天的誓约，但是我希望你信守你对我的誓言。"

修士回应了令他血脉偾张的吻。他们重复了头天晚上没有节制的淫乐，直到晨祷的钟声响起才分手。

同样的愉悦频繁地重复着。修士们对乔装的"罗萨里欧"的意外康复感到欣喜，谁也不会怀疑她的真正性别。院长平静地占有他的情人，他觉得自己的过失不会引起怀疑，便十分安心地放纵自己的欲望。羞耻与懊悔不再让他苦恼，频繁的纵欲使他对罪恶熟视无睹，他的内心已经不再受良心的谴责。在这些观念上，他受到玛蒂尔达的鼓励，不过她很快就知道，她没有节制、过分亲密的爱抚已经使她的情人厌腻。他对她的美貌已经习以为常，因此不再能够激起开始时同样的欲望。激情的狂热已经过去，使他有闲暇观察玛蒂尔达身上每一个细微的缺陷。如果找不到，厌腻也会使他想象出一些缺陷。修士已经对过多的作乐感到厌烦，不到一周的时间，就对情人厌倦了。然而，他充满欲望的躯体还在迫使他在她的怀抱中寻觅欲望的满足。但是，一旦激情的时刻过去，他就会厌恶地离开，他见异思迁的天性，使他急切地渴望新的变化。

占有会使男人生腻，却会增强女人的感情。玛蒂尔达对修士的依恋每一天都会加深。自从得到他的欢心之后，对她来说，他比任何时候都要宝贝，她因他们共同享受的快乐对他心存感激。不幸的是，随着她的激情日趋强烈，安布罗西欧对她却日渐冷淡。她的柔情蜜意反而引起了他的憎恶，过度的痴情只起到了熄灭他胸中已经燃烧得微弱的火焰的作用。玛蒂尔达不得不注意到，他对她的陪伴似乎日见不快，她说话时他心不在焉；她臻于完美的音乐天赋，已经失去了取悦他的力量，如果他屈尊赞美她的音乐造诣，那么他的恭维显然十分勉强和冷淡。他不再深情地注视她，也不再以情人的偏心称赞她的观点。玛蒂尔达把这些看在眼里，并加倍努力激活他曾经感受到的情感。但是，她肯定不会成功，因为安布罗西欧认为她煞费苦心地取悦于自己是胡搅蛮缠，而且他厌恶她用来唤回失去的情人的手段。然而，他们不当的私情并没有停止，不过很明显将他引入她的怀抱的，不是爱，而是对淫荡肉欲的渴望。他的肉体离不开女人，而玛蒂尔达是他唯一能够安全地放纵激情的人。虽然玛蒂尔达美若天仙，他却以更强烈的欲望注视其他每一个女性，只不过由于担心他的虚伪会被公之于众，他只好把自己的欲望藏在心底。

他的天性并不胆怯。但是，他受到的教育在他心中留下恐惧的深深烙印，使得胆怯成为他性格的一部分。如果他的青春不是在与世隔绝的情况下度过，他可能就会显示出许多杰出的并具有男子气概的品质。他天生有进取心，意志坚定，无所畏惧，具有战士的勇气，如果指挥一支部队，他可能会战功赫赫。他的天性中并不缺乏宽宏大量的品质，受苦受难的人总会发现他是一个富于同情的倾听者。他的思维敏锐，他的判断力不同寻常，可靠而坚定。具备了这样的禀赋，他本来可以成为一个为国争光的人。他拥有的这些资质，在他幼年就显现出来了，他的父母曾以最深情的欣喜和赞美看到他初现的美德。不幸的是，当他还是一个孩子的时候，就被剥夺了父母之爱。他落到了一个亲戚手中，这个亲戚唯一的愿望就是再也不要听见关于他的任何消息。因此，这亲戚把他托付给自己的朋友——嘉布遣会修道院的前任院长。院长是个名副其实的修士，他竭尽所能劝说男孩相信，幸福只存在于修道院院墙之内。院长大功告成了，能够进入圣方济各修道会成为安布罗西欧最大的抱负。教导安布罗西欧的修士小心翼翼地抑制他的一些美德，让他以为这些高贵与无私的美德不适合修道院。安布罗西欧没有了普世的仁慈，反而对自己独特的教会有了自私的偏爱。教育安布罗西欧的修士还要他把对其他人的过失的同情当作最大的罪行，并使他性情中高贵的坦率被屈从的谦卑所取代了。为了毁掉他的自然灵蕴，修士们把他置于迷信所能提供的所有恐怖面前，以恐吓他年轻的心灵。他们用最邪恶、最可怕、最荒诞的色彩向他描绘了被罚入地狱的人所受的种种折磨，哪怕他犯一点点小错都会用永恒的毁灭来威胁他。难怪这些可怕的东西老是停留在他的想象中，使他的性格变得胆怯、忧虑。此外，他长期与世隔绝，对人生中普遍存在的危险茫然无知，使他对它们产生了远比事实更加令人恐惧的想法。修士们一边忙于根除他的美德，约束他的情感，一边又允许他将沾染上的任何一个缺点发展到极致。他们容忍他的骄傲、虚荣、野心、轻蔑，容忍他嫉妒对手，鄙视属于他人的所有优点。他只要受到冒犯，就会残酷报复。但是，尽管他们千辛万苦地使他的品行反常，但他天生的优良品质还是会偶尔地突破加于其上的阴暗。

在这种时候,他天生的品性与养成的品性之间的竞争十分明显,这对那些不熟悉他原来性情的人而言无法解释。他给冒犯者以最严厉的宣判,但是同情心促使他减轻惩罚。他承担最需胆魄的事情,但是对后果的担心很快迫使他弃之不顾。他天资聪颖,会尝试以他的智慧去理解最晦涩难懂的事情,但几乎与此同时,他的迷信又会让他陷入更深的困惑中去。他的修士兄弟们,由于把他看作神明,没有发觉他们的偶像在行为上的这种矛盾。他们相信凡是他做的事肯定是正确的,并且认为他改变决定有充分的理由。然而,事实却是,教育与天性在他身上激发出的不同情感在他的内心深处搏斗,只能等待尚没有机会宣泄的激情来一决胜负。不幸的是,他的激情是他可能寻求的最为糟糕的判官。到现在为止,他最喜欢的就是修道隐居,因为它没有给他暴露不良品质的空间。他天赋上的优势使得他远远超出同伴,所以不可能嫉妒他们。他的虔诚让人效仿,他的口才雄辩有力,他的举止令人愉悦,为他赢得了普遍的尊敬,因此他没有受到需要报仇雪恨的伤害。他公认的美德使他的抱负显得合情合理,他的骄傲被人们认为不过是恰当的自信。他从来没有看到过异性,更没有与异性交谈过。他对女子所能给予的欢乐茫然不知。

曾经有一段时间,粗陋的饮食、频繁的监视、严厉的苦修冷却、压抑了他身体中天生的热情。但是,一旦机会来临,一旦他瞥见仍然陌生的欢乐,那么宗教的樊篱就过于脆弱,无法抵御其不可阻挡的欲望洪流。在他过于热情、乐观、淫逸的性情的力量面前,一切障碍都不堪一击。

到目前为止,他的其他感情还处于休眠状态,但是一旦被激活,就会以巨大而又不可阻挡的狂暴之势展示出来。他仍然是马德里人民崇拜的对象,他的雄辩引起的热情似乎有增无减。

每周的星期四是他公开露面的日子,嘉布遣会修士教堂挤满了听众,他的布道总是受到同样的称赞。他被指定为马德里所有名门望族的忏悔师,对他们而言,如果是向安布罗西欧以外的人忏悔,那就算不上是时尚。他仍然坚持永不走出修道院的决定,这种情况使人们对他的圣洁和克己产生了更好的印象。最为重要的是,所有妇女为他高唱赞歌,与其说被他的献身精神所感动,还不如说被他高贵的容貌、庄严的神态、匀称而优雅的体形所打动。修道院的门口从早到晚车水马龙,马德里最高贵、最美丽的女士都向院长忏悔她们犯下的秘而不宣的过失,放纵的修士用一双眼睛饱餐着她们的美色。如果忏悔者仔细观察他的眼神,就会发现他心中的邪念。不幸的是,由于她们坚信他的禁欲,他包藏邪念的可能性从来就没有进入她们的想象中。众所周知,气候的炎热对西班牙女子的身体产生了很大的影响。但是,就连最寡廉鲜耻的女子也会以为,激起圣方济各大理石雕像的激情,也比激起完美无瑕的安布罗西欧那颗冷淡而顽固的心要容易得多。

　　对这位修士而言,他对世间的堕落知之甚少。他并不怀疑只有少数的忏悔者会拒绝他的殷勤。但是,如果他的头脑受到过更好的教育的话,伴随着这种企图而来的危险会让他默默闭嘴。他知道让女人保守这样一个如此奇特而又重要的秘密会非常困难。他甚至担心玛蒂尔达会出卖他。由于马德里的美女们只影响到他的感官而没有触动他的灵魂,所以一旦离开视线,他就把她们忘了。被人发现的危险、被教会驱逐的担心、名声的丢失,所有这些考虑都劝他扼杀自己的欲望。他只得把自己的欲望局限在玛蒂尔达身上。

　　一天早上,前来忏悔的人比平时多。他坐在忏悔椅上一直到很晚,人群终于散了,他准备离开小教堂。这时,两名女性走了进来,谦逊地靠近了他。她们掀开面纱,最年轻的那位求他听自己说几句话。

她动听的声音马上引起了安布罗西欧的注意,因为没有一个男人听见这样的声音会不感兴趣。他停下了脚步,恳求者似乎被痛苦压倒了,脸颊苍白,泪眼迷离,头发乱蓬蓬地散落在脸和胸口上。但是,她长得清纯可爱、超尘脱俗,会使一颗不易被打动的心着迷,更不用说院长胸中跳动的那颗心了。他以比平时更加温和的态度,要她继续说下去。于是,他以越来越强烈的感情,听她说了以下的话。

"尊敬的神父,你看我这个可怜的人,受到失去她最亲爱的人——几乎是她唯一的朋友——的威胁! 我的母亲,我那了不起的母亲躺在病床上。昨天晚上她突发一场可怕的大病,来势异常迅猛,医生对她的康复已经绝望。人力已经无法回天,我能做的只有恳求上苍的怜悯。神父,你的虔诚与美德传遍了整个马德里,请你屈尊在祈祷时求上帝保佑她,也许你的祷告会劝说万能的上帝挽救她的生命。如果是这样,在今后三个月的时间里,我每个星期四都会来圣方济各的圣殿点灯,向他表示敬意。"

"好!"修士心里想道,"这里又来了一个文森蒂奥·德拉·龙达。罗萨里欧的冒险就是这样开始的。"他暗暗希望这件事会有同样的结果。

他同意了这个请求。那女子以无比感激的态度向他表示谢意,然后继续往下说。

"我还要请你再帮一个忙。我们在马德里没有熟人,我母亲要请一个忏悔师,她不知道应该请谁。我们知道你从不离开修道院,可是,唉! 我那可怜的母亲又无法到教堂里来! 神父,如果能请你指定一名合适的人,让他用明智而虔诚的安慰缓解我那濒死的母亲的痛苦,那么你就是给一颗充满感恩的心做了一件永恒的善事。"

对这一请求修士也答应了。说实在的,如果是以如此迷人的声音求他,还有什么请求他会拒绝呢? 恳求的女子是如此令人着迷!

她的声音是如此甜美，如此悦耳！她的热泪使她更加动人，她的苦难似乎更是增添了她的妩媚。修士答应当天晚上给她派一名忏悔师，请她留下住址。女子的同伴拿出一张卡片，上面写着住址，然后带着那个美丽的年轻女子离开了。临走之前，那女子对院长的好心千般祝福。安布罗西欧的目光跟随她走出小教堂，直到她走出视线之外，才仔细看了看卡片，他念出上面的文字：

"唐娜·埃尔维拉·达尔法，圣伊阿戈街，与德·阿尔博诺斯府邸隔四扇门。"

那女子不是别人，正是安托尼娅，她的同伴就是莱欧娜娅。后者好不容易才答应陪同外甥女来到修道院。莱欧娜娅对安布罗西欧又敬又畏，一看到他就浑身发抖。她的恐惧甚至压倒了她的饶舌，在他面前，她连一句话都没说。

修士回到房间，安托尼娅的形象也追到了那里。他感到有上千种新的情感在胸中涌动，审视了原因之后，他感到不寒而栗。这些情感完全不同于当玛蒂尔达第一次说出自己的性别和爱意时在他心中所激起的情感。这次，他没有感觉到性欲的挑逗，胸中也没有激起淫荡的欲望，更没有强烈的想象向他描绘安托尼娅出于稳重而遮掩的美丽。相反，他现在感到的是混合了柔情、爱慕和尊敬的情感。一种温柔又怡人的忧郁注入了他的灵魂，他甚至不愿意用它来换取最愉快的狂欢。现在他厌恶与人交往，只喜欢独处，因为独处能让他展开想象的翅膀。他的思绪极其温和、悲哀，又快乐，大千世界呈现在他面前的只有安托尼娅，没有别的东西。

"幸福的男人！"他以浪漫的热情大声说道，"是谁注定要拥有那个可爱的姑娘的心！她的容貌多么精致！她的体形多么优雅！她的眼睛羞怯纯真，多么迷人！与玛蒂尔达淫荡的表情、眼中闪动的狂野而放纵的欲火相比，多么不同！哦！从前者玫瑰般的红唇上偷走一个吻，一定比后者慷慨给予的所有淫荡的交欢更加甜蜜。玛蒂尔达给了我过多的享乐，到了令人厌恶的地步，她强拉我投入她的怀抱，模仿娼妓所为，为自己的卖淫而扬扬自得，真是令人作呕！如果她知道稳重是难以言传的魅力，能使男人不可抵御地神魂颠倒，可以牢固地把男人绑在美神的宝座上，她就不会弃之如敝屣。为了获取这个可爱的姑娘的芳心，任何代价都不昂贵。如果我能摆脱誓约，允许我宣布我的爱情，让天地见证，我还有什么不能为之牺牲的呢？仁慈的上帝啊！看到她低垂的蓝眼睛带着羞怯的盲从对着我的眼睛微笑，我真想连续坐上几天、几年倾听她那温柔的声音，获得施恩于她的权力，听她天真地表示谢意！鼓励她的每一种初现的美德！开心时分享她的快乐，痛苦时吻去她的泪水，看她投入我的怀中寻求安慰和支持！是啊，如果说人间有完美的至乐，那么只有我，才有做那个天使的丈夫的命！”

安布罗西欧胡思乱想，生出这些念头，他神态错乱地在房间里踱步，他的眼睛直盯着前方，茫然若失。他的头耷拉在肩上，当念及这种幸福的幻想对他来说永远也不可能实现时，一颗泪珠从他的脸颊滚落下来。

“她不属于我，”他心里想道，“她不可能通过婚姻归属我。可是引诱这样天真无邪的人，利用她对我的信任造成她的毁灭……哎呀！那就是罪恶，比迄今为止世界上可以见证的所有罪恶都要邪恶！不要怕，可爱的姑娘！你的美德绝不会受到我的伤害。哪怕给我西印度群岛，我也不愿让那颗温柔的心经受悔恨的痛苦。”

他又急速地在房间里踱步，然后停了下来，目光落在他曾经爱慕的圣母画像上，便愤怒地将它从墙上扯下，扔在地上，并用脚踢开。

“这个妓女！”

不幸的玛蒂尔达！她的情人竟忘了，为了他，她失去了贞操，而他鄙视她的唯一理由，竟然是她太过爱他。

安布罗西欧一屁股坐在紧靠桌子的椅子上，他看到了写着埃尔维拉住址的卡片，便把它拿起来，想起了关于忏悔师的承诺。他犹豫了几分钟，但是安托尼娅对他的吸引力过于强烈，使他无法长久抵制头脑中出现的想法。他决定自己去做这个忏悔师。他可以轻而易举地离开修道院而不会被人看见。他用兜帽包住头，希望穿过街巷时不会被人认出。通过采取这些措施，加上劝说埃尔维拉一家保密，他并不怀疑，可以不让马德里人知道他违背了绝不走出修道院墙外一步的誓言。他唯一害怕的就是玛蒂尔达的警觉。但是，只要趁在修道院的食堂就餐时告诉她，因为事务他需要整天待在房间，就可以避免警觉的玛蒂尔达的猜忌。所以，在西班牙人大都在午休的时候，安布罗西欧从便门冒险离开了修道院，便门的钥匙在他手里。他用修士服的兜帽遮住了脸，由于天气炎热，街上几乎空无一人。修士很少碰到行人，他顺利地找到了圣伊阿戈街，到了唐娜·埃尔维拉的家门口。他拉了门铃，门开了，他马上被引入楼上的一套房间。

就是在这里，他冒着被人发现的最大危险。如果莱欧娜娅在家里的话，她会马上认出他。以她饶舌的性格，不让整个马德里都知道安布罗西欧冒险离开修道院造访她姐姐，她就永远也不会闭嘴。在这点上幸运之神帮了修士的大忙。原来，莱欧娜娅回到家里，发现有封书信，告知她有个表兄弟死了，给她和埃尔维拉留下了自己的一点财产。为了获得这笔遗产，莱欧娜娅必须马上动身前往科尔多瓦。她虽然有不少小毛病，但是她心地热忱，有情有义，不想离开病危的姐姐。但是，埃尔维拉执意要妹妹出行，因为她知道，以她女儿孤独无依的处境，只要能够增加财富，不论这笔财富多么微不足道，都不应该错过。因此，莱欧娜娅离开了马德里，她对姐姐的病由衷地感到悲伤，对记忆中和蔼可亲却见异思迁的唐·奇里斯托瓦尔给了几声叹息。莱欧娜娅完全相信起初自己已经在他的内心打开了一个可怕的缺口，但是由于再也没有他的消息，她猜测他已经停止了对她的追求，因为他讨厌她卑微的出身；或者，由于他天性多变，性情无常，伯爵心中对她的美貌的记忆已经被某个新近结识的美人抹去了。不论是什么原因让她失去了他，她都对此非常痛惜。正如她深信不疑地对每一个愿意听她说话的人叙说的一样，她曾试图从她太易动情的心中抹去他的形象，但一切都是徒劳。她装出一副害了相思病的处女的做作姿态，把所有这一切演绎到滑稽不过的程度。她哀伤地叹气，两臂交叉在胸前走路，说出冗长的独白，她火红的头发上总是饰有一个表示失恋的柳叶花环。每天晚上人们都能看见她在月光下的小溪岸上漫游，宣称自己是淙淙溪流和喃喃夜莺的狂热崇拜者：

> 偏僻的去所，幽暗的树丛，
> 有苍白的激情热爱的地方。

　　这就是莱欧娜娅离开马德里时的心境。埃尔维拉对妹妹的这些蠢事忍俊不禁，并努力劝妹妹要表现得像一个有理智的女人。姐姐的劝告被当成了耳旁风，莱欧娜娅临行前断言，无论什么都不能让自己忘却移情别恋的唐·奇里斯托瓦尔。幸运的是，她错了。到达科尔多瓦后，有个诚实的科尔多瓦青年，是一个药剂师的学徒，发现莱欧娜娅的财富足以让他开一间属于自己的时髦店铺，出于这点考虑，他自称是她的爱慕者。莱欧娜娅不是个不善于变通的人，学徒渴慕的激情把她的心给融化了，她很快就答应让他成为人类中最幸福的男人。莱欧娜娅马上写信把自己结婚的事情告诉姐姐，但是，由于此后我们即将说明的原因，埃尔维拉一直没有回信。
　　安布罗西欧被引入埃尔维拉房间的前厅，领路的女佣留下他一个人，到女主人那儿通报去了。安托尼娅一直在母亲的床边，听闻后马上过来见他。

"请原谅，神父。"安托尼娅说道，朝他走过去。认出了来客后，她突然停了下来，兴奋地叫了一声："这怎么可能！"

她接着说道："我的眼睛没有骗我吧？为了减轻这位最优秀的女人的痛苦，难道尊敬的安布罗西欧改变了决定？这次来访会给我母亲带来多大的快乐！快请进，让我一刻也不要耽误你的虔诚和智慧会给我母亲带来的安慰。"

说着，她便打开了母亲的房门，把高贵的访客引见给母亲，然后在床边放了一把有扶手的椅子，自己退到另外一个房间。

埃尔维拉对这次来访十分满意，她听说过马德里人对修士的赞誉，不过她觉得真人的表现远远超出了她的期望。安布罗西欧天生有讨人喜欢的能力，在与安托尼娅的母亲谈话时，他将这种能力发挥到了极致。他用打动人心的雄辩平息了她的每一种恐惧，消除了她的每一个顾虑。他吩咐她回顾最高审判者赐给她的无限仁慈，他夺走了死神手里的投枪和恐怖，引导她毫不畏缩地看待永恒的深渊，而她现在就站在它的边缘。埃尔维拉全神贯注地沉浸在喜悦之中，听着他的劝诫，信心与安慰不知不觉地潜入她的心里，她毫不犹豫地向他透露了自己的担忧和恐惧。后者与来世有关，他已经消除了这种恐惧；现在他要消除前者，这位母亲担忧的就是自己的女儿。她为安托尼娅担忧。除了德·拉斯·西斯特纳斯侯爵和她妹妹莱欧娜娅，她没有人可以托付。可这两人，一个不知是否可靠，另外一个尽管喜爱自己的外甥女，但是遇事考虑不周，而且虚荣心强，让她单独管教一个少不更事的女孩，并不合适。修士一了解到她担忧的原因，就恳请她在这方面不要担心。他表示，能够在他的一个忏悔者的家里为安托尼娅找到安全的庇护所，这名忏悔者是维拉-弗兰卡侯爵夫人。

这位夫人的美德被世人公认,她以严规戒律、乐善好施闻名于世。如果万一这条路走不通,他会答应让某个受人尊敬的修道院收容安托尼娅,也就是说,让安托尼娅以寄膳宿者的身份投靠,因为埃尔维拉曾经声称自己不赞成修道生活,对此修士非常坦率或者顺从地承认,她的不赞成并非没有理由。

这些话证明了修士对她的关心,也完全赢得了埃尔维拉的心。感谢他的时候,埃尔维拉用尽了感恩之心所能提供的每一个词语,并声称她会平静地听任自己走进坟墓。安布罗西欧起身告辞,答应明天在同一时间再来,但是要求对他的到访保密。

"我不愿意,"他说道,"让我违背誓约的事情广为人知。如果不是因为这类紧急情况,我永远不会离开修道院。如果我因为无关紧要的事情经常被人召唤,那么现在我在病人床边度过的时光就会被好奇的人、无所事事的人、喜欢空想的人占用,我就不能去安慰快要咽气的忏悔者,去除其通往永恒之路上的荆棘。"

埃尔维拉同样称赞他的审慎和怜悯,答应会小心隐瞒他来访的事。然后,修士给她赐福,从她的房间退出。

在前厅,他找到了安托尼娅。他无法放弃在她的陪伴下度过的片刻的快乐时光,修士吩咐她放宽心,因为她母亲好像沉着又平静,他希望她还能好起来。他问了是谁在给她上门治病,并答应派修道院的医生——马德里最好的医生之一——过来给她看病。然后,他就开始对埃尔维拉大加赞扬,称赞她心灵的纯洁和坚毅,声称她赢得了他最高的尊重和敬意。安托尼娅天真的心里充满了感激之情,眼里闪动着欢快的目光。修士对她母亲有希望康复的断言,他对她的极度关心,还有提及她时的奉承方式,给人们对他的评价与美德的传闻加了分,使得他的雄辩留给她的印象更加美好,坚定了他第一次出现时安托尼娅对他产生的好评。安托尼娅羞怯地回答,但是无拘无束。她不怕向他叙说自己所有小小的悲伤、所有小小的担心和忧虑。她以真诚的热情感谢他的好意，这种热情是他的善行在一颗年轻而天真的心灵中点燃的。只有这样的人才知道如何以最大的价值评价恩惠。那些意识到人类背信弃义和自私自利的人，总是以恐惧和怀疑接受恩惠，他们怀疑某个秘密的目的隐藏在其背后。他们拘谨又小心地表示感谢，害怕把一件善事赞扬到极点，意识到将来某天可能会被要求做出回报。但是，安托尼娅可不这样想。她认为，这个世界只是由与她类似的人组成的，邪恶的存在对她来说仍然是未知的。修士帮助了她，他说他希望她好，她感激他的好意，认为没有言辞可以用来充分表示她的谢意。听见安托尼娅天真地表达感激之情，安布罗西欧心里是多么高兴啊！安托尼娅天生优雅的举止、无比甜美的声音、羞怯的活泼、毫不做作的高雅、富于表情的面容、智慧的眼睛……所有这一切都激起了他的愉悦和爱慕，而她自然朴素的语言和可靠、正确的言辞使她显得更加楚楚动人。

最后，安布罗西欧不得不停止这场令他十分高兴的谈话。他再次希望安托尼娅对他的来访保密，她答应遵从他的意愿。然后他离开了她家，那位让他着迷的姑娘赶紧回到母亲的房间，一点儿也不知道她的美丽所带来的祸害。她很想知道埃尔维拉对这个她曾经以如此热烈的言辞赞美过的男人的看法。她欣喜地发现母亲的看法至少与她一样。

"在他说话之前，"埃尔维拉说道，"我就已经对他有了好感。他热情的劝诫、高贵的举止、严密的说理，加强了我对他的好感。他优美洪亮的声音给我的印象特别深刻，不过可以肯定，安托尼娅，我以前听见过这声音，我的耳朵对他的声音好像极其熟悉。要么我以前就认识这位院长，要么他的声音与某个我曾经经常听到的声音惊人的相似。他讲话时的一些声调触动了我的内心，使我产生极其奇特的感觉，我想竭力弄清楚原因，但还是搞不明白。"

"我最亲爱的妈妈，它在我身上产生了同样的效果。可是，我们两个在来马德里之前肯定从来没有听到过他的声音。我猜想，我们觉得他的声音似曾相识，其实是因为他和蔼可亲的举止，使我们不把他当作外人。我不知道为什么，但是同他谈话，我感到比平时和其他陌生人谈话更加自在。我并不害怕向他表达我所有幼稚的想法，不知什么原因，我很确信他会宽容地倾听我的傻话。唉！我不会看错他！他听我说话时的神态是多么友善和专注！他回答我问题时的态度是多么亲切，多么谦虚！他没有叫我乳臭未干的小孩，没有轻蔑地看待我，不像我们在城堡时那个脾气不好的老忏悔师。我真的相信，就算我在穆尔西亚住上一千年，我也永远不会喜欢那个肥胖的老神父多米尼克。"

"我承认，多米尼克神父没有世界上最令人愉快的举止，但是他诚实、友善，而且心眼好。"

"啊！我亲爱的妈妈，这些品质太普通了！"

"我的孩子，也许经验没有教会你这些品质是多么难能可贵，可是我知道！不过，告诉我，安托尼娅，为什么我以前不可能见过这位院长呢？"

"因为他自从进入修道院的那一刻起，就从来没有离开过修道院。他刚才告诉我说，由于不认识路，他好不容易才找到圣伊阿戈街，然而这里离修道院并不远。"

"所有这一切都有可能，我还是有可能在他进修道院之前就见过他。要走出来，他就很有必要先走进去。"

"神圣的玛丽亚！正如你所说，那没有错。——哦！但是他就没有可能生在修道院里面吗？"

埃尔维拉笑了笑。

“唷！那可没那么容易。”

“别说了，别说了！我知道是怎么回事了。他很小的时候就被人扔在修道院。老百姓说他是从天上掉下来的，是圣母送给嘉布遣会修士教堂的一个礼物。”

“圣母实在是太好了。那么说，他是从天上掉下来的，安托尼娅？他肯定会跌得很惨吧。”

“许多人不相信这种说法，我想，我亲爱的妈妈，我必须把你也算在那些不相信的人们当中。的确，正如我们的房东告诉姨妈的那样，人们普遍认为，他的父母由于贫困或者无力抚养他，刚一出生就把他放在了修道院的门口。已故的院长出于慈悲心肠让他在修道院接受教育，后来他终于成为美德、虔诚和博学的模范，其他的事我就不知道了。他先被教会接受成为一名修士，不久就当选为院长。然而，不论哪种说法正确，起码大家都认为，当修士们收养他的时候，他还不会说话。所以，你不可能在他进修道院之前就听过他的声音，因为那时候他根本就不会讲话。”

“的确，安托尼娅，你的推理非常严密！你的结论不会有错！我不怀疑你会成为一个出色的逻辑学家。”

“啊！你在嘲笑我！不过这样就更好了。看到你这样有兴致，我很高兴。而且，你看上去平静又从容，希望惊厥不再发作了。哦！我肯定院长的来访对你有好处！”

“是有好处，我的孩子。他让我对一些担忧之事放宽了心，我已经感受到他的关心对我的影响。我的眼皮有点沉重，我想我能够睡一会儿。把床幔拉好，我的安托尼娅。如果我在半夜前没有醒来，不要在旁边守着我，你要听妈妈的话。”

安托尼娅答应听从母亲的话，在接受妈妈的祝福后，她放下床幔，默默地坐到绣花架旁边，在空想中消磨时间。她的情绪因为埃尔维拉的病情明显好转而得到振奋,她的想象向她呈现出欢快又怡人的幻觉。在这些梦境之中,安布罗西欧的形象并不卑劣。安托尼娅想到他时怀着喜悦和感激,但是她每想到修士一次,起码就会有两次不知不觉之中想到洛伦索。时光就这样过去了,直到邻近的嘉布遣会修士教堂尖塔的钟声宣告了子夜的来临。安托尼娅没有忘记母亲的嘱咐,尽管她有点不情愿,还是遵从了母亲的吩咐。她小心翼翼地拉开床幔,发现埃尔维拉睡得深沉安宁,脸颊因为身体好转泛出红晕,脸上的微笑说明她正做着好梦。当安托尼娅俯身看母亲的时候,她听见母亲叫了声自己的名字。她轻轻地吻了吻母亲的前额,回到了自己的房间,跪在她的女保护神圣罗索丽亚的雕像前面。她把自己托付给上苍的保护,按照从小养成的习惯,通过吟诵以下的诗歌结束自己的祈祷。

午夜圣歌

此时万籁俱寂,
肃穆的钟声不再使夜晚的微风增强;
你令人敬畏的存在,庄严的时刻,
我以无瑕的心灵再次赞扬。

现在的时刻寂静可怕,
巫师施展邪恶的魔力,
坟墓交出埋葬的亡灵,
从这获准的时刻获益。

清白纯洁的思想,
忠于职责和奉献,

怀着轻松的心情和纯洁的良心，
安睡吧，我恳求你温柔的帮助。

善良的天使，接受我的感谢，
我依然蔑视邪恶的陷阱；
感谢今晚安然入眠，
让我清早一觉睡醒。

但是我无意识的心胸会不会
隐匿我还不知道的愧疚？
或某个未被抑制的肮脏愿望，
你羞于看见，我羞于拥有？

如果是这样，在温和的梦中
引导我的脚避开这些圈套；
让诚实照耀我的过失，
屈尊让我蒙受你的关照。

从我安宁的眠床驱走
巫术的魔力，睡眠的寇仇，
夜间的妖精，嬉闹的仙女，
受苦的幽灵，还有被诅咒的魔头。

不要让撒旦在我的耳旁
倾诉罪孽的欢愉经验，
不要让噩梦，在我的卧榻边

漫游，破坏我安静的睡眠。

不要让可怕的梦境用
离奇古怪的幽影惊吓我的双目，
宁愿让光明的幻象
呈现远处天国的至福。

让我看天堂的水晶穹顶，
天使居住在光明之地，
让我看凡夫俗子的命运，
他们无辜而生，无辜而死。

告诉我如何获得一个席位
在空中的极乐天堂，
教我避开每一个有罪的污点，
带我走向美好与善良。

不论日夜晨昏，我的声音
会把感恩的歌曲送达上苍，
守护的神灵因你而喜悦，
善良的天使，也为你赞扬。

我会以如火的热情，
努力避开每一种邪恶，纠正每一个过错，
我会热爱你给予的经验，
珍惜你保护的德操。

当大限终于降临，上苍命令
我的躯体追求墓中的长眠，
当死神靠近，用他友善的手
合上我这朝圣者昏花的双眼。

欣慰我的灵魂躲过了劫难，
无怨无悔离开尘寰，
向上帝交还我的灵魂，
依然纯洁，如同它初属我的当年。

　　结束了日常的祷告后，安托尼娅上床睡了。睡意很快悄悄地向她袭来，在好几个小时的时间里，她享受到了只有清白无辜的人才能体验的安睡，这样的安睡是许多君主愿意用头上的皇冠来换取的。

第四章

——啊！多么黑暗！

这些长长延伸的王国与可怜的废弃物！

这里只有寂静才是主宰，黑夜复黑夜，

漆黑如混沌，初造的太阳尚未运转，

或者阳光还没有初照深邃的黑暗！

微弱的小烛光，

摇曳在你阴暗朦胧的墓室，

到处是发霉的湿气，以及爬虫的黏液。

烛光让一种额外的恐怖落下，

结果只使得你的长夜更加让人恼恨！

——布莱尔

安布罗西欧回到了修道院，没有被人发现。他心中充满最为愉快的幻想，对于自己受安托尼娅的美貌吸引所带来的危险，他视若无睹。他只记得与她一起带给他的乐趣，并且对重复这种乐趣的前景感到欣喜。他能够利用埃尔维拉生病的机会每天与其女儿见面。起初，他只把愿望限制在激起安托尼娅的友谊上面，但是一旦确信获得了她最真挚的友谊之后，他的目标就变得更加明确，他的殷勤也就呈现出更加热烈的色彩。她对待他的那种天真的亲近助长了他的欲望，他对她的稳重变得习以为常，尽管仍然钦佩她的稳重，不过这种稳重只会促使他更加渴望夺走构成她主要魅力的品质。他火热的激情，以及天生的洞察力，给他提供了有关引诱技巧的知识，更加不幸的是，他和安托尼娅在天生的洞察力上都有足够的天分。他能轻易区分那些对其图谋有利的情感，并贪婪地想尽一切方法向安托尼娅的心中灌输堕落的想法。他发现要做到这一点并不容易。极端的天真没能让安托尼娅看穿修士的暗示所期待的目的，但是她在埃尔维拉的调教下养成的优秀道德，她正确而可靠的领悟力，还有天性注入她内心的强烈的是非感，使她感觉到他的论证肯定有错误。她常常用短短几句话就推翻了他大部分强词夺理的辩论，使他意识到他的辩论面对美德与真理是多么不堪一击。在这种场合，他就会乞求于他的雄辩口才，试图以大量哲学悖论制服她，因为她不懂这些东西，不可能做出回答。这样，尽管他不能让她信服他的推论是正确的，起码不至于让她发现其谬误。安布罗西欧注意到她对自己的判断力的尊敬与日俱增，他并不怀疑，随着时间的推移，她会被推送到他所希望达到的位置。

他不是没有意识到他的企图是严重的犯罪，他很清楚这种引诱纯真女孩的行径极其卑鄙下作，但是他的激情过于强烈，使他无法放弃自己的图谋。他决定实施自己的计划，不论结果如何。他把希望寄托在找到某个安托尼娅不设防的时刻。他发现没有别的男人与她交往，也没有听见她或者埃尔维拉提到过任何男人，所以他推想她年轻的心灵还没有被人占据。在等待机会以满足自己不正当的欲望的同时，他对玛蒂尔达的感情日趋冷淡。他不想让她知道这些，但是他还不能完全做自己的主宰。不过，他担心的是，她会因为嫉妒在盛怒之下泄露与他的品德和生命攸关的秘密。玛蒂尔达不可能没有察觉他的冷漠，他意识到她已经察觉到这一点，由于怕她责怪，所以他刻意回避。然而，当他无法避开她时，她温和的性情可能使他以为，没有必要害怕她的怨恨。她又恢复了那个温柔有趣的"罗萨里欧"的性格，她没有责备他的忘恩负义，但是她的眼睛不由自主地噙着泪花，她的表情和声音中温柔的抑郁所表达的幽怨，远比言辞所能传达的更令人同情。安布罗西欧不是没有为她的悲伤所打动，但是由于无法消除使她悲伤的原因，他隐忍着没有表现出来。她的举动使他相信，他不用害怕她的报复，因而他继续忽视她，小心地避开她的陪伴。玛蒂尔达明白，想重新获得他的感情纯属徒劳，不过她还是压下了怨恨的冲动，继续用原来的柔情和关爱对待她那见异思迁的情人。

埃尔维拉的身体渐渐地恢复了，惊厥病也好了，安托尼娅不再为母亲担忧。安布罗西欧看到埃尔维拉的康复，心中很不高兴。他知道，以埃尔维拉对世事的了解，她是不会被他的行为所欺骗的，她会轻易察觉到他对女儿的企图。所以，安布罗西欧决定，在埃尔维拉下床之前，试探一下自己对天真的安托尼娅的影响力到底有多大。

一天晚上，当他发现埃尔维拉的身体几乎已经完全恢复时，就比平时早一点离开了。由于没有在前厅找到安托尼娅，他大胆地来到安托尼娅的房间里找她，她的房间与母亲的房间只隔着一个小间，这个小间通常是侍女弗洛拉住的。安托尼娅背对着门坐在沙发上，全神贯注地看着书，直到修士已经在她身边坐下，安托尼娅才知道有人靠近了自己。安托尼娅吃了一惊，以愉悦的神色欢迎他。然后，她站了起来，想带安布罗西欧到起居室，但是安布罗西欧拉住她的手，温柔而有力地迫使她坐在原来的位置。安托尼娅轻易地顺从了，因为她并不知道，和他在卧室谈话不如在起居室谈话合适。她以为她对他和自己的行为准则同样有把握，便重新坐回到沙发上，以她惯常的从容与活泼的态度同他闲聊起来。

修士看了看她刚才在读的那本书，书已经搁在桌上，原来是《圣经》。

"怎么！"修士心里想道，"安托尼娅在读《圣经》，可她还是这样无知？"

但是，在进一步回忆之后，他发现埃尔维拉曾经说过完全相同的话。虽然这位谨慎的母亲欣赏这部宗教经典中美好的东西，但是她相信，如果不加以限制，让一个年轻女子读这本书是最不合适的。书中许多叙事只会引起女性心中最不合适的想法，每一件事都说得明白直率，即使是妓院的记载也未必会包含这么多粗俗的词语。然而，这却是一本向青年女子推荐阅读的书，是一本送到儿童手里的书，幸好这些儿童对那些最好不要知道的段落会迷惑不解。这还是一本反复灌输堕落知识的书，会唤醒那些仍在沉睡中的情感。埃尔维拉完全相信，她宁愿把《阿马迪斯·德·高尔》或《骑士蒂朗》交到女儿手中，宁可允许她阅读《唐·加拉欧尔》的邪恶事迹，或者《我生活中的普拉塞尔小姐》的黄色笑话。所以她做出了两个关于阅读《圣经》的决定。第一个决定是，安托尼娅在达到能够感到这本书的美妙之处并能从它的说教中获益的年龄之前，不能阅读这本书。第二个决定是，她必须亲手把书抄写一遍，不合适的段落必须改动或者删除。她一直坚持这个决定，安托尼娅读的这本是埃尔维拉手抄的那本。这本《圣经》最近才交到安托尼娅手里，她废寝忘食地阅读，从中获得一种难以言表的喜悦。安布罗西欧察觉到自己的错误，便把书放回桌子上。

安托尼娅以年轻人的热情和喜悦谈及她母亲的身体。

"我钦佩你的这份孝心，"院长说道，"它证明了你品格的卓越不凡与通情达理，它对那个上苍安排的将拥有你感情的男人来说也是一笔财富。如果一个人能够如此热爱父母,那么对一个情人会怎么样?唔,也许,就是现在对一个情人会怎么样?告诉我,我可爱的安托尼娅,你可曾知道什么是爱情?真诚地回答我,忘了我身上的这身教服,只把我当作朋友看。"

"爱上一个人会怎么样?"安托尼娅问道,重复着他的问题,"哦!是的,毫无疑问,我爱着许多许多人。"

"我不是这个意思。我说的爱是只对某一个人的爱。你就从来没有看到过你希望他做你丈夫的那个男人吗?"

"啊!没有,真的!"

这不是真话,只是她没有意识到这一点。她不知道她对洛伦索的感情属于什么性质,自从他初访埃尔维拉之后再也没有来过,所以洛伦索在她心中的印象一天比一天模糊。而且,她是带着处女的全部恐惧来想到做她丈夫的男人的,所以她毫不犹豫地否定了修士的盘问。

"难道你不渴望见到那个男人,安托尼娅?你未被填满的那颗心不感到空虚吗?你不会因为某个你虽然珍爱却不知道是谁的人不在身边而叹息吗?难道你没有察觉到有什么东西以前曾经使你开心,而现在却不再对你有吸引力吗?难道你没有觉察到上千种新的愿望、新的想法、新的感觉在你胸中涌现,却只是觉得难以用言辞形容吗?或者,当你给别人的心灵装填上激情时,你的心却仍然能够麻木不仁、无知无觉吗?这不可能!你那动人的眼睛、那绯红的脸颊、那偶尔流露出的迷人的抑郁,所有这一切迹象证明你心口不一。你有心上人了,安托尼娅,而且想遮掩起来不让我知道,这怎么可能?"

"神父,你让我很惊讶!你讲的这种爱是什么呢?我既不知道它是什么,也不知道我是否已经感觉到,我没有必要遮掩这种感情。"

"安托尼娅,难道你没有见过这样一个男子吗?虽然以前你没有见过,却好似已经寻求了好久;他的身影,虽然完全陌生,你看起来却非常眼熟;他的声音给你安慰,使你愉悦,穿透你的灵魂;他在你身边你感到欣喜,他不在身边你感到伤心;同他在一起,你的心似乎感到很舒畅,并且以无限的信任把你的忧愁向他倾诉。所有这一切你都没有感觉到过吗,安托尼娅?"

"我当然有。我第一次看到你,就感觉到了。"

安布罗西欧吃了一惊,几乎不敢相信自己的听觉。

"我,安托尼娅?"他一边大声问道,眼中闪现出愉悦,一边急切地抓住她的手,兴高采烈地按到自己的唇边,"我,安托尼娅?你对我怀有这些情感吗?"

"甚至比你所描述的还要强烈。我第一次见到你,就对你感到无比喜欢,无比感兴趣!我非常急切地等着听见你的声音,而且当我听到之后,就觉得它悦耳动听!我从未听过如此悦耳的声音!我想让它上千次地给我讲我想听的东西!它使我觉得我似乎很早就认识了你,似乎我有权拥有你的友谊、你的劝告,还有你的保护。你离开的时候我暗自流泪,并且渴望再次见到你。"

"安托尼娅!我可爱的安托尼娅!"修士大声喊道,一把将她抱到怀里,"我能相信我的耳朵吗?再对我说一遍,我亲爱的姑娘!再说一次你爱我,说你真心又温情地爱着我!"

"真的,我爱你。除了我的母亲,这个世界上再没有比你更亲爱的人了!"

听到这一坦率的回答,安布罗西欧再也无法把持自己。他因为欲望而疯狂,把脸颊涨红、浑身发抖的安托尼娅抱在了怀里。他贪婪地把自己的嘴唇紧紧贴在她的唇上,吸入她清纯芳香的气息,一只手大胆粗暴地抚摸她的乳房,让她把柔软的四肢贴在自己身上。安托尼娅对他的举动感到非常震惊、惊慌、困惑,一时的惊诧使她失去了反抗的能力。安托尼娅终于清醒了过来,奋力想挣脱他的拥抱。

"神父!……安布罗西欧!"她喊道,"放开我,看在上帝的分上!"

但是,放肆的修士并不理会她的恳求,他不达到目的不肯罢休,他变本加厉,对她更加无所顾忌。安托尼娅恳求、哭泣、挣扎,虽然不知道因何而怕,但是她已经惊慌到了极点,她使尽所有的力气想推开对方,差点就要尖声呼救。就在这时,房间的门突然被人推开了。安布罗西欧意识到了自己的危险,极不情愿地放开了捕捉到手的猎物,慌忙从沙发上起来。安托尼娅高兴地喊了一声,飞奔到门口,被母亲紧紧抱在了怀里。

安托尼娅曾经傻乎乎地把院长讲的一些话复述给母亲听,埃尔维拉非常警觉,因此决定弄清楚自己的怀疑是否正确。她对人性极其了解,不会被修士的名声所欺骗。埃尔维拉回想起几件事情,虽然无关紧要,但是如果放在一起,却似乎为她的担心提供了证据。他频繁地走访,但就她所知,仅仅到她家。不论什么时候只要提到安托尼娅,他的情感就明显流露出来。他青春年盛,男性的激情正处顶峰。更为重要的是,安托尼娅复述的他的一些有害的人生观,与母亲在场时他说的并不一致,所有这一切使埃尔维拉对安布罗西欧的目的的纯洁性起了疑心。因此她决定,下次当他与安托尼娅单独待在一起时,设法给他来个突然袭击。埃尔维拉的计划成功了。没错,埃尔维拉走进房间时,他已经放开了猎物。但是,安托尼娅凌乱的衣裙,还有写在修士脸上的羞耻与慌乱,足以证明她的怀疑有充分的根据。然而,埃尔维拉为人极其谨慎,不会让人知道她的猜疑。她估计,要揭露骗子的真面目绝不是一件容易的事,因为公众对他过于偏爱。再则,由于没有几个朋友,她觉得与这样一个有势力的人为敌非常危险。所以,埃尔维拉假装没有看到他的慌乱不安,只是静静地坐到沙发上,为自己突然离开卧室找了一个小小的理由,表面上显得自信又轻松，同修士东拉西扯，谈论各种话题。

　　埃尔维拉的举动使修士松了口气，他开始缓过神来。他回答埃尔维拉时尽量显得沉着镇静，但是在伪装方面，他完全是个新手，只觉得自己肯定显得很狼狈和笨拙。安布罗西欧很快就中断了谈话，起身离开。令他大为恼怒的是，他辞行时，埃尔维拉彬彬有礼地说，由于现在身体已经完全康复，她觉得不让他陪伴其他人很不公平，他们也许更加需要他的陪伴。对于自己病中因他的陪伴与劝诫得到的益处，埃尔维拉向他表示了永恒的感激之情。她还说，由于她的家庭事务，以及他的处境不可避免地带给他的大量事务，今后请他不必来访。尽管是用最温和的语言表达的，但是话中的暗示再明白不过。修士正要准备反对，这时埃尔维拉一个意味深长的眼神马上阻止了他。他不敢逼迫她同意自己继续来访，因为她的举动使他相信，他的事情已经被发现。他屈服了，没有做任何回答就匆匆辞行，回到了修道院，他的心中充满了愤怒、耻辱、痛苦与失望。

　　安托尼娅的心因为修士的离开感到释然，但还是不禁哀叹再也见不到他了。埃尔维拉也黯然神伤，她一直把他视为朋友，并曾经从与他的友谊中收获了许多快乐，现在却必须改变原来的看法，对此无法不感到遗憾。不过，她早就对世间友情的荒谬习以为常，不会让现在的失望压在心底太久。现在埃尔维拉尽力想让女儿意识到所处的危险，不过她必须小心谨慎地处理这件事，以免在解除女儿无知的带子时，清白的面纱也掉落了。所以，她仅仅提醒安托尼娅提高警惕，并嘱咐，万一院长坚持登门造访，如果没人陪伴就不要接待他。安托尼娅答应听从母亲的劝告。

　　安布罗西欧匆匆回到自己的房间，随手关上房门，绝望地栽倒在床上。欲望的冲动、失望的痛苦、被发觉的羞愧，以及被公开揭露的担忧，使他的内心极度慌乱。他不知道该怎么办，由于不能与安托尼娅见面,他无法满足现在已经成为他生活一部分的激情。想到自己的秘密掌握在一个女人的手里,当看到前面横着一堵绝壁时,他不免吓得发抖。想到如果不是埃尔维拉,他已经拥有了自己想要的东西,他又不免气得发抖。他用直接的诅咒发誓要对埃尔维拉进行报复,他发誓不论付出多大的代价,仍然要占有安托尼娅。他从床上起来,迈着杂乱的脚步在房间里踱来踱去,咆哮着用身体猛烈地撞击墙壁,迷失于极度的愤怒与疯狂之中。

这时,他突然听见轻轻的敲门声,这使他意识到自己的声音肯定被人听见了,他不敢不让那个人进来。他尽力镇静下来,并遮掩自己的不安。他觉得稍许镇静之后,便拉下门闩。门开了,玛蒂尔达出现在门口。

在这个时刻,他最不想看到的人就是她了。他不能控制自己,无法隐藏自己的恼怒,后退了一步,皱起了眉头。

"我有事正忙,"他以严厉而不耐烦的声调说道,"离开我!"

玛蒂尔达没有理会他,重新把门关紧,以温和而哀求的神态朝他走过去。

"原谅我,安布罗西欧,"她说道,"为了你,我不能听你的。不要害怕我的抱怨。我来这里不是为了责备你的忘恩负义。我从心里原谅你,既然你的爱不再属于我,那我就退而求其次,我需要你的信任和友谊。感情的东西不能强求,你曾经在我身上看到的那点微不足道的美丽,已经随着新鲜感的过去不复存在。如果它不再能够激起你的欲望,那么过错在我,不在你。可是,你为什么总是躲避我?为什么那么急于避开我?你悲伤,却不允许我来分担;你很失望,却不愿接受我的安慰;你有愿望,却不让我帮助你实现。我抱怨的就是这一点,而不是你对我的冷漠。我已经放弃了做你情人的权利,但是无论什么也不能让我放弃做你朋友的权利。"

她的似水柔情瞬间对安布罗西欧的感情产生了影响。

"玛蒂尔达,你真有雅量!"他回答道,握住她的手,"你不知高出其他女性多少倍!好,我接受你的帮助。我需要一个顾问,一个说知心话的人,你正是这样一个人。但是,帮助我实现……啊!玛蒂尔达,这可不在你的能力范围之内。"

"这就在我的能力范围之内。安布罗西欧,你的秘密对我来说根本不是什么秘密。你的每一个步骤,你的每一个行动,都被我关注的眼睛看到了。你恋爱了。"

"玛蒂尔达!"

"为什么瞒着我?不要害怕大多数女人所共有的那点小小的嫉妒。我的灵魂鄙视如此卑劣的一种感情。你恋爱了,安布罗西欧。安托尼娅·达尔法就是你炽热爱恋的对象,我知道关于你的感情的任何情况,因为每一次谈话都有人向我复述。有人告诉我,你企图享用安托尼娅的身体,还告诉我你的失望,以及你被埃尔维拉赶出家门的事情。你现在对失去你的心上人感到绝望,我来是为了重新燃起你的希望,给你指出通往成功的道路。"

"通往成功?啊!不可能的事!"

"对于大胆的人而言,没有不可能。只要依赖我,你就会幸福。现在,安布罗西欧,对你的牵挂迫使我向你透露我的部分身世,这些你仍然不了解。听我说,不要打断我的话。如果我的表白让你反感,别忘了我唯一的目的只是满足你的愿望,让你现在不得安宁的心灵恢复安宁。我以前提到过,我的监护人是个具有非凡知识的男人,他不辞辛苦地把那些知识灌输到我幼小的心灵,在好奇心驱使他探索的各门学科中,他没有忽略被大多数人认为是邪恶的、荒唐的东西。我说的是与鬼魂世界相关的那些法术。他对因果的深入研究,他对物理孜孜不倦的研习,他对充实了海洋的每一种珍宝的属性与功效的了解，以及有关地球上出产的任何一种药草的渊博知识，最终为他获得了如此持久的荣誉。他的好奇心已经完全平息，他的野心也已经得到极大的满足。他给自然力发号施令，他能够逆转自然的秩序。他的眼睛能看出未来的指令，地狱的鬼魂听从他的指挥。你为什么要回避我？我明白你那探询的目光。你的猜疑没有错，但是你的恐惧没有必要。我的监护人没有向我隐匿他获得的最珍贵的东西，但是，如果我从来没有见到你，我永远也不会施展我的本领。像你一样，我想到魔法就不寒而栗；像你一样，我对召唤魔鬼的后果极为恐惧。为了保住你要求我珍惜的那条性命，我求助于我曾害怕使用的方法。你还记得我在圣克莱尔墓地度过的那个夜晚吗？那时在腐尸的包围下，我鼓足勇气举行了那些神秘的仪式，召唤堕落天使帮助我。你猜想一下，当我发现我的恐惧只存在于想象之中时，我是多么高兴。我看到魔鬼听从我的命令，见我皱起眉头他就胆战心惊，我还发现，我非但没有把灵魂卖给什么人，我的勇气倒为我买了一个奴隶。"

"鲁莽的玛蒂尔达！你做了什么？你已经注定要遭受无穷无尽的毁灭。你用永恒的幸福换取了片刻的力量！如果我的欲望的实现取决于巫术，我绝对会放弃你的帮助。结果太可怕了。我爱安托尼娅，但是我还不至于被欲望蒙蔽到为了享用她而牺牲我的今生和来世的程度。"

"荒谬的成见！哎呀！安布罗西欧，我替你脸红，为你屈从于成见的支配而脸红。接受我的帮助有什么危险啊？如果不是希望恢复你的幸福和安宁，还有什么会促使我说服你走这一步呢？如果有危险，也肯定是落在我的身上。祈求鬼魂帮助的人是我，所以罪恶属于我，好处归于你。这并不存在危险，因为人类的敌人是我的奴隶，不是我的君主。难道立法与守法之间、服从与命令之间没有区别吗？

从你不切实际的想法中清醒过来吧，安布罗西欧！扔掉那些与你的灵魂如此不相适应的恐惧吧，把恐惧留给普通人吧，要敢于使自己幸福！今天夜里陪我去圣克莱尔墓地，见证我的法术，安托尼娅就属于你了。"

"用这样的手段得到她，我非但不能，而且也不愿。那么就不要再说服我了，因为我不敢利用地狱的力量。"

"你不敢？你骗得我好苦啊！那个我曾经认为如此伟大、如此勇敢的心灵，竟是如此脆弱、幼稚、卑下，成为偏见的奴隶，甚至还不如女人的内心强大。"

"什么？既然已经意识到危险，我该故意让自己受引诱者的诡计的影响吗？我该永远放弃获得拯救的权利吗？我的眼睛该去搜寻有害的情景吗？不，不，玛蒂尔达。我不会同上帝的敌人结成联盟。"

"那么说你现在是上帝的朋友？难道你没有违背对他的承诺，放弃对他的侍奉，放纵情欲的冲动吗？难道你没有计划毁灭无辜者，摧毁上帝按照天使的样子创造的女子吗？如果不向魔鬼求助，你能求谁促成这个值得赞美的计划？难道六翼天使们会帮助你，把安托尼娅引到你的怀里吗？真是荒谬！但是我才不会上当，安布罗西欧！促使你拒绝我的帮助的不是你的美德，你想接受它，但是你不敢！让你住手的不是对罪恶而是对惩罚的恐惧！阻止你的不是你对上帝的尊敬，而是你对上帝的报复的恐惧！你只想偷偷地冒犯上帝，但是你害怕公开与他为敌。现在你该为怯懦的灵魂害臊，不论做上帝坚定的朋友，还是做他公开的敌人，你的灵魂都需要勇气！"

"以畏惧之心看待罪恶，玛蒂尔达，这本身就是美德。在这方面，我为承认自己是懦夫而自豪。尽管我的激情使我偏离了上帝的法则，但我的内心仍然感受到对美德与生俱来的热爱。你不应该责备我犯了假誓罪：是你，第一个引诱我违背誓约；是你，第一个唤醒我休眠的邪恶，使我感受到宗教锁链的沉重，让我相信罪恶中也有愉悦。但是，虽然我的原则屈从于人性的缺点，但我依然有足够的美德对巫术感到恐惧，并回避如此荒谬、不可宽恕的罪行！"

"你说不可宽恕？那么，你经常吹嘘的上帝的无限仁慈在哪里呢？难道他近来不仁慈了吗？难道他不再高兴接受有罪的人了吗？你伤害了他，安布罗西欧。你总会有时间忏悔的，他会善意地原谅你。给他一个极好的机会让他表示好意吧。你的罪行越大，他宽恕你的功德也越大。那就丢掉这些幼稚的顾虑吧，去做对你有利的事，跟我去墓室。"

"哎！停下，玛蒂尔达！你那嘲弄的口气，你那厚颜无耻又亵渎神灵的话，不管是出自谁人之口都极为可怕，但最可怕的是出自一个女人之口。我们不要谈论只会激起恐惧和反感的东西。我不会跟你去墓室，也不会接受地狱中的代理人的帮助。安托尼娅会属于我，但是要通过人类的手段属于我。"

"那么她永远也不会属于你！你已经不能与她见面，她的母亲已经看清你的企图，现在对你充满戒心。而且，她爱的是另外一个人。一个极其优秀的青年占据了她的心，如果你不加干预，再过几天她就会成为那人的新娘。这个消息是我那些无形的仆人带给我的，我就是依靠他们才察觉到你的冷漠。他们盯着你的一举一动，向我汇报你在埃尔维拉家里的所有事情，使我产生帮你一把的想法。他们的报告是我唯一的安慰。尽管你避开我，你所有的举动我都知道。而且，在某种程度上我经常与你在一起，都亏有了这件珍贵的礼物！"

说着，玛蒂尔达从修士服里面拿出一面打磨得锃亮的钢镜，镜子边缘刻有各种奇形怪状的陌生符号。

"你的冷淡使我非常悲伤，非常遗憾，我靠这个法宝的支撑才没有绝望。只要说上几句话，我一心想见的那个人就会在镜中出现。

这样,尽管我已经被赶走,见不到你,安布罗西欧,你却总是在我的身边。"

修士的好奇心被强烈地激发了起来。

"你说的事情难以置信！玛蒂尔达,你不是在用我的轻信为自己寻开心吧?"

"让你的眼睛来见证吧。"

玛蒂尔达把镜子放在安布罗西欧手里。好奇心使安布罗西欧拿起镜子,而爱情又使他希望安托尼娅出现。玛蒂尔达念了咒语,顷刻之间,一股浓烟从刻写在镜子边缘的符号上面升起,遮住了镜面,然后又慢慢消散。呈现在修士眼前的,是混杂在一起的色彩与图像,最终他看到了安托尼娅可爱的形象。

镜中的场景是安托尼娅房间里的一个盥洗室,她正在脱衣服,准备沐浴。她的长发已经挽起,好色的修士有充分的机会观看她诱人的曲线和匀称得令人羡慕的身体。她脱掉最后一件衣服,走向准备好的澡盆,把一只脚伸入水里,感觉水很冷,又缩了回来。虽然没有意识到有人在偷看,天生的羞怯感使她遮住了她的迷人之处。她以美第奇的维纳斯的姿势站在澡盆边缘,非常犹豫。这时,一只温顺的红雀朝她飞去,把头依偎在她的乳房之间,轻轻啄咬乳房嬉戏。微笑的安托尼娅极力晃动身子,想把红雀摇走,但是不起作用,最终只得抬起双手把它从愉快的港湾赶走。安布罗西欧再也受不了了,他的情欲被撩起,激动到了极点。

"我投降!"他大喊道,把镜子猛扔在地上,"玛蒂尔达,我跟你去!你想让我做什么,一切随你!"

她没有等他重述第二遍请求。时间已是子夜,她飞奔到房间里,很快带着她的小篮子和墓地的钥匙回来了。自从上次去墓室以后,钥匙一直在她手里。她没有给修士再度思考的时间。

"来！"玛蒂尔达说道，拉住他的手，"跟我来，见证一下你的决定的结果。"

说着，玛蒂尔达拉着安布罗西欧急急前行。他们来到墓地，一路没有被人看到。打开墓室的门，安布罗西欧发现他们就站在地下楼梯的上头。刚才一轮满月的光亮照着他们前行的脚步，但是现在已经没有了月光。玛蒂尔达没有带灯，她拉着安布罗西欧的手，走下了大理石的台阶，但是弥漫在他们面前的黑暗迫使他们走得很慢，走得小心翼翼。

"你在发抖！"玛蒂尔达对同伴说道，"不要怕，要去的地点很近了。"

他们走到楼梯脚，继续沿着墙壁摸索前行。转过一个角落，突然，他们看见似乎有一盏光亮微弱的灯在远处亮着。他们朝那儿走去，灯光是从放在墓室里面圣克莱尔雕像前面的一盏长明灯发出的。灯光给支撑墓室顶部的厚重的柱子染上了昏暗又阴郁的光线，但光线太过微弱，无法驱散隐没了墓顶的浓厚的阴暗。

玛蒂尔达拿起了那盏灯。

"等着我！"她对修士说道，"不用多久我就会回到这里。"

说着，她赶紧走入其中的一条通道，通道从这里分岔，通往不同方向，这里像迷宫一样。安布罗西欧现在独自一人。最深沉的黑暗包围着他，助长了已经在他心中复活的恐惧。他已经被此刻的妄想所逼迫。玛蒂尔达在的时候，他羞于暴露出恐惧，所以强压住了。但是现在只剩下他一个人，他的恐惧又重新占了上风。他因对即将见证的场面而浑身发抖，不知道魔法的幻觉在他心里起的作用有多大，而且幻觉很有可能迫使他做出某种使他与上苍之间的裂痕无法愈合的事情。在这可怕的窘境之中，他本该恳求上帝的帮助，但是意识到自己已经丧失了寻求这种保护的所有权利。他很想回到修道院，但是由于他已经穿过了无数的洞窟和蜿蜒的通道,所以已经没有可能走回到楼梯口。他的命运已经决定,他无法逃避。所以,他与恐惧搏斗,找出所有理由来为自己助阵,这些理由会使他坚强地忍受难堪的场面。他想安托尼娅会成为他勇气的奖赏,便通过列举她的美丽来激起自己的想象。他劝说自己(正如玛蒂尔达说的),他总会有足够的时间来忏悔,而且正因为有了她的帮助,而不是魔鬼的帮助,巫术的罪行不应该记在他的账上。他读过不少有关巫术的书,他明白,除非签订正式的契约放弃获得拯救的权利,就是撒旦也对他没有办法。他决定绝不签署任何此类契约,不管可能受到何种威胁,也不论对方向他提供何种好处。

这就是他等候玛蒂尔达时的所思所想。他的思绪被来自不远处的一阵低语声打断。他非常吃惊,竖起耳朵倾听。在寂静中过了几分钟,又传来一阵低语,好像是某个人在痛苦地呻吟。如果在任何别的场合,这种情况肯定会引起他的关注和好奇。

现在,他最主要的感觉是恐惧,巫术与鬼魂的想法完全占据了他的想象。他想象某个不宁的鬼魂就在他身边游荡,或者玛蒂尔达已经成为其专横傲慢的牺牲品,她正在魔鬼们残忍的毒牙下死去。那声音似乎没有向他靠近,但是可以不时地听到。有时候,它变得更加清晰,一定是发出呻吟的那个人的痛苦变得更加剧烈并难以忍受。安布罗西欧偶尔想到,他能辨认出这声音,尤其是有一次,他几乎确信听见了一个微弱的声音在叫喊:

"上帝!啊!上帝!没有希望啊!没人来救!"

这几句话之后传来更加低沉的呻吟,声音慢慢地消失了,一切又恢复了寂静。

"这会意味着什么?"困惑的修士想。

就在此时,一个念头在他脑海中闪过,几乎把他吓呆了。他大吃一惊，因为这个想法而浑身发起抖来。

"如果有这种可能！"他不由自主地呻吟着说道，"万一有这种可能，啊！那我是一个多么丧尽天良的人啊！"

他渴望消除自己的疑惑，弥补自己的过错，如果还不是太晚的话。但是这些慷慨又慈悲的想法很快因为玛蒂尔达的回来而烟消云散。他忘记了那个正在呻吟的受难者，只记得自己处境的危险和难堪。返回的灯光把墙壁映照成了红色，不一会儿，玛蒂尔达站在了他的身边。她已经脱掉了教士服，穿着一件黑貂皮长袍，上面有金线绣着的各种他不认识的符号。长袍被一条宝石做的腰带系得紧紧的，腰带上别着一把匕首。她的脖子和手臂裸露着，手里拿着一根金色的魔杖。她头发蓬松，零乱地垂到双肩，眼中闪动着可怕的神色，她所有的行为旨在激起旁观者的敬畏和羡慕。

"跟我来！"她用低沉而严肃的声音说道，"一切准备好了！"

他一边跟她去，一边四肢抖个不停。她带他穿过各种狭窄的通道，在他们经过的每一边，灯光照出的尽是些最令人讨厌的东西：骷髅、骨头、墓穴，还有那些好似用恐惧和惊讶的眼睛盯着他们看的影像。最后，他们来到一个宽敞的洞穴，高高的洞顶看不到尽头。深深的阴暗笼罩着整个空间，潮湿的水汽将寒意沁入修士的胸中。狂风沿着孤寂的墓穴呼啸而过，安布罗西欧悲伤地竖耳倾听。玛蒂尔达在这里停了下来，面朝安布罗西欧。他的脸颊和嘴唇吓得发白。她用鄙视又愤怒的目光谴责他的胆怯，但是没有说话。她把灯放在靠近篮子的地上。她示意安布罗西欧不要作声，便开始了神秘的仪式。她绕着他画了一个圆圈，又绕着自己画了一个圆圈，然后从篮子里取出一个小药瓶，把几滴药水倒在她前面的地上。她俯身其上，含糊地低声说了几句话，一团苍白的硫黄色火焰马上从地上升起。火越来越大，最后火焰布满了整个地面，只有玛蒂尔达和修士站着的这两个圆圈里面没有被波及。随后,火焰蔓延到巨大的石柱,把洞穴变成一个完全被摇晃的蓝色火焰覆盖的巨室。这火焰非但没有热量,反而随着时间的推移使这里越来越寒冷。玛蒂尔达继续说着咒语,不时从篮子里取出各种东西,大部分东西的性质与名称修士都不知道。但是,在他认出的几件物品里,他特别注意到三只人的手指,还有一个被她打碎的刻有"上帝的羔羊"的小蜡盘。她把所有这一切扔到面前燃烧的火焰中,很快它们就被烧成了灰烬。

修士带着焦虑的好奇心看着她。突然,她发出了一声响亮又刺耳的尖叫,好像突然精神错乱似的。她撕扯头发,捶打胸脯,做出各种最为疯狂的姿势,并从腰带上取下匕首,刺入她的左臂。大量的鲜血涌了出来,由于她站在圆圈的边缘,她特意让鲜血流到圆圈的外面。鲜血流淌到的地方火焰就退去,一大团乌云从血染的泥土上升起,慢慢地上升,一直到达洞穴的穹顶。与此同时,传来一阵雷鸣,回声沿着地下通道发出轰鸣,令人生畏,女巫师脚下的地面摇动了起来。

到这时,安布罗西欧才后悔自己的鲁莽。魔力的庄严奇特已经使他为奇怪而可怕的东西做好了准备。他恐惧地等待精灵的出现,雷声和地震宣告了精灵的来临。他狂乱地环顾四周,指望某个可怕的精灵会进入他的视线,这会使他发狂。他的身体突然冷得发抖,一只膝盖瘫软在地上,使他无法站立起来。

"他来了!"玛蒂尔达以喜悦的口气说道。

安布罗西欧吃了一惊,恐惧地等待着魔鬼。令他大为吃惊的是,当雷声停止轰鸣,一支洪亮悦耳的乐曲在空中响起。与此同时,乌云散了,他看到一个比想象之笔所能描绘的还要俊美的人影。来者是个青年,似乎还不到十八岁,体形与容貌完美得无与伦比。他赤身露体,一丝不挂,一颗明亮的星星在他的前额闪烁,两只深红色的翅膀从两肩伸展开来,绸缎般的头发用多种颜色的火焰做成的带子系着,围绕在他的头边晃动，形成许多幻象，发出远胜宝石的光芒。他的手臂、足踝都系着钻石饰环，右手拿着一根银制的桃金娘枝条。他的形体闪动着耀眼的光芒，被发出玫瑰色光芒的云彩包围着，他出现的时候，一股散发出芳香的清新空气弥漫着整个洞穴。安布罗西欧对这出乎意外的幻觉着了迷，他高兴而惊奇地盯着这个神灵。然而，不论这个精灵的形象有多俊美，安布罗西欧还是注意到他眼睛里的狂野，以及写在他脸上的神秘和忧郁，这些都暴露出堕落天使的本性，使旁观者暗暗生畏。

音乐停止了。玛蒂尔达对精灵说话，她说的语言修士听不懂，对方也用同样的语言回答。她好像在坚持主张魔鬼不愿同意的某种事情。那堕落天使频繁地向安布罗西欧投以愤怒的目光，每当这个时候，修士的心就为之一沉。玛蒂尔达好像被激怒了，她以命令的口气大声说话，她的手势表明，她在用报复威胁他。她的威吓产生了预期的效果，精灵单膝跪下，以顺从的神态把桃金娘枝条递给她。她一拿到手，音乐就再次响起。一团浓云罩在了精灵的头顶，蓝色的火焰消失了，深沉的黑暗又成了洞穴的主宰。院长待在原地一动没动，沉浸在喜悦、焦虑及惊奇之中。最后，黑暗消失了，他看到玛蒂尔达身穿教服站在旁边，手里拿着桃金娘枝条。一丝魔法的痕迹都没留下，只有那盏墓穴里的长明灯以微弱的光线照着墓穴。

"我成功了，"玛蒂尔达说道，"虽然比我预期的要困难许多。我召唤来帮忙的魔鬼开始不愿意听从我的命令。为了迫使他听命，我只好求助于我最强大的符咒，达到了预期的效果，但是我也保证以后再也不让他帮你的忙了。那么你要注意，该如何利用这个一去不复返的机会。现在我的魔法对你再也没有用了，以后你只能希望超自然的力量的帮助，靠你自己祈求魔鬼们，并接受他们提供服务的条件。你需要强大的内心去迫使他们听命，除非你付给他们确定的价格,他们不会心甘情愿地做你的仆人。但在这件事情上,他们答应听从你,我把享用你心上人的工具提供给你,一定小心,不要错过这次机会。拿走这枝以群星样的饰物装饰的桃金娘,当你把它拿在手上,每扇门都会向你打开。明天晚上它会让你进入安托尼娅的房间,然后你对着它吹三口气,说出她的名字,把它放在她的枕头上。一种像死亡一样的睡眠会立刻向她袭来,使她没有能力反抗。她会沉沉睡去,直到第二天拂晓。这样,你就可以满足你的愿望,而不会有被人发现的危险。由于黎明会消除魔法的效果,安托尼娅到时会发现自己受到的耻辱,但是不会知道是谁强暴了她。那就开心一点,我的安布罗西欧,我这次为你效劳,向你证明了我无私和纯洁的友谊。黑夜肯定就要过去了,我们回修道院去吧,以免别人发现我们不在而感到意外。"

院长接过法宝,默默地表示感激。晚上的历险使他太过困惑,他不知道该怎么道谢,也无法真正感受到玛蒂尔达的礼物的全部价值。玛蒂尔达拿起灯和篮子,带着安布罗西欧离开了神秘的洞穴。她把灯放回原处,在黑暗中继续行走,直至来到楼梯脚下。初阳的晨曦投射在上面,玛蒂尔达和院长急忙走出墓室,随手把门关上,很快就到了修道院西边的回廊。一路上没有遇见别的人,他们各自回到房间,没有被人发现。

安布罗西欧原来心如乱麻,此刻心情却已经平复下来。他对这次成功的历险很高兴,细想着桃金娘枝的作用,他觉得安托尼娅已经在自己的掌握之中。回忆起魔镜显示的那些隐秘的迷人之处的魅力,他不禁焦急地等待着子夜的到来。

第三卷

第一章

蟋蟀在吟唱，人们过度的疲劳

在睡眠中得到恢复：我们的塔昆就这样

轻轻地踩在铺地的灯芯草垫上，

在他弄醒他玷污的贞女——塞西莉亚之前，

你床上的卧姿多么优美！清新的百合！

比被单还要洁白！

——《辛白林》

　　德·拉斯·西斯特纳斯侯爵所有的搜寻结果都是白费力气，他已经永远失去了阿格妮丝。失望严重地影响了他的身体，他大病一场，长期卧床，无法按计划拜访埃尔维拉。埃尔维拉也不知道他迟迟不来的原因，心里感到极其不安。妹妹的离世使洛伦索无法把有关安托尼娅的打算告诉伯父。而埃尔维拉有禁令在先，没有得到公爵的同意就不准他去见她们母女。由于再也没有听到洛伦索的消息，也不见他来提亲，埃尔维拉猜测，他要么有了更好的对象，要么家人迫使他放弃了对安托尼娅的所有期望。每过一天，埃尔维拉对安托尼娅的命运就愈发不安。当她寄希望于修道院院长的保护的时候，她尚能坚毅地忍受对洛伦索和侯爵的失望。现在这个指望已经落空，她相信安布罗西欧肯定会设计毁了她女儿，想到自己死后，安托尼娅无依无靠，留在一个如此卑鄙、如此背信、如此堕落的世界里，她的心就充满了焦虑的痛苦。每当这样的时候，埃尔维拉会连续坐上几个小时，凝视可爱的女儿，表面上在倾听女儿天真的闲聊，实际上她的思绪却停留在突如其来的深深忧伤之中。然后，她会突然把女儿紧紧抱在怀里，将头依偎在女儿的胸口，泪水沾湿了衣襟。

有一件事正在酝酿中，如果埃尔维拉知道的话，就会消除她的焦虑。这段时间，洛伦索一直在等待告诉公爵他已有婚姻意向的良机。但是，这期间发生了一件事，迫使他把这件事推迟了几天。

唐·雷蒙德的疾病似乎加重了。洛伦索时常守在床边，以亲兄弟般的温情对待他。雷蒙德发病的原因和结果使洛伦索也十分痛苦，特奥多尔的忧伤也同样真诚。这个友善的孩子一刻也不离开主人，想尽一切办法给他安慰，减轻他的痛苦。侯爵对死去的心上人怀有极其深厚的感情，大家都看在眼里，他无法从失去阿格妮丝的悲痛中活下去。除了使他相信阿格妮丝还活着，无论什么也不能减轻他的悲痛，所以需要特奥多尔的帮助。尽管仆人们知道这是谎话，但是他们仍然鼓励他相信这一点，因为这是他唯一的安慰。仆人们每天都要他放心，说他们在重新彻底查询关于阿格妮丝的命运，还编出许多故事，叙述他们为进入修道院所做的种种努力，还告诉他许多情况。尽管他们没有承诺能够绝对找到阿格妮丝，但至少给了侯爵足够的希望。当有人告诉侯爵这些编造出来的努力都失败时，他常常陷入最为可怕的发作之中。他还是不愿相信，之前的努力一样也会失败，不过他以为下一次努力可能会成功。

特奥多尔是唯一尽力去实现主人愿望的人。他总是忙于计划进入修道院的各种方案，或者考虑起码从修女口中得到一些阿格妮丝的消息。只有出于这一原因，特奥多尔才会离开侯爵。像变幻无常的海神普罗透斯一样，特奥多尔成了一个十足的变形人，每天改变自己的形貌，不过他所有的变形几乎都没有达到目的。他总是失望地回到德·拉斯·西斯特纳斯宅邸，无法带来任何可以坚定主人希望的消息。

一天，特奥多尔突然想到扮成乞丐。他用眼罩罩住左眼，手上拿着吉他，站在圣克莱尔修道院的门口。

"如果阿格妮丝真的被关在这个修道院里，"他想道，"如果她能听到我的声音，她很可能会想办法让我知道她在这里。"

带着这个想法，他混入天天聚集在圣克莱尔修道院门口领取羹汤的一群乞丐中，修女们习惯于在十二点施汤给他们。他们每个人都有大罐或者碗，可以把羹汤取走，但是由于特奥多尔没有这类器皿，他请求允许在修道院门口喝他的那份汤，这个要求很快就得到了同意。他甜美的声音，还有迷人的容貌——虽然有一只眼睛戴着眼罩——赢得了好心的看门老妇的同情。看门老妇在一个平信徒修女的协助下，忙于给每一个乞丐施舍羹汤。特奥多尔被吩咐待在那儿，一直到其他人离开，才能进修道院喝他的汤。这正是年轻人所希望的，因为他不是为了喝羹汤才来修道院的。他感谢看门老妇的许可后，便离开门口，坐在一块大石头上，在乞丐们受施的时候弹奏吉他自娱。

这群人一离开，特奥多尔就被叫到大门口，要他进去。他无比乐意地服从了，但是在经过神圣的入口时，他装出极其尊敬的样子，假装在可敬的女士们面前显得很胆怯。他装出来的胆怯满足了修女们的虚荣心，她们竭力消除他的顾虑。女看门人带他来到自己的小客厅，这时平信徒修女则去了厨房，但很快就端了双份的羹汤回来，质量要比施舍给那些乞丐的好许多。女看门人从她私人的储藏品里取出一些水果和糖果,她们俩都要年轻人尽情地吃喝。对所有这些关照,他表面上十分感谢,并给两名女施主送上许多祝福。在他吃东西的当儿,修女们赞美他眉目清秀、头发漂亮,而且举止优雅。她们彼此低声痛惜这么迷人的青年竟然暴露在尘世的诱惑之下,她们认为,他本可以成为天主教的栋梁之材。她们经过讨论决定,如果她们为了让这个乞丐进入嘉布遣会修士教堂成为一名神职人员,而恳求院长嬷嬷向安布罗西欧说情,就是向上帝提供了真正的侍奉。

做出这个决定之后,这位在女修道院里很有影响力的女看门人赶紧飞快地走到院长嬷嬷的房间。在那里,她对特奥多尔的优点做了无比激昂的叙述,女院长越来越好奇,很想见他一面。因此,女院长派女看门人去把他带到客厅的格栅门边来。与此同时,这名假扮的乞丐在详细询问平信徒修女关于阿格妮丝的命运的事情。修女说的话只是证实了院长嬷嬷的说法。她说阿格妮丝从忏悔回来后就病倒了,此后一直卧床不起,而且她还亲自参加了阿格妮丝的葬礼。她甚至还亲眼看到过阿格妮丝的尸体。这一解释使特奥多尔十分灰心,不过由于已经走到这一步,他决定见证这件事的结果。

这时女看门人回来了,要特奥多尔跟她走。他同意了,便跟着女看门人来到了客厅,院长嬷嬷已经在格栅门边等候。她的周围簇拥着许多修女,她们热切地聚在这儿,想看看这个会带来一点娱乐的场景。特奥多尔怀着深深的敬意向她们行礼,他的出现甚至让院长严肃的表情暂时不见了踪影。女院长问了他父母、信仰,以及沦为乞丐的原因等一些问题。他的回答完全令人满意,但是没有一句真话。被问到对修道生活的看法时,他以高度尊重和充满敬意的言辞做了回答。听了这些话,女院长表示,他获准进入教会不是没有可能,有了她的推荐,贫穷就不会成为他入教的障碍,而且如果她认为他做得好,以后就可以得到她的保护。特奥多尔向她保证,努力获得她的青睐是他最高的愿望。院长命令他明天再来，还要与他深入交谈，然后就离开了客厅。

　　修女们出于对院长的尊重一直没有说话，现在一起聚集到格栅门，缠着年轻人问了许许多多问题。特奥多尔留心地观察每一人。唉！阿格妮丝没有在她们当中。修女们的问题一个接着一个，多得让他应接不暇。有一个人问他是在哪里出生的，因为他的口音表明他是外国人。另一个人想知道，为什么他要在左眼戴上眼罩。修女埃莱娜问，他是否有一个长得像他一样的姐妹。而修女拉雪尔则说，她完全相信，他即使有姐妹，也不会比他更可爱。特奥多尔则向轻信的修女们兜售他想象力能够编造出的离奇故事，以套取她们的真话。他一会儿向她们叙述瞎编的历险故事，使每个听者惊讶不已，一会儿谈到巨人、野蛮人、海难、"食人生番与头长在肩膀下的男人"住的海岛，以及许多其他非同寻常的事情。他说，他出生在因科格尼塔国，在非洲的霍屯督人的大学里读过书，而且还在西里西亚的美洲人中过了两年。

　　"至于我的眼睛失明，"他说道，"那是因为我不尊重圣母而应得的惩罚，当时是我第二次去洛雷托朝圣。我站在神奇的小教堂里靠近圣坛的地方，修道士们开始给雕像穿上最漂亮的衣服，有人吩咐朝圣者们在举行仪式的时候闭上眼睛。但是，尽管我天生虔诚，还是抵制不住好奇心。就在这个时候……我怕会吓着你们，尊敬的女士们，如果我说出我的罪行！……就在修道士们更换圣母雕像的衣服时，我冒失地睁开了左眼，偷偷看了一眼雕像。那就是我的左眼看到的最后一眼！绕着圣母的光轮太强烈，我的眼睛无法忍受。我赶紧闭上那只亵渎圣灵的眼睛，从那以后再也没能睁开过！"

　　听到他讲的这个奇迹，修女们都在胸口画起了十字，并答应会为了让他的眼睛复明向圣母玛利亚求情。他年纪轻轻，就游历过这么多地方,经历过这么多奇遇,对此她们啧啧称奇。这时,她们注意到他的吉他,问他是否擅长音乐。特奥多尔谦虚地回答说,他的才能不由他来断定,但是想请她们来做裁判,这个要求很快就得到同意了。

"不过至少,"看门的老妇说道,"要注意不能唱不敬神的歌曲。"

"你可以相信我的判断力,"特奥多尔答道,"你们会听到一个年轻女子沉溺于激情之中有多么危险的故事。一名少女突然爱上了一个陌生的骑士,她的经历就说明了这一点。"

"但是这个故事是真的吗?"女看门人问道。

"字字是真。故事发生在丹麦,女主人公容貌出众,所以人们只知道她叫'丽娘'。"

"你说,在丹麦,"有个老修女喃喃地说道,"难道丹麦人不都是黑人吗?"

"绝对不是,尊敬的女士。他们的皮肤是浅浅的豆青色,长着橘红色的头发和胡须。"

"圣母玛利亚! 豆青色?"修女埃莱娜惊叫道,"哦! 这不可能!"

"不可能?"女看门人带着鄙视又得意的眼神说道,"完全可能,我年轻时,记得亲眼看到过几个。"

这时特奥多尔已经给吉他调音完毕。他曾经读过一个英国国王的故事,国王的监狱被一个游吟诗人发现了。他希望,万一阿格妮丝在修道院,他也能像游吟诗人那样发现她。他特意挑选了阿格妮丝在林登堡城堡时教给他的一支民谣。她可能会听到这首歌,他希望她对某些诗节做出回应。他的吉他已经调好,准备拨动琴弦。

"不过在我开始之前,"他说道,"有必要告诉你们,女士们,这个丹麦国受到了巫师、女巫、邪恶精灵的严重骚扰。每一种自然要素都有自己的相应的魔王。那里的树林中经常出没的一个恶毒的恶魔,叫作'妖王',或者'橡树王'。就是他,使树木枯萎,指挥小魔与小妖,糟蹋庄稼。他以一个威严的老者形象出现,头戴金冠,银须飘飘。他主要的消遣就是引诱年幼的孩子离开父母,一旦将孩子骗到他的洞府,就把他们撕成上千块碎片。那里的河流被另一个魔王统治,他叫作'水王'。他的职责就是翻江倒海,导致沉船,然后把溺水的水手拖到水底。'水王'的穿戴像个武士,一心引诱年轻的处女落入他的圈套。水王把她们抓到水底会做些什么,尊敬的女士们,我就让你们自己去想象。还有一个'火王','火王'似乎是一盏用火焰做的灯,诱骗行人走入池塘和沼泽,并指挥闪电出现在可以给行人造成最大伤害的地方。这些自然要素的魔王中的最后一个叫作"云王",他的形象是一个俊美的青年,凭着他身上的两只黑色大翅膀,就能认出是他。虽然其外表极其迷人,但是他一点也不比其他几个魔王更友好。他不停地招来风暴,把树林连根撕碎,吹得在城堡和女修道院里的居住者陷入尴尬的处境。第一个魔王有个女儿,她是小精灵的女王;第二个魔王有个母亲,是个法术高强的女巫。这两名女士中任何一个都不比这两个男士厉害。我记不得另外两个魔王是否有自己的家人,但是现在我不讲其他魔王,只说'水王'。他是我这首民谣中的主人公,不过我觉得有必要在我开始之前,给你们说说他的一些情况……"

然后,特奥多尔演奏了一支简短的序曲。接下来,为了让声音传到阿格妮丝耳中,他把嗓门拉到最高,唱起了以下的诗节。

水 王

丹麦民谣

潮水涌动轻轻私语,
在芬香的鲜花盛开的河岸。
丽娘唱着欢快的颂歌,

急急赶路去玛利亚教堂。

那水魔王恶毒的眼睛
看见丽娘沿着河岸急行。
便直奔向他的女巫母亲，
用恳求的腔调对她说：

"啊！妈妈！妈妈！你对我说，
怎样可以打动在那边的姑娘。
啊！妈妈！妈妈！你告诉我，
怎样可以得到在那边的姑娘。"

女巫给了他白色的盔甲，
把他打扮成勇敢的骑士。
她用清水做了一匹骏马，
又用沙子给他造了马具。

于是水王他快速上路，
策马赶到玛利亚教堂。
他把骏马拴在了门前，
在教堂大院里踱来踱去。

他把骏马拴在了门前，
在教堂大院里踱来踱去。
然后匆忙走进了教堂，
那里聚集着大人与儿童。

骑士走近时神父问他：
"白甲头领为何来此？"
丽娘她在一旁莞尔一笑：
"啊！我多想成为他的新娘！"

他走过一排两排凳子，
"啊！丽娘！你让我想得要死！"
他走过两排三排凳子，
"啊！丽娘！你赶快跟我离开！"

丽娘她笑得十分甜美，
她一边允婚一边说道：
"不论享福，还是有难，
永远跟你走到天涯海角。"

神父把两只手合在一起，
他们在月光下翩翩起舞。
聪明的姑娘哪能想到，
她的夫君是水中的精灵。

哦！如果有精灵愿对她吟唱：
"你的夫君是水中的精灵！"
姑娘定会表示害怕和厌恶，
诅咒当时紧紧拉着她的手。

但是没有东西引发她来思考，
她即将误入危险的领地，
他们依然往前走，手拉着手，
一起来了到河边的黄色沙滩。

"亲爱的，与我登上这匹骏马，
我们必须在这里渡过小河，
大胆骑入河里，河水不深，
狂风已平静，大浪已睡眠。"

水王说了这番话，姑娘
服从了背信弃义的新郎，
她很快看到那骏马
欢快地沐浴在父母的波涛。

"停下！停下！我的爱人！
碧水已经打湿我退缩的脚！"
"啊！不要怕！我的甜心！
我们已经到了最深的地方。"

"停下！停下！我的爱人！
我看到河水漫过膝盖。"
"啊！不要怕！我的甜心！
我们已经到了最深的地方。"

"停下！停下！看在神的分上！

河水已经漫过我的胸膛!"
刚刚说完这两句话,骑士
与骏马已从她的视野消失。

她不停地尖叫,却是枉然,
猛吹的狂风减弱了她的喊声。
魔王狂喜,波涛翻滚,
涌向那个不幸的受害人。

丽娘在河流中奋力挣扎,
只听她在水中叫了三次。
但是当狂风暴雨息怒,
再也看不见可怜的丽娘。

吸取故事的教训,美丽的姑娘,
要当心你爱上的那个人!
别相信每一个英俊的骑士,
也不要同水王翩翩起舞。

　　年轻人停止了吟唱。修女们喜欢他甜美的嗓音,以及演奏乐器时的大师风范。但是,不论她们的掌声多么热烈,待奥多尔都十分烦恼。他的诡计没有成功。他吟唱时会在两个诗节之间停顿一下,但没有任何声音回应他。他放弃了这个希望。
　　女修道院的钟声提醒修女们,该去餐厅集合了。她们只好离开格栅门。她们感谢年轻人的音乐给她们带来了快乐,并要他明天再来,他答应了。为了叫他一定来,修女们告诉他,可以随时来修道院吃饭,而且临走时每个人都送了他一样小礼物。有人给他一盒果脯,有人给他一盒甜饼,有人拿来了圣徒的遗物、蜡像、圣十字架,还有人送给他修女擅长制作的物件,如刺绣、假花、饰带、缝纫品。她们还向他建议,所有这一切都可以卖掉,以便让自己的境况好一些。她们向他保证,这些东西很容易卖掉,因为西班牙人很看重修女的手工制品。他充满尊敬和感激地接受了这些礼物,但对她们说,由于没有篮子,不知该怎样将这些东西带走。有好几个修女赶紧去找篮子,这时一个老年修女回来了,拦住了她们,特奥多尔到这个时候才注意到这个修女。她温和的面容与可敬的神态使特奥多尔马上对她产生了好感。

"哈!"女看门人说道,"圣厄秀拉嬷嬷带着篮子来了。"

修女走近格栅门,把篮子递给特奥多尔。篮子是柳枝编的,衬里是蓝色的缎子,四边绘有圣吉纳维芙传奇中的场景。

"这是我的礼物,"她说道,一边把篮子递到他手中,"好样的年轻人,别小看这篮子。虽然值不了几个钱,但它有许多潜在的价值。"

她说这几句话的时候带着意味深长的眼神,特奥多尔对此心领神会。收下这份礼物时,他尽可能地靠近格栅门。

"阿格妮丝!"她以几乎听不清的声音低语道。但是,特奥多尔听见了。他推断,有什么秘密藏在篮子里,他的心由于焦急和高兴急促地跳动起来。就在这时,院长嬷嬷回来了,神色阴郁,皱着眉头,看上去比以往任何时候还要严厉。

"圣厄秀拉嬷嬷,我想同你私下聊聊。"

修女马上变了脸色,显然很惊慌。

"同我?"她结结巴巴地说道。

院长示意圣厄秀拉女嬷嬷马上跟上,然后就退下了。圣厄秀拉嬷嬷跟着去了。不久,餐厅的铃声再次响起,修女们离开了格栅门,只剩下特奥多尔一个人拿着赠品。特奥多尔很开心,终于为侯爵打听到一点消息,便飞也似的跑到了德·拉斯·西斯特纳斯宅邸。几分钟后,他提着篮子站在了主人的床边。洛伦索也在室内,竭力想让朋友接受阿格妮丝已死的可怕的事实。特奥多尔叙述了今天的奇遇,还有圣厄秀拉嬷嬷的礼物带来的希望。侯爵从枕头上惊起,自从阿格妮丝死后熄灭的那团火焰,又在他心中复燃,他的眼睛因急切的期盼而闪闪发光。洛伦索的面容流露出的情感也几乎同样强烈,他也急切地等待着解开这个秘密。雷蒙德从侍童的手里抓过篮子,把东西倒在床上,仔细地查看这些东西,希望能在篮底找到信,但是没有收获。他又找了一遍,还是同样没有结果。最终,唐·雷蒙德看到蓝色缎子衬里的一角被割开了,便赶紧把它撕开,拉出一张没有折叠也没有密封的小纸片。纸片是写给德·拉斯·西斯特纳斯侯爵的,内容如下:

认出你的侍童之后,我冒着危险写了这几行字。向当枢机主教的公爵要一纸抓捕我和女院长的命令,但这项命令要到星期五的半夜再执行。那天是圣克莱尔节,有修女的火把游行,我也在队伍里面。小心别让人知道你的意图,如果走漏一点风声,就会引起院长的疑心,你就再也听不到我的消息了。千万小心,如果你珍惜对阿格妮丝的记忆并且想惩罚谋害她的凶手的话。我要说的事,会吓得你血液冷凝。

圣厄秀拉

侯爵一读完这张字条,马上倒回枕上,失去了意识,一动不动。支撑他活到如今的希望破灭了,这几行字明白地告诉他,阿格妮丝已经不在人世。洛伦索对这件事情的反应没有这么强烈,因为他早已相信他妹妹已经死于某种不正当的手段。圣厄秀拉的短信向他证明,他的怀疑是多么正确,这件事情一经确定,在他胸中激起的只是报仇的想法,而不是其他情感。他们好不容易才让侯爵苏醒过来。一旦能重新开口说话,侯爵就开始诅咒谋害他心上人的凶犯,发誓要狠狠报复。侯爵不停地痛骂,不停地用这种无济于事的愤怒折磨自己,直到因为悲伤与疾病使已经极度虚弱的身体再也支持不住,他再次失去了知觉。他这种状态让洛伦索伤感不已,洛伦索很想留在朋友的房间里陪他。但现在最要紧的是拿到逮捕圣克莱尔院长的抓捕令。为此,把雷蒙德托付给马德里最好的医生照料之后,洛伦索离开了德·拉斯·西斯特纳斯宅邸,直奔枢机主教公爵的府邸而去。

可是由于国事,枢机主教已经动身去了一个遥远的省份,得知此事后,洛伦索的失望之情无以言表。

离星期五还有五天时间。但是,如果昼夜兼程去找主教,他想还来得及赶上圣克莱尔修道院的朝圣仪式。他竟然做到了。洛伦索找到了枢机主教,向主教陈述了女院长的犯罪嫌疑,以及这件事对唐·雷蒙德的巨大伤害。洛伦索最后的这条理由最有说服力,因为在所有的侄儿中,枢机主教公爵最疼爱的就是侯爵。他对侯爵极其宠爱,在他眼里,女院长犯下的罪行没有比危及侯爵的性命更大的了。因此,他马上同意发逮捕令。他还给了洛伦索一封信,要他带给宗教法庭庭长,信中希望逮捕由庭长亲自监督执行。带着这些文书,洛伦索急忙往回赶,在星期五天黑前几个小时赶到了马德里。洛伦索发现侯爵虽然好了一些,但是身体极度虚弱,疲乏不堪,也说不了几句话。在床边待了一个小时后,洛伦索离开他,找伯父谈了自己的意图,还把枢机主教的信函交给了唐·拉米雷兹·德·梅迪纳。伯父一听说不幸的侄女的命运顿时惊呆了,忙鼓励洛伦索去惩罚凶手,并答应夜里陪他去圣克莱尔修道院。唐·拉米雷兹答应给予最坚定的支持,并挑选了一队可信的弓箭手,以防发生骚乱。

但是,当洛伦索揭开一个宗教伪善者的假面具的时候,没有意识到另外一个人即将给他带来的悲伤。在玛蒂尔达的地狱代理者的帮助下,安布罗西欧决心毁灭无辜的安托尼娅。

她命运攸关的时刻来到了,当晚,她向母亲道了晚安,准备回房睡觉。

安托尼娅吻母亲时,感到有一种不同寻常的失望注入自己的胸腔。她离开了母亲,随即又回来,扑到母亲的怀里,泪流满面。离开母亲时,安托尼娅觉得很不安,神秘的预感使她相信,母女俩不会再见面了。埃尔维拉看在眼里,试着大声说笑,让她摆脱这种幼稚的先入之见,温和地责备她这种没有依据的悲伤,提醒她纵容这样的想法有多么危险。

对母亲所有的规劝,安托尼娅只是回答:

"妈妈! 亲爱的妈妈! 哎呀! 但愿现在是早上就好了!"

埃尔维拉对女儿的焦虑成了她彻底康复的极大障碍,她仍然为新近的那场重病所困。这天晚上,她感到异常不适,上床也比平时要早。安托尼娅遗憾地退出母亲的房间,在关上房门之前,她的眼睛一直以忧郁的眼神盯着母亲。回到自己的房间,她心里充满了痛苦。在她看来,她所有的前程都已经被毁,这个世界已经没有东西值得她活下去。她瘫倒在椅子上,头斜靠在一只手臂上,双眼茫然地凝视着地板,头脑中浮现出最忧伤的景象。她一直处在这种昏迷的状态中,突然一曲轻柔的音乐在窗下响起,使她听了很困惑。她从椅子上站起来,走近窗户,为了听得更加清楚,她便打开了窗。她撩开脸上的面纱,大胆地朝窗外观看。借助月光,她看见窗下有几个男人手里拿着吉他和笛子,离他们不远处站着一个身披斗篷的男人,他的身材和外貌酷似洛伦索。她的猜测没有错,那个人确实就是洛伦索,他严守承诺,在没有取得伯父的同意前,不在安托尼娅面前出现,他只是偶尔通过小夜曲尽力让他的心上人相信,他依然爱着她。他的计策没有达到预期的效果。安托尼娅并没有认为夜间的音乐是献给她的。她太谦虚了,认为自己不配洛伦索这样大献殷勤,而且她断定这音乐是献给邻近的某位女士的,这一发现使安托尼娅非常伤心。

演奏的乐曲哀伤而悠扬,与安托尼娅的心境相吻合,她愉快地听着。一首曲子终了,紧接着是好几个人一起唱歌的歌声,安托尼娅听出了以下的歌词——

小夜曲

合唱

哦! 用温柔的曲调低吟,我的竖琴!
这就是美人休息的地方。
叙说心中的苦闷,只为难了的心愿
撕裂了忠实的情人的心房。

独唱

在每个人的心房中找到一个奴隶,
在每个人的灵魂里确定他的统治,
使智者与勇者甘受奴役,
让俘虏亲吻他的锁链,
这就是爱神的力量,啊!
我悲伤,因为太了解爱神的力量。

在叹息中度过漫长的白日,

经历短暂而又零星的睡眠，

只为了远方的一个心上人，

其他所有人都被拒绝，守望又哭泣，

这就是爱神的痛苦，啊！

我悲伤，因为太了解爱神的痛苦！

想读出写在处子眼中的应允，

想吻住此前从未吻过的红唇，

想听见狂喜的叹息声响起，

吻啊吻，吻个不停，

这就是你的快乐，爱神，可是啊！

我的心何时能得知你的快乐！

合唱

现在，嘘，我的竖琴！我不再吟唱！

睡吧，温柔的姑娘！愿难了的心愿

用多情的记忆装满你的梦境，

虽然我的声音已静，我的竖琴已停。

  音乐停止了。表演的人们四散而去，街上安静了下来。安托尼娅遗憾地离开了窗口。像往常一样，她请求圣罗索丽亚的保护，说完通常的祷告词，就上床休息了。她不久就睡着了，睡眠解除了她的恐惧与焦虑。

  时间快到两点了，好色的修道士才大着胆子朝安托尼娅的住所走去。前面已经说过，修道院离圣伊阿戈街并不远。他来到安托尼娅的房子前，一路上没有人看见他。他停下来，犹豫了一下。他想到了罪行的严重性、被发现的后果,还有事后埃尔维拉怀疑他强暴女儿的可能性。从另外一方面讲,他又想,除了怀疑,她什么也做不了,拿不出他犯罪的证据。最后,他认为自己的名声牢不可破,不是两个默默无闻的女人以没有证据的指控可以撼动的。最后一条理由完全没有说服力,他不知道大众的称赞是多么不牢靠,他不知道片刻之间昨天的偶像在今天就可以成为举世痛恨的对象。经过一番思考,修道士认为,他应该继续实施冒险计划。他登上了通往安托尼娅家的台阶,用桃金娘枝碰了碰门,门立刻打开了,前面出现了一条可以自由出入的通道。他走了进去,门就在他身后自行关上了。

在月光的引导下,他踩着缓慢而谨慎的步子,走上了楼梯。他时刻怀着恐惧和焦虑看看四周,好像看见每一片阴影里都有人在监视,好像听见夜风的每一阵萧瑟声中都有人在说话。意识到即将要做的亏心事使他心惊胆寒,他觉得自己比女人还要胆怯。然而,他还是往前走。他走到了安托尼娅的房门口,停下来听了听。里面没有一点声响。一切寂静无声,他相信她已经睡着,便大着胆子去抬门闩。门关得紧紧的,怎么也打不开。但是,一旦用那法宝碰一下,门闩飞快地拉开了。安布罗西欧往前走,他发现已经到了房间里面,无辜的姑娘睡在那儿,没有意识到一个多么危险的访客逼近了她的卧榻。门在他的身后关上了,门闩又紧紧闩上了。

安布罗西欧警惕地朝前走,小心翼翼地不让脚下的任何一块楼板发出咯吱声。他屏住气靠近了床,并对着桃金娘枝吹了三次气,对它说出了安托尼娅的名字,然后把它放在她的枕头上。它曾经显现的魔力使他确信它能延长他挚爱的心上人的睡眠。一旦施了魔法,他便认为安托尼娅已经完全在自己的掌控之中,他的眼睛也因为色欲和急躁闪着光。此刻他大胆地把目光投向了这位睡美人。在圣罗索丽亚的雕像前面点着一盏灯,微弱的灯光照在室内,使他能细细观看眼前这个美人的所有风光。炎热的天气迫使她掀开了部分被单。仍然盖着的那部分,被安布罗西欧无礼地用手掀开了。安托尼娅卧在床上,脸颊枕在一只白如象牙的手臂上,另一只手臂优雅而懒散地搁在床上。她的胸脯随着缓慢而有规律的呼吸起伏,几绺秀发从束着头发的丝带中脱落了出来,披落在她的胸口。温暖的空气使她的脸色比平时还要红润。一丝无比甜美的微笑浮现在她的红唇周围,嘴里时不时发出轻轻的叹息或者说出不完整的句子。她的整个身体弥漫着一种迷人的纯真与诚恳的气息,她虽然赤身露体,但仍不失端庄稳重,这给好色的修道士的欲望带来了新的刺激。

他停留了一阵子,眼睛贪婪地看着所有迷人之处,它们即将屈从于其不正当的情欲。她半开的嘴似乎在求人吻她,他俯过身去,把嘴唇贴在了她的唇上,如痴如狂地吮吸着她芬芳的气息。瞬间的愉悦使他渴望更大的愉悦。他的欲望已经被提升到了疯狂的极点,他的兽性被激发了出来。他决定,为了实现自己的愿望,一瞬也不能再耽误,赶忙扯去阻止他满足欲望的衣物。

"仁慈的上帝啊!"一个声音在他身后喊道,"难道我看错了吗?这不是幻觉吧?"

这几句话突然传入安布罗西欧的耳朵时,与之俱来的是恐惧、困惑,还有失望。他吓了一跳,回头一看,埃尔维拉站在房门口,以吃惊和厌恶的目光凝视着修道士。

原来,埃尔维拉做了一个噩梦,梦见安托尼娅站在悬崖的边缘。她看到女儿在悬崖边发抖,好像随时会有坠崖的危险,只听到安托尼娅厉声大喊:"救救我,妈妈! 救救我! ——再过一会儿,就来不及了!"埃尔维拉在恐惧中醒来。梦境留下的印象太强烈了,在确定女儿的安全之前她根本无法安睡。埃尔维拉赶紧从床上起来,匆匆披上一件宽松的睡衣,经过侍女睡眠的小房间,及时来到女儿的房间,把女儿从强奸犯的魔爪下救出来。

修士的羞愧与埃尔维拉的惊愕似乎把双方吓成了两座雕像。他们彼此默默地凝视着对方，夫人先缓过神来。

"根本不是在做梦！"埃尔维拉喊道，"站在我面前的，真的是安布罗西欧！就是这个被全马德里尊为圣人的人，被我发现在深夜靠近我不幸的孩子的床前！你这虚伪的恶魔！我早就怀疑你的图谋，只不过出于对人类弱点的同情没有告发你而已。现在如果我再不吭声，那就是犯罪。全城人都会知道你的荒淫，我要撕下你的假面具，流氓！我要让教会知道他们的怀里养了一条多么邪恶的毒蛇。"

受挫的罪犯脸色苍白，惊慌失措，站在她的面前浑身发抖。

安布罗西欧很想为自己的犯罪寻找借口，但是找不到替自己的行为辩解的理由。他连句话也说不完整，说出的借口也是互相矛盾。埃尔维拉有充分的理由感到愤怒，她声称，要把邻居叫起来，要他成为未来所有伪君子的典型。然后，埃尔维拉赶紧走到床边，想叫醒安托尼娅，却发现自己叫不醒女儿，于是抓住她的手臂，使劲把她从枕上扶起来。魔法的作用太强大了，安托尼娅还是没有知觉，母亲一放手，她就又倒在了枕头上。

"睡得这么死，太不正常了！"惊讶的埃尔维拉大声喊道，变得越来越愤怒，"这背后肯定有鬼，但是，伪君子，你发抖吧。你所有的恶行都会被弄清楚的！救命啊！救命！"她高声喊道："弗洛拉！弗洛拉！"

"听我说，夫人！"修道士大声说道，危险的紧迫性使他缓过神来，"以一切神圣的名义，我发誓，你女儿的荣誉没有受到侵犯。原谅我的过失！不要让人知道我的耻辱，允许我平静地回到修道院。宽大为怀，请同意我的请求！我答应，今后不仅不会冒犯安托尼娅，而且在我有生之年，我也会……"

埃尔维拉突然打断了他的话。

"不再冒犯安托尼娅？我会保护她！我不会相信你的。你的罪行将会被公之于众，所有马德里人都会对你的背信、虚伪和荒淫不寒而栗。唷！得啦！弗洛拉！弗洛拉！喂喂！"

埃尔维拉这样说着，安布罗西欧想起了阿格妮丝。阿格妮丝也是这样请求他的宽恕的，他也是这样拒绝了她的请求！现在该轮到他受罪了，他不得不承认对他的惩罚是公正的。同时，埃尔维拉不停地呼喊弗洛拉过来帮忙，但是她因为愤怒几乎叫不出声来，仆人睡得很沉，听不见她的叫喊声。埃尔维拉不敢去弗洛拉睡觉的小房间，因为怕修道士乘机逃走。安布罗西欧也的确想逃跑，他相信，如果能够回到修道院，而且没有被埃尔维拉以外的人看见，她一个人的证词还不足以毁掉他在马德里牢不可破的名声。怀着这个想法，他收起已经脱下的衣服，急忙朝门口走去。埃尔维拉明白了他的意图，便紧紧跟在后面，他还来不及拉下门闩，就被她抓住胳膊了。

"别想逃走！"埃尔维拉说道，"在没有证人看见你的罪恶之前，你休想离开这个房间。"

安布罗西欧拼命挣扎，但是脱不了身。埃尔维拉非但没有放手，而且提高嗓门，大声呼救。修道士的危险处境变得越发紧迫。他预料到时刻都会有人被她的声音吸引过来。毁灭的迫近使他疯狂，他做出了一个孤注一掷、野蛮残忍的决定。他突然转过身来，一只手掐住了埃尔维拉的喉咙，不让她喊叫；另外一只手，猛烈地把她击倒在地，然后拖到床上。埃尔维拉被对方突如其来的攻击打晕了，几乎没有力气挣脱掐住喉咙的手。修道士一边从她女儿头下抽出枕头，按在埃尔维拉的脸上，一边竭尽全力用膝盖顶住她的腹部，想结果她的性命。他做得太成功了。埃尔维拉挣扎了很长时间，但是没能挣脱。修道士继续用膝盖顶住她的胸口，毫不留情地见证她在身下抽搐发抖,见证她的灵魂与肉体分离时痛苦挣扎的情景。临死前极度的痛苦终于结束了,她停止了挣扎。修道士拿掉枕头,注视着她,只见她满脸乌黑。

她的四肢再也不会动弹,血液已在血管里变冷,心脏也停止了跳动,双手变得僵硬冰凉。

安布罗西欧看到那个曾经高贵、威严的形体,此刻已经成了一具尸体,冰冷又没有知觉,而且令人作呕。

这可怕的一幕一结束,修道士就意识到自己犯下了大罪。他一身冷汗,眼睛闭合着,摇摇晃晃地走到椅子边,瘫倒在上面,几乎毫无生气,就像横在他脚下的那个不幸者一样。突然,他从这种状态中惊醒:他必须逃走,否则就有被人当场发现的危险。他已经失去了占安托尼娅便宜的欲望。此刻安托尼娅对他而言仿佛成了一个厌恶的对象。死一般的冰冷占据了原先在胸中燃烧的热情。他能想到的除了死亡、愧疚,除了眼下的耻辱和未来的惩罚,就什么都没有了。懊悔与恐惧使他焦虑不安,他准备逃离现场,不过他的恐惧没有使他完全失去主见,还不至于使他忘记为自身的安全采取必要的防范措施。他把枕头放回到床上,然后收拾自己的衣服,手里拿着那个命运攸关的法宝,摇摇摆摆地朝门口走去。他已吓得手足无措,好像看到有无数个幽灵在阻拦他逃跑;不论他走到哪里,那具变了形的尸体似乎都躺在他的前方,他过了好久才走到门边。被施了魔法的银桃金娘枝和原先一样管用,门开了,他匆匆走下楼梯。他回到了修道院,一路没有被人看见。把自己关进房间里之后,他就任凭自己的灵魂遭受徒劳的懊悔的折磨,沉浸在即将被人发现的恐惧中。

第二章

告诉我们，你们这些死者，难道谁也不愿怜悯，

不愿向留在身后的人们透露个秘密？

哦！某个谦恭的鬼魂说漏了嘴，

你们的今天，不久就是我们的明天。

我曾听说逝去的灵魂有时候

会向人们预警他们的死亡：

那是好心好意，

为了让人震惊，给人警示。

——布莱尔

想到自己在罪恶的道路上走得这么快，安布罗西欧吓得浑身哆嗦。刚犯下的巨大罪行使他充满了真正的恐惧。被谋害的埃尔维拉不断地出现在他的眼前，他的良心极度痛苦，他已经因自己的罪恶在受惩罚。然而，时间的推移极大地减弱了这些折磨。一天过去了，又一天过去了，人们一点都没有怀疑到他的身上。由于没有受到惩罚，他也安下心来，情绪开始恢复，随着被人发现的恐惧渐渐消失，他因悔恨产生的自责也渐渐减轻了。玛蒂尔达竭力平息他的惊慌。初次

听到埃尔维拉的噩耗，玛蒂尔达似乎大受震动，并与修道士一起对他的遭遇造成的不幸灾难深感遗憾。但是，当发现他的不安稍许平息，他也更加乐意听从她的说理时，玛蒂尔达就开始用更加温和的言辞提及他的过错，使他相信他并没有像他自己所想的那样罪孽深重。玛蒂尔达说，他只是使用了自然赋予每一个人的权利——自我保护的权利，埃尔维拉和他两个人必有一死，由于埃尔维拉冥顽不化并决定要毁灭他，让这个女人成为受害者也是理所当然。接着，玛蒂尔达指出，由于他以前认为自己受到埃尔维拉的怀疑，那么，现在死亡使埃尔维拉闭上嘴巴对他而言是一件幸事，因为如果没有最近的这次冒险，她一旦将怀疑公之于众，很可能会产生令人不快的后果。所以，他为自己除掉了一个敌人，这个敌人十分了解他所犯的过错，因而很危险，而且还是他实施对安托尼娅的图谋的最大障碍。玛蒂尔达鼓励他不要放弃这些图谋。她保证，由于失去了母亲警觉的眼睛所提供的保护，女儿就很容易被征服。通过称赞和列举安托尼娅的美丽，玛蒂尔达竭力想重新点燃修道士的欲火。她在这方面的努力非常成功。

他的情欲诱使他犯下的种种罪行，似乎只是使他的欲望更趋强烈，他比以往任何时候都更加热切地渴望享用安托尼娅。他相信，当前的罪行已经成功隐瞒，他今后的罪行也不会被人发现。他对良心的低声抱怨听而不闻，决定不惜一切代价满足自己的欲望。他只是在等待重新实施计划的良机，但是要想用同样的手段获得那样的机会现在已经行不通了。在第一次疯狂的绝望中，他已经把施了魔法的银桃金娘枝摔得粉碎。玛蒂尔达曾明白地告诉他，不能再指望地狱里的力量给他帮助，除非他同意他们给出的条件。这一点安布罗西欧坚决拒绝。他劝说自己，不论罪孽有多深重，只要他保留获得救赎的权利，就没有必要对能否获得赦免感到绝望。因此，他坚决拒绝与魔鬼订立协议与契约。玛蒂尔达发现他在这一点上非常固执,便没有进一步逼迫他。她运用自己的才智去发现把安托尼娅置于院长掌控之下的办法。过了不久,她就有了办法。

在这两人图谋毁灭安托尼娅的时候,这位不幸的姑娘正饱尝着丧母之痛。每天早晨一醒来,她的第一件事就是赶紧到母亲的房里去请安。在安布罗西欧深夜来访后的那天早上,安托尼娅比平时醒得迟了一些。她赶紧从床上起来,匆匆披上宽松的衣服,飞奔着去向母亲问安,就在这时,她的脚碰到了躺在通道上的什么东西。她朝下一看,认出是埃尔维拉铁青色的尸体!她发出一声尖叫,扑倒在地板上,紧紧抱住那具毫无生气的躯体,感觉它已经冰凉,然后一种厌恶的冲动——这是她无法控制的——让它从怀里落到地板上。她的哭声惊动了弗洛拉,弗洛拉赶紧过来帮忙。弗洛拉看到的景象使其充满了恐惧,但是弗洛拉的惊叫声比安托尼娅的还要响亮,整幢房屋都回荡着她恸哭的声音,与此同时,她的女主人,悲伤得几乎喘不过气来,只能通过啜泣与呻吟表达。弗洛拉的尖叫声很快就传到了女房东的耳朵里,得知这阵骚乱的原因时,女房东的恐惧与惊异非同小可。人们马上请来了一名医生,但是一看到尸体,医生便马上断言,他的医术无法使埃尔维拉起死回生。于是,他接着开始救治安托尼娅。安托尼娅被抬到了床上,同时房东大娘忙于安排埃尔维拉的安葬事宜。女房东哈辛塔太太是个真诚、善良的女人,为人宽厚,大方虔诚。但是,她智力一般,而且是恐惧与迷信的可悲奴隶。想到要与死人在同一幢房子里过夜,就吓得浑身发抖。她相信埃尔维拉的鬼魂会在面前出现,还相信鬼魂的来访会把自己吓死。因此,她决定在邻居家里过夜,并执意要在明天举行葬礼。圣克莱尔墓地离这儿最近,大家决定把埃尔维拉安葬在那儿。哈辛塔太太答应由她来支付葬礼的所有费用。她并不知道安托尼娅家境如何,不过从这家人拮据的生活来看,她推断她们手头很紧。

因此,女房东几乎不抱有得到补偿的希望。不过,她虽然这样想,但这并不影响她一心要把葬礼办得体面的想法,也不妨碍她对这可怜的姑娘表示所有可能的尊重。

没有哪个人会仅仅因为悲伤而死去。安托尼娅就是一个例子。由于年纪轻、身体好,她摆脱了由母亲的死亡引起的疾病;但是,除去心病并不容易。她的眼睛时常充满泪水,每件小事都会影响她,使她的心中明显滋生出一种根深蒂固的忧郁。哪怕是外人稍稍提及埃尔维拉,哪怕是最细微的使她回忆起可爱的母亲的事情,都足以使她陷入严重的焦虑之中。要是她知道母亲生命结束时遭受的那些极大的痛苦,她的悲伤不知要增加多少! 只不过对于埃尔维拉的死,没有人抱有丝毫的怀疑。埃尔维拉患有严重的惊厥病,很容易发作,人们认为,由于意识到毛病即将发作,她费劲地走到女儿的房间,希望女儿帮她一把;但是,疾病突然发作,病情来得过猛,她虚弱的身体无法承受;在拿到平常缓解病情的药品之前她就已经咽气,这种药品就放在安托尼娅房间里的一个架子上。少数几个关心埃尔维拉的人对这种看法深信不疑。她的去世被认为是很自然的事,而且很快就被所有的人遗忘——除了安托尼娅,她有充足的理由为失去母亲而感到痛惜。

安托尼娅的处境实在是非常尴尬和可怜,她孤身一人生活在淫靡成风并且消费极高的城市里,身上没有几个钱,更糟糕的是没有什么朋友。姨妈莱欧娜娅还在科尔多瓦,不知道住在哪里,也没有德·拉斯·西斯特纳斯侯爵的任何消息。至于洛伦索,她早已放弃了对他的期望。处在眼下的两难境地,她不知道可以同谁说话。她希望听听安布罗西欧的意见,但是她记得母亲的警告,要尽可能避开他,而且上次母亲在与她就这个话题展开的谈话中,已经把他的企图说得非常清楚，要安托尼娅以后防着他。但是，母亲所有的警告还是不能改变安托尼娅对修道士的好感。安托尼娅仍然觉得，他的友谊和同他的交往给自己带来的幸福必不可少。她以偏爱的眼睛看待他的缺点，而且无法让自己相信他真的企图毁灭她。但是，埃尔维拉已经明确嘱咐她断绝与他的往来，她尊重母亲的嘱咐，不敢违抗。

最后她决定给德·拉斯·西斯特纳斯侯爵写信，寻求主意和保护，因为他是她关系最近的亲戚。她简单陈述了自己孤苦的处境，恳求他怜悯他哥哥的孩子，把埃尔维拉的津贴继续发给自己，并允许自己回到他在穆尔西亚的古堡，那儿一直是她的安居所。她把信封好后就交给了可靠的弗洛拉，弗洛拉马上出发去完成女主人的任务。但是，安托尼娅天生时运不济。如果她早一天向德·拉斯·西斯特纳斯侯爵提出申请，要求以侄女的身份被接纳，她就会逃脱现在威胁她的所有不幸。雷蒙德一直想帮这母女俩，但是首先，他希望通过阿格妮丝之口向埃尔维拉提议，后来，他对失去心仪的新娘的失望，还有使他这么多天以来卧床不起的重病，迫使他一天天推迟了给哥哥的遗孀提供庇护的计划。他已经委托洛伦索给埃尔维拉提供足够的钱财，但是埃尔维拉，由于不愿从洛伦索手里接受恩惠，便表示她并不需要立即的资助。所以，侯爵没有想到，他的一个微不足道的延误竟会让母女俩如此困窘，但他内心的痛苦与焦虑使得他的疏忽情有可原。

如果他知道埃尔维拉去世，丢下了女儿，既没有朋友，也没人保护，无疑会采取保证安托尼娅免于任何危险的措施。但是安托尼娅的命运不好，没有这么幸运。弗洛拉把信送到德·拉斯·西斯特纳斯宅邸的那一天，刚好是洛伦索离开马德里的那一天。侯爵因为相信阿格妮丝真的已经不在了，所以第一次处在深深的绝望之中。他神志不清，生命垂危，任何人都不允许靠近他。侯爵府里的人告诉弗洛拉,侯爵无法处理信件,因为他自己也生命垂危。她只得带着这个不能令人满意的答复回到女主人那儿,安托尼娅发现自己遇到了比以往任何时候都要严重的困难。

弗洛拉和哈辛塔太太尽力安慰她。哈辛塔太太请她不要担心,只要她愿意住在自己家,哈辛塔太太会把她当作自己的孩子看待。安托尼娅发现这个好心的妇女真的喜欢自己,心里稍许好过一些,因为她觉得在这个世界上至少有了一个朋友。这时有一封信送到了她的手里,是寄给埃尔维拉的。她认出是莱欧娜娅的笔迹,便兴高采烈地打开信,信内详细叙述了莱欧娜娅在科瓦多尔的种种经历。莱欧娜拉告诉姐姐,她取得了遗产,并以自己的芳心,换回了过去、现在乃至未来都是最爱她的药剂师的真心。她在信中还说,将于星期二晚上到马德里,打算有幸引荐她的如意郎君。尽管莱欧娜娅结婚一事未能让安托尼娅高兴起来,但是莱欧娜娅很快就要回来的消息给了她不少喜悦。她兴奋地以为自己又有了亲人的关照。她不能不认为,让一个年轻女子住在完全陌生的人们当中很不合适,因为没有人能来规范她的行为,也没有人能保护孤苦无依的她免受侮辱。所以,她热切地期待着星期二晚上的到来。

星期二晚上到了。安托尼娅焦急地听着一辆辆马车驶过街道的声音。但是没有一辆停下来,夜已经很深,却还是不见莱欧娜娅的马车出现。安托尼娅决定等姨妈到达之后再睡;尽管她一再反对,哈辛塔太太和弗洛拉仍然坚持陪她一起等候。时间过得缓慢又乏味。由于洛伦索离开了马德里,夜间的小夜曲停止了。她徒劳地希望听见窗下惯常的吉他声。她拿起自己的吉他,拨弄了几下琴弦,但是那天晚上音乐对她失去了吸引力,不久她把乐器放回匣子里。她坐到绣花架边,可是事事都不顺心。丝绸不见了,丝线一拉就断,绣花针动辄掉到地上,好像有了生命似的跟她捉迷藏。最后,一片火花从她身边的蜡烛灯上掉下,落在了她最喜欢的紫罗兰的花冠上,这使她极为不安。她放下针,离开绣花架。那天夜里注定没有任何事情能够让她开心。她被厌倦无聊所折磨,为姨妈的到来许下了无用的愿望。

她带着怠倦的神色在房间里走来走去,眼睛突然看到了通往母亲房间的那扇门。她记得埃尔维拉不多的藏书就放在那个房间里,以为也许能够从中找到一本书消磨时光,直到莱欧娜娅到来。因此,她从桌子上拿起烛灯,经过小房间,走进了相邻的房间。她朝四周看了看,看到这个房间,她回忆起许许多多痛苦的事情。这是她在母亲死后第一次走进这个房间,里面一片寂静,床上的铺盖被卷走了,凄凉的壁炉上面立着一盏熄灭了的灯,窗上有几株濒死的植物,自从埃尔维拉死后,就没有人打理了,所有这一切激起了一种令人悲伤的敬畏感。夜间的黑暗增强了这种感觉。她把灯放在桌子上,倒在一把大椅子上。曾经多少次她看到母亲坐在这把椅子上,但是现在再也看不到母亲坐在上面了!控制不住的泪水从她脸上往下淌,她沉浸在愈来愈深的悲伤之中。

她为自己的软弱感到羞耻,终于从椅子上起来,开始寻找让她来到这个忧郁的房间的东西。数量不多的图书整齐地排在几个书架上。安托尼娅翻拣书本,没有找到任何能使她感兴趣的东西,直至找到一卷古老的西班牙民谣。才读了其中一首民谣的几个诗节,她的好奇心就被激起来了,她便坐下来细读。她剪了剪烛花,然后开始阅读以下的民谣。

勇士阿隆索与美丽的伊莫欣

勇敢的战士与美丽的姑娘,
坐在绿草地上互相攀谈,

他们温柔喜悦地注视着对方。
骑士名叫勇士阿隆索，
姑娘就是美丽的伊莫欣。

"哦!"年轻人说，"明天，
我要去遥远国度的战场，
离别的泪水会很快停止流淌，
有人会追求你，你会把你的手
伸向更富有的俊郎。"

"哦! 你的猜疑，"美丽的伊莫欣说，
"既不敬爱神，也将我冒犯!
无论你是生，无论你是死，
我以圣母的名义起誓，谁也不能取代你
成为伊莫欣的郎君。

"如果我被欲望和财富引入歧路，
忘记了我的勇士阿隆索，
为了惩罚我的虚伪与傲慢，但愿
你的鬼魂在我婚礼上坐在我的身旁，
可以责备我立伪誓，还可以要我做你的新娘，
把我带到你的坟场!"

勇敢的英雄远赴巴勒斯坦，
他的恋人痛苦地为他悲叹，
但是一年还没有过去，看啊，

一个披金戴银的男爵
来到了伊莫欣的家门前。

他的财富、他的礼品，还有广阔的领地，
很快使她背叛了盟誓，
他迷惑了她的眼睛，糊涂了她的头脑；
他俘获了她的感情，
把她带回家中做他的新娘。

神父祝福了他们的婚姻，
欢闹的婚宴已经开始，
桌子在盛宴的重压下呻吟。
笑语欢声还没有停息，
这时城堡一点的钟声敲响了。

美丽的伊莫欣惊愕地发现
一个陌生人坐到了身边，
他的神态可怖，一声不发，
他不说不动，也不四处张望，
只是热切地看着美丽的新娘。

他的面甲紧闭，他的身材魁梧，
他的盔甲看来黑黢黢，
人们见到他失去了欢声笑语。
家狗见到他吓得蜷缩一旁，
室内的灯盏发出了蓝色的光！

他的出现使所有的人心惊胆寒，
宾客们沉默不语，惊恐万状。
最后发抖的新娘开口说话："骑士先生，
我求你把头盔取下，
屈尊分享我们的喜悦。"

新娘沉默不语，陌生人应允了她的话，
慢慢取下了他的头盔，
哦，上帝！美丽的伊莫欣看到的是什么景象！
言辞难表她的沮丧与惊讶，
看见一个骷髅头对着她的眼睛。

在场的宾客发出了惊恐的叫声，
厌恶地转身背对这场景。
蛆虫有的爬进，有的爬出，
在他的眼窝和两鬓嬉戏，
这时候鬼魂告诉伊莫欣：

"看着我，你这骗子！看着我！"
他喊道，"你忘了勇士阿隆索！
为了惩罚你的虚伪与傲慢，但愿
我的鬼魂在你的婚礼上坐在你身旁，
可以责备你立伪誓，要你做我的新娘，
把你带到我的坟场！"

说完,他用手臂缠住了新娘,
带着战利品陷入裂缝大开的地面,
她沮丧地尖声大喊。
再也找不到美丽的伊莫欣,
还有那把她带走的鬼魂。

男爵不久命丧,从此没有人
敢入住这座城堡,
因为史志记载,伊莫欣
奉上命在那儿忍受罪行的痛苦,
哀悼她凄惨的命运。

一年四次,她的鬼魂在夜半,
趁人们沉沉入睡时,
身穿白色的婚纱,
同骷髅骑士出现在大厅,
他领她跳舞时她厉声尖叫。

他们用刚从坟墓拿出的头颅饮酒,
看得见鬼魂围着他们跳舞。
他们喝的是人血,号叫着这样的诗行:
——"干杯,为了勇士阿隆索
和他负心的夫人伊莫欣!"

　　这则故事根本无法驱散安托尼娅的忧郁。她天性特别喜欢超自
然的事情,她的保姆对鬼魂深信不疑,在她很小的时候就跟她讲了许

多这类可怕的故事,结果使埃尔维拉想从她心里消除这些故事的影响的努力都失败了。安托尼娅的内心依旧怀有迷信引起的偏见,时常受到恐惧的影响,一旦发现造成恐惧的原因其实很不值一提时,她就对自己的脆弱脸红。由于具有这样一种气质倾向,她刚才读到的故事足以给她的忧惧一个警示。当时的时间与场景一起为这些忧惧提供了证据。此刻正是夜晚万籁俱寂的时候,她独自一人,在死去的母亲曾经住过的房间里。天气使人很不舒服,而且下着暴雨,狂风在房子周围怒号,门扇在门框里咯咯作响,大雨敲打在窗户上,除了雨声,没有听见其他声音。这时蜡烛已经烧到了蜡台的烛窝,有时火苗突然往上蹿,把微弱的光线投向房间里,然后火苗又变得很低,好像就要熄灭了。安托尼娅的心不安地跳动着,目光怯生生地在周围的东西上游移,颤抖的烛火不时把它们照亮。她想从椅子上起来,但是她的四肢剧烈地发抖,使她无法站起来。然后她呼喊弗洛拉,她就在很近的房间里。但是,由于不安,她几乎说不出话来,她的喊声渐渐淹没在沉闷的风雨声中。

这种情况持续了几分钟,此后她的恐惧开始减弱。她努力想恢复镇静,积蓄足够的力气离开房间。突然,她觉得听到一声低沉的叹息在靠近她,这个念头又使她回到刚才虚弱的状态,她本已经从椅子上抬起身,而且就要把烛灯从桌子上取走。那虚幻的声音让她停住了,她把手缩了回来,身体靠在了椅背上。她不安地听了听,但是再也没有听见什么。

"仁慈的上帝啊!"她心里想道,"那会是什么声音呢?是我弄错了吗?我真的听见了吗?"

她的思绪被门口一个轻得几乎听不见的声音打断了,仿佛有人在低语。安托尼娅越来越惊慌,但是她知道门闩已经闩上,这使她放心了一些。一会儿,门闩轻轻地被抬了起来,门扇小心翼翼地前后摆动。此刻过度的恐惧给了安托尼娅前所未有的力量。她离开了椅子,朝小房间的门冲去,从那道门可以很快走到弗洛拉和哈辛塔太太所在的那个房间。她还没来不及走到那里,门闩再次被抬了起来。一个不由自主的动作迫使她转过头来。门慢慢地一点一点地被打开,她看到站在门边的是一个又高又瘦的像人形的东西,从头到脚罩着白色的寿衣。

这一景象使她停下了脚步,她站在原地,吓得目瞪口呆。来者迈着从容而庄严的步子走到桌子旁。那"鬼魂"朝桌子走来的时候,快要熄灭的蜡烛射出蓝色而忧郁的光。桌子上方挂着一只小钟,时针指向三点。"鬼魂"在时钟的对面停下来,抬起右臂,指了指钟点,热切地看着安托尼娅。安托尼娅等待着这一场景的结束,一动不动,默不作声。

"鬼魂"以这种姿势站了一会儿。时钟响了。当钟声停止后,"鬼魂"上前走了几步,离安托尼娅更加近了一点。

"再过三天,"一个微弱、沉闷又阴森的声音说道,"再过三天,我们还要见面!"

安托尼娅听到这话吓了一跳。

"我们还要见面?"她终于很艰难地说了出来,"我们在哪里见面?我同谁见面?"

"鬼魂"用一只手指地,另一只手抬起罩在脸上的麻布。

"万能的上帝啊!我的妈妈!"

安托尼娅尖叫了一声,倒在了地板上,像死了一样。

哈辛塔太太在隔壁的房间里干活,被尖叫声吓了一跳。弗洛拉刚刚下楼去取灯油,所以只有哈辛塔太太一个人赶过来帮助安托尼娅。发现她直挺挺地躺在地板上,哈辛塔太太惊呆了。哈辛塔太太把安托尼娅抱了起来,送回房间,放到床上,安托尼娅还是没有知觉。

然后,哈辛塔太太开始用水擦拭安托尼娅的额角,擦热她的双手,为恢复她的知觉用尽了所有的办法。虽然费了不少劲儿,哈辛塔太太还是成功了。安托尼娅睁开了眼睛,狂乱地看了看四周。

"她在哪里?"安托尼娅用颤抖的声音喊道,"她走了吗? 我安全了吗? 对我说说! 安慰安慰我! 哦! 看在上帝的分上,对我说说!"

"什么安全了,我的孩子?"惊讶的哈辛塔太太问道,"什么吓着了你?你怕什么人?"

"三天之后! 她对我说我们三天之后要见面! 我听见她这样说的! 哈辛塔太太,就是刚才我看见了她!"

她扑到哈辛塔太太的怀里。

"你看见了她? 看见了谁?"

"我妈妈的鬼魂!"

"天哪!"哈辛塔太太喊道,从床上跳了起来,让安托尼娅倒在了枕头上,惊慌失措地逃离了房间。

哈辛塔太太慌慌忙忙下楼时,碰到了上楼的弗洛拉。

"快到你女主人那儿去,弗洛拉,"哈辛塔太太说道,"这里发生了怪事情! 哦! 我是世界上最不幸的女人! 我的房子里到处是鬼魂和死尸,天知道还有什么东西。但是,我相信,没有人比我更不喜欢这样的同伴啦。你还是走你的路,到唐娜·安托尼娅那儿去吧,弗洛拉,让我走我的路吧。"

说完,哈辛塔太太继续朝临街的那扇门走去,她打开门,甚至没来得及戴上面纱,就以最快的速度奔往嘉布遣会修士教堂。与此同时,弗洛拉赶紧到小姐的房间,对哈辛塔太太的惊慌失措同样感到吃惊和担忧。弗洛拉发现安托尼娅躺在床上,失去了知觉。弗洛拉采取了哈辛塔用过的同样的方法,让她恢复知觉。但是,弗洛拉发现女主人清醒一阵,发作一阵,便赶紧派人去请医生。在等医生来的当儿,女仆脱掉安托尼娅的衣服,把她抱到床上。

哈辛塔太太冒着暴风雨,惊慌失措地跑过一条条街道,直至到了修道院门口才停了下来。她把门铃拉得很响,门房一出现,她就请求允许同院长说话。这时安布罗西欧正在同玛蒂尔达商量接近安托尼娅的办法。埃尔维拉的死因依然没人知道,他相信罪行不会那么快就受到惩罚的,这是当他老师的那些修道士教给他的,而且他也一直对此深信不疑。这一信念使他下定决心要毁了安托尼娅,危险与困难似乎增强了享用她的强烈欲望。修道士已经为了接触安托尼娅做了一次尝试,但是弗洛拉拒绝他的方式使他相信,以后所有这类努力肯定徒劳无益。埃尔维拉已经向忠实的仆人吐露过她的怀疑,希望永远不要让安布罗西欧单独与女儿在一起,而且如果有可能的话,要彻底防止他们见面。弗洛拉答应照办,而且不折不扣地执行了埃尔维拉的嘱咐。那天上午,安布罗西欧的来访被拒绝了,但安托尼娅并不知情。他发现,想通过公开的手段与心上人见上一面已经没有可能,他与玛蒂尔达整晚都在绞尽脑汁地设计某个可能会更容易成功的计划。他们正为这事忙乎的时候,一个平信徒修士来到院长的房间,告诉他一个自称哈辛塔·苏尼加的女人请求接见几分钟。

安布罗西欧根本不想同意访客的请求,便断然拒绝了,并吩咐平信徒修士让陌生人第二天再来。玛蒂尔达打断了他。

"见见这个女人,"她低声说道,"我有我的理由。"

院长听从了意见,表示马上会去客厅。有了这个答复,平信徒修士退了下去。一旦只剩下他们两个人,安布罗西欧便问玛蒂尔达为什么希望他见见哈辛塔。

"她是安托尼娅的房东,"玛蒂尔达答道,"她很可能对你有用,但是先让我们问问她,弄清楚她来这里的原因。"

他们一起来到客厅,哈辛塔太太已经在那儿等候院长了。她对院长的虔诚与美德评价很高,认为他对魔鬼具有很大的影响力,以为让他把埃尔维拉的鬼魂驱除到红海肯定是件轻而易举的事情。她满脑子装着这样的信念赶到了修道院。一看到院长进入客厅,她就双膝跪倒在地,讲述了如下的故事。

"哦!尊敬的神父!如此意外的遭遇!如此异乎寻常的经历!我不知道该怎么办,除非你能帮助我,否则我肯定会发疯的。哎呀,的确,从来没有一个女人像我这样不幸!我已经竭尽所能避开这种令人讨厌的东西,但是仍然无济于事。我每天四次拨弄念珠喃喃祈祷,遵守日历上规定的每一次斋戒,但有什么意义?我曾三次到孔波斯特亚的圣詹姆斯教堂朝圣,向教皇购买的免罪符已经多得可以赦免该隐所受的惩罚,但又有什么意义?我事事不顺!什么都出错,只有天知道,有没有可能会再顺利起来!哎呀,现在请院长大人评评理。我的房客死于惊厥病发作,出于纯粹的善意,我出资安葬了她。不是因为她与我沾亲带故,也不是因为她的死亡会给我带来一分钱财,我没有从中得到任何好处,所以你知道,尊敬的神父,她活着也好,死了也罢,对我都一样。但是,说这些不是我来找你的目的,回到原先的话题上来。我为她操办葬礼,每一件事都做得体面又合适,我还破费了不少钱财,只有天知道!可你知道这位夫人是怎样回报我的好意的吗?为什么不能像一个温和、善良的鬼魂应该做的一样,静静地睡在她那舒适的松木棺材里,而非要出来折磨我这个永远不愿再看到她的人?确实,她不应该半夜到我房子里大吵大闹。她通过锁孔突然出现她女儿的面前,把那可怜的孩子吓得魂飞魄散!虽然她是个鬼,但也应该更有礼貌一些,不该跑到一个一点也不喜欢与鬼作伴的人的房子里!不过,对我来说,尊敬的神父,这件事说得明白点就是这样,如果她走进我的房子,那我就必须离开房子,因为我无法容忍这样的访客,我不会容忍!所以你看,院长大人,如果没有你的帮助，我就完了，永远完了。我只得离开我的房子。只要大家知道房子里闹鬼，就没人会买走它，这样我的处境就会糟糕透顶了！我真是个悲惨的女人！我该怎么办啊！"

说到这里，她痛哭流涕，把双手绞扭在一起，恳求听听院长的看法。

"说真的，好心的女人，"院长答道，"由于不知道你出了什么问题，我很难帮你解脱。你忘了告诉我，到底发生了什么事，你究竟想要什么。"

"我真该死，"哈辛塔太太喊道，"但是院长大人说得对！大致情况是这样的，最近我的一个房客死了，就我所知，她是一个非常好的女人，我必须为她说句公道话，虽然对她了解不多。

"她同我保持了很大的距离，因为她有自高自大的癖好，每当我斗胆同她说话时，她的神情总是使我觉得有点古怪。我这样说，请上帝原谅。然而，她的自重超过了必要，还装出看不起我的样子。但是如果我的消息无误的话，我的出身并不比她的差，她父亲是科尔多瓦的鞋匠，我的父亲是马德里的制帽匠，是的，一个信誉很好的制帽商，我告诉你。但是，尽管她非常高傲，却是个文静温和、行为端正的人，我从来没有希望能找到比她更好的房客。这就使我感到更加奇怪，她死了为什么不安静地在坟墓里安眠。不过，在这个世界上根本就不该相信任何人！就我来说，我从没看见她做错过什么，除了在她死之前的那个星期五。没错，我看见她在吃鸡翅，当时非常吃惊和反感！'怎么，弗洛拉太太？'我说道——弗洛拉，给您解释一下，是她侍女的名字。'怎么，弗洛拉太太？'我说道，'你的主人在星期五吃肉吗？哎呀！哎呀！注意这件事，别忘了哈辛塔太太警告过你！'这是我的原话，可是，唉！我还是不说出来的好！没有人介意我说的话，而且弗洛拉这个人有点鲁莽暴躁——我说，更糟糕的是——她对我说,吃鸡肉并不比吃鸡下的蛋有更大的罪过。不仅如此,她还声称,如果她的主人再吃一片熏肉,也不会离被罚入地狱更近一寸。上帝保佑我们!真是一个可怜、无知又有罪的灵魂!我同你说,院长大人,听到她说出这些亵渎神明的话语,我吓得浑身发抖,时刻希望看到地面开裂,把她吞进去,包括鸡肉和一切!因为你必须知道,尊贵的神父,当她这样说的时候,手里拿着盘子,盘上就放着一只烤鸡。那是一只很不错的鸡,我必须为它说一句!那只鸡烤得恰到好处,因为这只鸡的烹调是我监管的,那是我自己养的一只矮小的加利西亚鸡,希望院长大人能高兴,鸡肉白得像蛋壳一样,唐娜·埃尔维拉就是这样对我说的。'哈辛塔太太。'她非常愉快地说,尽管说真的,她对我一直非常客气……"

听到这里,安布罗西欧失去了耐心。他急于想知道哈辛塔太太讲述的事情中与安托尼娅有关的部分,听着这个啰里啰唆的老妇人漫无边际的唠叨,他差点都要精神错乱了。他打断了她的话,并声称如果她不马上把情况说清楚,他就要离开客厅,让她自己解决难题。他的威胁达到了预期的效果。哈辛塔太太尽量简要地叙述了她的事,不过她的叙说还是十分冗长、啰嗦,安布罗西欧需要极大的耐心才能听她把话说完。

"所以,尊敬的阁下,"在讲述完埃尔维拉的死亡、安葬和所有相关事宜之后,她说道,"所以,尊敬的阁下,一听见尖叫声,我就放下手中的活,冲到唐娜·安托尼娅的房间。我发现那儿没有人,又冲向另一个房间。不过我必须承认,进入这个房间,我还是有点胆怯,因为这正是唐娜·埃尔维拉原先的卧房。然而,我还是进去了,我发现那位年轻的小姐直挺挺地躺在地板上,冷得像一块石头,脸色白得像一张床单。对此,我非常吃惊,院长大人很可能也这样想。可是天哪!我看见我的胳膊肘旁边站着一个高大的人状的东西,它的头碰到了天花板，我吓得浑身发抖！我必须承认，那东西的脸很像唐娜·埃尔维拉的脸。但是它的嘴里喷出火云，它的手臂戴着沉重的锁链，它可怜兮兮地撞击锁链，哐哐作响，头上的每一根头发都是像我手臂一般粗的蛇！我看到后吓得个半死，开始念以'万福玛丽亚'开头的祷词。但是鬼魂发出三声响亮的呻吟，打断了我的祈祷，然后以可怕的声音大喊道：'啊！那只鸡翅！我可怜的灵魂因它受苦！'它一说完这几句话，地面就开裂了，鬼魂沉了下去，我听见一声霹雳，整个房间尽是硫黄的气味。我一从恐惧中缓过神来，就帮助安托尼娅恢复知觉，她告诉我说，一看见她妈妈的鬼魂，她就大叫起来。她应该大叫起来，可怜的人儿！如果是我，我会叫得比她响十倍。我马上想到，如果有人能够镇住这个鬼魂的话，那么这个人只能是尊敬的阁下。所以我赶紧到你这里来，求你在我的房子里洒圣水，把鬼魂驱除到红海里去。"

安布罗西欧听了这个奇怪的故事后，目光呆滞，无法相信。

"唐娜·安托尼娅也看见鬼魂了吗？"他问道。

"看得同我一样清楚，尊敬的神父！"

安布罗西欧暂停了片刻。他接近安托尼娅的机会就在于此，但是他拿不定主意是否加以利用。他在马德里人中享有的声誉对他而言仍然非常珍贵，由于他已经失去了真正的美德，看来假装具有美德就变得更加有价值。他意识到，如果公开违背永不离开修道院的誓言，就会损害他在人们想象中的那种高大的形象。探望埃尔维拉时，他总是备加小心，遮住面容，不让仆人们看见。除了埃尔维拉、她女儿，还有忠实的弗洛拉，这个家里人们只知道他叫赫罗米神父。如果他答应哈辛塔的请求，并陪她去她家，他违背自己原则的事就不是秘密了。然而，他想见安托尼娅的渴望占了上风，他甚至希望，这次特殊的冒险在马德里人的眼中看来有充分的理由。但是，不论结果如何，他决定利用这个天赐良机。玛蒂尔达一个意味深长的眼神坚定了他的决心。

"善良的女人，"他对哈辛塔太太说道，"你告诉我的事太出乎寻常，我几乎无法相信你的话。但是，我决定满足你的要求。明天晨祷过后，我到你家里去，然后我再看看能为你做点什么，如果是我力所能及的，我会让你摆脱这个不受欢迎的访客。那么现在先回家吧，愿平安与你同在！"

"回家？"哈辛塔大声说道，"我回家？绝不！除非在你的保护下，否则我绝不会把脚踩进门槛里面。上帝帮帮我，鬼魂可能会在楼梯上等着我，把我带到魔鬼那里去！哦！要是我接受了年轻的梅尔西奥尔·巴斯科的求婚就好了！那么就有人保护我了，可是现在我是个孤身无依的女人，碰到的只有种种苦难与不幸！谢天谢地，现在后悔还不算太晚！有个叫西蒙·贡萨雷兹的男人随时都会要我，如果我能活到天亮，就马上同他结婚。我会有个丈夫，就这么决定了，因为现在鬼魂到过我家，我会吓得魂飞魄散，不敢一人睡觉。但是，看在上帝的分上，尊敬的神父，现在就跟我去吧。房子里的鬼魂不驱走，我就不会安宁，那个年轻的小姐也一样。可爱的姑娘！她非常可怜。我留她独自在家里强烈地抽搐，恐怕她不会轻易从受惊吓的状态中恢复过来。"

修道士吃了一惊，慌忙打断了她的话。

"你说，在抽搐？安托尼娅在抽搐？你走前面，善良的女人！我马上跟你去！"

哈辛塔执意要他停下，带上圣水，他同意了这个请求。想到有了他的保护，就算有成群的鬼魂向她进攻，她也是安全的。老妇人对修道士千恩万谢，于是他们一起来到了圣伊阿戈街。

那个鬼魂给安托尼娅的影响太大了，所以医生在刚到的两三个小时内就宣布她已经生命垂危。后来，她抽搐发作的次数越来越少，使医生改变了原来的看法。医生说，只需要让她保持安静就可以了，还让人配制了一种镇静神经的药物，能使她睡着，而睡眠是她眼下非常需要的。安布罗西欧与哈辛塔太太来到床边，对于安抚安托尼娅不安的情绪起到了决定性的作用。埃尔维拉没有解释清楚他的图谋的实质，没有让一个像她女儿这样对世界如此无知的女孩意识到与他结识有多么危险。这个时候，安托尼娅对刚过去的场景充满恐惧，害怕想到鬼魂的预言，她心里需要的正是友谊和宗教的救助。安托尼娅以加倍偏爱的眼光看待院长，第一次见他时产生的强烈好感依然存在，她以为——也不知是什么原因——他在这里是她免于危险、侮辱和不幸的保障。

安托尼娅感谢他来看她，还向他叙述了发生的事情，这件事把她吓死了。

院长努力宽慰她，让她相信这整件事不过是她过度想象而出现的幻觉，她刚刚度过的这个孤独的晚上、夜间的黑暗、她看的那本书，还有她所处的那个房间，所有这一切都促使她眼前呈现出这样的幻象。他认为有鬼魂的想法荒谬可笑，并拿出强而有力的论据证明这种想法的谬误。安布罗西欧的谈话使安托尼娅平静下来，也给了她安慰，但是没能说服她。安托尼娅无法相信，那个鬼魂只是想象的产物，因为每个细节都在她心中留下了深刻的印象，所以这样的解释不能使她满意。安托尼娅坚持说真的见到了母亲的鬼魂，还听见了它宣布自己的死期。安布罗西欧劝她不要放任这种情绪，然后离开了她的房间，答应明天再来看她。获得了安布罗西欧的保证，安托尼娅十分快乐，不过安布罗西欧不难感觉到，她的仆人并不像她那样喜欢他。弗洛拉一丝不苟地遵守埃尔维拉的禁令，以焦虑的目光审视每一个细节，哪怕是有可能给她的女主人带来一点点损害的细节，多年来她一直非常爱怜女主人。弗洛拉是古巴人，跟随埃尔维拉来到西班牙,像母亲一样爱着年轻的安托尼娅。安布罗西欧还在房间的时候,弗洛拉离开了片刻工夫。她留意他说的每一句话、每一个眼神、每一个动作。看到她多疑的眼睛始终盯着自己,安布罗西欧意识到自己的图谋经不起这样细致的审视,他常常感到困惑和不安。安布罗西欧意识到弗洛拉在怀疑他目的的纯洁性,怀疑弗洛拉永远不会让他单独与安托尼娅待在一起,在这个警惕的观察者的保护下,安布罗西欧对能否设法满足自己的欲望感到了绝望。

安布罗西欧离开这幢房子时,哈辛塔碰到了他,并恳求他唱几首弥撒曲让埃尔维拉的灵魂安息,因为哈辛塔怀疑埃尔维拉的灵魂正在炼狱里受苦。安布罗西欧答应不会忘记她的要求,他完全赢得了这位老妇人的心,因为他答应今晚会在闹鬼的房间守夜。哈辛塔找不到足够有力的言辞来表示自己的感激之情,修道士带着她无数的祝福离开了。

安布罗西欧回到修道院时,天已大亮。他急切地想同玛蒂尔达聊一聊发生的事情。他对安托尼娅怀有诚挚的感情,听到她就要死去的预言时无法做到无动于衷,想到要失去一个如此珍爱的人,他不禁不寒而栗。玛蒂尔达宽慰他,声称安托尼娅被恍惚的神志、忧郁和容易轻信迷信与灵异事件的性情所蒙骗。至于哈辛塔的叙述,其荒诞不经不值一驳。院长毫不犹豫地认为,整个故事都是哈辛塔瞎编的,她不是吓蒙了头,就是为了让自己更轻易地答应她的要求。消除了修道士的忧惧之后,玛蒂尔达接着说了下面的话。

"预言和鬼魂都是瞎编的,但是你必须注意对前者加以证实。安托尼娅在三天之内对于世人来说确实必须死去,但必须为你活着。她现在的毛病,还有她头脑里的幻想,会促成我考虑已久的计划。但是如果你不能接近安托尼娅,这个计划就不可行。她将属于你,不仅仅是一个晚上,而是永永远远。哪怕她的保姆警惕性再高也无济于事。你可以恣意享受你的心上人。今天正是实施这个计划的日子，因为你已经没有时间可以浪费了。梅迪纳·塞利公爵的侄儿准备迎娶安托尼娅做新娘，几天之后安托尼娅会被送到她的亲戚德·拉斯·西斯特纳斯侯爵的宅邸居住。一旦她住进那里，你的企图就要落空了。这些都是你不在这里的时候，我的密探告诉我的，他们受我雇用，向我提供情报，为我效劳。现在你听我安排。有一种鲜为人知的草精，是从几样药草中榨取的，会让喝了它的人呈现死亡的假象。让安托尼娅喝一点这种草精，你可以很容易地设法在她服用的药里滴上几滴。药力会使她强烈地抽搐一个小时，然后她的血液会慢慢地停止流动，心脏也会慢慢地停止跳动，脸上会出现死一般的苍白，她在每一个人的眼中看上去都会像一具尸体。她身边没有朋友，不会受到任何人的怀疑，你可以负责安排她的葬礼，想法把她安葬在圣克莱尔修道院的墓地里。墓地与世隔绝，而且你很容易进入，对你的图谋有利。今天晚上就把这种催眠药给安托尼娅，喝完四十八小时之后，她就会苏醒过来。那时她就被完全掌控在你的手掌心中，你会发现她的一切反抗都是徒劳，迫于情势，她会投入你的怀抱。"

"安托尼娅会在我的掌控之中！"修道士大声说道，"玛蒂尔达，你让我太激动了！那么最后，幸福会属于我，而且这幸福是玛蒂尔达的礼物，是友谊的礼物！我会把安托尼娅紧紧抱在怀里，远离每一双偷窥的眼睛，远离每一个让人苦恼的干扰者！我会伏在她的胸脯上叹息着说出我的心意，教导这颗年轻的心有关欢愉的入门知识，恣意陶醉于她无尽的美妙之中！这种快乐真的会属于我吗？我该放任自己的欲望，满足每一个疯狂而激烈的愿望吗？哦！玛蒂尔达，我怎样才能表达我对你的感激？"

"从我的建议中受益就是对我的感激。安布罗西欧，我活着就是为你服务的。你的利益和幸福就是我的利益和幸福。你的人属于安托尼娅,但是你的友谊和你的心依然属于我。为你奉献是我现在唯一的快乐。如果我的努力使你的愿望获得满足,我会认为我的付出已经得到了充分的回报。不过我们不要浪费时间。我说的这种药水只有在圣克莱尔修道院的实验室里才能找到,你赶快到院长嬷嬷那儿去,请她同意你进入实验室。你的请求不会被拒绝的。在那个大房间较低的一头有个壁橱,里面摆满了各种颜色和性质的液体,我们说的那瓶液体单独放在左边的第三层,是一种浅绿色的液体。趁人不注意时倒上一小瓶,安托尼娅就属于你了。"

修道士毫不犹豫地采纳了这个无耻的计划。他的欲望,以前只是过于强烈,今天由于见到了安托尼娅而获得了新的活力。坐在她床边的时候,由于偶然的原因,以前一直没有被他看到的部分迷人之处暴露在了他的眼前,他发现这些地方比他热切的想象所描绘的更加完美。有时候她白皙而完美的手臂在调整枕头时裸露出来,有时候一个突如其来的动作裸露出了她部分鼓鼓的胸脯。但是,新发现的迷人之处出现在哪里,修道士色咪咪的眼睛就停留在哪里。他几乎无法控制自己,无法向安托尼娅和她警觉的保姆隐藏自己的欲望。在这些美妙记忆的刺激下,他毫不迟疑地开始了玛蒂尔达的计划。

晨祷一结束,安布罗西欧就朝圣克莱尔修道院走去,他的到来使所有的修女无比惊讶。女修道院院长意识到他的首次来访给修道院带来了无上荣誉,便向他大献殷勤,竭力表示感激。安布罗西欧被领着招摇地走过花园,参观了圣徒和殉道者的所有遗物,受到了如同教皇一般的尊敬和礼遇。安布罗西欧优雅地与院长嬷嬷寒暄,尽力消除她对他打破自己永不出修道院大门这一誓言的惊讶。他声称,在向他忏悔的人当中,许多人因为生病无法离开自己的家,就是这些人最需要他的劝告和宗教的慰藉。为此,人们向他提出了不少建议,尽管与自己的愿望有很大的冲突,他还是觉得,为了服务上帝,完全有必要改变自己的决定,离开他心爱的隐居地。女修道院院长称赞他对职业的热忱和对人类的仁爱。她断言,有一个如此完美、如此无瑕的人是马德里的幸运。边谈边走,修道士最后来到了实验室。他找到了那个壁橱,药瓶放在玛蒂尔达讲过的那个地方,修道士在没人注意时乘机往他的小瓶子倒满了催眠药。然后,在餐厅吃完斋日的点心后,安布罗西欧离开了女修道院,他对此行的成功非常满意,修女们则因他带给她们的荣誉喜形于色。

安布罗西欧一直等到天黑才到安托尼娅的住所。哈辛塔兴高采烈地欢迎他的到来,恳请他不要忘了在闹鬼的房间守夜的诺言。安布罗西欧重申了自己的承诺。他发现安托尼娅已经好多了,但还在反复唠叨鬼魂的预言。弗洛拉一直待在主人的床边,比头一天晚上更加明显的迹象证明,这位女仆不喜欢院长在场。安布罗西欧还是装作没有看到。在同安托尼娅谈话的当儿,医生到了。天色已黑,需要点灯,弗洛拉只好下楼去取灯。由于只要离开几分钟,弗洛拉相信没有任何风险。女仆一离开房间,安布罗西欧就朝桌子走过去,桌上放着安托尼娅吃的药,就在窗户的凹处。医生坐在扶手椅上,忙于询问病人,没有注意修道士做的事情。安布罗西欧抓住这个机会,取出致命的药瓶,在药里滴了几滴药水,然后慌忙离开桌子,回到刚才离开的座位上。当弗洛拉拿着灯出现时,一切似乎同离开时一模一样。

医生说明天安托尼娅可以下床离开房间了,医生还要她继续服药,这种药在头一天晚上使她睡得很香,恢复了精神。弗洛拉回答说,药已经准备好了,就放在桌上。医生建议病人马上喝药,然后就走了。弗洛拉把药倒进杯子里,递给了小姐。这时,安布罗西欧失去了勇气。玛蒂尔达会不会骗他?嫉妒会不会使她毁掉自己的情敌?这种药是不是毒药?这个想法似乎极其合情合理,他正要阻止安托尼娅吞下药物。不过他的决心下得太迟了,杯子已经空了,安托尼娅把它递回弗洛拉的手里。现在已经没有补救的办法,安布罗西欧只能急切地等待那一时刻,这个时刻注定要决定安托尼娅的生死存亡,注定要决定安布罗西欧的幸福或者绝望。

由于害怕待在房间里引起怀疑,或是害怕因为心神不宁暴露自己,安布罗西欧道别后离开了房间。安托尼娅与他分别,但已经没有头一天夜里那样热情。因为弗洛拉已经对女主人说过,允许他来探望就是违背母命,弗洛拉向她描述了他进入房间时的情绪,还有他凝视她时眼中闪现的欲火。这些躲过了安托尼娅的注意,但是仆人却看得清清楚楚,弗洛拉用比埃尔维拉明确得多的语言解释了修道士的意图及其可能的后果,弗洛拉的话虽然没有埃尔维拉那么优雅,却成功地让年轻的小姐警觉起来,使得她待他要比以前更冷淡一些。服从母亲意愿的想法使安托尼娅下定了决心。尽管对断绝与安布罗西欧的交往很伤心,她还是战胜了自己,以一定的矜持和冷淡接待他。她怀着尊重和感激对待他,但是没有邀请他以后再来探望。弗洛拉完全相信,她担心的这种交往已经结束,他轻易的顺从使弗洛拉极其激动,她甚至开始怀疑自己的猜疑是否公正。弗洛拉拿着灯照他走下楼梯,感谢他设法使安托尼娅根除了心中由迷信引起的恐惧,而这种恐惧是鬼魂的预言造成的。女仆还说,因为他好像对唐娜·安托尼娅的安康很关心,如果她的情况有变化,自己会让他知道的。修道士回答时尽力提高嗓门,希望哈辛塔能够听见。这一点他成功了。他同女仆走到楼梯脚的时候,女房东正好出现了。

"哎呀,你不是真的要走吧,尊敬的神父?"女房东大声说道,"你不是答应过在闹鬼的房间里守夜的吗?天哪!我会独自与鬼魂待在一起,天亮之前我会十分害怕。那个顽固的老畜生西蒙·贡萨雷兹,今天居然拒绝同我结婚。在明天来临之前,我想,我会被鬼魂、恶鬼、魔鬼,以及诸如此类的东西撕成碎片!看在上帝的分上,院长大人,别让我处在这样一种不幸的境地！我跪下求你信守诺言，在这间闹鬼的房间里守夜，把鬼魂驱除到红海，我会在祷告中求神保佑你，直到我生命的最后一天！"

这个请求正是安布罗西欧所期待和希望的，但是他假装提出反对，装出不愿意遵守诺言的样子。他告诉哈辛塔鬼魂不存在于任何地方，只存在于她的头脑中，而且她执意要他整夜待在这幢房子里十分荒谬，也没有作用。哈辛塔很固执，无法被说服，她迫切地逼迫他，不要让自己成为魔鬼的牺牲品，最后他同意了。所有这一番反对的表演没有骗过弗洛拉，她这人天性多疑。她怀疑修道士在扮演一个与他的意愿完全相反的角色，并怀疑他最想做的莫过于留在他现在待的地方。女仆进而甚至认为哈辛塔是在帮他演戏。这个可怜的老妇人一边为自己看穿了有损她女主人荣誉的阴谋而喝彩，一边暗暗下定决心，不让阴谋得逞。

"那么，"女仆带着半是讽刺半是气愤的神色对院长说道，"这么说来，你想今晚在这里守夜？在这儿守夜吧，以上帝的名义！没有人会阻拦你。坐着守候鬼魂的到来吧，我也不睡了，但愿我不要看到比鬼魂更可怕的东西！在这个神佑的夜里，我不会离开唐娜·安托尼娅的床边一步。让我看看有谁胆敢进入这个房间，不论他是会死的，还是不会死的，不论他是鬼，是魔，还是人，只要他跨过这道门槛，我保证他要后悔！"

这个暗示已经再明显不过，安布罗西欧明白其中的意思。但是，他没有表现出察觉到了她的怀疑的样子，反而温和地回答说，赞成保姆的警惕，并坚持建议她这样做。女仆如实地告诉他，这一点他可以放心。然后哈辛塔带安布罗西欧到鬼魂出现过的房间里去，弗洛拉则回到了小姐的房间。

哈辛塔用颤抖的手打开那间闹鬼的房间的门，壮起胆子朝里面偷看了一眼。但是，即便是印度的财富也无法诱使她跨过门槛。她把烛灯给了安布罗西欧，祝他平安度过今夜的冒险，然后急急离开了。安布罗西欧走了进去。他闩上门，把灯放在桌子上，坐在头天夜里安托尼娅坐过的椅子上。尽管他曾经对玛蒂尔达断言，这个鬼魂不过是她幻想的产物，但是安布罗西欧心里还是有一种神秘的恐惧。他竭力想摆脱这种恐惧，但就是做不到。夜晚的寂静、鬼魂的故事、用黑橡木板护墙的房间、谋杀埃尔维拉的回忆，还有给安托尼娅喝下的药水性质的不确定性，所有这一切都使安布罗西欧对眼下的处境感到不安。不过，他想的更多的是毒药，而不是鬼魂。万一他毁掉了他唯一珍爱的东西，万一鬼魂的预言被证明是真的，万一安托尼娅在三天内死去，而他就是造成她死亡的卑鄙杀手……这些假设太可怕，他不敢细想。他驱走这些令人恐怖的幻想，但它们通常又会呈现在他的眼前。玛蒂尔达深信不疑地对他说过，这种催眠药药效很快。他既恐惧又热切地听了听，希望听见隔壁房间里的混乱。一切还是静悄悄的。他推断催眠药没有起作用。这次他下的赌注太大，一会儿工夫就足以决定他的痛苦或幸福。随着时间慢慢流逝，他变得越来越焦急，越来越害怕，越来越忧虑。他无法忍受这种不确定的状态，竭力想通过考虑其他事情来转移注意力。前文提到过的书籍就摆放在桌子旁边的书架上。桌子在床的正对面，床就安放在小房间门边的凹处。安布罗西欧取下一卷书，在桌子边坐下来。但是，他的注意力从书上离开了。安托尼娅以及被谋杀的埃尔维拉的形象强行出现在他的想象中。他仍在翻阅那本书，尽管目光在文字上面掠过，心里却不知道在想着什么。这样消磨时光的当儿，他突然觉得听到了脚步声。他转过头，但是没有看见任何人。

安布罗西欧继续看书，但是过了几分钟，他又听到了同样的声音，接着身后传来一阵沙沙声。这时他从座位上惊起，看了看周围，他发现小房间的门半开着。第一次进入房间时，他曾试图把它打开，不过发现小房间从里面闩上了。

"这是怎么回事？"他心里想道，"门闩怎么会开着呢？"

安布罗西欧走了过去，把门推开，查看了小房间，里面没有人。犹豫不决地站着时，他想自己听出了隔壁房间里的一声呻吟，那是安托尼娅的，他猜想药水开始起作用了。但是，再仔细听了听，发现那声音是哈辛塔发出的，她在小姐的床边睡着了，鼾声很大。安布罗西欧退了出来，回到原来的房间，思考着小房间的门为什么会突然打开，但怎么也找到答案。

安布罗西欧默默地在房间里踱步，最后停了下来，那张床引起了他的注意。凹处的帷幔被拉开了一半，他不由自主地叹息了一声。

"那张床，"他低声说道，"那张床是埃尔维拉的！在那儿她度过了许多个安静的夜晚，因为她为人善良，清白无辜。她肯定睡得很香吧！而现在就睡得更香了！她真的睡着了吗？哦！但愿她睡着了！如果她在这伤心而寂静的时刻从墓地里爬起来该怎么办？如果她冲破墓室的限制，在我该死的眼前愤怒而悄悄地走动该怎么办？哦！我绝对受不了这种情景！再次看见她因濒死的痛苦而扭曲的身体、她那肿胀的血管、她铁青色的面容、她的眼睛痛苦地从眼窝里往外突出的样子，那是多么可怕！听她说到未来的惩罚，用上苍的报复来威胁我，责备我已经犯下的罪行，责备我将要犯下的罪行……伟大的上帝啊！那是什么？"

说出这些话的时候，他那双盯在床上的眼睛，看到帷幔轻轻地前后摆动起来。他又想到了幽灵，他几乎想象自己看到了埃尔维拉虚幻的形体斜靠在床上。但短暂的思考足以使他放下心来。

"那只是风而已。"他说道，缓过神来。

他又在房间里踱步，但恐惧和焦虑引起的不由自主的冲动不时地把他的目光引向房间的凹室。他犹豫不决地慢慢靠近,在登上通往凹室的几个台阶前,他停了下来。他三次伸出手想扯去帷幔,三次都缩了回来。

"可笑的恐惧!"他最后叫道,为自己的懦弱感到羞耻……

他赶紧登上台阶,这时一个身穿白衣的人形突然从凹室出来,悄悄从他身边溜过,冲向小房间。疯狂与绝望这时给了修道士从未有过的勇气。他从台阶上飞奔而下,追上鬼魂,想把它抓住。

"不管是鬼是魔,我要抓住你!"他大叫道,抓住了鬼魂的手臂。

"哦!天哪!"一个很尖的声音叫道,"尊敬的神父,你把我抓痛了!我声明我对你并没有恶意!"

这句话,还有他抓住的手臂,使院长相信所谓的"鬼魂"是实实在在的血肉之躯。他把这个闯入者拉到桌子边,举起烛灯细看,发现是弗洛拉!

他非常恼火,因为这个小小的事情竟把他弄得如此恐惧,而且又是如此荒唐可笑。他厉声问她,到这个房间里来干什么。弗洛拉对自己被人识破感到羞愧,她被安布罗西欧严厉的神态吓坏了,双膝跪地,答应全部坦白。

"我声明,尊敬的神父,"女仆说道,"我很痛心打扰了你的安宁。这绝对不是我的本意。我本想像进入房间时一样悄悄地离开房间。的确,我暗中监视你是我做错了,这点我不否认。可是天啊!尊敬的阁下,一个可怜的弱女子怎么能够抵得住好奇心?我想了解你在做什么的好奇心太强了,我只好试着偷看一下。所以,我留下哈辛塔老太太守在小姐的床边,自己斗胆溜进了小房间。由于不愿打扰你,我起初只满足于把眼睛紧贴在锁孔上观看。但是,用这种方法什么都看不见,所以我就抽掉门闩,趁你背对凹室时,轻轻地、静静地迅速进去了。我躲在帷幔的后面,直到阁下你发现了我,在我到达小房间的门之前把我抓住。这就是全部真相,我向你保证,尊敬的神父,我为自己的鲁莽千百次地恳求你的宽恕。"

女仆说话的时候,院长慢慢镇静下来。他就好奇心的种种危险,以及她行为之卑鄙狠狠地教训了这个监视者一顿。弗洛拉声称她完全相信自己做错了事,并答应再也不重犯同样的错误,正当她恭顺又后悔地准备回到安托尼娅的房间时,突然小房间的门被用力推开了,只见哈辛塔跑了进来,脸色苍白,气喘吁吁。

"哦!神父!神父!"她用一种几乎被吓得哽咽的声音说道,"我该怎么办!我该怎么办!这里又出了一件'好事'!除了不幸,什么都没有!除了死人,就是垂死的人!哦!我要疯掉了!我要疯掉了!"

"说呀!快说!"弗洛拉和修道士同时叫道,"发生了什么?出什么事了?"

"啊!我的房子里又要有一具尸体了!肯定有女巫施了妖术,给房子,给我,给我周边的一切下了咒!可怜的唐娜·安托尼娅!她躺在那儿不停地抽搐,她的母亲就是这样死的!鬼魂对她说的是真的!我相信,鬼魂对她说了真话!"

弗洛拉跑着,说得更确切一点,是飞奔到了小姐的房间,安布罗西欧跟在后面,他的胸口因为希望和忧惧而颤抖。他们发现安托尼娅正如哈辛塔所描述的,正遭受着难以忍受的抽搐的折磨,他们竭力想施以援手,但是都无法让她解脱。修道士打发哈辛塔火速赶到修道院,把帕布洛斯神父带回来,一刻也不能耽误。

"我会去请他的,"哈辛塔答道,"叫他来这里。但是要让我把他带来,我不会做这样的事。这幢房子肯定有鬼,如果我再次踏入屋里,就把我烧死吧。"

怀着这样的决心,哈辛塔往修道院去了,把院长的命令传给帕布洛斯神父,然后就去了年老的西蒙·贡萨雷兹的家里,决心再也不离开他,直至他做了她的丈夫,他的房子成了她的房子。

帕布洛斯神父一看到安托尼娅,就说她已经没救了。抽搐持续了一个小时。她的每一次发作犹如匕首刺入他的胸膛,他千百次地诅咒自己采纳了如此没有人性的计划。一个小时过去了,慢慢地,她抽搐发作的次数越来越少,人也越来越安静。安托尼娅觉得死亡已经接近,什么也救不了她。

"尊敬的安布罗西欧,"安托尼娅以虚弱的声音说道,一边把他的手按到自己的唇上,"我现在可以自由地表达,我对你的关心和善意是多么的感激。我躺在床上等死,再过一个小时,我就不在了。所以,我可以毫无保留地承认,与你断绝交往对我来说非常痛苦。但那是妈妈的意愿,母命难违啊。我的死去并不让我难过,没有几个人会因我的离开而感到悲伤。在那少数人当中,我想最悲伤的莫过于你。不过,我们还会相逢的,安布罗西欧! 有一天我们会在天堂会面,在那里重续我们的友谊,而且我妈妈会高兴地看待我们的友谊的!"

她停了停。提到埃尔维拉时,院长颤抖了一下。安托尼娅把这当作是对她的怜悯和关心。

"你为我伤心,神父!"她又说道,"啊! 不要为我的离去叹息。我没有罪恶可以忏悔,起码我没有意识到我的罪恶,我毫无恐惧地把我从上帝那儿领来的灵魂交还给他。我只有很少的几个请求,但是我希望我的这几个请求能够获得同意。我希望为灵魂的安息做一个弥撒,也为我挚爱的妈妈做一个。我怀疑她在墓穴里不能安息,我现在确信我的判断力出了偏差,鬼魂预言的虚妄足以证明我的错误。但是每个人都有过失,我妈妈可能有她的过失,尽管我不知道是什么。所以,我希望为了让她能够安息而举行一次弥撒,费用可以用我有的那点钱财支付。然后,不管剩下多少,都留给我姨妈莱欧娜娅。我死之后,告诉德·拉斯·西斯特纳斯侯爵,他哥哥不幸的女儿不会再纠缠他了。但是失望使我变得不公正了。他们对我说他病了,否则,也许如果他能够,或者也是希望能保护我的。神父,那么只告诉他,我已经死了,如果他对我有什么过错的话,我打心里已经原谅了他。此外,除了你的祈祷之外,我再也没有什么要求了。答应我的请求,我就会放弃我的生命,没有痛苦,也没有悲伤。"

安布罗西欧答应满足她的心愿,接着给她行了忏悔礼。每一刻都在宣布安托尼娅死亡的临近,她的视力模糊不清了,心跳越来越慢,手指开始僵硬变凉。在子夜两点钟,她咽下了最后一口气,没有一声呻吟。最后的气息一离开她的躯体,帕布洛斯神父就离去了。弗洛拉则陷入了无法控制的极端悲哀之中。

安布罗西欧则忙于其他事情。他开始寻找脉搏,玛蒂尔达向他保证过,如果脉搏还在跳动,就证明安托尼娅的死亡是暂时的。他找到了脉搏,手按在上面,脉搏在手下跳动,使他心中充满狂喜。不过,他掩饰住了成功的喜悦,装出忧郁的神色,同弗洛拉说话,提醒她不要沉浸于无谓的悲哀之中。弗洛拉哭得像个泪人,无法听从他的劝告,继续哭个不停。

修道士退了下去,他答应来安排葬礼,并假装是为了哈辛塔考虑,葬礼需要尽快举行。由于陷入失去挚爱的女主人的悲痛之中,弗洛拉几乎没有注意院长说了什么。安布罗西欧赶紧去安排这场葬礼。他征得了女修道院院长的同意,尸体将安葬在圣克莱尔修道院的墓室里。星期五早上,所有得体而必要的仪式做完之后,安托尼娅的遗体被安葬在墓地里。

同一天,莱欧娜娅到了马德里,打算让埃尔维拉见见她年轻的丈夫。各种情况迫使她把行程从星期二推迟到了星期五,却没有机会把改变的行程通知姐姐。因为她的心里充满深情,也因为她对埃尔维拉和外甥女怀有诚挚的感情,所以当听到她们意外又可悲的命运时,她的吃惊程度只有她的悲伤与失望可以与之相比。安布罗西欧派人把有关安托尼娅遗产的事情通知她,在她的恳求下,他答应,埃尔维拉的那点小小的债务一旦还清,就把余额转给她。这件事处理完后,就没有别的事情需要莱欧娜娅留在马德里了,她迅速回到了科尔多瓦。

第三章

哦！如果我能敬仰普天之下
人间曾见或能想象的一切，
神圣的自由，你的圣坛应该屹立不倒，
不假唯利是图的俗手建造，
而用芳香的草皮，还有那曾经装扮河岸
芬芳了夏天的美丽野花。

——柯　珀

洛伦索的所有注意力都在如何将谋害妹妹的人绳之以法上，很少去考虑到在另外一个地方他自己的利益正在蒙受多么严重的损失。正如前面所述，直到安托尼娅下葬的那天晚上他才回到马德里。他向宗教法庭大法官出示了枢机主教公爵的命令（这是每当公开逮捕教会成员时必不可少的仪式），并告诉伯父和唐·拉米雷兹，集合了一支由侍从组成的足以阻止反抗的队伍。在午夜来临前的几个小时他的精力被这些事情占得满满的。因此，他没有时间询问心上人的事情，对她和她母亲的死一无所知。

侯爵根本就没有脱离危险。虽然他错乱的精神已经好了，但是身体已经被疾病折磨得极其虚弱,医生们都拒绝对可能发生的结果表态。至于雷蒙德本人,他最诚挚的希望莫过于在阿格妮丝的墓中死去。活着对他来说是可恨的事,他觉得世上已经没有什么值得留恋,只希望将阿格妮丝的仇报了之后,马上弃世而去。

雷蒙德热切地祈祷此次行动能够成功,因此洛伦索比圣厄秀拉嬷嬷指定的时间提早整整一个小时来到了圣克莱尔修道院的大门口。同他一起去的有他的伯父、唐·拉米雷兹·德·梅洛,还有一队精心挑选的弓箭手。虽然人数不少,但是他们的出现并没有惊动人群。为了看这场游行,修道院的门边已经聚集着一大群人。人们自然以为,洛伦索和他的侍从为了同样的目的而来。有人认出了德·梅迪纳公爵,人群往后退开,为公爵一行人让出前行的路来。洛伦索站在大门的对面,朝圣者将从门口经过。他坚信女院长不可能从自己手中逃走,耐心地等待她的出现,行动时间就在午夜。

修女们在忙于举行为了纪念圣克莱尔而规定的宗教仪式,这是任何俗人都不被允许参加的。小教堂的窗户被灯光照得通明。站在门口的时候,听众听见了管风琴洪亮震耳的声音,伴随着女声合唱,在寂静的夜晚升起。这声音慢慢减弱,接着传来一曲和谐的独唱,这歌声来自要在游行队伍中扮演圣克莱尔这个角色的人。为了这个任务,马德里总是选出最美丽的处女,被选中的姑娘则把它看作无上的荣誉。听众听着音乐,都被深深地吸引住了,因为距离似乎使得音乐的旋律更加甜美。教堂门口鸦雀无声,人人心中充满了对宗教的崇敬,只有洛伦索例外。意识到在那些如此甜美地赞美上帝的人群中,有些人竟利用表面的虔诚来遮掩无耻的罪恶,他们的圣歌就激起他对其虚伪的憎恶。他已经对左右马德里居民的迷信观察了很长时间,对它非但不赞成,而且很鄙视。他敏锐的判断力已经向他指明,修道士们的欺诈,还有他们极其荒谬的神迹、奇迹、圣徒遗物,都虚伪至极。看到自己的同胞被如此可笑的骗术欺骗，他羞愧得脸都红了，只希望有机会让他们摆脱修道院的桎梏。这个期待已久的机会，终于出现在他的面前。他决定抓住机会，让人们清楚地看到，修道院对人的虐待有多么严重，公众不分青红皂白地给予所有身穿教服的人的尊重是多么有失公正。他渴望在扯下伪君子们假面具的这一时刻，能让同胞们坚信圣洁的外表之下不一定隐藏着一颗善良的心。

仪式继续进行，直到修道院的钟声宣布了午夜来临。听见钟声，音乐停了，歌声慢慢地消失，不久小教堂窗内的灯消失了。洛伦索的心怦怦直跳，执行计划的时间就要到了。从民众天生的迷信来看，他已经为一定程度的抵抗做了防备。但是，他相信圣厄秀拉嬷嬷会帮他证明他的行动是正当的。他相信，在让民众听见他的论据之前，他具有击退民众初次冲动的武力。他担心的只是女院长猜到他的计划，把能为他提供证词的修女偷偷地藏起来。除非圣厄秀拉嬷嬷在场，否则他只能单凭怀疑指控她，这让他对计划的成功有一点忧虑。那似乎笼罩着修道院的寂静在一定程度上使他放下心来。不过，他仍然热切地期待着他的同盟者出现并消除他的怀疑的这一时刻。

嘉布遣会修士教堂与女修道只隔着花园和墓地。修道士们应邀来为朝圣仪式出力。这时他们来了，手里举着火把，两个一排地前行，唱着纪念圣克莱尔的赞歌。帕布洛斯神父走在队伍的前面，院长借故没有来。观众为这神圣的队列让开了路，修道士们排队站在大门口的两边。排好队后，女修道院的门被推开了，再次响起了悦耳的女声合唱，首先出现的是一队唱诗班歌手。她们走过去后，修道士们两个两个列队，迈着缓慢而从容的步伐跟在后面。走在后面的是见习修女，与那些已经立誓信教的修女不同的是，她们手里没有拿着烛灯，但是眼睛朝下看，好像都在忙着拨弄念珠喃喃祷告。跟在他们后面的是一个年轻漂亮的姑娘，她扮演的是圣路西娅。她手里拿着一只金色的浅底大碗,里面有两只眼睛,她自己的眼睛则蒙着一条天鹅绒带子,另外一个妆扮成天使的修女给她引路。走在她后面的是圣凯瑟琳,圣凯瑟琳一手拿着棕榈叶,一手拿着火红的剑,身穿白袍,额头上装饰着一条闪闪发光的头带。再后面出现的则是圣吉纳维芙。她被一群小鬼簇拥着,他们摆出各种奇形怪状的姿势,拉着她的长袍,做出滑稽的动作在她周围嬉闹,竭力想把她的注意力从书本上引开,因为她正目不转睛地盯着书看。这些淘气的精灵使观众非常开心,人群中爆发的一阵阵的大笑就是证明。女院长精心挑选了这个天生性情严肃又忧郁的修女来扮演圣吉纳维芙。女院长有充分的理由为自己的选择感到满意,小鬼们的嬉闹被置若罔闻,圣吉纳维芙不停地往前走,神色没有一点变化。

每一个圣人都被一队唱诗班歌手隔开,她们唱着赞歌赞美她,但是每个圣人都被认为与女修道院的女庇护者——圣克莱尔相差甚远。这些人之后,一长队修女出现了,像唱诗班的歌手一样,每个人手里拿着一盏点燃的烛灯。跟在她们身后过来的是圣克莱尔的遗物,它们被装在材料和工艺同样珍贵的瓶子里。但是它们并不能吸引洛伦索的注意力。他全神贯注地看着手捧圣克莱尔心脏的那个修女。根据特奥多尔的描述,他相信她就是圣厄秀拉嬷嬷。她好像在焦急地左顾右盼。由于洛伦索站在游行队伍经过的人群的最前面,她的目光与洛伦索的相遇了。一丝欣喜的红润在她苍白的脸颊上泛起。她急切地转过身,对着她的同伴说话。

"我们安全了!"他听见她低语道,"那是她哥哥!"

洛伦索终于舒了一口气,平静地看着展出的其余物品。这时游行队伍中最耀眼、最光彩四射的东西出现了。那是一台机器,做得像君主的宝座,缀满了珠宝,珠光闪闪,令人目眩。它借助隐藏的轮子往前滚动,由数名打扮得像六翼天使般的漂亮孩子操纵。它的顶部覆盖着银制的云朵,斜靠着一个迄今为止人们见到过的最美丽的人儿。这就是扮圣克莱尔的那位小姐。她的裙子价值连城,戴在她头上的钻石冠的周围形成了一道人造的光环,但是所有这一切装饰品与她的美丽相比都黯然失色。她经过时,人群中响起了一阵兴奋的低语。就是洛伦索也在心底承认,从来没有见过比她更完美的女子,如果不是他的心已经属于安托尼娅,他肯定会成为这名美女的俘虏。其实,他只是把她看成一尊精美的雕像,她从他那儿获得的除了冷峻的赞赏外没有别的赞颂。她走过之后,他再也没有去想她。

"她是谁?"站在洛伦索听力范围之内的一个旁观者问道。

"一个你肯定经常听人赞美过她的美丽的女子。她名叫维吉尼娅·德·维拉-弗兰卡,是圣克莱尔修道院的寄宿生,是院长嬷嬷的一个亲戚,被公平地选作这次游行的亮点。"

宝座继续往前滚动。跟在后面的是女院长,她走在剩下的修女前头,带着虔诚而神圣的神情,游行队伍也走到了尽头。她慢慢地朝前走去,抬着眼睛朝天看,表情平静而安宁,似乎并不在意尘世的事情,也没有流露出对展示修道院的盛况与富裕的隐隐骄傲。她走过去了,伴随着大众的祈祷和祝福。但是,当唐·拉米雷兹冲上前去,要将她缉拿归案时,他的举动引起了民众巨大的困惑和惊讶。

院长嬷嬷一时惊得不会动弹,连话也说不出来。但是一旦缓过神来,她就大声斥责这是亵渎神明,不敬神灵,并号召民众拯救教会的女儿。民众急切地准备听从她的号召,这时唐·拉米雷兹在弓箭手的保护下,避开了愤怒的民众,命令人们克制自己,并用宗教法庭最严厉的报复威胁他们。听到这句令人畏惧的话,每一只举起的手都垂了下去,每一把抽出的剑都退回了剑鞘。女院长脸色苍白,浑身发抖。普遍的沉默使她相信她没救了,她能够希望的只是被无罪赦免,她用颤抖的声音恳求唐·拉米雷兹告诉她,自己被指控犯了什么罪。

"你到时会知道的，"他答道，"但是我得先保护圣厄秀拉嬷嬷。"

"圣厄秀拉嬷嬷？"院长嬷嬷怯懦地重复道。

这时，她扫视四周，发现洛伦索和公爵就在附近，他们跟在唐·拉米雷兹后面。

"啊！伟大的上帝啊！"她大声说道，疯狂地将十指交叉在一起，"我被出卖了！"

"被出卖了？"圣厄秀拉问道，她在一些弓箭手的带领下已经来到了这里，后面跟着游行队伍中与她在一起的那个修女。"没有被出卖，而是被发现了。你认出了我是控告人，你不知道我对你的罪恶了解得那么多！——先生！"她又说道，转身面对唐·拉米雷兹，"我把自己托付给你保护。我指控圣克莱尔修道院院长犯有谋杀罪，我愿用我的生命保证我指控的公正性。"

所有的观众都发出惊讶的叫声，大声要求她做出解释。瑟瑟发抖的修女们被喧闹声和无处不在的混乱吓坏了，已经四散而逃。她们有的回到了修道院，有的在亲戚家里避难，还有许多人，由于只是意识到眼下的危险，急于逃离这场骚乱，跑到街上迷了路，不知往哪儿走。美丽的维吉尼娅是最早逃走的人员之一。为了能够看得更清楚，听得更清楚，人们要求圣厄秀拉在已经空着的宝座上对他们讲话。这位修女答应了，她登上了珠光闪闪的机器，对周围的大众说了以下的话。

"作为女性和修女，不论我做这样的事情看起来有多么不可思议和不适宜，但是其必要性最大限度地证明了它是合理的。有个秘密，有个可怕的秘密，沉重地压在我的心头，我的灵魂无法安宁，除非我把它公之于世，满足无辜的生命从坟墓里喊着要复仇的要求。为了取得这个减轻良心负担的机会，我已经冒了很大的风险。如果我揭露罪行的努力失败了,如果院长嬷嬷怀疑我知道了这个秘密,那么我的毁灭就不可避免。天使们一直在保护那些值得他们庇护的人,使我没有被人发现。我现在可以自由地说一个故事,它的细节会让每一个诚实的人吓坏。我的任务就是要撕开虚伪的面纱,让那些被误导的父母看看,落入修道院暴君魔掌的妇女们正处于怎样的危险之中。

"圣克莱尔修道院的修女中,没有人比阿格妮丝·德·梅迪纳更漂亮、更温柔了。我非常了解她,她把心中的每一个秘密都向我诉说,我是她的朋友和知己,并且真心地爱她,喜爱她的也不只有我一个人。她的虔诚发自内心,她的性情如同天使,这使她成为修道院里所有值得尊敬的人的宠儿。就连女院长本人,虽然傲慢自负、肆无忌惮、令人生畏,也不能不给阿格妮丝赞许,这是她从来没有给过其他任何人的。每一个人都有缺点,唉!阿格妮丝也有她的弱点!她违背了教团的规定,招致无情的院长嬷嬷根深蒂固的仇恨。虽然圣克莱尔修道院院规森严,但是已经逐渐过时并且被人忽视,近几年有的规定已经被人遗忘,或者通过大家同意,改为比较温和的惩罚。院长给阿格妮丝的罪行宣判的惩罚,是非常残酷、非常不人道的!那条规定已经被推翻多年,哎呀!但是,报复成性的女院长却决定恢复这条规定。

"这条院规规定:违反者必须被投入私设的地牢。私设地牢的唯一目的就是把修道院的残酷行为和受害者永远深藏起来,不让世人知道。在这个可怕的住处,她要永远孤独地生活,被剥夺了所有与人交往的权利,使那些出于对她的爱可能会试图营救她的人都相信她已经死了。这样,她将在那儿遭受折磨,度过余生,除了面包和水,没有别的食物;除了以泪洗面,没有别的安慰。"

她的叙述激起的愤慨如此强烈,人群的骚动甚至将圣厄秀拉的讲话打断了一段时间。当人群停止骚动，一切复归寂静，她又继续叙述，与此同时，院长嬷嬷每听她说一句话，脸上就流露出更恐惧的神色。

"女院长召开过一次有十二名年长修女参加的会议，我就是与会的成员之一。女院长夸张地描述了阿格妮丝的犯罪行为，毫不迟疑地提议恢复这条差点被人遗忘的规定。说起来，使我们女性感到耻辱的要么是因为院长嬷嬷在修道院里极其独断专行，要么是因为失望、孤独与克己使修女们变得铁石心肠、性情乖戾，结果这个残暴的提议在十二人当中竟获得九人同意。我不在这九人当中。频繁的接触使我坚信阿格妮丝的美德，我由衷地爱着她、同情她。贝尔塔与科尼莉娅嬷嬷也站到了我这一边，我们竭尽所能，提出了最强烈的抗议，院长发现她不得不改变她的打算。尽管大多数人支持她，但她害怕与我们公开决裂。她明白在梅迪纳家族的支持下，我们的力量会十分强大，她无法对付。她也明白，一旦阿格妮丝被软禁并被折磨至死，万一以后被人发现，那么院长她就死定了。因此，她放弃了原来的计划，然而很不情愿。她要求给她几天时间，考虑一种整个教团都同意的惩罚方式，她答应一旦确定，要再举行一次同样的会议。两天过去了，在第三天晚上有人通知说，第二天早上将对阿格妮丝进行询问，对她的惩罚是加重还是减轻，根据她当场的表现而定。

"在询问的前一天夜里，我在其他修女都已呼呼大睡的时刻溜进了阿格妮丝的房间。我竭尽全力安慰她，叫她鼓起勇气，要她相信朋友们的帮助，并教给她一些暗号，通过暗号我可以教她在回答院长嬷嬷的问题时是应该表示同意还是不同意。意识到她的敌人会迷惑、压迫、威胁她，我担心她会被诱入她们设下的圈套，供认出对她不利的事情。由于不想让人知道我来过，我只同她待了很短的时间。我吩咐她不要沮丧，我的泪水与她的混合在一起，顺着她的脸颊往下流,我怜爱地拥抱她,正准备离开她时,突然听见有脚步声朝房间走来。我吓得退了回去,一块用来遮掩一个很大的耶稣受难像的帷幔给我提供了一个藏身之处,我赶紧躲到了后面。女院长走了进来,后面跟着另外三个修女。她们朝阿格妮丝的床走过去。院长用最刻薄的言辞斥责阿格妮丝的过错,说她是修道院的耻辱,还说决定为世人和自己除掉这样一个在品行上极其败坏的人。院长命令她喝下其中一个修女递来的高脚杯里的东西。意识到这种液体致命的特性,发现自己到了生命的边缘,不幸的姑娘浑身发抖,竭力想用最动人的祈求激起院长嬷嬷的怜悯。

"她用可以融化魔鬼的心的言辞请求院长嬷嬷给她一条生路,答应耐心地服从任何惩罚、耻辱、监禁、折磨,只要允许她活着!哦!只要可以再活上一个月,或者一个星期,或者一天!她那冷酷无情的敌人听着她的诉说无动于衷,院长告诉她说,自己开始是想饶她一命,如今自己改变了主意,她还得感谢朋友们的反对。院长仍执意要阿格妮丝吞下毒药,要她把自己托付给万能的上帝,请求他的宽恕,而不是院长的宽恕,并向她保证一个小时之后她就与死者为伍了。看到恳求这个无情的女人也是徒劳,阿格妮丝试图从床上跳起来,高声呼救。她希望,如果她不能逃脱已向她宣布了的命运,至少有人可以证明修女们的暴力行径。女院长猜出了她的意图。这个女人用力抓住阿格妮丝的一只胳膊,把她推回到枕头上。同时,拔出一把匕首,对着不幸的阿格妮丝的胸脯宣布,如果她发出一声叫喊,或者喝毒药时有片刻犹豫,自己会立刻把刀子刺入她的心脏。本来已经吓得半死的阿格妮丝,再也没能做出进一步的抵抗。修女拿着致命的高脚杯走近了,院长嬷嬷强迫阿格妮丝拿过酒杯,把杯里的东西吞咽下去。阿格妮丝喝下了,吓人的行为完成了。然后修女们围着床坐下,听见她呻吟就申斥她,用挖苦打断她把自己即将离开的灵魂托付给上帝的祈祷。她们用上天的报复和万劫不复威胁阿格妮丝,要这可怜的姑娘断了获得宽恕的念头,使濒临死亡的阿格妮丝雪上加霜。这就是这个年轻不幸的阿格妮丝遭受的苦难,直至死亡才使她摆脱了那些折磨她的人的怨恨。她在对过去的恐惧和对来世的畏惧中死去。被迫害的人一旦停止呼吸,院长嬷嬷就退下了,后面跟着她的帮凶。

"这个时候我才敢从藏身的地方走出来。我不敢帮助我不幸的朋友,意识到如果保护她,我只会给自己带来同样的毁灭。看到这个可怖的场景,我的震惊无法形容,差点连回到房间的力气都没有。当我走到阿格妮丝房间的门口时,我大着胆子回头朝床上看去,床上躺着已经没有生命的躯体,她曾经是那么漂亮,那么甜美!我低声为她离开的灵魂祈祷,并发誓要为她报仇,让谋害她的人受到惩罚,尽管这十分危险和困难。在阿格妮丝的葬礼上,我由于过度悲伤而放松了警惕,一不留神说漏了嘴,引起了女院长的警觉,因为她良心不安。我的每个举动都有人监视,每走一步都被人跟踪。我的身边常常围着院长的密探。过了很长时间,我才找到办法给这个不幸的姑娘的亲人传送我知道的秘密的一点暗示。修女们发出消息说,阿格妮丝已经暴病身亡。这一说法不仅能让她在马德里的朋友们信以为真,而且让那些在修道院里面的朋友也深信不疑。毒药没有在她身上留下任何痕迹,没有人怀疑她的真正死因,现在这事仍然不为人所知,除了那些谋害者和我本人。

"我没有别的要说了。因为我刚才说过,我会用我的生命做出回答。我重申,女院长是凶手,她逼迫一个过失非常轻微的不幸者离开了这个世界,也许是离开了天堂;她滥用交托到她手中的权力,她是恶霸,是野蛮人,是伪善者。我还要指控那四个修女,她们是碧欧兰特、卡米娅、阿莉克斯和玛丽阿娜,她们是她的帮凶,同样有罪。"

圣厄秀拉的叙述到这里结束了,她的讲话引起了人们普遍的恐惧与震惊。但是,当她说到阿格妮丝被残忍谋杀时,民众怒不可遏,愤怒的声音震耳欲聋,几乎让人无法听清她讲话的结尾部分。这种混乱变得越来越可怕,最后无数个声音高喊,把女院长交给他们,由他们来复仇。对这个要求,唐·拉米雷兹断然拒绝,甚至连洛伦索也吩咐民众不要忘了,她还没有经过审判,必须先把她交给宗教法庭去惩罚。所有的请求都无济于事,骚乱变得更加激烈,民众也变得愈发愤怒。拉米雷兹试图把犯人从人群中带出去,但一切都是枉然。无论他从哪里走,都有一群暴民堵住通道,要求把凶手交给他们的呼声比先前更响了。拉米雷兹命令侍从在人群中开出一条路来。可是在这么多人的推挤下,他们无法把佩剑拔出来。拉米雷兹用宗教法庭的报复来威胁暴民,但是在群情激愤的情况下,连这个可怕的名称也不起作用。虽然失去妹妹的痛惜使洛伦索对女院长深恶痛绝,他还是不禁同情处于这样可怕情形下的一个女人。但是,尽管他与公爵、唐·拉米雷兹,还有弓箭手们已经竭尽全力,人们还是继续往前挤,并在保护女院长的卫兵当中冲开一个通道,把女院长从躲避处拖出来,给她即刻而且残酷的报复。这个可怜的女人吓得发疯,也不知道自己在说些什么,只顾尖声大叫,请求片刻的宽恕。女院长抗议说,阿格妮丝的死她没有罪,可以绝对消除人们对她的怀疑。暴民们除了满足他们野蛮的报复心之外,什么也不听,人们让她受尽百般侮辱,把泥巴和污物雨点般地扔在她的身上,用最难听的话辱骂她。他们一个个拉扯她、折磨她,一个比一个粗暴。他们用号叫和诅咒淹没了她尖声请求宽恕的声音,把她拖到街上,踢她、踩她,用仇恨或者报复性的愤怒所能发明的各种残酷手段对待她。最后有个投掷很准的人扔出一块硬石,不偏不倚砸中了她的太阳穴,她倒在地上,血流如注,没有几分钟就结束了卑鄙的生命。但是,虽然她再也感觉不到暴民的侮辱，暴民们还继续在她失去生命的躯体上发泄于事无补的狂怒。他们又打又踢，又是凌辱，直至尸体变成一团肉泥，不堪入目，不成形状，令人作呕。

由于无法阻止这个骇人听闻的事件，洛伦索和他的朋友们极其恐惧地在一旁观看。但是，当听说暴民在围攻圣克莱尔修道院时，他们马上从迫不得已的无所作为中惊醒过来。被激怒的民众，不分青红皂白，决定要让那个修道院里的所有修女成为其愤怒的牺牲品，并要毁掉整座修道院。他们被这个消息吓了一跳，赶紧来到修道院，如果不行，至少要把修道院里的居住者从暴民的狂怒中救出来。大部分修女已经逃走，但还有少数仍在修道院里。她们的处境真的十分危险。好在她们已经采取了防范措施，把内门闩住了。洛伦索希望以此把暴民挡在门外，直到唐·拉米雷兹带着足够的人马回到他这里。

刚才的骚乱迫使洛伦索避到了离修道院有几条街道远的地方，他不能马上赶到。他到修道院时，修道院已经被围得水泄不通，他无法靠近大门。与此同时，民众怀着不懈的狂怒包围了这幢建筑，他们撞击墙壁，把点燃的火把扔进窗内，发誓在天亮前不让圣克莱尔教团的任何一个修女活着。洛伦索成功地在人群中挤出一条路。这时一扇大门被强行打开了。暴民们涌入这幢建筑的内部，拿他们一路上遇到的任何东西出气。他们把家具砸成碎片，扯下墙上的绘画，毁坏圣者遗物，由于痛恨圣者的仆人，他们忘记了对圣者的所有尊敬。他们有的忙于搜寻修女，有的忙于拆毁修道院的部分建筑，还有的忙于放火烧掉建筑里面的绘画和值钱的家具。后者造成了决定性的破坏，的确，他们所作所为的后果比他们期望的还要严重。火焰从燃烧的火堆中升起，点着了建筑物的一部分，由于建筑物非常古旧而且干燥，熊熊大火迅速地从一个房间烧到另一个房间。在烈火的燃烧下墙壁很快就摇晃起来,柱子倒下了,屋顶轰然塌下,压在暴民身上,许多人被压在了下面。人们听到的尽是尖叫声和呻吟声。修道院被包围在火焰之中,呈现出毁灭和恐怖的景象。

洛伦索对自己的行为成为事情的起因十分震惊,尽管发生这场可怕的骚乱,他是无辜的。他竭力想通过保护修道院里无助的居住者来弥补自己的过失。他同暴民一起进入修道院,尽力压制他们普遍的愤怒,直到突如其来的令人惊恐的火焰迫近才迫使他为自己的安全做准备。现在人们急切地抢着离开,就像不久前急切地争着涌入。但是,他们人数太多,把门口给堵住了,大火迅速烧到了他们身上,许多人来不及逃出来就被火烧死了。洛伦索运气好,走到了小教堂里一条较远的走道上的小门边,门闩已经被拉开,他发现自己站在圣克莱尔墓地的入口处。

在这里他停下来松了口气。公爵和他的侍从一直跟在他的后面,因此大伙目前还是安全的。于是他们商量了一下应该采取什么措施,逃离骚乱的现场。但是,他们的商议在很大程度上被打断了,因为他们看到大团大团的火焰从修道院厚重的墙体中升起,还听到了某个沉重的拱门轰然倒塌的声音,听到了修女与暴民们混杂在一起的尖叫声,他们要么在挤压中窒息而亡,要么在火焰中被烧死,要么在倒下的大楼的重压下丧命。

洛伦索问,这扇边门通往哪里?有人回答说,通往嘉布遣会修士教堂的花园。于是,大家决定寻找一个靠近那边的出口。因此,公爵拉起门闩,走进相邻的墓地。侍从们不拘礼节地跟在后面。洛伦索最后一个进入,正要离开柱廊时,他突然看见墓室的门轻轻地打开了。里面的人朝外面看了看,但是发现有陌生人,尖叫了一声,退了回去,沿着大理石楼梯飞奔而下。

"这里会有什么名堂?"洛伦索大声说道,"这里藏着秘密。马上跟我来!"

　　说着,他连忙进入墓室,追赶那个在他前面继续飞跑的人。公爵不知道洛伦索为什么大叫,但是认为肯定有他的道理,便毫不犹豫地跟在了后面。其他人也一样,所有的人都来到了楼梯脚下。

　　由于上面的门没有关上,附近的火焰从上面投下足够的火光,洛伦索瞥见逃跑的人跑过长长的通道,进了远处的墓室。但是,这时一个突然的转弯遮住了火光,他眼前一团漆黑,只能凭借逃跑者的脚步的微弱回声追踪他要质问的对象。追赶者们只好小心前行,正如他们所判断的那样,逃跑者似乎也放慢了步伐,因为他们听到脚步声间隔更长了。最后他们被迷宫般的通道弄得不知所措,被分散到各个不同的方向。弄清谜团以及识破一个神秘又莫名其妙的人物的渴望使得洛伦索忘乎所以,直到他发现只有自己一个人时才注意到这种情况。脚步声已经停了下来,四周一片寂静,没有任何线索可以引导他追上那个正飞速逃跑的人。洛伦索停下来思考最有可能帮他追上的办法。他听见的那一声叫声好像是以惊恐的声音喊出的,他坚信这件事有点神秘。犹豫了几分钟,他继续往前,摸着通道的墙壁行走。他这样缓慢前行了几分钟,突然望见不远处有一星灯光在闪动,发出微弱的光芒。在灯光的引导下,他拔剑出鞘,朝发出灯光的地方走去。

　　灯光是从圣克莱尔像前面点着的那盏灯发出的,塑像前站着好几名女性,疾风沿着有拱顶的地牢呼啸,她们身上的白色外衣在风中飘动。洛伦索很想知道是什么使她们聚集在这个可疑的地点,他谨慎地往前靠近。这些陌生人好像认真地忙于讨论,没有听见洛伦索的脚步声,他继续往前靠近,没有被人发现,直到能够清晰地听见她们的声音。

　　"我断言,"他走近时还在说话的那个女的继续说道,其他几个很专心地在听她说话，"我断言，我亲眼看到了他们。我从楼梯上飞奔而下，他们在后面追我，我好不容易才没有落入他们手中。如果没有这盏灯的话，我永远也找不到你们。"

"那么究竟是什么使他们到这里来的？"另外一个声音颤抖地说道，"你觉得他们是在寻找我们吗？"

"但愿我的担心是多余的，"第一个讲话的人又答道，"但是我怀疑他们是凶手！如果他们发现我们，我们就完了！至于我，我的命运已经注定。我与女院长的密切关系会成为给我判刑的一条理由，虽然到目前为止教堂的这些地下室还是给了我藏身的地方……"

说到这里，她抬头一看，目光落在了洛伦索的身上——他还在轻轻地靠近。

"凶手！"她叫道。

她从一直坐着的雕像底座上惊起，想飞快地逃走。与此同时，她的同伴们发出了惊恐的尖叫，洛伦索抓住了逃跑者的手臂。她既害怕又绝望，一下子跪倒在他面前。

"饶了我吧！"她喊道，"看在上帝的分上，饶了我！我没有罪，真的，我没有！"

她一边说，一边吓得连声音都快哽咽了。灯光正好照在她没有戴面纱的脸上，洛伦索认出了是美丽的维吉尼娅·德·维拉-弗兰卡。他连忙把她从地上扶起来，请她鼓起勇气。他答应保护她不受暴民的伤害，向她保证她的藏身地仍然是个秘密，并请她相信他愿意为她流尽最后一滴血。两人交谈的时候，修女们已经做出了不同的姿态：一个跪着，在对上苍说话；另一个把脸埋在了旁边那个人的膝盖上；有几个人怀着恐惧的心情一动不动地听着这个被认为是谋杀者的人的谈话；而另外几个人则抱着圣克莱尔的雕像，疯狂地哭叫着求她的保护。当她们发现自己错怪了洛伦索，就簇拥在洛伦索的身边,把许许多多祝福堆到了他的身上。他发现,她们在听说暴民的威胁,以及从修道院的塔楼看到的施加于女院长的暴行之后,许多寄宿生和修女惊恐之中来到地下墓室避难。在前者中要算入美丽的维吉尼娅。由于与女院长血缘关系很近,她比其他人更有理由害怕暴民,她恳求洛伦索不要让愤怒的暴民伤害她。她的那些同伴,大部分是贵族家庭出身,也提出了同样的请求,他爽快地同意了。他答应不会离开她们,直至看到她们每一个人平安回到亲人的怀抱中。不过,他建议她们再推迟一段时间,等到民众的愤怒稍微平息后再离开墓室,军队来了之后就会把暴民驱散。

"上帝啊!"维吉尼娅喊道,"但愿我能平安回到母亲的怀里就好了! 先生,你有什么高见啊,我们要很久以后才可以离开这个地方吗? 我在这里的每一刻,都是在痛苦中度过的!"

"我希望不用多久,"他答道,"不过在你们能够安全离开之前,墓室会是一个牢不可破的庇护所。在这里你们没有被人发现的危险,我建议你们安静地待上两三个小时。"

"两三个小时?"修女埃莱娜叫道,"我在这里再待上一个小时,就会被吓死! 就算用全世界的财富也不能收买我,让我重新经历来这里以后遭受的一切。圣母玛丽亚! 半夜三更在这个阴郁的地方,被我死去的同伴的腐烂尸体所包围,时刻等待着被她们的鬼魂撕成碎片,这些鬼魂就在我身边游荡啊,抱怨啊,呻吟啊,用使我血液变冷的口音哀号,……天哪! 我会被逼疯的!"

"原谅我,"洛伦索答道,"令我吃惊的是,当你受到真正的灾难威胁的时候,你还会害怕仅存在于想象中的危险。这些恐惧很幼稚,毫无根据。要与这些恐惧做斗争,尊敬的修女。我已经答应,保护你,不让你受到暴民的伤害,但是你要反对迷信的进攻,你必须依靠自己保护自己。鬼魂的想法极其可笑,而且如果你继续受假想的恐惧所摆布……"

"假想的?"修女们齐口同声地叫道,"嗨,我们亲耳听见的,先生!我们每一个都听见过! 鬼魂的声音经常出现,声音一次比一次阴郁又深沉。你永远无法说服我,我们不会人人都弄错的。我们不会,真的。不会,不会。如果那声音只是想象的产物……"

"听! 听!"维吉尼娅用恐怖的声音打断他的话,"上帝保佑我们!又响起来了!"

修女们十指交叉,跪在了地上。

洛伦索眼巴巴地看着四周,差点就要屈从于已经影响了这些妇女的恐惧。周边万籁俱寂,他看了看墓穴,但是什么也没看到。他准备同修女们说话,嘲笑她们幼稚的恐惧,突然他的注意力被一声深沉而拖长的呻吟吸引住了。

"那是什么?"他喊道,吃了一惊。

"听,先生!"埃莱娜说道,"现在你肯定信了! 你亲耳听见了这声音! 现在你评评,我们的恐惧是不是想象出来的吧。自从来这里以后,这呻吟声几乎每五分钟就重复一次。毫无疑问,它来自某个受苦的灵魂,它在祈求离开炼狱。但是,我们当中谁也不敢去问它。至于我,如果我看到鬼魂,我可以非常肯定,我会马上被吓死的。"

她说这话的时候,大家又听见了一声呻吟,而且声音更加清晰了。修女们在胸口画起了十字,赶紧重念驱离恶鬼的祷告。洛伦索专注地倾听。他甚至认为自己能够辨别出好像是有个人在诉苦。但是由于有点距离,听起来不清晰。声音好似来自他和修女们所在的这个小墓穴的当中,许多通道从这里向四面八方延伸,构成了一个星星的形状。洛伦索永不衰竭的好奇心,使他急于揭开这个谜团。他希望大家保持沉默,修女们同意了。一切都静悄悄的,直到这无处不在的寂静再次被呻吟声打破,呻吟连续重复了好几次。他循声跟过去，来到圣克莱尔的神龛边时，他发觉这时声音非常响亮。

"声音是从这里传出来的，"他说道，"这是谁的雕像？"

埃莱娜，就是他要问的那个人，停顿了一会儿。突然，她把十指交叉在一起。

"啊！"她大声说道，"肯定是这样的。我已经知道了这些呻吟的意思。"

修女们围在她身边，急切地恳求她解释一下。她严肃地回答说，自古以来这个雕像一直以显灵出名，她从这件事推测圣人为修道院的大火而担忧，通过能够听得见的悲叹表达她的悲痛。洛伦索对这名神奇的圣人同样缺乏信仰，所以并不认为这个答案令人满意，而修女们毫不犹豫地赞同这种说法。但是有一点，他真的同意埃莱娜的看法。

他怀疑呻吟声是从雕像里面发出来的。他越听越肯定这一想法。他离雕像更近一些，想更加仔细地观察。但是，觉察到他的意图后，修女们求他看在上帝的分上不要这样做，因为如果他碰到雕像，就必死无疑。

"那么危险在哪些方面呢？"他问道。

"圣母玛丽亚！在哪些方面？"埃莱娜答道，她急于讲述一个神奇的历险故事，"只要你听到过女院长以前经常讲的关于这个雕像的那些神奇故事，你就一定会相信！她一再深信不疑地对我们说，如果我们胆敢用手指头碰一碰雕像，就会有最可怕的后果降临。她告诉我们的事情中，有一件说的是有个强盗趁着夜色进入了这些墓穴，看到了那边的红宝石，那可是价值连城啊。你看到了吗，先生？它在圣克莱尔那只拿着荆冠的手的第三个手指上闪光。这块宝石自然激起了歹徒的贪心。他决定把宝石取走。为此他登上了底座，抓住圣人的右臂支撑自己，伸手去取红宝石戒指。令他吃惊的是，他看到雕像的手以威胁的姿势举了起来,还听见圣克莱尔的嘴里念念有词,宣布他将万劫不复!他心里满怀敬畏和惊愕,就断了自己偷宝石的念头,准备离开墓室。但是在这点上他也失败了,逃走已经没有可能。他发现已经无法把搭在雕像右臂上面的那只手抽回来。他徒劳地挣扎着,那手仍然固定在雕像上,直到那刺破血管般难以忍受的、红肿的剧痛迫使他尖叫救命。

"这时墓室里挤满了观众,这个歹徒承认自己亵渎神明之后,通过把手从身上砍下后才获释。从那以后,那手臂就一直粘在雕像上。后来强盗当了隐士,自此过着一种堪称典范的生活。但是,圣人的判决仍然要执行,根据传说,他仍然常来这个墓室,用呻吟和悲叹恳请圣克莱尔的宽恕。现在我想起来了,我们刚才听见的呻吟声,很有可能就是这个罪人的鬼魂发出的。不过,对于这一点,我不能肯定。我能说的只是,从那以后再也没有人敢碰这个雕像。所以,不要乱来,善良的先生!看在上帝的分上,放弃你的想法,别让自己遭受不必要的毁灭。"

洛伦索不相信这个故事,他坚持自己的决定。修女们用可怜的言辞求他断了这个念头,甚至指出那只强盗的手其实现在就在雕像的手臂上。她们猜想,这个证据肯定能够说服他。她们说的话根本没有达到目的。当洛伦索表示怀疑,说那只干瘪的手是女院长指使他人放在上面的时候,她们大为震惊。他不顾她们的祈求和威胁,靠近了雕像。他翻过保护雕像的铁栏杆,彻底检查了圣人的雕像。雕像初看之下好像是石头雕刻的,但是进一步检查之后,他发现是用彩色木材做的,不是质地坚实的材料。他把它摇了摇,想把它移开,但是它看起来好像是与它下面的底座连在一起。他检查了一遍又一遍,仍然没有线索可以引导他揭开这个谜团。当看到他碰到雕像也没有受到惩罚时,修女们也同样期望弄个水落石出。他停下来,听了听。间隔一段时间,呻吟声又响起,他相信自己已经在离声音最近的地点了。他仔细思考这个异常的事件,用探询的目光扫视了整个雕像。突然他的目光停留在了那只干瘪的手上。这使他想起,修道院不会无缘无故发出不得触碰雕像手臂这样一条特别的禁令。他再次登上底座,检查了那个他关注的东西,他发现在圣人的肩膀与被认为是强盗的手之间隐藏着一个铁制的球形按钮。这一发现使他很高兴。他用手指抓住球形按钮,用力地把它按了下去。雕像里面马上传来辘辘声,好像一条拉得很紧的铁链正在猛烈地退回去。胆小的修女们听见声音非常震惊,后退了几步,准备一看见危险就赶紧逃离墓室。接着,一切又复归平静,她们再一次围拢在洛伦索身边,以急切的好奇心观看他的行动。

看到这一发现之后什么也没有发生,他便从底座上下来。当他把"强盗之手"从圣人身上移开时,雕像在他的触摸下抖动了起来。这激起了在一旁观看的人的恐惧,她们相信雕像有生命。洛伦索对这事的看法则迥然不同。他简单地理解为,他听见的声音,是由他松开的那根连接雕像与底座的铁链所发出的。他想再次移动雕像,没费多少力气就把它移开了。他把雕像放在地上,然后注意到底座是空心的,它的开口处盖着沉重的铁格栅。

这激起了大家极大的好奇心,修女们忘记了真实的和想象的危险。洛伦索开始提起铁格栅,修女们竭尽全力来帮他,这事没费多大劲儿就完成了。这时一个深渊出现在他们面前,里面一团漆黑。灯光太微弱,照不了多远。除了一段做得很粗糙的、畸形的楼梯,什么也看不见。楼梯向下延伸进入张开大嘴的深坑,很快就消失在黑暗之中。呻吟声再也听不见了,不过大家相信声音是从这个洞穴里传上来的。当洛伦索朝洞穴俯过身去时,他感觉看到有发亮的东西透过黑暗在闪烁。他全神贯注地凝视那个小点,相信自己看到了一小点摇曳的灯光。他把这个情况告诉修女们,她们也说看到了闪光。但是,当他说想下到洞里去时,她们都反对他的决定。她们当中没有人有足够的勇气陪他去,他也不想把灯从她们身边拿走。因此,他准备只身一人摸黑下洞察看,而修女们愿意为他的成功和安全祈祷。

楼梯的台阶十分狭窄且高低不平,走下楼梯就像走在悬崖边上。四周的黑暗使他看不清楚立脚点。他只好极度小心地往前走,以免失足掉入身下的黑洞中。有好几次他差点踩空。但是,他很快就到达坚实的地面,这比他预计的要快许多。这时他发现,弥漫在洞穴中的极度黑暗与视力无法穿透的迷雾,使他误以为这个洞比实际查看到的要深许多。他到了楼梯的脚下,毫发无损。他停下来,环顾四周,寻找刚才引起他注意的闪光,但是没有找到,周边一团漆黑。他侧耳想捕捉呻吟声,但是他的耳朵没有捕捉到任何声音,除了上面的修女们在远处的低语声,因为她们在低声反复念诵以"万福玛丽亚"开头的祷辞。他站在那儿,心里犹豫不决,不知该朝哪边迈开步子。无论如何,他决定往前走。他这样做了,但是走得很慢,担心自己非但没有靠近,反而远离了要寻找的目标。呻吟声似乎说明有人很痛苦,或者至少说明有人很悲伤,他希望能够把这个哀痛者从苦难中解脱出来。一个哀伤的声音从不远处响起,终于传到了他的耳朵。他高兴地朝那边走去。他越往前走,声音越响亮,不久他又看到了一点亮光,原来之前是被一堵突出的矮墙遮住了。

亮光来自一盏放在石堆上的小灯。它发出微弱而阴郁的光线。照在潮湿墙壁上的灯光冷冷地摇曳,露水斑斑的墙面反射出微弱的光。浓重而有害的雾气遮蔽了有拱顶的地牢的顶部。洛伦索朝前走去,感到一阵透心的寒冷通过血管传遍全身。频繁的呻吟声还在吸引他往前走,他转身向着呻吟声走去,借助微弱的灯光,他看到在这个令人作呕的地方的一个角落里,有个人躺在稻草床上,那么可怜,那么消瘦,那么苍白,他甚至不敢相信那是一个女人。她身体半裸,乱蓬蓬的长发杂乱地落在她的脸上,几乎把整张脸遮住了。一只消瘦的手臂倦怠地搁在一块破烂的毯子上,毯子盖着她抽搐又颤抖的四肢。另外一只手臂上缠着一个小包裹,将其紧紧地抱在胸脯上。身旁放着一大串念珠,她的对面是一个耶稣受难像,她深陷的眼睛愣愣地看着它,在她身边放着一只篮子,还有一只小的土质水罐。

洛伦索停了下来,吓得呆住了。他看着这个苦不堪言的人,既厌恶又同情。他因看到这个场面而发抖,心里变得非常难受,突然觉得身体乏力,四肢无法撑起他的重量,他不得不倚靠在身边的矮墙上,不能往前走一步,也无法同受难者说话。她把目光投向楼梯的方向,矮墙挡住了洛伦索,她没有看见他。

"没有人来!"她终于咕哝道。

她说话时,声音很沉闷,而且喉咙里发出呼噜声。她怨恨地叹了口气。

"没有人来!"她重复说道,"不会!她们已经忘了我!她们再也不会来了!"

她停顿了片刻,然后又悲哀地继续说。

"两天了!整整两天,还是没有吃的!还是没有希望,没有安慰!愚蠢的女人!我怎能希望延长一个如此可怜的生命!可是这样一种死亡!啊!上帝!以这样的死亡了结!在折磨中苟延残喘!现在,我才知道什么是饥饿!听!没有,没有人来!她们再也不会来了!"

她不说话了,身体在颤抖,一只手拉过毯子盖在两只裸露的肩膀上。

"我很冷!我还是不适应这个地牢里的湿气!真奇怪,不过没关系。我很快会变得更冷,而且还不会感觉到冷——我会变冷,冷得像你一样!"

她看了看放在胸脯上的那个包裹，俯身吻了吻它，然后赶紧缩了回去，恶心得身体发抖起来。

"它曾是如此可爱！它本应该如此漂亮，如此像他！我已经永远失去了它！几天的变化竟如此之大！我再也认不出它了！但是，它对我还是很珍贵！上帝！多么珍贵！我会忘记它现在的样子，我只会记得它曾经的样子，我还是爱着它，就像它过去如此可爱的时候一样！我原以为我的泪水已经哭干，可是还有一滴继续停留在这里！"

她用一绺头发擦了擦眼睛，伸手去取水罐，费了好大的劲儿才拿到手上，以无望而探询的眼神朝里面看了看，叹了口气，重新放回地上。

"空的！没有一滴水！没有留下一滴水可以湿润我被烤焦的、冒火的喉咙！现在但愿我能用财宝换取一口水！她们是上帝的仆人，却让我受这般苦楚！她们认为自己很圣洁，却像魔鬼一样折磨我！她们残忍、冷酷，是她们要我忏悔，是她们用永恒的毁灭来威胁我！救世主啊救世主！你不会这样想的！"

她再次盯着耶稣受难像看，拿起念珠，拨弄着珠子，她嘴唇动得很快，表明她在热忱地祈祷。

洛伦索听着她忧郁的声音，他的感情受到的震动越来越强烈。不过，现在他向这个囚徒走去。女囚徒听见了脚步声，发出了欣喜的叫声，放下了念珠。

"听！听！听！"她大声说道，"有人来了！"

她竭力想起来，可是她身体太虚弱，无法做到。她倒了回去，当她倒在稻草床上的时候，洛伦索听见了沉重的铁链碰撞的声音。他还在往前走，这时女囚徒接着说了下面的话。

"是你吗，卡米娅？你终于来了？啊！来得正是时候！我还以为你已经遗弃我了，以为我注定要被饿死。给我水喝，卡米娅，发发慈悲！我因为长久没吃东西，都要晕过去了，我已经非常虚弱，无法从地上起来。好心的卡米娅，给我水喝，免得我死在你的面前！"

洛伦索担心，在如此虚弱的状态下，受惊可能会要了她的命，因此一时不知该如何同她说话。

"不是卡米娅。"他终于说道，声音缓慢又温和。

"那么是谁？"受难者问道，"阿莉克斯，也许，或者是碧欧兰特。我的视力变得非常模糊、微弱，我看不清你的脸。但是不论你是谁，如果你心中还有丝毫的同情，如果你不是比豺狼虎豹更残忍，就可怜可怜我的苦难。你知道我由于缺乏食物已经奄奄一息。这张嘴已经三天没有吃东西了。你给我带来吃的了吗？还是只是来向我宣布我的死亡，并了解我在痛苦中还能活多久？"

"你误解了我的职责，"洛伦索答道，"我不是那个残忍的女院长的密使。我同情你的不幸，来这里是为了解除你的不幸。"

"为了解除不幸？"女囚徒重复道，"你刚才说，解除不幸？"

与此同时，她从地上起来，用双手撑起身体，热切地凝视着陌生人。

"伟大的上帝啊！这不是幻觉！一个男人！说！你是谁？是什么把你带到这里来的？你来救我，恢复我的自由、生命和光明？啊！说，快说，免得我激发出一种希望，而随后的失望会要了我的命。"

"安静！"洛伦索以抚慰且同情的口气答道，"你说的那个女院长已经用生命为她的罪行抵罪，你再也没有什么可以怕她的了。几分钟之后，你就会恢复自由，你会回到与你隔绝的朋友们的怀抱。你可以信赖我的保护，把你的手给我，不要害怕。让我把你带到你可以得到照料的地方，你虚弱的身体亟需照料。"

"啊！好！好！好！"女囚欢天喜地地尖叫道，"这样说来上帝是有的，而且还是个公正的上帝！开心啊！开心！我将再次呼吸新鲜的空气，看到辉煌的阳光！我会跟你走！陌生人，我会跟你走！啊！

苍天会因为你同情一个不幸的人而赐福给你！可是这个也必须跟我走，"她又说道，指着那个她仍然紧紧抱在怀里的小包裹，"我不能与这个分开。我会把它带走。它会让世人确信这些被如此虚假地称为笃信宗教的住所是多么可怕。好心的陌生人，借你的手把我扶起来，我由于食物匮乏、悲伤，还有疾病，已经非常虚弱，我已没有力气！所以，这就好！"

洛伦索弯下腰去扶她，灯光正好照在他的脸上。

"万能的上帝啊！"她惊叫道，"这可能吗！这眼神！这面容！啊！对，是的，是的……"

她伸开手臂抱住他，但是她虚弱的身躯无法承受胸中涌动的情感。她晕了过去，再次倒在了稻草床上。

洛伦索对她最后的惊叫感到吃惊。他想起以前曾经听到过相似的声音，但是他记不起是在哪里。他意识到在她所处的这种危险状况下，她的身体绝对需要即刻的救护，他要赶紧把她从地牢里送出去。他开始无法把她抱走，因为有一条很牢固的铁链紧紧拴在她的身上，把她固定在邻近的墙上。然而，解救这个不幸者的焦虑给了他巨大的力量，他竟拔出了连着铁链另一头的 U 形钉，然后抱起女囚，朝楼梯走去。上面的灯光，还有修女们的低语，指引着他的脚步，几分钟后他就走到了有铁格栅的地方。

他不在的时候，修女们饱受好奇和焦虑的折磨。看到他突然从洞穴里出现，她们又惊又喜。每个人都对抱在他怀里的那个不幸的人充满了同情。修女们——尤其是维吉尼娅手忙脚乱地竭力想恢复女囚徒的知觉时，洛伦索用几句话讲述了找到她的经过。然后，他对她们说，到这个时候骚乱肯定已经平息，现在他可以平安地把她们带到她们的朋友那去。大家都急于离开墓室，但是为了防止遭受暴民袭击的所有可能性，她们恳求洛伦索先独自冒险出去，看看危险是否已经过去。他答应了她们的请求。埃莱娜主动把他带到楼梯脚，他们正要离开时，强烈的亮光从数条通道射过来，照在邻近的墙上，同时还能听见人们急急走近的脚步声，他们的人数好像不少。修女们对这个情况大吃一惊，以为她们的藏身之地已经被发现，暴民们正追踪而来。她们连忙离开昏迷不醒的女囚，挤在洛伦索的身边，要他履行保护她们的承诺。只有维吉尼娅一人在竭力减轻女囚徒的痛苦，而忘记了自己的安危。维吉尼娅把受难者的头搁在自己的两只膝盖上，用玫瑰水涂洗女囚徒的额角，擦热她冰冷的双手，同情的泪水滴落在她的脸上。那些陌生人越来越近，给了洛伦索驱除求助者们恐惧的机会。许多声音喊着他的名字，他听出其中有公爵的声音沿着墓室回荡，使他确信他就是他们在搜寻的人。他把这个情况告诉修女们，她们听到后欣喜若狂。他的想法几分钟后就得到证实了。唐·拉米雷兹和公爵出现了，后面跟着举着火把的侍从。为了让他知道暴民已经驱散，骚乱已经完全平息，他们一直在墓室里找他。洛伦索简述了他在洞穴里的历险，说明了那个不知名的人亟须医治。他请求公爵照料她，还有这些修女与教堂的寄宿生。

"至于我自己，"他说道，"还有其他忧心的事情需要处理。你带一半弓箭手送这些女士回到各自的家中，我希望另外一半留给我。我要检查下面的洞穴，查遍这个墓室最隐秘的地方。直到我确信那边那个可怜的受害者是唯一被幽闭在这些墓穴里的受难者，我才能安生。"

公爵赞成他的想法。唐·拉米雷兹提出帮他搜寻，洛伦索怀着感激接受了提议。

修女们向洛伦索表示感谢，然后把自己托付给公爵照顾，由公爵的人从墓穴里带了出去。维吉尼娅请求把这个不知名的女囚徒交给她照料，答应什么时候她神志足够清醒可以接受他的探望，就什么时候通知他。其实，她做出这个承诺更多是为自己考虑，不是为洛伦索或者那个囚徒。她带着明显的好感目睹了他的优雅、温柔和无畏。她真诚地希望继续与他交往，还希望她对不幸者的照顾会让洛伦索对她多一分尊重。在这一点上，她没有必要。她已经表现出的善良和她对受难者表示的温情已经赢得了洛伦索的好感。在她忙于减轻囚徒的痛苦时，她做的这件事的性质给她增添了新的魅力，使她的美丽增加了千倍的吸引力。洛伦索带着欣赏和欣喜看着她，把她看作一个救死扶伤的天使，下凡救助那些无辜的受难者，如果不是已有安托尼娅，他不可能抵御她的吸引力。

公爵现在已经把修女们安全地送到她们各自朋友的家中。被救的囚徒仍处在昏迷之中，除了偶尔的呻吟，没有显示出任何生命迹象。她被放在类似担架一样的东西上抬着，维吉尼娅时时守在左右，这好心的姑娘担心，她被长期的禁食弄得精疲力竭，又被从囚禁与黑暗到自由与光明的突然变化所震惊，她的身体永远无法战胜这种休克。

洛伦索和唐·拉米雷兹还在地下墓穴里面。仔细考虑了他们的行动之后，他们决定，为了不浪费时间，把弓箭手分成两队，随同唐·拉米雷兹的这一队负责检查洞穴，随同洛伦索的这一队可以进入更远的墓穴。这事安排妥当之后，随从们配备了火把，唐·拉米雷兹朝洞穴走去。他已经往下走了几个台阶，突然听见有人匆匆地从墓室更里面的地方过来。这使他大吃一惊，他急速退了回来。

"你听见脚步声了吗?"洛伦索问道，"我们朝那边过去。脚步声好像从这边过来。"

这个时候，一声响亮又刺耳的尖叫诱使他加快了步子。

"救命啊! 救命,看在上帝的分上!"一个声音喊道，这悦耳的音色使洛伦索的心中充满了恐惧。

他以闪电般的速度向喊声冲去，唐·拉米雷兹以同样的速度跟在后面。

第四章

伟大的上天！你造的人类是多么脆弱！

不知不觉中被自己背叛！

我们不幸的安全靠的是自己的力量，

却太少意识到敌对的威力，

我们懒散地迷失在享乐的悬崖边，

迄今仍是我们归途的主人：

直至狂怒的强风吹起，

直至可怕的暴风雨把天地合一，

迅速被刮入无边的海洋。

我们哀痛愚蠢的自信已经太晚：

巨浪在我们虔诚的脑袋周围拍打，

变小的陆地在我们忧虑的视域里退却。

——普莱尔

与此同时，安布罗西欧对身边这么近的地方发生的危险毫无察觉，他考虑的是如何实施对安托尼娅的计划。迄今为止，他对自己计划的成功相当满意。安托尼娅已经喝下催眠药，安葬在圣克莱尔的地下墓穴,完全在他的掌控之下。玛蒂尔达十分了解这种催眠药的性质和效果,她估计,药物到子夜一点才会停止起作用。安布罗西欧不耐烦地等待着这一时刻的到来。圣克莱尔修道院的节日为他作恶提供了有利时机。他知道,修道士与修女们都要参加游行,所以不用担心会有人来打扰他。他便找了一个借口,不在修道士队伍的最前列出现。他深信,在孤立无援、与世隔绝、完全由他掌控的情况下,安托尼娅会顺从于他的欲望。她曾对他表露过的感情让他更加确信这一点。但是他决定,万一她坚决不从,无论如何也要占有她。由于不会被人发现,他不怕诉诸暴力。如果说他对此感到厌恶的话,那也不是源自羞耻感或同情心,而是因为他对安托尼娅怀有最诚挚、最热烈的感情,并且希望自己独享她的一切。

午夜时分,修士们离开了修道院。玛蒂尔达在唱诗班当中领唱圣歌。安布罗西欧一个人留了下来,可以随意去做他心心念念之事了。在确定没有人跟在后面盯梢,或者破坏他的好事后,他匆匆进入修道院的西侧廊,他的心随着希望和焦虑狂跳着。穿过花园,打开通向墓地的门,几分钟后,他站在了墓室前面。来到这里后,他停住了脚步。

他狐疑地环顾四周,心中明白自己的事不宜被任何一双眼睛看到。他站在门口犹豫不决,这时传来鸥鹁忧郁的哀鸣。风吹得邻近的女修道院里的窗户咯咯作响,风从他身边吹过时,带来了唱诗班微弱的歌声。他小心翼翼地打开门,好像担心被人偷听到似的。他走了进去,随手把门关上。手里的灯引导他穿过狭长的通道,玛蒂尔达事先同他说过通道的迂回曲折。他来到了那座私人墓室,他的心上人就在里面沉睡。

墓穴的入口一点也不好找,但是这对安布罗西欧而言却毫无障碍,他在安托尼娅下葬时已经观察得非常仔细,不会弄错。他找到了墓室的门,门没有闩上,他推开门,进入地下墓室。他来到了安托尼娅安息的那个简陋的坟墓。他还随身带了铁撬棍与鹤嘴锄,但是这个预防措施并没有什么必要。格栅门虽然从外面被闩上了,但很不结实。他将门闩抬起,把灯放在边上,轻轻地把身子俯在坟墓上。在三具散发恶臭、半腐烂的尸体旁边,躺着他的睡美人。一抹有生气的红色已经浮现在她的脸颊,那是恢复生气的前兆。她躺在棺架上,被裹尸布包着,似乎在冲着周围死者的形象微笑。那些腐烂的人骨与令人作呕的形体也许曾经漂亮又可爱,安布罗西欧的目光扫过它们时,想到了埃尔维拉,是他把她弄成了与它们同样的状态。那可怕的一幕浮现时,他的心中蒙上了阴郁的恐怖,却更加坚定了他败坏安托尼娅名誉的决心。

"都是因为你,要命的美人!"修道士一边喃喃说道,一边注视着他挚爱的猎物,"因为你,我才犯下了谋杀罪,出卖自己,换来永恒的折磨。现在,你就在我的手中。我罪恶的成果终将属于我。不要指望用你无与伦比的美妙声音说出你的祈祷;不要指望你明亮的双眸噙满泪水;不要指望你的双手因为祈祷而高高举起,如同你在忏悔时寻求圣母的宽恕一样;不要指望你那动人的纯真、优美的哀伤,或者你所有的哀求,能够把你从我的怀抱中赎回。在天亮之前,你必须属于我,应当属于我!"

安托尼娅仍然纹丝不动,安布罗西欧把她从棺架上抱出来,自己坐在一条石凳上,把她抱在怀里,急切地观察着她即将恢复生气的迹象。他几乎无法控制自己的情欲,想在她还没有知觉的情况下就享用她。他的欲望越是难以满足,就越是变得强烈,因为他已经好久没有碰女人了。自从玛蒂尔达放弃了对他的爱情的主张之后,便已将他永远地驱逐出了自己的怀抱。

"我不是妓女,安布罗西欧。"玛蒂尔达曾经对他说。当时他欲火中烧,对她的欲望比平时更加迫切。"我现在只是你的朋友,不再是你的情人。如果继续顺从你的欲望,那就是对我的侮辱。你的心属于我的时候,我在你的怀抱中感到荣耀。那些幸福时光已经成为过去。你对我的身体已经没有兴趣,你在我身上寻欢,只是出于身体的需要,并非出于爱情。我不能屈服于这样的要求,这会让我的自尊心蒙羞。"

突然被剥夺了已经不可缺少的愉悦,修道士深深地感受到了痛苦。他天性喜欢感官的满足,而且他正年富力强、青春鼎盛,他饱受煎熬,欲望几乎使他发狂。他对安托尼娅的感情里面,剩下的只是更加粗俗的部分。他渴望占有她,墓穴的阴暗、周遭的寂静、他预期的反抗,似乎反而增强了他猛烈而放纵的欲望。

逐渐地,他感到抱在他怀里的胸脯重新温暖起来。安托尼娅的心脏再次开始跳动,血液流动加快,双唇开始颤动。最后,她睁开了眼睛,但是在强烈的催眠药的作用下,她依然无精打采、迷迷糊糊,马上又合上了双眼。安布罗西欧严密地注视着她,把每个动作都看在眼里。发现安托尼娅已经完全复活,他欣喜若狂地将她抱在怀里,嘴唇紧紧地贴上她的唇。这突如其来的举动足以驱散遮蔽了她理智的迷雾,她赶紧起身,慌乱地扫视四周。周边呈现在眼前的景象使她非常困惑。她把手搭在头上,似乎想要打破这混乱的幻觉。最后她把手放下,再次打量这个墓穴,目光盯在修道院院长的脸上。

"我在哪里?"她突然问道,"我怎么会来到这里? 我妈妈在哪里?我想,我看到了她! 啊! 一个梦,一个好可怕好可怕的梦告诉我……可是我现在在哪里? 让我走! 我不能待在这里!"

安托尼娅试图站起来,但修道士阻止了她。

"冷静,亲爱的安托尼娅!"他答道,"你的周围没有危险,请你信赖我的保护。为什么你这样认真地盯着我? 你不认识我吗? 不认识你的朋友安布罗西欧？"

"安布罗西欧？我的朋友？哦！是的，是的。我记得……但是为什么我会在这里？谁带我来的？为什么和你在一起？啊！弗洛拉曾叫我提防……这里什么也没有，除了坟墓、棺材与尸骨！这个地方让我害怕！好安布罗西欧，你带我离开这里，因为它让我想起我的噩梦！我以为我已经死了，葬在我的坟墓里！好安布罗西欧，带我离开这里。你不愿意吗？啊！你不愿意吗？别这样看着我！你冒火的眼睛把我吓坏了！饶了我吧，神父！啊！看在上帝的分上饶了我吧！"

"为什么如此恐惧，安托尼娅？"修道院长答道，将她抱在怀中，不停地吻她的胸脯，她徒劳地挣扎躲避。"你怕我什么，怕一个爱慕你的人什么呢？你在哪里又有什么关系？这个墓室在我看来是爱巢，这幽暗就是神秘的友爱之夜铺展开来遮住我们的欢愉的！我就是这样想的，我的安托尼娅也一定是这样想的。是的，我可爱的姑娘！是的，你的血管里应该燃烧起在我的血管里流动的火焰，而我的狂喜将随着你的分享而倍增！"

他一边说着，一边不停地抱着她，在她的身上肆无忌惮。即使安托尼娅再天真无知，也无法忍受他的放肆行为。她感到了自己的危险，用力从他的怀里挣脱，用她唯一的衣服——裹尸布紧紧地裹住自己。

"放开我，神父！"她喊道，对自己处境的警觉缓和了她坦率的愤怒，"为什么你要带我来这个地方？这里的景象把我吓呆了！带我离开这里，如果你还有一点点怜悯与人性！让我回到家里去——我都不知道怎么出来的，但是我一刻也不愿意也不应该再待在这里。"

尽管修道士在一定程度上被安托尼娅讲这番话时的坚定语气吓了一跳，但是除了让他大吃一惊之外，这番话没有产生任何其他效果。他抓住安托尼娅的一只手，强迫她坐在自己的膝盖上，得意扬扬

地凝视着她,回答道:

"镇静,安托尼娅,反抗是徒劳的。我无须再否认我对你热烈的恋情。人们认为你已死去,你已永远离开了社会。在这里我完全拥有你,你完全在我的掌控之中。我的欲望在熊熊燃烧,不满足,毋宁死。我可爱的姑娘!我崇拜的安托尼娅!让我指导你品尝迄今还不知道的愉悦,教导你在我的怀里感受我很快就会在你身上享受的欢愉。而且,你这样挣扎太孩子气了,"他又说道,因为他看到她反抗自己的爱抚,并竭力想挣脱他的控制,"附近没有人可以救你,就是天地也不能把你从我的怀里救走。为什么还要抗拒如此甜蜜、如此销魂的欢愉?没有人看见我们,我们的恋爱对所有的世人都是一个秘密。爱情与良辰在邀你释放你的激情。顺从你的激情吧,我的安托尼娅!顺从你的激情吧,我心爱的姑娘!温柔地用双臂搂着我,把双唇紧紧地贴在我的唇上!难道在大自然给予人的所有禀赋中,独独没有给你最珍贵的东西——感知愉悦的能力?哦!不可能!你的一颦一笑、一举一动无不表明着你是为施福而生,也是为了受福而生!不要用恳求的眼睛看着我,去问问你自己的魅力,你的魅力会告诉你,恳求对我没有作用。我能放弃如此洁白、如此柔软、如此精美的手臂吗?这鼓鼓的乳房,圆润、饱满、富有弹性!这双唇充满取之不尽的芳香!我能放开这些宝贝,留给他人享用?不,安托尼娅,绝不,绝不!我用这个吻起誓!还有这个!这个!"

随着时间的推移,修道士的情欲越来越强烈,安托尼娅的恐惧也越来越强烈。她奋力想挣脱他的怀抱,但是没有成功,当发现安布罗西欧的动作变得更加肆无忌惮时,她拼尽全力大声呼救。墓穴的形状、惨白微弱的灯光、四周的阴暗、坟墓的景象,以及两侧映入她眼帘的那些死尸,都不可能在她心中激起那些使修道士激动的感情。甚至连他的爱抚也由于过于猛烈使她感到惊慌,除了害怕之外她心里没有任何其他情感。相反,她的惊惧和她明显的厌恶,以及不停的反抗,似乎更加燃起了修道士的欲望,给他的暴行提供了额外的动力。没有人听到安托尼娅的呼救,但是她继续呼喊,从未放弃逃跑的努力,直至声嘶力竭,气喘吁吁,从他的怀抱往下沉,跪倒在地上,她再次祈祷和恳求。但这样做并没有比之前更加有效。相反,施暴者见机向她猛扑过去,把吓得魂飞魄散、因为抗争差点晕厥过去的她紧紧地抱在怀里。他用吻阻止了她的哭喊,以肆无忌惮的野蛮人的粗鲁方式对待她,在他淫荡疯狂的暴行中,她纤弱的四肢上尽是瘀青和伤痕。他毫不理会她的眼泪、哭叫与恳求,逐渐占有了她,直至完成了罪行,玷污了她的清誉之后,才放开他的猎物。

他刚实现了自己的图谋,就对自己和自己所采用的手段感到不寒而栗。原先渴望占有安托尼娅的过分行为,如今反而激起了他的厌恶;一种隐秘的冲动让他意识到,自己刚刚犯下的罪行是多么卑鄙,多么卑劣。他急忙从她的怀抱中起来。近来一直是他崇拜的对象的她,此刻在他心里引发的却是厌恶和愤怒。他转过身去,背对着她,如果他的目光不由自主地停留在她身上,他只会向她投去憎恨的眼色。可怜的姑娘在被玷污之前就晕厥了过去,苏醒过来后,她意识到了自己的不幸。她依然躺在地上,沉默而绝望,两行清泪缓缓地落下脸颊,胸脯伴随着不断的啜泣一起一伏。由于受到令人悲伤的折磨,她处在这种迟钝状态已有一段时间。最后,她艰难地站起身,拖着虚弱的步伐向门口走去,准备离开地下墓室。

她的脚步声把神父从愠怒的冷漠中惊醒。他从倚靠着的坟墓上惊起,目光在墓内腐败的尸骨中搜寻他暴力行为的牺牲者。他很快追上了她,抓住她的手臂,使劲强迫她回到墓室。

"你要去哪儿?"他厉声喊道,"马上回去!"

他愤怒的神色把安托尼娅吓得发抖。

"什么,你还要干什么吗?"她胆怯地说道,"难道我不是已经被毁了吗?难道我不是完了吗,永远完了吗?你的欲望不是得到满足了吗?难道我还要遭受更多的不幸?让我离开,让我回家,为我的耻辱与苦难哭个够吧!"

"回家?"修道士重复道,语气里带着尖刻又轻蔑的嘲讽。这时,他的眼中突然又燃起了怒火:"什么?那样你就可以向世人告发我?那样,你就可以宣称我是伪君子、强奸犯、欺骗者,是残忍、荒淫、忘恩负义的怪物?不,不,不!我完全清楚我的罪行的严重性,清楚你的控诉完全正义,清楚我的罪行会让我臭名昭著!你不会从这里出去,你没有机会告诉马德里人我是个恶棍,我的心充满罪恶,我罪孽深重,没有希望获得上苍的宽恕。可怜的姑娘,你必须留在这里,和我在一起!留在这些孤独的坟墓内,在这些死亡的景象里,在这些腐烂、可憎、腐败的尸体中!你应该待在这里,见证我所遭受的一切,见证什么叫作在沮丧的恐惧中死亡,在亵渎神灵与咒骂中发出最后的呻吟!为此我要感谢谁?是什么引诱我犯罪,一想起来会让我颤抖?要命的妖女啊!难道不是因为你的美丽吗?难道不是你使我的灵魂声名狼藉吗?难道不是你将我变成一个发假誓的伪君子、一个强暴者、一个杀人犯吗?而且,在这个时刻,难道不是那位天使的眼神使我对上帝的宽恕感到绝望吗?啊!当我站在他审判的御座前,你的那种神色足以罚我下地狱!你会告诉我的最高审判者,你曾经很快乐,直到我看见了你;你曾经很纯洁,直到我玷污了你!你出现时会带着噙满泪花的眼睛、苍白的脸颊,举起祈求的双手,就像你寻求我的怜悯的时候一样!那么我的毁灭就是必然的了!然后,你母亲的鬼魂会出现,用力将我扔进魔鬼、烈焰、冤魂和无尽折磨所在的住所!是你,让我受到控告!是你,将给我带来永恒的痛苦!是你,可怜的姑娘!是你!是你!"

他一边吼出这些话，一边粗暴地抓住安托尼娅的手臂，疯狂地怒踩地面。

安托尼娅以为修道士已经精神错乱，她惊恐地跪在地上，举起双手，她的声音还没有发出来，就已经差不多消失了。

"饶了我吧！饶了我！"她艰难地低声说道。

"安静！"修道士疯狂地喊道，用力将她推倒在地。

他离开她，带着狂乱的神态在墓室里走来走去。他的眼珠可怕地转动着，安托尼娅只要看到他在凝视自己便感到一阵冷战。他看起来像是在盘算着什么可怕的事情，她已经放弃了活着逃离这个墓穴的所有希望。但是，她怀有这样的想法对他并不公正。在他的灵魂深受恐怖与厌恶折磨时，他对受害者的怜悯仍然占有一席之地。暴风雨般的激情一旦过去，他非常乐意放弃他拥有的一切来恢复她被他剥夺了的纯洁，如果他拥有世界的话。曾经怂恿他犯罪的欲望，在他胸中已经荡然无存。即使给他整个印度的财富，也不能诱使他再次享用她的肉体。他的本性似乎对这种想法感到厌恶，他很想将刚才的场景从记忆中抹去。随着阴郁的怒火逐渐减弱，他对安托尼娅的同情却在增强。他停下来，想对她说一些安慰的话，但又不知道从何说起，只能继续悲伤又困惑地注视着她。她的处境看起来如此无望，如此忧伤。他能为她做些什么呢？她已经失去心灵的安宁，清白已经被毁，而且无法挽回。她被永远切断了与社会的联系，即便是他也不敢让她回归。他意识到，一旦她再次出现在世上，他的罪行就会被公之于众，他的惩罚将不可避免。对于一个罪孽深重的人而言，死亡带来了双重的恐惧。然而，如果他让安托尼娅重见光明，她很有可能会出卖他，但是那样她的日子会好过吗？她永远不可能重建名誉，会被打上声名狼藉的烙印，被迫在悲伤和孤独中度过余生。那么另一种选择呢？这是一个对安托尼娅而言更加可怕的决定，但至少能保证修道院院长的安全。他决定让世界相信她已经死去,他要继续将她囚禁在这个阴暗的牢狱里面。他打算每晚到这里看她,给她带来吃的,向她忏悔,让自己的泪水与她的流在一起。修道士感到这个决定非但不公正,而且很残忍,但是唯有如此才能防止安托尼娅公开他的罪行以及她的失贞。如果放了她,他不相信她会保持沉默。他的罪行如此严重,无法指望获得她的宽恕。此外,她重新出现会激起人们普遍的好奇心,她遭受的强烈痛苦会使她无法隐瞒原因。所以,他决定,安托尼娅应当继续作为囚徒留在墓穴里。

带着写在脸上的困惑,安布罗西欧向安托尼娅靠近,将她从地上扶起来。他抓住她的手时,她的手在颤抖,他像碰到了蛇一般立即把她的手放下,似乎天生害怕这种接触。他感到自己既厌恶她又被她吸引,但是无法解释这两种感情。她的眼神中有种东西让他恐惧,尽管他的理智仍然对此一无所知,可他的良知已经向他指出了其罪行的严重性。他以他能够做到的最温柔的语调,用几乎听不见的声音,竭力安慰她,说这是一场不可避免的不幸。他真诚地表示忏悔,他愿意用自己的每一滴鲜血补偿他的野蛮行径给她带来的每一滴眼泪。安托尼娅既可怜又绝望,听他诉说时,她悲伤欲绝,一言不发。但是,当他宣布要将她囚禁在这个墓穴里时,这种比死亡更可怕的命运使她马上从麻木中惊醒。在一个狭窄且令人作呕的小牢笼里可悲地苟延残喘,除了强暴者,没有人知道自己还活着,周围尽是腐烂的尸体,呼吸因腐败而产生的有毒空气,永远不见天日,再也无法吸入上天的清风,这简直比死还恐怖。这种恐惧感甚至超过了她对修道士的憎恨。她再次跪倒在地,用最可怜迫切的言辞恳求修道士的同情。她答应,如果恢复她的自由,她会向世人隐瞒自己受到的伤害,会为自己的重新出现找出他认为合适的任何理由。为了防止引发公众对安布罗西欧的任何一丝怀疑,她提出出去后立刻离开马德里。她的恳求极其迫切,给修道士产生了很大的影响。修道士心想,由于她的身子已经不再会激起他的欲望,所以他没有兴趣像起初打算的那样将她隐藏起来,那样做是在她遭受的伤害之外又给她增加新的伤害。如果安托尼娅能够坚守承诺,那么她不论是被囚禁还是被释放,他的生命与名誉都有保障。另一方面,他担心安托尼娅由于痛苦会在无意之中背弃诺言,还担心她过分的单纯和缺乏骗人的经验会让某一个更有心计的人出其不意地发现她的秘密。不论这些忧虑、同情,以及尽量弥补自己过失的真诚希望多么有理有据,它们都促使他同意恳求者的祈求。唯一让他踌躇不决的,是如何让安托尼娅在被认为死亡并公开下葬后出乎意料地复活,这是个难题。他还在考虑如何消除这一障碍的办法,就在这时,一阵急迫的脚步声越来越近。墓穴的大门被猛烈推开,玛蒂尔达闯了进来,带着一脸疑惑与惊恐。

见到有陌生人进来,安托尼娅立刻发出一声欢呼,但是从来人那儿获得救助的希望很快便烟消云散。这个被认为是见习修士的人——即玛蒂尔达——发现一名女子在这么晚的时候,在这么奇怪的地方,单独与一名修道士待在一起,没有表现出丝毫的惊讶。只见玛蒂尔达不失时机地对安布罗西欧说道:

"该怎么办,安布罗西欧? 我们完蛋了,除非立即采取行动,驱散这些暴民。安布罗西欧,圣克莱尔修道院起火了,女修道院院长已经成为暴民愤怒的牺牲品。我们的修道院也面临类似的命运的威胁。修道士们对民众的威胁十分担忧,他们正在到处找你。他们以为,单凭你的权威就足以平息这场骚乱。没有人知道你的情况,你的不在场已经引起了普遍的惊慌和绝望。我趁乱逃到这里,提醒你注意危险。"

"这个问题很快就会得到解决,"修道院院长答道,"我会立刻回到房间,只需要一个小小的理由就能说明我不在的原因。"

"不可能了！"玛蒂尔达又说道，"这个地下墓室里到处是弓箭手。洛伦索·德·梅迪纳与宗教法庭的几个官员一起在搜查这个墓地，每个通道都有人。你会在逃跑途中被他们截住，他们会盘问你这么晚还待在墓室的理由，安托尼娅会被人发现，这样你就永远完蛋啦！"

"洛伦索·德·梅迪纳？宗教法庭的官员？什么风把他们吹来了？他们在找我吗？那么说我受到怀疑了吗？啊！说话呀，玛蒂尔达！快回答我，可怜可怜我！"

"他们还没有想到你，但是我担心那也是迟早的事了。唯一的希望就是他们难以找到这个坟墓。这扇门隐藏得很巧妙，或许没有人会注意到，我们可以躲在这里，直到搜查结束。"

"但是安托尼娅……万一宗教法庭的审判官们走近，听到她的喊叫声……"

"所以我要除掉这个隐患！"玛蒂尔达打断了他的话。

与此同时，玛蒂尔达抽出一把匕首，冲向那注定要遭殃的受害者。

"住手！住手！"安布罗西欧大声喊道，抓住她的手，夺下那把已经举起的凶器，"你要干什么，残忍的女人！这个不幸的人受的苦已经够多了，多亏你那些恶毒的建议！但愿我从来没有听从过你的建议！但愿我从来没有看见过你的脸！"

玛蒂尔达向他投来轻蔑的目光。

"可笑！"她以愤怒而威严的神态喊道，使修道士非常敬畏，"在劫掠了她所有的珍爱之物以后，你还害怕剥夺她如此悲惨的生命？但是也好！让她活着证明你的愚蠢吧！我就让你听任你那邪恶的命运的摆布吧！我放弃与你结盟！一个会为自己犯下的如此微不足道的罪行而颤抖的人，不值得我来保护。你听！你听！安布罗西欧，你没有听见弓箭手的声音吗？他们来啦，你的毁灭已经无法避免！"

就在此时，修道院院长听见了远处传来的声音。他飞快地跑去关上那扇玛蒂尔达没有闩上的门，只要这扇门不被发现，他的安全就有保障。就在他到达之前，安托尼娅突然从他身边溜过，冲出门口，箭一般地奔向声音传来的地方。她一直在留心听玛蒂尔达的话，听到她提到了洛伦索的名字，决定不顾一切地寻求他的保护。门是开着的，传来的声音让她确信弓箭手们离得不远。她鼓起剩下的一点力气，在修道士看穿她的心思之前从他身边冲出，迅速循着声音跑过去。院长一从最初的惊讶中回过神来，便马上追了去过去。安托尼娅徒劳地加快了速度，神经紧张到了极点。她的敌人紧追不放，越来越近，她听见他的脚步声紧随其后，感到他呼吸的热气吹到了她的脖子上。他追上了她，拽住了她飘逸的卷发，想把将她拖回墓室。安托尼娅竭尽全力反抗，紧紧抱住一根支撑墓穴顶部的柱子，大声呼救。修道士竭力恐吓她不要作声，但是不起作用。

"救命！"她继续喊道，"救命！救命！看在上帝的分上！"

脚步声因她的呼喊而加速靠近。修道院院长预料宗教法庭的审判官们随时都会赶到。安托尼娅仍在反抗，于是他用最可怕、最不人道的方式强迫她安静。他仍然握着玛蒂尔达的匕首，想都没想就举起了它，两次刺入安托尼娅的胸膛！她尖叫着，倒在了地上。修道士想用力把她拖走，但她仍然牢牢地抱着柱子。就在这时，越来越近的火把的光线照到了墙上。安布罗西欧害怕被发现，只好离开他的牺牲品，飞快地逃回墓室，玛蒂尔达还在那里。

有人看见他逃跑了。唐·拉米雷兹碰巧第一个赶到，看到一名女性躺在地上，血流如注；一个男人从现场逃跑，他的慌乱说明他就是凶犯。唐·拉米雷兹立即带上部分弓箭手追了上去，其他人留下与洛伦索一起保护受伤的姑娘。他们扶她起来，用手臂支撑着她。安托尼娅因为极度的疼痛晕了过去，但很快又出现了苏醒的征兆。

她睁开双眼，抬起头，露出了原本被满头秀发遮盖住的脸庞。

"万能的上帝呀！是安托尼娅！"洛伦索惊呼道，从随从的怀中一把将她夺过来，紧紧抱在自己的怀里。

尽管不知道是谁下的毒手，但匕首完全达到了其使用者的目的。伤口是致命的，安托尼娅意识到，自己活不下去了。但是，剩余的有限时光对她而言却是无比幸福。洛伦索脸上关切的神情、他埋怨时发疯似的柔情、对她伤势的殷切询问，使她毫无疑问地相信，他的爱属于自己。她不愿被移出墓地，担心移动会加速死亡；她也不愿失去这短暂的时光，因为在这些时光里，她收到了洛伦索爱情的证明，也向他表白了自己的爱情。她告诉他，如果她还没有被玷污，她就会为失去生命而哀伤；但是在被夺去清誉、打上羞耻的烙印之后，死亡对她来说是一桩幸事——她不可能成为他的妻子，她的这种希望已经被剥夺，她将了无遗憾地长眠地下。她要他鼓起勇气，祈求他不要沉浸在无益的悲伤之中，还说令她痛心的只是留下他一个人在这个世界上。每一句甜蜜的话语不但没有减轻洛伦索的悲痛，反而使其更加悲伤。她继续诉说着，直到死亡的那一刻。她的声音变得很微弱，几乎难以听见。一片厚重的阴影在她眼中蔓延开来，她的心脏越跳越慢，而且没有规律，每一种迹象都在表明，她的命已经到了尽头。

安托尼娅躺在那里，头依靠在洛伦索的胸口，嘴里仍在喃喃地说着安慰他的话。她的话被女修道院的钟声打断，钟在远处鸣响报时。突然，安托尼娅的眼睛放出神圣的光彩，她的身体似乎获得了新的力量与生气。她从心上人的怀中起来。

"三点了！"她喊道，"妈妈，我来了！"

她十指交错地紧握双手，整个人瘫倒在地，没有了生命的迹象。洛伦索痛苦地站在她身边，撕扯自己的头发，捶打自己的胸脯，拒绝与心上人的遗体分离。最后，他精疲力竭，任凭他人将自己带出墓地,送到梅迪纳宅邸,他的状况比不幸死去的安托尼娅好不了多少。

与此同时,尽管被紧追不舍,安布罗西欧还是逃回了当初的墓室。当唐·拉米雷兹赶到时,门已经被紧紧闩上,过了很长时间,逃犯的藏身处才被发现。然而,没有什么东西能经得起人们锲而不舍的追查。尽管隐藏得很巧妙,这扇门还是引起了弓箭手的警觉。他们强行打开门,进入了墓室,使安布罗西欧和他的同伙无比沮丧。修道士的慌乱、他躲藏的企图、他飞速的逃跑,以及那溅在衣服上的鲜血,无疑指明了他就是杀死安托尼娅的凶手。但是,当人们认出他是那位完美无瑕的"圣人"、马德里的偶像安布罗西欧时,目击者们都吃惊不已,简直难以相信他们看到的不是幻觉。修道院院长并没有试图为自己辩护,只是愠怒不语。他被捆绑了起来。他们也对玛蒂尔达采取了同样的防范措施,她的兜帽被揭下后,清秀的面容和浓密的金发暴露了她的性别,这件事又引起了人们的惊叹。修道士扔在坟墓里的匕首也被找到了,人们把墓室搜了个底朝天,两个罪犯被送到宗教法庭的监狱中。

唐·拉米雷兹行事谨慎,没有让大众得知囚犯的罪行和身份。他担心会重演圣克莱尔修道院女院长被捕后的那场暴乱,所以只向嘉布遣会的修道士们陈述了他们院长的罪行。为避免公开控告的羞辱,同时也害怕民众的愤怒——他们在骚乱中费了好大的劲才保住了修道院——修士们满口答应,同意宗教法庭的审判官们无声无息地搜查整个大院,结果没有新的发现。在修道院院长以及玛蒂尔达房中找到的财物被取走,送到宗教法庭作为证据。其他所有东西保持原样,马德里城又恢复了往日的秩序和平静。

圣克莱尔修道院在暴民与大火的联合破坏中已经变成废墟,除了主墙,其他都化为灰烬。主墙因其厚重牢固,得以在大火后遗存下来。曾经属于这所修道院的修女们不得不被分散到其他修道院去,但是人们对她们的偏见很深，其他修道院的院长们并不乐意接纳她们。然而，她们中的大多数人是豪门和权贵家庭的亲戚，所以几家女修道院被迫接纳了她们，但是非常勉强。这种偏见极其错误，而且毫无道理。彻底的调查证明，除了圣厄秀拉指出的那四个修女之外，圣克莱尔修道院所有的人都相信阿格妮丝已经死亡。这四个人已经成为暴民愤怒的牺牲品，还有一些人是完全无辜的，她们对整个事件毫不知情，也同样成了牺牲品。暴民们被仇恨所蒙蔽，杀死了每一个落入他们手中的修女，能够逃过一劫的修女都应感谢德·梅迪纳公爵的审慎与节制。她们对此十分清楚，因而对这位贵族心存感激。

维吉尼娅并没有吝于表达她的感谢，她希望既能对他的关照表示适当的回报，又希望能获得洛伦索的伯父的欢心。在这方面，她轻而易举地取得了成功。

公爵对她的美丽表示惊叹和赞美。她的体形使他着迷，她甜美的举止，以及她对受难修女的温情关心，使他对她萌生好感。维吉尼娅敏锐地察觉到了这一点，于是她对这名病人照料有加。当公爵在维吉尼娅父亲的宅邸门口与她分别时，他恳求女孩能够允许自己偶尔过去向她问安。公爵的要求得到了同意，维吉尼娅向他保证，德·维拉-弗兰卡侯爵将感到十分光荣，如果有机会，侯爵将亲自上门，感谢公爵给维吉尼娅提供的保护。现在他们已经分别，但公爵依然为维吉尼娅的美丽与温柔所折服，而维吉尼娅也非常喜欢公爵，但是她更喜欢他的侄儿。

回到家里，维吉尼娅做的第一件事便是把家庭医生叫来，照顾那不知名的女囚徒。维吉尼娅的母亲也赶紧来帮忙。骚乱曾使侯爵很惊慌，他担心唯一的女儿的安全，便飞速来到圣克莱尔修道院，在那里苦苦寻找女儿。信使被派到各处找他，告诉他，女儿已经平安回府，要他马上赶回家。他不在家正好给了维吉尼娅自由，她将全部的注意力放在了病人身上，尽管这一整夜的历险使她身心俱疲，但没人能劝她离开受难者的床边。受伤修女的身体由于食物匮乏及过度忧伤而极为虚弱，过了好久那修女才恢复知觉。她好不容易才咽下给她服用的药物，接受治疗后，她便能轻松地战胜只是因为虚弱而引起的疾病。她所受到的照料，她久未品尝的健康食物，她的重获自由、回归社会，以及正如她敢于希望的重获爱情的喜悦，都在合力使她的身体得以迅速恢复。

从见到她的那一刻起，她令人担忧的境况，以及她几乎前所未有的苦难，引起了这位友好的女主人的好感，维吉尼娅对她充满好奇。但是，当客人身体恢复到可以讲述自己的经历时，维吉尼娅才发现这个被囚禁的修女原来是洛伦索的妹妹，她心中是多么欣喜啊！

这位被修道院残酷迫害的人不是别人，正是阿格妮丝。她在女修道院居住期间，维吉尼娅对她非常了解。但是，那骨瘦如柴的身材，那因折磨而改变了的容颜，那让大家普遍信以为真的死亡传言，还有那遮住脸与胸的浓密缠结的乱发，使维吉尼娅一开始没能认出她来。女修道院院长曾经想尽办法诱使维吉尼娅戴上面纱，因为维拉-弗兰卡的女继承人绝对不会是一个可鄙的新成员。女修道院院长那表面的友善与不懈的关心极其成功，使得这位年轻的亲属开始认真考虑听从院长的安排。由于阿格妮丝对修道生活的可恶和无聊了解更深，她看穿了院长嬷嬷的意图。她担心这个纯真的姑娘，因而竭力使维吉尼娅意识到自己的错误。她真实地描绘了女修道院生活的种种不便、无休止的限制、卑鄙的嫉妒、委琐的算计，以及院长所期待的奴颜婢膝的奉承和极端的谄媚。然后，她要维吉尼娅仔细考虑呈现在面前的光辉前景：父母的掌上明珠、马德里人崇拜的对象，还有天性和教育赋予的完美无瑕的身心。她可以据此建立最幸运的家庭，成就最幸运的事业。维吉尼娅的财富向她提供了最大限度地行使慈善与仁慈的手段,她留在俗世上能使她发现并保护那些值得她保护的对象,但是在女修道院隐居则不可能完成这一切。

阿格妮丝的劝说让维吉尼娅放弃了当修女的想法,但在阿格妮丝所说的理由之外,有一个理由比其他所有理由加在一起还要重要。维吉尼娅曾见过洛伦索,当时他正在格栅门外探望妹妹。他仪表堂堂,正合她的心意,她与阿格妮丝的交谈通常以询问其兄长的情况结束。深深爱着哥哥的阿格妮丝,则正中下怀,抓住机会赞美哥哥一番。阿格妮丝以令人着迷的言辞谈及他,让听者相信他正确的见解、高尚的精神,以及优雅的谈吐。阿格妮丝还常把哥哥寄来的信给维吉尼娅看。阿格妮丝很快发现,这些交谈在她这个年轻朋友的心中激起了涟漪,虽然阿格妮丝并没有刻意撮合,但发现之后却真的为之高兴。对兄长而言,没有比这更理想的婚姻了。维吉尼娅是维拉-弗兰卡家族的女继承人,贤良淑德,温柔亲切,美丽迷人,而且多才多艺,她与兄长简直是天作之合。阿格妮丝曾与哥哥提过此事,只是没有点出名字和细节。他回答时保证,自己完全是自由之身,所以阿格妮丝认为,自己可以轻易促成两人的婚姻。于是,她竭力向自己的朋友鼓励这种萌生不久的情愫。洛伦索频频出现在她的话题中,她的听者倾听时表现出的热望,不时从心底发出的叹息,以及跑题时其将话题拉回到原处的渴望,都足以让阿格妮丝确信,她兄长的求婚将会大受欢迎。阿格妮丝终于鼓起勇气,向公爵提出了这个愿望。尽管公爵与那位小姐素未谋面,但也因此对其情况十分了解,并认为这位姑娘完全配得上自己的侄儿。于是公爵与他的侄女一致认为,阿格妮丝应当向洛伦索暗示这个想法,等他回到马德里,便向他提议,让阿格妮丝的朋友做他的新娘。但是,这期间发生的一件件不幸的事情使她无法实施计划。所说阿格妮丝死后,维吉尼娅为朋友的逝去由衷地哭泣,阿格妮丝不仅是她的朋友,还是唯一能与她谈论洛伦索的人。强烈的恋情继续暗暗地折磨着维吉尼娅的内心,她差点决定向母亲吐露心声,这时机缘又再次让她遇见了心仪的对象。他的身影离她这么近,他的优雅、同情心与无畏又加深了她的爱意。如今,当她发现自己的朋友兼撮合者又回到身边,她不禁将其视为上天所赐的礼物,大胆地重拾与洛伦索喜结连理的希望,并决心利用其妹妹对他的影响。

公爵猜测阿格妮丝很可能在死前已经向洛伦索提出了建议,所以将侄子所有想要结婚的暗示都看作与维吉尼娅有关。因此,他完全同意他们的结合。回到府上,得知安托尼娅的死讯,以及洛伦索当时的表现后,他意识到自己显然是误会了。公爵对此感到十分遗憾,但是鉴于那位不幸的姑娘已经不再挡道,他相信自己的计划将会成功。洛伦索目前的状况确实并不适合当新郎。他的希望眼看就要实现却又破灭,他心上人的暴卒使他深受打击。洛伦索躺在病床上,随从们对他的生命表示深深的忧虑。但是公爵并不担心,公爵明智地认为:"人死后,蛆虫食之,但并非因爱而死!"于是公爵安慰自己,不论安托尼娅在侄儿心中的影响有多深,时间和维吉尼娅会将它抹去。如今,公爵急忙来到这位饱受折磨的年轻人身边,竭力安慰他,对他的悲伤表示同情,并且鼓励他战胜绝望。公爵承认,如此可怕的事情使他感到震惊,他也不责怪洛伦索的脆弱,但是恳求侄儿不要用徒劳的悔恨折磨自己,而要与苦难做斗争,保护自己的生命,如果不是为了自己,起码也要为了那些爱自己的人。在苦劝洛伦索忘掉失去安托尼娅之痛的同时,公爵极力说服维吉尼娅,抓住一切机会增强她在侄儿心中的影响。

可以轻易预期的是,不久以后,阿格妮丝就开始打听唐·雷蒙德的情况。获悉过度的悲痛使情人处于可怜的境地,阿格妮丝感到十分震惊;但是,她心中不禁暗自狂喜,因为她想到,他的疾病证明了他真诚的爱情。公爵也亲自上门向那位病人宣布喜讯。尽管雷蒙德对这样的事情并非没有一点思想准备,但从绝望到幸福的突然转变,使雷蒙德的反应太过强烈,差点要了他的命。一旦狂喜过去,他心境的平静,他幸福的保障,最重要的是阿格妮丝的出现(阿格妮丝在维吉尼娅和侯爵夫人的照顾下,一等身体恢复,就马上赶过去照顾她的情人),很快就消除了最近这场重病对他的影响。他心灵的平静影响到了他的身体,他的病痊愈得很快,这引起了人们普遍的惊奇。

但是洛伦索没有这样幸运。安托尼娅的死亡和当时如此可怕的情形,沉重地压在他的心头。他消瘦得像个影子,身体极其虚弱,无论什么也不能使他快乐。人们费尽唇舌才说服他吞下足够维持生命的食物,人们还担心他会患上结核病。阿格妮丝的陪伴成为他唯一的安慰。虽然机缘一直没有让兄妹俩待在一起很长时间,他却对她怀有真诚的友谊和亲情。察觉到自己对哥哥是多么重要,阿格妮丝就很少离开他的房间。她不知疲倦地听他诉苦,以温柔的举止和深切的同情,来安慰他的心灵。她仍然住在维拉-弗兰卡宅邸,那里的主人们很爱她。公爵已经向侯爵表示了对洛伦索迎娶维吉尼娅的愿望。这样的联姻完美得无懈可击,洛伦索是他伯父巨额财产的继承人,在马德里以为人亲和、知识渊博、行为得体著称。此外,侯爵夫人还发现,自己的女儿已经深深地爱上了洛伦索。

所以,公爵的提婚被侯爵毫不犹豫地接受了。为了让洛伦索与这位小姐结交,大家采取了各种铺垫措施。阿格妮丝探望哥哥时常常由侯爵夫人陪同,一旦洛伦索能够走到前厅,维吉尼娅有时会在母亲的陪护下向他问候,希望他尽快恢复健康。这件事她做得如此体贴周到,她提到安托尼娅时是如此温柔,如此令人宽慰,她哀痛情敌的悲惨命运时含泪的明眸是如此美丽,使洛伦索在看着她或倾听她说话时,不能不为之动容。他的亲人们,包括维吉尼娅小姐本人,都注意到她的陪伴每一天似乎都给他带来新的快乐，而且洛伦索提到她时，言辞中表达了更强烈的仰慕之情。然而，他们都慎重地将自己的观察默藏于心，只字不提，以免洛伦索对他们的计划起疑心。他们只是像原先一样做事，照料他，让时间把他对维吉尼娅怀有的友谊发展成更加火热的情感。

　　同时，维吉尼娅的探望也变得更加频繁，到后来，几乎每一天她都在洛伦索的病榻边度过一段时光。洛伦索逐渐恢复了体力，但是他的康复十分缓慢而且很不稳定。一天晚上，他看起来比平时更有精神，阿格妮丝、她的情人、公爵、维吉尼娅以及她的父母围坐在他身边。他第一次恳求妹妹告诉他，当圣厄秀拉亲眼看她喝下了毒药时，她是如何逃过一劫的。由于担心会唤起他对安托尼娅死亡情景的回忆，阿格妮丝此前一直没有把自己经历的苦难告诉他。如今，既然他主动提起了这个话题，她认为，通过讲述自己的痛苦经历，也许可以把他从那些困扰他太久的思绪上引开，便立即答应了这个要求。其他人都已听过她的故事，但是在场的人对故事中女主人公的关注使他们迫切希望再听一遍。所有的人都支持洛伦索的请求，阿格妮丝也同意了。她先讲述了在修道院的小教堂里恋情的暴露、院长嬷嬷的愤恨，还有圣厄秀拉半夜在幕后看到的事件。尽管这位修女已经描述过后一件事，但这一回阿格妮丝讲述得更加详尽，她做了如下的叙述。

阿格妮丝·德·梅迪纳的故事结尾

　　我的假死伴随着极大的痛苦。在那些我以为是我生命尽头的时刻，院长嬷嬷断言我必须下地狱；当我闭上眼睛时，我能听到她诅咒我的过失来发泄她的怒气。那种场景、那种被剥夺了希望时死亡的降临,以及那种醒后发现自己成为烈焰和狂怒的牺牲品时所带来的恐怖,比我所能描述的要恐怖得多。当生命在我身上复苏,我的灵魂仍压着这些可怕的念头。我恐惧地环顾四周,期待见到上帝的复仇之神。在醒后的第一个小时,我的感觉极其混乱,大脑极其晕眩,尽管我想努力理清眼前浮现的杂乱无章的奇怪景象,但是没有成功。我竭尽全力想站起来,恍惚的神志又欺骗了我。我周围的一切看起来都在摇晃,我再次倒在了地上。我目衰眼眩,无法凑近在我头上晃动的那一缕光线。我又不得不闭上双眼,一动不动地保持着这个姿势。

整整一个小时过去,我才恢复正常,终于能够仔细打量周围的东西。当我细细察看时,我的心里是多么恐惧啊。我发现自己躺在一种好似用柳条编织的床上,周围有六个把手,无疑是修女们将我抬入坟墓时用的。我身上盖着一条亚麻布,撒着一些枯萎的花朵。我的一边放着一只小小的木制耶稣受难像,另一边放着一串大念珠。四面有低矮的墙围着我。顶上也被盖住了,上面装着一个有格栅的小门,一丝空气从那儿进来,在这个悲惨的地方循环。一缕微光透过格栅洒落,让我得以看清周边恐怖的东西。我受到一股令人窒息的恶臭的压迫,我发现头顶的栅格门没有闩上,觉得也许可以逃出去。我带着这个想法直起身来,随之双手放到了一个软绵绵的东西上面。我把它抓在手里,拿到亮处看了看。万能的主啊!多么令人作呕,多么让人惊愕!尽管它已经腐烂,有许多蛆虫以它为食,我仍发现,这是一个腐烂的人头,我认出是几个月前死去的一个修女的人头!

我把它扔掉,倒在棺架上,几乎失去了知觉。

我渐渐恢复了力气,面对眼前的处境,我意识到自己正被昔日同伴令人作呕又日渐腐烂的尸体所包围,逃离这个可怖监狱的欲望增强了。我再次向光亮处移动,格栅门就在我够得到的范围内,我毫不费力地推开了它,也许它没有闩上就是为了方便我逃离地牢。借助凹凸不平的墙壁上突出来的一些石头,我用力爬了上去,从牢里爬了出来。这时我发现自己来到了一个相当宽敞的地下墓室。有好几个坟墓,形状与我刚刚逃出来的那个相似。坟墓有序地沿着两侧排列,并且好像深深地沉入了地面。一条铁链从屋顶悬下,上面挂着一盏阴森森的灯,暗淡的灯光洒在地牢内。死亡的象征无处不在:骷髅、肩胛骨、大腿骨以及人类的其他遗骸散落在潮湿的地面。每个坟墓都有一个巨大的十字架,在一个角落里还立着一座木刻的圣克莱尔雕像。但我起初并没有注意这些,我的眼神完全被一扇门所吸引,这是离开地下墓室的唯一出口。我将裹尸布紧紧裹在身上,朝那扇门奔过去。我推了推门,使我无比惊恐的是,门从外边闩上了。

我立即猜到,女修道院院长弄错了药剂的性质,她逼我喝下的不是毒药,而是一种强效的催眠剂。由此我断定,由于从外表上看我已经死了,人们便为我举行了葬礼,因此,如今没有人知道我还活着,我的命运就是活活饿死在这里。想到这儿,我惊恐万状,不仅仅是为了自己,也为了仍活在腹中的无辜生命。我再次竭尽全力地去推门,但是门纹丝不动。我扯着嗓子大声呼救,但是没有人能听到我的声音,没有一个友善的声音给我回应。一种深沉而忧郁的静谧笼罩在墓室中，我对自由丧失了信心。由于长久没有进食，饥饿开始折磨我，这种痛苦简直难以忍受。每过去一个小时，饥饿感也愈发强烈。有时我倒在地上，疯狂而绝望地在地上打滚；有时我站起来，回到门边，再度倾尽全力开门，反复徒劳无功地哭喊求援。一次又一次，每当我就要将自己的太阳穴撞向某个墓碑的尖角上，想撞出脑浆以此来结束自己的痛苦，一了百了时，但是念及腹中的孩子，我还是改变了自己的决定。我为这种同时危及孩子与我自己生命的行径颤抖。然后，我以高声尖叫和激动的抱怨发泄我的痛苦，接着我的体力衰弱了下去。我坐在圣克莱尔雕像的底座上，默然又绝望，交叉双臂，沉浸在阴郁的绝望之中。这样又可怜兮兮地过了好几个小时。死神以飞快的步伐向我走近，我等待着，随之而来的每一时刻都可能是我死亡的时间。突然，邻近的一个坟墓引起了我的注意，坟上放着一个篮子，此前我一直都没有看到。我从坐着的地方站了起来，以我疲乏的身体所允许的最快速度走了过去。我发现里面有一条粗面包和一小瓶水，我非常急切地抓住了篮子。

　　我贪婪地向这点粗劣的食物扑去。从外观上看，它们已经在墓室里放了好几天。面包很硬，水已经发馊，但是我却觉得这是从未尝过的美味。食欲得到满足后，我开始忙于揣度这儿的新处境，心里反复猜测这个篮子是否是为我而放在这里的。希望给了我的疑问以肯定的答复。但是，谁会猜到我需要这样的帮助呢？如果有人知道我依然活着，那么我为什么还会被关在这个阴森的墓室里呢？如果是要把我囚禁在这儿，那么把我送到坟墓里来的葬礼又有什么意思？或者，如果我注定要死于饥饿，那么我要感谢谁的怜悯,是谁将食物放在了我能拿到的地方?如果是朋友,就不会对我受到的可怕的惩罚守口如瓶;如果是敌人,也不会煞费苦心地给我提供赖以活命的食物。大体上,我倾向于认为,可能是院长嬷嬷谋害我的计划被我在修道院中的某个朋友得知,是她想办法用催眠药替换了毒药,也是她放了食物,让我可以撑到她能够实施营救,然后她会设法向我家人通风报信,告诉他们我所处的危险,并指出把我从幽禁中解救出来的方法。但是,为什么我的食物如此粗劣?我的朋友怎么可能在院长嬷嬷不知情的情况下进入墓室?如果她进来了,为什么要如此谨慎地把门锁上?想到这些我犹豫了,但这个想法最符合我的希望,所以我宁愿相信这点。

远处传来的脚步声打断了我的沉思。脚步越来越近,但是速度很慢。光线从门缝中射进来。我不确定这些人是来救我的,还是被某个其他动机引导到地下墓室的,所以我大声呼救以便引起他们的注意。声音越来越近,光线越来越亮,最后,怀着难以言喻的喜悦,我听见了钥匙转动门锁的声音。我相信自己获救的希望已经近在眼前,我向门口飞奔过去,发出一声欢呼。门开了,但我所有的希望也随之消失殆尽,女院长站在我的面前,后面跟着见证过我假死的那四位修女,她们手持火把,以可怕的静默盯着我。

我恐惧地往后退,院长嬷嬷和她的同伙们走进墓室。她把严厉又愤恨的目光移到我的身上,发现我仍然活着时她一点也不吃惊。她坐在我刚才离开的地方,那四位修女在院长的身后,站成一排,火把刺眼的光芒因为墓室内的水汽和潮湿变得晦暗,冷冷的火光映照在周围的碑石上。好一阵子,所有的人保持着一种肃穆的死寂。我站在那里,与女院长有一定的距离。最后,她示意我走上前去。看见她严厉的神色,我浑身发抖,几乎没有足够的力气听从她。我向前靠近,但是双脚无法支撑身体的重量。我跪倒在地,双手十指交叉向她哀求,然后又举起双手,请求她的宽恕,但是我连说出一个字的力气都没有了。

她愤怒地盯着我。

"我看到的是一个忏悔者,还是一个罪犯?"她终于开口说道,"举起的双手是痛悔你的罪过,还是害怕受到惩罚?这些眼泪是承认判决的公平,还是只是请求减轻你的苦难?我担心,那是后者!"

她停住了,但是眼睛仍然盯着我。

"要有勇气,"她继续说道,"我并不希望你死,而是希望你悔过。我给你的药剂不是毒药,是催眠药。我骗你的目的是让你感受良心有愧的痛苦,因为死神突然降临你身上,而你仍有罪行没有悔悟。你已经遭受了这些痛苦,我让你体验死亡的剧痛,我相信,短暂的痛苦会让你终身受益。我的计划并不是摧毁你不朽的灵魂,也不是让你在未赎之罪的重压下走进坟墓。不,女儿,绝非如此。我会用有益的惩罚净化你,给你充分的闲暇来悔悟和悔改。那么就听听我的宣判吧。你的朋友们的鲁莽热情推迟了处罚的执行,但是不能阻止它的执行。全马德里的人都相信你已经不在了,你的亲属完全相信你已经死亡,与你是同党的修女们都参加了你的葬礼。永远不会有人怀疑你的存在,我已经采取了防范措施,确保这是一个无人能知的秘密。现在,抛弃那个世界的一切想法吧,你已经永远与它隔离,利用留给你的几个小时的时间,为下一步做准备吧。"

这番开场白使我预料到了某种可怕的事情。我吓得发抖,本想说些话平息她的愤怒,但是院长嬷嬷打了个手势,命令我不要出声,便继续往下说。

"虽然近年来,我们的规矩被不合理地忽视,如今又遭到我们许多被误导的姐妹们的反对(愿上帝让她们改邪归正!),我打算完全恢复本教会的教规。对纵欲的处罚很严厉,但那是对犯下如此骇人听闻的罪行应有的惩罚。服从它吧,女儿,不要反抗。你会发现忍耐与顺从对你有好处。那么现在你听听圣克莱尔的宣判吧。这些墓穴的下面有监狱,目的在于接收像你这样的罪犯。监狱的入口被巧妙地隐藏起来,进入监狱的人都必须完全放弃重获自由的所有希望。现在必须把你送到那里去。会有人给你提供食物,但是不足以放纵你的食欲,只够维持你的生命,那只是最简陋、最粗糙的食物。哭吧,女儿,哭吧,用你的眼泪打湿面包,上帝知道你的悲伤有充足的理由!被铁链锁在其中一个秘密的地牢内,永远与世隔绝,不见天日,除了宗教之外没有安慰,除了悔罪之外没有陪伴,就这样你必须在呻吟中度过余生。这就是圣克莱尔的规定,不许有任何怨言,必须遵循。跟我走!"

听到如此残酷的宣判,我顿时吓得呆若木鸡,连剩下的一点点力气都没有了。我做出的回答只是倒在她的脚旁,用泪水淋湿她的双脚。院长嬷嬷对我的痛苦无动于衷,她威严地从坐着的地方站了起来,用一种不容抗辩的语调重申了她的命令,但是我由于过度虚弱而无法服从。玛丽阿娜与阿丽克斯把我从地上扶起来,用手臂架着我向前走。

女院长继续扶着碧欧兰特向前走,卡米娅举起火把在前面开道,我们这支令人悲伤的队伍就这样默默地沿着通道往前走,只有我的叹息和呻吟打破了静谧。我们在圣克莱尔的主神龛前停了下来。修女们把雕像从底座上移开,我不知道她们是怎么做到的,然后她们掀起被雕像隐蔽的一扇铁制格栅门,将它放倒在另一边,门倒地时发出巨大的碰撞声,可怕的声音在头上的拱顶和脚下的洞穴里回响,使沉浸在沮丧和漠然中的我惊醒过来。我看了看前方,一个深渊出现在我惊恐的眼睛前面,还有一条又陡又窄的楼梯,给我带路的人领我朝那儿走去。我尖叫着往后退。我恳求怜悯,喊声划破墓道的空气,我向天地呼救,但是毫无用处!她们赶紧推我走下楼梯,强迫我走进排列在黑洞两侧的小牢房中的一间。

我打量着这个阴暗的处所,血都凉了。阴冷的湿气在空气中盘旋,青绿的墙面蒙着一层湿气,稻草床凄凉又不舒适,铁链注定要将我在这里囚禁一生,火把靠近时,我看到各色爬虫匆匆退去,这在我的心里引起如此强烈的恐惧,几乎使我无法忍受。我被绝望逼疯了,突然从抓着我的修女手中挣脱,跪倒在女院长脚下,用最强烈、最疯狂的语言请求她的怜悯。

"如果不可怜我,"我说道,"至少可怜可怜那无辜的生灵吧,我们俩的生命是连在一起的!我罪恶深重,但是别让我的孩子为此遭罪!我的宝贝没有做错任何事。啊!看在我还未出生的孩子的分上,放过我吧,你的严苛使它在初尝生命之前就注定被毁灭!"

女院长傲慢地往后退,用力把她的道袍从我紧抓的手中拉出，好像我的触碰会传染疾病似的。

"什么？"她恼怒地大喊道，"什么？你竟敢为你耻辱的产物恳求宽恕？在如此骇人听闻的罪恶中孕育的生命，还被允许活下来吗？寡廉鲜耻的女人，不要再为它求情！这个讨厌的东西死了比活着要好，在伪誓、纵欲与玷污中出生，他必将成为邪恶魁首。听着，你这个有罪的人！不要指望我会怜悯你，或者怜悯你的孽种。不如祈祷死神在你把他生下之前就把你抓走，或者祈祷，如果他必须见到光明，就让他的眼睛永远合上！你生产时不会得到任何救助，你自己把孩子带到这个世界吧，你自己喂养他，你自己照看他，你自己埋葬他。但愿上帝会让他尽快死去，以免你从罪孽的果实中得到慰藉！"

这番没有人性的话，其中包含的威胁、院长嬷嬷预先告诉我的可怕苦难，以及她所盼望的我那虽未出生却已受我宠爱的婴儿的死亡，这都是我疲惫的身体难以承受的。我发出一声长长的呻吟，失去了知觉，晕倒在我冷酷的敌人的脚边。我不知道这种状态持续了多久，但是我猜想，肯定过了不少时间我才苏醒过来。当我恢复知觉时，发现自己孤身一人，周围鸦雀无声，连迫害者们离开的脚步声都听不到。一切悄然无声，一切都令人恐怖！我被扔在稻草床上，那条曾经让我心惊胆战的沉重铁链系在我的腰上，将我拴在墙壁上。一盏孤灯发出微弱的光，阴郁的光线映照着囚禁我的地牢，让我看清了一切可怖的东西。一堵低矮、不规整的石墙把地牢与洞穴隔开，石墙上留下一个巨大的豁口作为入口，没有门。一座铅灰色的耶稣受难像立在我的稻草床前，身边放着一块破旧的毯子和一串念珠，不远处立着一只水罐,柳条篮子里放着一小条面包和一壶灯油。

　　我以沮丧的目光打量着这苦楚的场景,想到注定要在这里度过残生,我的心被痛苦撕裂了。这与曾经教育我期待的是完全不同的命运!我的前景曾经是多么光明,多么令人喜悦!如今一切都失去了。朋友、安慰、社会、幸福,顷刻之间被剥夺殆尽!对于世界,我已经死了。我活下去只是为了感受苦难。这个世界在我眼中曾是多么美丽,如今我却被迫永远与之隔绝!那里有多少我爱的人,但再也见不到了!当我恐怖的目光扫视监狱时,当我在呼啸着穿过我地下居所的刺骨寒风中瑟瑟发抖时,这种种突如其来的变化使我怀疑眼前的处境是真的还是假的。

　　梅迪纳公爵的外甥女,德·拉斯·西斯特纳斯侯爵命中注定的妻子,西班牙最高贵的家族的亲戚,在富足的生活中长大,并且拥有许多情深义重的朋友,竟然一下子变成了囚犯,永远与世隔绝,低微到靠最粗糙的食物维生,这种变化是如此突然和令人难以置信,这使我相信自己成了某种可怕的梦幻中被人摆布的对象。但事实使我确信自己弄错了。每天早晨,我的希望都成为泡影。最后,我放弃了逃跑的想法,听任命运的摆布,只指望与死神相伴而来的自由。

　　精神上的痛苦,还有可怕的处境使我的产期提前了。在孤独与痛苦中,在被人遗弃、孤立无助、没有朋友安慰的处境中,在即使铁石心肠的人也会为之动容的剧烈阵痛中,我摆脱了这个可怜的负担。他活着来到这个世界,但是我不知道怎样照顾他,或是用什么方法维持他的生命。我只能用泪水为他清洗,用我的胸膛给他温暖,祈祷他能够平平安安。但是我很快就被剥夺了这件悲哀的工作。由于缺少适当的照料,而我又不知怎样照看婴儿,加上墓穴中的苦寒,还有吸入的有害空气,我可爱的宝贝结束了短暂而痛苦的生命。他在出生几个小时后就死了,我怀着难以言表的痛苦看他死去。

然而,我的悲痛只是徒劳。我的婴儿已经死了,我所有的叹息也不能让他柔弱的小身体再呼吸片刻。我撕开身上的裹尸布,把我可爱的孩子包裹起来。我把他抱在怀里,把他的一只柔软的手臂绕在我的脖子上,将他苍白冰凉的脸颊贴在我的脸上。我不停地亲吻他,对他说话,为他流泪和叹息,夜以继日,让他那没有生命的肢体在我的怀里安息。卡米娅通常每二十四小时来我的监狱一次,给我送来食物。尽管她生性固执,但面对如此情景,她依然难以无动于衷。她担心过度的悲伤最终会使我精神错乱,事实上,那时我神志的确常常处在不正常的状态。出于同情,她力劝我埋掉尸体,但对这点我永远不会同意。我发誓,只要还活着,就绝不与他分开。他的存在是我唯一的慰藉,无论什么也不能说服我放弃。他很快成了一团腐烂的东西,在所有人的眼中都是一件令人作呕的东西,但是在他母亲的眼中除外。人类的感情要我厌恶地离开这个死亡的象征,但是我挺住了,并且克服了厌恶。我坚持抱着我的婴儿,悼念他,爱他,宠他!一个又一个小时过去了,我坐在破烂的床上,凝视着我曾经的孩子,我竭力透过这铅色的腐烂物回忆他的面容。在我被囚期间,这件悲伤的事情是我唯一的快乐,而且在那时,就是把整个世界给我,我也不会将他放弃。甚至我从监狱里获释的时候,我依然把他抱走。最终,是我两位善良的朋友的建议(说到此处,她拉起侯爵夫人与维吉尼娅的手,并交替地将其贴到自己的嘴唇上)说服我将不幸的婴儿安葬。与他分离我很不情愿，然而，最终理性占了上风，我允许别人把他抱走，现在它已经在神圣的土地中安息。

我前面提到过，卡米娅每天给我送一次食物。她没有设法用谴责加剧我的痛苦。她要我放弃对自由和世间快乐的一切希望，那是真的。但是她鼓励我耐心地忍受暂时的痛苦，建议我从宗教中寻求慰藉。

我的处境明显感动了她。不过，她相信，如果低估了我的不端行为，就不会使我那么急于悔改。她经常在嘴上把我的罪恶描述得极其严重，但她的眼神却流露出了对我的苦难的怜悯。其实，我确信，折磨我的人（其他三位修女也偶尔到我的监狱里来）做出这样的行径，都是因为相信折磨我的身体是保护我灵魂的唯一办法，而不是因为被极度残酷的性格所驱使。她们可能认为对我的惩罚太重，但她们善良的性情被对院长的盲从所压制。女院长对我的憎恨已经十分强烈。我的私奔计划被嘉布遣会修士教堂的院长发现后，女院长认为我不光彩的事情降低了她在他心目中的位置，于是种下了仇恨的种子。女院长告诉监护我的修女们，我的不端行为的性质是十恶不赦的，没有任何犯罪可以与我的犯罪行为相提并论，只有用最严厉的手段惩罚我的罪恶，才能将我从永劫不复中拯救出来。对于住在修道院里的绝大多数人来说，女院长的话就是神谕。修女们相信女院长的所有主张，尽管有悖理性与仁慈，她们仍然毫不犹豫地承认她的言论就是真理。她们一字不差地执行女院长的指示，并且完全相信，如果她们宽待我，或者对我的苦难流露出一丁点的同情，都会直接毁掉我获得救赎的机会。

卡米娅是主要看管我的人,因此女修道院院长特别告诫她,要严厉地对待我。她遵循女院长的命令,经常想努力说服我,说对我的惩罚是多么公正,我的罪行是多么深重。卡米娅要我认为,通过克制自己的肉体来拯救自己的灵魂,以此获得无上快乐,她甚至会拿万劫不复来威吓我。然而,正如我以前说过的那样,她总是以鼓励和安慰的话语来结束谈话。尽管有些话出自卡米娅之口,但是我很容易就能看出那是院长嬷嬷的意思。有一次,也是唯一一次,女院长到地牢来探视我,她用最冷酷残忍的方式对待我,对我大加指责,嘲笑我的脆弱。当我请求宽恕时,她要我向上天请求,因为我在世上不配得到任何宽恕。她甚至无动于衷地注视我那死去的婴儿。在她离开时,我听到她命令卡米娅加重我幽禁中的苦难。这个冷酷的女人!但是,让我克制一下我的怨恨,她已经用令人悲哀和意外的死亡赎罪。愿她安息吧,愿她的罪行在天上得到宽恕,就像我原谅她强加给我的苦难一样!

就这样,我艰难地过着悲惨的生活。我不仅没有逐渐习惯这个囚牢,反而每时每刻都看到新的可怕之处。地牢的寒冷似乎愈发刺骨,空气似乎变得日益浑浊有害。我的身子日渐虚弱憔悴,并且开始发烧。我无法从稻草床上起来,只能在铁链长度允许的狭小范围内活动四肢,尽管精疲力竭而且昏昏沉沉,我仍然难以入眠。因为有只可恶的虫子常常在我身上爬来爬去,打断我的睡眠。

有时,我感到肿胀的癞蛤蟆,散发着令人憎恶的有毒水汽,拖着令人作呕的身体爬过我的胸脯。有时,敏捷冰凉的蜥蜴会把我惊醒,在我脸上留下黏滑的足迹,又与我杂乱缠结的头发纠缠在一起。常常,我醒来时发现手指间缠满了长长的蠕虫,是从我婴儿腐败的肉中滋生出来的。每当此时,我就会因为惊恐和厌恶而尖叫,会在甩掉那些爬行动物后,因为女人的脆弱而全身颤抖。

卡米娅突然病倒时,我的处境更糟了。一种危险的传染性热病使她卧床不起。除了指定照顾她的平信徒修女之外,所有人都小心翼翼地避开她,害怕被传染。她已经完全昏迷,根本无法再照顾我。但是最近一段时间,院长嬷嬷与那几个知道这个秘密的修女们已经完全把我交给了卡米娅监管。结果是她们不再管我,忙着为临近的节日做准备,很有可能,她们连想都没想到过我。至于卡米娅疏忽的原因,我获救后圣厄秀拉嬷嬷同我说过。在那时候,我根本没有猜到原因。相反,我等着我的看守的出现,始而急切,后而绝望。一天过去了,又一天过去了,到了第三天,卡米娅依然没有出现!还是没有食物!根据消耗的灯油,我知道流逝了多少时间,幸运的是,她留下了供我使用一个星期的灯油。我猜测,要么修女们忘了我,要么院长嬷嬷命令她们让我死去。后一种想法似乎更有可能,但是热爱生命是最自然不过的事情,所以我害怕相信这是真的。尽管历经了种种苦难,生命对我依然珍贵,我害怕失去它。随后的每一分钟都向我证明,我必须放弃得救的一切希望。我已经形同骷髅,视力已经模糊,四肢也开始僵硬。我只能通过不断的呻吟来表达我的苦恼,以及那种饥饿折磨身体所带来的剧痛,悲惨的声音在地牢的拱顶回荡。我听从命运的摆布,期待着死亡的来临,就在这时我的守护天使,我亲爱的哥哥,及时赶来救我。我的视线已经模糊衰弱,起初还认不出他。

当我辨认出他的面容时，突如其来的狂喜让我难以承受。再次看到一个朋友，而且是我如此珍爱的朋友，使我被巨大的喜悦压倒了。我无法承受这样强烈的感情，就晕了过去。

你们都知道，我对维拉-弗兰卡家族心存多大的感激。但是你们不知道的是，我的感激之情就像我的恩人们的美德一样没有涯际。洛伦索！雷蒙德！这些名字是如此亲切！是这些名字使我坚韧地承受住了这大悲大喜的突然转变。不久前我还是个囚犯，拖着沉重的锁链，差点饿死，饥寒交迫，不见天日，与世隔绝，毫无希望，被人忽视，而且正如我害怕的那样，被人遗忘了。如今，我恢复了生命和自由，尽享富裕与安逸带来的舒适，被我最爱的人们环绕，此外，我即将成为所爱之人的新娘，我的心早已与他的合二为一，我的幸福是如此非同寻常，如此完美，我的心智简直难以承受其重。但还有一个愿望没有实现，那就是看到我的兄长恢复往日的健康，知道他对安托妮娅的记忆已随她的死亡进入坟墓。

如果哥哥答应了这个祈求，我别无他求。我相信，我过去的一切苦难已经向上天换取了对我一时软弱的宽恕。我曾经犯错，犯过极其严重和痛苦的错，我完全清楚。但是不要让我的丈夫因为曾经夺走了我的贞操，就怀疑我未来的行为是否合乎礼仪。我曾经很脆弱，有过很多过失，但是我并没屈从于肉体的激情。雷蒙德，我对你的感情让我背叛了自己。我太相信自己的力量，但是我信赖你的荣誉，就像信赖我自己的一样。我曾经发誓再也不见你，要不是那轻率一刻带来的一系列后果，我就会坚持自己的决心。但是命运却另有安排，我只能为命运的安排感到高兴。但是我的行为还是要受到严重谴责,当我试图为自己辩解的时候,想起当时的轻率也不免脸红。那么,让我放下这个使人不快的话题,首先向你保证,雷蒙德,你没有理由对我们的结合后悔,你情人的错误越是受到责备,你妻子的行为就越是堪称典范。

说到这里,阿格妮丝停了下来,侯爵以真诚和充满深情的言辞对她的叙述做了回答。洛伦索则对他一直尊敬且喜爱的这个朋友的前景表示满意。教皇的敕令让阿格妮丝完全从她的宗教誓言中解脱出来。一旦做好必要的准备,就可以举办婚礼,因为侯爵希望把婚礼办得盛大壮观、人人皆知。在婚礼结束,新娘接受马德里人的祝贺之后,新娘就与唐·雷蒙德一起离开,去他在安达卢西亚的城堡。洛伦索陪着他们,德·维拉-弗兰卡侯爵夫人和她可爱的女儿也去了。不用说,特奥多尔也参加了婚礼,主人结婚使他无比高兴。在离开之前,侯爵为了在一定程度上弥补自己过去的疏忽,问了一些与埃尔维拉相关的问题。得知她和女儿生前曾得到莱欧娜娅与哈辛塔的诸多照顾后,为表示对嫂子的敬意,侯爵给这两位女士各送了一份可观的礼物。洛伦索也效仿他的做法——这些高贵的贵族对莱欧娜娅如此大献殷勤,令她受宠若惊。

至于阿格妮丝,她并没有忘记报答她在修道院里的朋友们。她把自己重获自由归功于尊敬的圣厄秀拉嬷嬷,在阿格妮丝的要求下,圣厄秀拉嬷嬷被任命为"博爱妇女"团体的主管,这是西班牙境内最好、最富裕的社团之一。贝尔塔与科尼莉娅没有选择离开她们的朋友,所以也被指派负责同一机构的重要事务。那些曾经帮助院长嬷嬷迫害阿格妮丝的修女们,包括卧病在床的卡米娅,大多已葬身于毁灭圣克莱尔修道院的那场大火。玛丽阿娜、阿丽克斯、碧欧兰特与另外两名修女，则命丧愤怒的民众之手。还有三位曾在会议上支持院长嬷嬷判决的修女被严加遣责，发配到偏僻遥远省份的宗教机构去了。在那里，她们度过了一些年月，形神憔悴，被人冷落，她们为自己曾经的软弱感到羞愧，同伴们带着厌恶和蔑视对她们敬而远之。

弗洛拉的忠诚不能没有回报。在征求她有什么愿望时，她说很想重归故乡。他们为她安排好航程后，她就满载着雷蒙德与洛伦索赠送的礼物安全地回到了古巴。

人情债还清之后，阿格妮丝可以自由地实行她最喜欢的计划了。同住在一个屋檐下，洛伦索与维吉尼娅形影不离。他见到她的次数越多，就越相信她的美德。维吉尼娅也是尽力取悦于他，她也不可能不取得成功。

洛伦索爱慕地注视她美丽的容貌、优雅的举止、无尽的才艺，以及温柔的性情，使他受宠若惊的是她对他的偏爱，这一点没能瞒过他的眼睛。然而，他的感情不如当初他对安托尼娅的爱情那样热烈。那位可爱又可怜的姑娘的形象仍然活在他的心中，不论维吉尼娅如何努力，也无法取代她的位置。但是，当公爵向侄子提议与维吉尼娅的婚事时，他并没有反对。朋友们的迫切恳求，以及这位小姐的贤淑，克服了他的抵触情绪，他开始接受一段新的婚约。他向维拉-弗兰卡侯爵提亲，对方欣然又感激地接受了。维吉尼娅成了他的妻子，她的贤淑永远没有给他理由为自己的选择后悔。他对她的尊重与日俱增。他的感情也越来越强烈。安托尼娅的形象在他心中渐渐淡出，维吉尼娅成了他心灵的唯一女主人，她也完全值得独占他的心。

雷蒙德与阿格妮丝，以及洛伦索与维吉尼娅，幸福地度过了上天假以凡人的余生，尽管凡人注定要成为苦难的猎物、失望的玩物。但是，曾经折磨他们的巨大悲痛，让他们能从容地看待后来的每一个灾难。他们曾经经受了不幸的箭囊中最锋利的箭矢的攻击，相比之下，剩下的箭矢就没有那么锋利了。经历过命运最严重的风雨，他们就能平静地看待它的恐怖；或者，如果他们经历过偶发的苦难大风，那么对他们而言，这场大风似乎就像夏季拂过海面的西风一般温和。

第五章

——他是个凶残恶毒的魔鬼，
地狱下面邪恶的住处数他最坏，
被骄傲、智慧、狂怒和积怨所加剧，
人类也一样，不论敌手是好是歹。

——汤姆森

安托尼娅死后的第二天，整个马德里发出一片惊愕之声。一名目睹了地下墓室历险的弓箭手，不慎说出了谋杀者的情况，还说出了凶手的名字。这一消息在狂热的信徒中引起的混乱前所未有，他们中的大多数人不相信此事，亲自到修道院来确认是否属实。修道士们急于躲避因院长的劣迹带给整个修士会的耻辱，他们向来访者们保证，安布罗西欧因为生病而无法像往常一样接待他们。这一努力并未成功，因为同样的借口日复一日地重复着，弓箭手说的故事逐渐让人们信以为真。人们抛弃了安布罗西欧，没有人对他的罪行抱有丝毫怀疑，昔日曾经最热烈地称颂他的人，如今成了谴责他最强烈的人。

当马德里人以最尖刻的态度辩论安布罗西欧是无辜还是有罪的时候，安布罗西欧则深受罪恶带来的痛苦和对即将降临的惩罚的恐惧折磨。回顾自己不久前所处的显赫地位，当时受到人们普遍的尊敬和尊重,与世无争,心平气和,他几乎难以相信,自己真的成了罪犯,他甚至不敢正视自己的罪行与命运。但是几个星期过去了,他不再纯洁、善良,不再被马德里最智慧、最高贵的人所奉承,不再被人们以近乎偶像崇拜般的尊敬来看待。现在,他发现自己犯下了最令人厌恶、最骇人听闻的罪恶,成为所有人憎恶的对象,成了宗教法庭的囚犯,很可能注定要在最严厉的折磨中走向毁灭。他不指望能骗过审判者,因为他的罪行证据确凿。他在那样的深夜出现在地下墓室,他被人发现时的慌乱,他藏起来的那把他最初惊慌时握在手上的匕首,以及从安托尼娅的伤口溅射在他教服上的鲜血,都足以表明他就是凶手。他痛苦地等待着裁决的那一天,他没有办法可以宽慰自己的痛苦。宗教也无法让他激起勇气,如果他阅读别人塞给他的道德书籍,他从书中看到的只有自己滔天的罪恶;如果他试图祈祷,他就会想起自己不配得到上天的保护,并相信自己如此罪大恶极,甚至连上帝的无尽善意也无能为力。他认为,其他每一个罪犯也许还有希望获得救赎,唯独自己不可能有希望。他为过去而发抖,为现在而痛苦,为将来而恐惧,就这样度过了审判前的几天日子。

审判的日子到了。早上九点,他牢房的门锁被打开,牢房的看守走了进来,命令他跟上。他浑身发抖,跟在后面,被带到一个宽敞的大厅,大厅饰有黑布。桌边坐着三个看起来神色严峻的男子,全部身着黑衣。其中一位是宗教法庭大法官,由于案件重大,他只得亲自出马审查。不远处的小桌边坐着他的秘书,所有的书写用具都已经备好。法官示意安布罗西欧上前,坐在桌子较低的一头。安布罗西欧向下瞥了一眼,看到地板上散落着各种各样的铁质工具。这些工具的形状他从未见过,但是他马上猜到这些是刑具。他的脸变得苍白,费了好大的劲儿才没有瘫坐在地上。

除了审判官们偶尔神秘的私语,大厅里一片肃静。差不多一个小时过去了,时间每过一秒,安布罗西欧的恐惧就更加入骨一分。最后,在他进入大厅时的那个入口对面,一扇小门开了,门上的铰链发出沉重的略略声。一名官员出现了,美丽的玛蒂尔达紧随其后。她的头发凌乱地披在脸上,脸颊苍白,双眼深陷。她忧郁地望了安布罗西欧一眼,他报以厌恶又责备的眼光。她坐在了他的对面。接着,铃声响了三次,这是开庭的信号,审判官们开始各就各位。

这些审判过程中既不会提到什么罪名,也不会提到原告的名字,只是问囚犯是否认罪。如果囚犯回答不认罪,审判者就立即对他动刑。这种审问每隔一段时间重复一次,直至囚犯承认有罪,或者审判者耗尽了耐心。但是如果他们没有直接认罪,宗教法庭永远不会宣布对囚犯们的最终判决。

一般而言,审问要过很长时间之后才举行,但是安布罗西欧的审判被提前了。

修道院院长不只是被指控犯了强奸与谋杀罪,他和玛蒂尔达还被指控犯下了使用巫术罪。玛蒂尔达作为谋杀安托尼娅的帮凶被捕了。搜查她的房间时,人们找到了各种可疑的书籍与工具,这成为对她提出指控的佐证。为了证明修道士有罪,法官们还在法庭上出示了那面星座镜,那是玛蒂尔达由于意外忘在他房间里的。搜查院长的房间时,刻在镜子上面的奇怪符号引起了唐·拉米雷兹的注意,于是他把镜子带走,交给宗教法庭大法官看,大法官仔细看了一段时间,然后取下系在腰上的一个小的金十字架,放在了镜子上。镜子立刻发出一声巨响,像雷鸣一样,与此同时,钢镜碎成了上千块。这一情况证明了修道士使用了巫术,法官们甚至怀疑他先前对人们思想的影响也是因为有巫术作祟。

审判官们决定,不仅要他承认犯下的罪行,而且还要他承认没有犯过的罪行,他们开始审问。尽管十分惧怕拷问,因为他害怕把他交付给永受折磨的死亡,但是安布罗西欧用大胆而果断的声音宣称自己的清白无辜。玛蒂尔达也效仿他,但说话时却带着恐惧,声音发抖。劝他认罪的尝试落空后,审判官们下令审问修道士,命令立即得到执行。安布罗西欧遭受了人类发明的最痛苦的折磨,但是罪恶伴随的死亡如此可怕,使他有足够的勇气继续抵赖。于是,他遭受的痛苦再次增加,直到他因过度疼痛晕厥过去才得以解脱,到这时施刑者才停止用刑。

下一个受刑的人是玛蒂尔达。但由于被修道士受刑的场面吓坏了,她已经完全失去了勇气。她双膝跪地,承认自己与地狱里的精灵有往来,并且亲眼看见修道士杀害了安托尼娅。但是关于使用巫术的罪名,她声称自己是独立作案,安布罗西欧是完全无辜的。她后面的说法却没人相信。修道院院长恢复了知觉,正好听见同谋的供词。但是他刚才遭受的一切已经使他在当时无力承受新的严刑拷打。

他被带回牢房,但是首先被告知,一旦他恢复了足够的体力,就必须准备接受第二场审讯。审判官们希望届时他不会那么坚定和顽固。玛蒂尔达则被告知,她必须在即将来临的焚烧异端者判决仪式上的烈火中赎罪。她所有的眼泪与哀求都不能减轻她的判决,之后,她被强行拖出了审判庭。

安布罗西欧回到地牢,但肉体的痛苦远比精神的痛苦容易忍耐。他脱臼的四肢,他手脚上被拔掉的指甲,他被拶指夹碎、夹断的手指,给他带来的痛苦远远不及烦乱的心灵与强烈的恐惧造成的痛苦。他认识到,不论有罪还是无辜,法官们都一心要给他定罪。他为拒绝认罪付出了很大的代价,这使他对再次受审的想法怕得要命,差点使他想承认自己有罪。然后,认罪的后果又在他眼前闪过,使他再次举棋不定。他的死亡不可避免,而且将是一种最可怕的死亡。他已经听到了对玛蒂尔达的判决,他不怀疑类似的判决在等着他。想到焚烧持异端者的判决仪式,想到在烈火中毁灭,他便不寒而栗!他怀着恐惧,一心想象坟墓以外的空间,他也不能向自己隐瞒,他应该害怕上天的复仇是多么公正。在这个恐惧的迷宫中,他很乐意在无神论的黑暗中找到庇护所,很乐意否定灵魂不朽的说法,很乐意说服自己,眼睛一旦闭上,就再也不会睁开,灵魂和肉体会在同一时刻湮灭。但他连这个办法也不能用。他的知识太渊博,他的理解太精深、太正确,不可能让他对这种看法的谬误视而不见。他不禁感觉到上帝的存在。这些思想曾经是他的慰藉,现在清晰地呈现在他的面前,却只起到把他逼疯的作用。它们摧毁了他逃避惩罚的一切不切实际的希望,在难以抵抗的真理与信仰之光的驱除下,哲学骗人的迷雾就像梦一样渐渐消失。

在几乎难以忍受的巨大痛苦中,他预计着第二次受审的时间。他徒劳地忙于策划如何逃脱现在与未来的惩罚。首先,这绝无可能;其次,绝望使他忽视了唯一可行的方法。虽然理智迫使他承认上帝的存在,但良知却让他怀疑上帝无限的仁慈。他不相信,像他这样的罪人能够获得宽恕。他并没有因受人欺骗而犯错,无知根本不能成为他的借口。他已经见到了罪恶的真实面貌;在他犯罪之前,他已经掂量过罪行的轻重大小,但他还是犯下了罪行。

"宽恕?"他在极度的疯狂中喊道,"啊!上帝不可能宽恕我!"

由于对此深信不疑,他没有在忏悔中低声下气,没有为自己的罪恶感到悔恨,也没有把剩下的几个小时用来平息上天的愤怒,而是任由自己陷入绝望的愤怒之中,为自己的罪行受到惩罚而悲伤;他不是为犯罪而悲伤,而是在无益的叹息、徒劳的恸哭、亵渎神明和绝望中发泄胸中的痛苦。几束穿过狱窗铁栅的日光渐渐退去,取而代之的是暗淡微弱的灯光,他感到自己的恐惧翻了一倍,他的想法变得更加阴郁、沉重和沮丧。他害怕睡眠的来临,刚合上因流泪而疲劳了的眼睛,白天萦绕在他脑海的可怕幻觉似乎就成了现实。他发现自己身处燃烧的地狱和烈火熊熊的洞窟之中,被指派来折磨他的魔鬼包围着,魔鬼迫使他经受各种酷刑,一种比一种可怕。在这些阴森的场景中,还有埃尔维拉和她女儿的鬼魂在游荡。她们指责他造成了她们的死亡,并向魔鬼们历数他的罪恶,催促他们对他施以更加残忍的折磨。这些就是他睡着时浮现在眼前的图景,直到他被过度的痛苦弄醒时才会消失。然后,他就会从躺着的地上跳起来,额上冷汗直流,眼神慌张狂乱。他慌乱地在牢房中走来走去,惊恐地凝视着周围的黑暗,常常叫喊道:

"啊!夜晚对犯人是多么可怕呀!"

他接受第二次审讯的日子就要到了。他被迫喝了点有强心作用的药物,其作用在于让他恢复体力,能够承受时间更长的审问。在可怕的日子到来的前夕,恐惧使他无法入睡。他的恐惧极其强烈,几乎摧毁了他的精神力量。他呆若木鸡地坐在桌边,桌子上的灯发出幽暗的光。绝望已经将他牢牢困住,使他如同白痴一般,他这样坐了好几个小时,无法言语也无法动弹,甚至无法思考。

"抬头看看,安布罗西欧!"一个熟悉声音说道。

修道士惊讶地抬起了忧郁的眼睛。玛蒂尔达站在他面前。她已经脱下了教服,穿着一条裙子,立刻显得高雅、光彩照人,礼服上大量的钻石在闪闪发光,头上还套着玫瑰花做的王冠。她右手拿着一本小书,脸上的表情活泼快乐,但又混着一种狂野而专横的威严,让修道士心生敬畏,并在一定程度上减弱了见到她的狂喜。

"你在这里吗,玛蒂尔达?"他终于说道,"你怎么进来的?你的镣铐呢?这般华丽,还有你眼中闪耀的喜悦,是什么意思?我们的法官们大发慈悲了吗?我有逃走的希望吗?可怜可怜我,告诉我,我必须希望或害怕什么。"

"安布罗西欧！"她答道，神态中带着居高临下的尊严，"我挫败了宗教法庭的狂怒。我自由了，在这些地牢与我之间很快将会出现一个王国。但为换取自由我付出了昂贵、可怕的代价！你敢付出同样的代价吗，安布罗西欧？你敢毫无惧意地跃过将人神分开的鸿沟吗？你沉默了。你用怀疑而警惕的目光看着我，我看出了你的想法，也承认你的想法正确。是的，安布罗西欧，我为了生命和自由牺牲了一切。我不再是天国的选民！我放弃了为上帝奉献的想法，现在被招募在他敌人的旗下。签订的契约已经无法取消，但是即使我能回去，我也不愿意。啊！我的朋友，在这样的折磨中结束生命！在诅咒和憎恨中死去！承受愤怒的暴民的侮辱！暴露在羞耻与骂名的所有屈辱中！谁会想到这样的命运而毫无惧色？让我为自己的交易欢欣鼓舞吧。我出卖了遥远又无常的快乐，换来当下稳当的幸福。我不仅保住了一条本来要在酷刑中失去的生命，还获得了让生命过得有滋有味的至福的能力！地狱的幽灵听从我的命令，把我当作它们的君主。在它们的帮助下，我可以无比骄奢淫逸地度日。我可以不受限制地享受感官的欢乐，放纵所有的欲望，直至过于满足。那时我将命令我的仆人们去发明新的乐趣，复活和刺激让我过度满足的欲望！我急于运用我新获得的权力。我渴望自由。除了希望能劝你学我的做法，无论什么也不能让我在这个可憎的地方多待一刻。安布罗西欧，我依然爱你。我们共同的罪恶与危险，使你对我而言比以往任何时候都要珍贵，我非常愿意救你脱离迫在眉睫的毁灭。那么，鼓起决心，拯救自己，为了立刻见效而且有把握的利益，放弃被主拯救的希望，这种拯救是很难得到的，而且也许是完全错误的。摆脱俗人的偏见，抛弃那个抛弃了你的上帝，将自己上升到身居高位的神灵的层次！"

　　她停了一下，等待修道士的回答，他一边颤抖一边回答。

"玛蒂尔达！"沉默良久后，他用一种低沉而不稳定的声音问道，"为了自由你付出了什么代价？"

她坚定而勇敢地答道："我的灵魂，安布罗西欧！"

"可怜的女人，你做了什么？过不了几年，你的苦难将是多么可怕！"

"软弱的男人，今晚过后，你自己的苦难又将是多么可怕！记得你已经受过的折磨吗？明天你必须忍受双倍剧烈的折磨。你记得火刑的恐惧吗！再过两天你必须成为火刑的牺牲品！那么你会成为什么？你还敢指望获得宽恕吗？你还被会获得拯救的梦幻所蒙骗吗？想想你犯的罪！想想你的淫欲、伪誓、残忍和虚伪！想想那些向上帝的御座哭诉、要求复仇的无辜生命，再想想获得宽恕的希望！做你的天堂梦吧！为光明的世界，以及和平与欢乐的国度叹息吧！荒唐！睁开你的眼睛，安布罗西欧，你要明智。地狱就是你的命运，你注定要万劫不复，你的墓碑后除了吞噬一切的火焰深渊什么也没有。你想加速走向地狱吗？在非此不可之前，你愿意拥抱你的毁灭吗？你会在还有能力避开的时候纵身跳进火海吗？这是疯子所为。不，不，安布罗西欧，让我们暂时逃离上帝的复仇。听从我的建议，一刻的勇气可以换来多年的至福，享受当下，忘掉落在后面的未来。"

"玛蒂尔达，你的建议十分危险，我不敢，也不会照做。我不能放弃获得拯救的权利。我罪大恶极，但是上帝是仁慈的，我不会对宽恕绝望。"

"你的决心是这样的吗？我再也无话可说了。我要赶快奔向欢愉与自由，任你死亡并且经受永恒的折磨。"

"稍等片刻，玛蒂尔达！你命令那些地狱的恶魔，你可以强行打开牢门，你可以将我从锁链的重压下解救出来。救救我，我恳求你，救我离开这些可怕的地方！"

"你请求的是我唯一没有能力给你的恩惠。我被禁止帮助教徒和上帝的同党。放弃这些头衔,然后给我下令。"

"我不会将灵魂出卖给地狱。"

"坚持你的固执,直到发现自己被绑在火刑柱上吧。那时你才会后悔自己的错误,叹息错失了逃离的机会。我走了。但是,希望在死亡的时刻到来之前,智慧会启发你,听从那些纠正你现在的错误的手段。我把这本书留给你。倒读第七页上的前四行,你以前见到过的精灵就会立刻出现。如果你还是个聪明人,那我们还会再见。如果不是,那就永别了!"

她把书扔在地上。一团蓝色的火焰把她裹住,她向安布罗西欧挥了挥手便消失了。火焰的光芒瞬间照亮了整间牢房,又突然消散,似乎更加增添了这里本来的阴暗。那盏孤灯几乎没有足够的光线指引修道士找到椅子。他瘫倒在座位上,交叉双臂,头靠着桌子,陷入困惑而凌乱的沉思。

牢门打开的声音将他从恍惚中惊醒时,他仍然保持着这个姿势。他被叫去见宗教法庭大法官。他站起来,拖着疼痛的脚跟在看守后面。他被带入同一个大厅,面对同样的审讯者,再度被质询是否愿意认罪。像以前一样,他回答说没有罪怎么招认。但是当行刑者们准备拷问他时,见到那些刑具,忆起已经遭受过的剧痛,他的决心完全瓦解。他忘记了后果,只急于躲避眼前的恐惧,于是彻底坦白了罪行。他供出了自己所犯罪行的细节,不仅承认了那些被指控的,还承认了那些从未被怀疑的罪行。玛蒂尔达的逃离已经引起了很大的混乱,被问及此事时,他供认她已将自己出卖给撒旦,借助巫术逃离。他还向法官保证,自己从未与地狱的精灵有过任何约定,但是对刑讯的恐惧迫使他宣称自己是个巫师,一个异教徒,承认审判官们安在他头上的所有罪名。由于他已认罪,他的判决就立即被宣布。他被宣判将在火刑中死去,火刑将在当晚十二点隆重举行。选这个时间,是考虑到午夜的黑暗更能衬托火光的恐怖,行刑的场面可以给人的心灵留下更加强烈的印象。

安布罗西欧一个人留在地牢里,与其说他活着,还不如说他死了。这个可怕的判决宣布之时,几乎就已经宣判了他的死亡。他绝望地期待着明天的来临,随着半夜的临近,他的恐惧随之增加。有时他陷入沉默之中,非常沮丧;有时他发疯似的说胡话,绝望地绞扭双手,诅咒晨曦的到来。在一次这样的时刻,他的目光落在了玛蒂尔达的神秘礼物上,他强烈的愤怒立刻停止了。他热切地看了看这本书,把它拿在手上,但马上恐惧地把它扔掉。他在地牢里迅速地走来走去,然后停下来,眼睛又一次盯在书本掉落的那个地方。他想起这里起码有方法能让他摆脱自己害怕的命运。他弯下腰,重新把它捡了起来。

有一段时间他浑身发抖,踌躇不定。他很想试试符咒,却害怕它的结果。想到自己的判决,他终于下定了决心。他打开书本,不过由于心烦意乱,竟找不到玛蒂尔达提到过的那一页。他为自己感到羞耻,便调动起所有的勇气来帮助自己。他终于翻到了第七页,开始大声读了起来,不过他的眼睛却屡次从书本上移开,焦急地向四周张望,搜寻他既希望却又害怕看到的精灵。他仍然坚持着,以缺乏自信的目光,时断时续地设法看完了这一页的前四行。

这四行文字是用一种他完全不懂的语言写的。

他刚读完最后一个字,符咒的效果就显现出来了。一阵霹雳响起,牢房的墙基摇动了起来,一道强烈的闪电划过牢房,接着,魔鬼乘着硫黄味的风,又一次站在了他的面前。但是他这次来,不是像在玛蒂尔达的召唤下假借六翼天使的外形来欺骗安布罗西欧。他这次出现的形象无比丑陋,自从被逐出天堂之后,他一直如此丑陋。他受损的四肢迄今还带有上帝的霹雳留下的痕迹,巨大的形体通身黝黑,手脚上面有很长的利爪。眼睛里冒着怒火,会让最勇敢的人心惊胆寒。他庞大的肩膀上舞动着两只巨大的黑色翅膀,他的头发是一条条活蛇,缠绕在他的额头上,发出骇人的嘶嘶声。他一只手拿着一卷羊皮纸,另一只手拿着一支铁笔。闪电还在他的身边闪动,霹雳一个接着一个,似乎在宣布大自然的毁灭。

安布罗西欧被这意想不到的鬼怪吓坏了,他不停地凝视魔王,连说话的能力都没有了。霹雳已经停止滚动,地牢里恢复了寂静。

"召我来这里干什么?"魔鬼问道,他的声音被硫黄味的烟雾呛得嘶哑了——

听见这个声音,连大自然都似乎在发抖。强烈的地震撼动地面,随之而来的又是一阵霹雳,比前一阵要响亮、可怖许多。

安布罗西欧很长时间无法回答魔鬼的问题。

"我已被判死罪,"他以微弱的声音说道,凝视着可怕的访客,他的热血都变冷了,"救救我! 把我从这里带走吧!"

"会支付我服务的报酬吗? 你敢信奉我的事业吗? 你会属于我吗,包括你的肉体和灵魂? 你准备抛弃创造你的人,为你而死的人吗? 只要你回答'是',我这魔鬼就是你的奴隶。"

"难道低一点的代价不能满足你吗? 难道除了我永恒的毁灭就没有东西可以满足你了吗? 精灵,你的要价太高了。把我从这个地牢护送出去。你给我做一个小时的仆人,我给你做一千年的仆人。我的出价够了吗?"

"不够。我必须拥有你的灵魂,必须让它属于我,永远属于我。"

"贪得无厌的魔鬼,我不会让无尽的痛苦成为我的命运,不会放弃有朝一日获得宽恕的希望!"

"你不会? 那么你的希望寄托在什么妄想之上? 目光短浅的凡

夫俗子！悲惨的可怜虫！难道你没有犯罪吗？难道你在人和天使的眼里不是已经名誉扫地了吗？难道这样的弥天大罪能够被饶恕吗？你想躲开我的掌控？你的命运已经被宣布，上帝已经抛弃了你。命书上已经标明你是我的了，所以你必须是而且将会是我的！"

"魔鬼，一派胡言！上帝的仁慈是无限的，忏悔者会得到他的宽恕。虽然我罪孽深重，但我不会对获得宽恕感到绝望。或许，当它受到适当的惩罚……"

"惩罚？难道炼狱不是为像你这类罪人修造的吗？难道你希望自己的违法行为能够通过迷信的老糊涂和喃喃作声的修道士的祈祷勾销吗？安布罗西欧，明智一点！你必须属于我，你注定要被烈焰焚烧，但是眼下可以避开烈焰。在这张羊皮纸上签字吧，我会把你从这里带走，这样你可以在至福与自由之中度过余生。享受你的生活吧，沉湎于你的欲望带给你的任何快乐吧。但是，从你死的那一刻起，你的灵魂就属于我，而且谁也不能剥夺我的权利。"

修道士沉默不语，但是他的神色表明魔鬼的话并没有白说。他恐怖地细想开出的条件。一方面，他相信自己注定会永劫不复，如果拒绝魔鬼的帮助，只能加速他难以逃脱的酷刑。魔鬼看出，他的决心已经动摇，便重新反复敦促，竭力要安布罗西欧不要再优柔寡断。魔鬼以最可怖的色彩描绘了死亡的痛苦，强烈地激起了安布罗西欧的绝望和恐惧。魔鬼说服他接受了羊皮纸，然后用拿在手上的铁笔扎入他左手的血管里。铁笔扎得很深，立刻灌满鲜血，但是安布罗西欧感觉不到疼痛。这支笔递到了他的手里，他的手抖了抖。这可怜的人把羊皮纸摊在面前的桌子上，准备签字。突然他停住了，急忙走开，把笔扔在了桌上。

"我在做什么呢？"他以不顾一切的神情转向魔鬼，"离开我！走开！我不会在羊皮纸上签字！"

"愚蠢！"失望的魔鬼大声说道，眼中射出的愤怒目光使修道士的心中充满了恐惧，"你就这样耍我？那么走吧！在痛苦中说乱话，在折磨中死去，去了解上帝的宽宏仁慈吧！但是要注意，你是如何再次戏弄了我！除非你决定接受我的条件，否则不要再来召唤我！如果再次叫我来，然后只是这样白白地打发我走，这几只利爪将会把你撕裂成上千块！再说一遍，这个契约你签还是不签？"

"我不签！离开我！滚！"

修道士马上又听见霹雳滚滚而过，令人恐惧。地面剧烈地抖动，地牢里回响着高声的尖叫，魔鬼丢下渎神的话和诅咒消失了。

开始，修道士很高兴抵制住了引诱者的诡计，取得了对人类的敌人的胜利。但是，随着惩罚的时刻临近，原先的恐惧又在心里复活。片刻的安宁似乎给了恐惧以新的活力。时间越近，他越害怕出现在上帝的御座前。他想到自己将很快坠入永劫，不久就要见到他已经如此严重地冒犯了的造物主，不禁浑身发抖。午夜的钟声敲响了，这是领他去火刑柱的信号！当听到第一声钟响时，院长血管里的血液就停止了流动。在紧接着的每一次钟声里，他听见死神在低语。他期待弓箭手进入牢房，随着钟声的停止，在一阵绝望中他抓住了那本魔书。他把书打开，急忙翻到第七页，好像害怕给自己片刻的思考，迅速浏览了关键的几行文字。伴随着原先的恐惧，魔鬼又一次站在了这个颤抖者的面前。

"你又召我来，"魔鬼说道，"你已经决定做一个明白人了吗？你会接受我的条件吗？你已经知道我的条件。放弃获得拯救的权利，把你的灵魂交给我，我马上把你从地牢里带走。不过现在是时候了，快做决定，否则就太晚了。你愿意在羊皮纸上签字吗？"

"我必须！——命运迫使我这样做！我接受你的条件。"

"在羊皮纸上签字吧！"魔鬼以狂喜的语气答道。

契约和沾血的笔还放在桌子上。安布罗西欧走了过去,准备签上姓名。思考了片刻,又犹豫了。

"听!"诱惑者叫道,"他们来了! 赶快! 签下这份契约,我现在就带你离开。"

弓箭手们的脚步已经靠近了,他们受命把安布罗西欧带到火刑柱上。这脚步声促使修道士下定了决心。

"这契约上写的是什么?"他问道。

"写的是把你的灵魂毫无保留地永远交给我。"

"我换来的是什么?"

"换来我的保护,我会把你从这牢里救出。签字吧,我立刻带你走。"

安布罗西欧拿起笔,把笔尖对着羊皮纸。他又一次失去了勇气,一阵剧烈的恐怖袭来,他再次把笔扔到了桌子上。

"软弱又幼稚!"恼火的魔鬼喊道,"别再这样愚蠢了! 马上签字,否则我在盛怒之下就要了你的命!"

这时外面大门的门闩拉开了。囚犯听见了铁链的咯咯声,沉重的横杆落下了,弓箭手们就要进来了。可怜的修道士被紧迫的危险激得快要发疯,在迫近的死亡面前退缩,被魔鬼的威胁吓得惊恐万状,他看不到其他逃避死亡的办法,只好答应了。他在生死攸关的契约上签了字,赶紧交到恶魔的手中。魔鬼接过这份礼物时,眼睛里闪动着恶毒的狂喜。

"拿去吧!"这个被上帝抛弃的人说道,"那么现在就救我吧! 把我从这里弄走!"

"且慢! 你是自愿地而且是绝对地放弃你的造物主和他的儿子了吗?"

"是的! 是的!"

"你把你的灵魂永远交给我了吗?"

"永远!"

"既没有保留也没有托词吗?以后不会向上帝恳求宽恕吗?"

最后的一条铁链从监狱的门上落下。他听见了钥匙在门锁里面转动的声音,沉重的铁门已经在锈迹斑斑的铰链上发出吱吱嘎嘎的声音。

"我永远属于你,而且不可改变!"修道士喊道,吓得发了狂,"我放弃所有获得拯救的权利!我只承认你的权力!听!听!他们来了!哦!救救我!把我带走!"

"我胜利了!你立刻属于我,我信守我的承诺。"

安布罗西欧说话的当儿,牢门打开了。魔鬼马上抓住安布罗西欧的一只手臂,展开巨大的翅膀,带着他腾空而去。他们往上飞时,牢房的屋顶就打开了,当他们离开后,又合了回去。

与此同时,监狱的看守对囚犯的失踪十分惊讶。虽然不论是看守还是弓箭手们都没有及时目击修道士逃跑,但是弥漫在监狱里的硫黄味足以告诉他们,安布罗西欧是在谁的帮助下获得了自由。他们赶紧向宗教法庭大法官报告。一个男巫师如何被魔鬼带走的故事很快就传遍了马德里。在好几天时间里,所有的马德里人都在讨论这件事。慢慢地,它不再成为人们谈话的主题。另外的奇遇发生了,由于内容新奇,成了人们普遍关注的对象。安布罗西欧很快就被人彻底遗忘,好像根本就没有存在过似的。当人们在传说这件事的时候,修道士在地狱向导的带领下,以箭一般的速度横穿空中,没过多久就降落在悬崖的边缘,那里是莫雷纳山脉最陡峭的悬崖。

虽然安布罗西欧从宗教法庭逃脱了出来,但仍没有感觉到自由的幸福。那逃避不了的契约沉重地压在他的心头,逝去的那些场景留下无比深刻的印象,使他的心成为混乱与困惑的所在。他眼前看到的景物，以及在云中穿行的满月所照亮的东西，都无法让他获得他非常需要的那份平静。周边的景物十分荒凉，黑暗、陡峭的岩石一块比一块高，隔开了过往的云朵。一丛丛孤零零的树木分散在各处，茂密的树枝缠绕在一起，夜风嘶哑而悲伤地叹息，在这偏僻的荒原里筑了巢穴的山鹰发出尖叫。新近的雨水使河水猛涨，水流顺着巨大的绝壁猛冲而下，咆哮声震耳欲聋。静寂缓慢的小河里，暗黑的河水淡淡地反射出月光，冲刷着安布罗西欧站着的那块岩石的底部。他向周边投去恐怖的目光。所有这些景象使得他的想象更加混乱。地狱里的向导还在他的身边，以混合着恶意、得意和鄙视的目光看着他。

"你把我带到哪里来了？"修道士终于以沉闷而颤抖的声音问道，"为什么把我置于这个令人悲伤的场景？马上带我离开这里！把我带到玛蒂尔达那里去！"

魔鬼没有回答，只是继续默默地注视他。

安布罗西欧受不了这样的注视，当魔鬼说出以下的话时，他避开了魔鬼的目光。

"那么我终于把他掌握在手里了！这个虔诚的模范！这个无可指责的人！这个把他微不足道的美德与天使等同的凡人。他是我的！不可更改，永远是我的！我那苦难的同伴们！地狱的居民们！我的礼物多么令人快意！"

魔鬼停了停，然后对修道士说——

"带你到玛蒂尔达那儿去？"他继续说道，重复着安布罗西欧的话。

"无耻之徒！你很快就会和她在一起！你很值得在她的旁边有个位置，因为地狱也不敢夸口有比你更加罪孽深重的恶棍。安布罗西欧，我来揭露你的罪行，听着！你杀死了两个无辜的人，安托尼娅和埃尔维拉死在你的手里。那个被你强暴了的安托尼娅是你的妹妹！那个被你谋害了的埃尔维拉生了你！发抖吧，寡廉鲜耻的伪君子！丧尽天良的弑母者！犯乱伦罪的强奸犯！在你的累累罪恶面前发抖吧！是你，自以为能够经受住诱惑，摆脱人类的弱点，不会犯错作恶！那么难道骄傲是美德吗？难道没有人性不是过错吗？虚荣的家伙！你知道，我很早以前就把你当作我的猎物，我观察你内心的活动，我看到你的美德来自虚荣，不是来自道义。我抓住了合适的诱惑时机。我注意到你对圣母像的盲目崇拜，便吩咐手下一个机灵的精灵变成相似的外表，于是你急切地屈从于玛蒂尔达的甜言蜜语。你的自尊心因为她的恭维得到了满足，你的欲望只需要一个爆发的机会，你盲目地落入圈套，毫不犹豫地犯下了巨大的罪行。是我把玛蒂尔达推到你的路上，是我让你进入安托尼娅的卧房，是我让那把匕首刺入你妹妹的胸膛。是我在埃尔维拉的梦中提醒她提防你对她女儿的企图，这样，才不会让你趁你妹妹睡眠时占便宜，却迫使你在你犯罪的目录本上增加了强奸罪和乱伦罪。听，你听，安布罗西欧！如果你对我的拒绝再晚一分钟，你就拯救了你的肉体和灵魂。在你牢房门口的看守们，其实是来向你宣读对你的赦免的。但是，我已经胜利了，我的阴谋得逞了。我给你设计罪行的速度还没有你犯下这些罪行的速度快。你属于我，上天也不能把你从我的掌控下救走。我不希望你的忏悔会使我们的契约成为一纸空文。这就是你用鲜血签下的契约，你已经放弃获得宽恕的权利，无论什么也不可能恢复你已经愚蠢地放弃了的权利。你以为你内心的想法能逃脱我的眼睛？不，不，我能参透一切！你以为你还有时间忏悔？我看透了你的伎俩，知道它的虚伪，欺骗了欺骗者我很开心！你马上是我的了。我渴望拥有我的权力，你不会活着离开这些山峦。"

魔鬼说话的时候，安布罗西欧吓得目瞪口呆。这最后的宣称把他激怒了。

"不会活着离开这些山峦?"他大声说道,"背信弃义的家伙,你什么意思?难道你忘了我们之间的契约了吗?"

魔鬼恶意地大笑一声,答道:

"我们之间的契约?难道我还没有履行我的职责吗?除了救你离开监狱,我还答应过你什么?难道我没有这样救你出来吗?难道你现在不是安全地远离了宗教法庭……安全地远离了一切,除了我之外!你真是个大傻瓜,居然把自己托付给魔鬼!你为什么没有以要求生命、权力,还有愉悦作为签约的条件?那样的话,一切都会得到我的同意的。现在,你的反省已经太迟了。你这个无赖,准备去死吧。你活不了几个小时了!"

听到这句话,这个忠诚的可怜虫感到无比恐怖!他双膝下跪,向上苍抬起了双手。魔鬼看穿了他的企图,阻止了它——

"什么?"魔鬼喊道,对他投去愤怒的目光,"你还敢恳求上帝的宽恕?你想假装忏悔,再次扮演伪君子的角色?恶棍,放弃赦免的希望吧。这样,我的猎物就稳稳当当地到手了!"

魔鬼一边说,一边把利爪猛力刺入修道士剃光头发的头颅,带着他从岩石上腾空而起。周边的群山与一个个岩洞都回荡着安布罗西欧的惊声尖叫。魔鬼继续在高空翱翔,直至飞到可怕的高度,才把受难者丢了下来。修道士脑袋朝下从空中落下。一块岩石的尖角挡了他一下,他从一块峭壁滚到另一块峭壁,直到浑身青紫、遍体鳞伤地躺在河岸上。他痛苦的躯体里生命仍然存在,他徒劳地想爬起来,但是他已经折断的、脱臼的四肢拒绝履行职责,他无法离开他最初掉下来的那个地点。此刻太阳已从地平线上升起,灼热的阳光正好照在奄奄一息的罪人头上。千万只昆虫被太阳的温暖唤起,饮着从安布罗西欧的伤口细细流出的鲜血。他无力驱走它们,它们死死叮咬他的痛处,把螫针深深刺入他的身体,千万只昆虫爬满了他的身体,给了他最痛苦也最难以忍受的折磨。岩石上的鹰把他的肉一片一片撕扯下,用弯曲的喙把他的眼珠啄了出来。火辣辣的干渴折磨着他,河水在身边滚滚流过,他听见潺潺的水声,想竭力拖着身体朝河边爬去,但怎么也爬不动。他失明、伤残、无助、绝望,在渎神和诅咒声中发泄愤怒,诅咒自己的存在,但他还是害怕死亡的来临,因为他的死亡注定要给他带来更大的折磨。在悲惨的六天时间里,这个恶棍受尽了折磨。第七天,刮起了一场猛烈的暴风雨,狂风撕扯着岩石和树林,天空时而乌云密布,时而电闪雷鸣。大雨如注,河水猛涨,波浪漫过河岸,冲到了安布罗西欧躺着的地点,当波浪退去时,绝望的修道士的尸体被随之卷入了河里。